PAPA HAT DICH LIEB

Ein Krimi

Jeder Mensch erfindet früher oder später eine Geschichte, die er, oft unter gewaltigen Opfern, für sein Leben hält, oder eine Reihe von Geschichten, die mit Namen und Daten zu belegen sind, sodass an ihrer Wirklichkeit scheint es, nicht zu zweifeln ist. Trotzdem ist jede Geschichte, meine ich, eine Erfindung.

(Max Frisch)

Gerd J. Merz

PAPA HAT DICH LIEB

Ein Krimi

LEINPFAD
VERLAG

Umschlag: kosa-design, Ingelheim
Layout: Leinpfad Verlag, Ingelheim
Druck: TZ Verlags & Print GmbH, Roßdorf

Leinpfad Verlag, Leinpfad 5, 55218 Ingelheim
Tel. 06132/8369, Fax: 896951
E-Mail: info@leinpfadverlag.de
www.leinpfadverlag.com

ISBN 978-3-942291-49-1

Inhalt

Erster Auszug aus der Audiokassette

Die Wiedergabe der Kompakt-Audiokassette klingt etwas verrauscht. Ein typisches Problem der Magnetisierung, die bei dieser veralteten Technik im Laufe der Jahre zu Qualitätsverlusten führt. Dennoch ist der Text, gesprochen von einer jungen Frau, deutlich zu verstehen. Sie spricht langsam, geradezu bedächtig, mit dem charakteristischen südhessischen Tonfall, der auf ihre Herkunft aus dem Raum Frankfurt am Main schließen lässt. Bis auf wenige Passagen vermittelt sie den Eindruck, als seien die Erlebnisse, die sie schildert, die einer anderen Person. Selbst Phasen, die den Zuhörer betroffen machen, ja gar schockieren, erzählt sie scheinbar unberührt und mit leidenschaftsloser Gleichgültigkeit.

Es ist Dienstag, der 27. August 1991, 5 Uhr 30. Die Sonne geht vor dem Fenster meines Zimmers auf. Für die Menschen hier in Frankfurt wird es ein schöner, warmer Sommertag werden. Für mich, Klara Feulner, wird es der letzte Tag meines Lebens sein. Ich stehe kurz vor der Ausführung einer endgültigen Entscheidung. Sie wird unumkehrbar sein. Ich kann auch nichts mehr dagegen tun, ich bin machtlos. Ich glaube nicht, dass mich jemand verstehen kann, der sich niemals in meiner Lage befunden hat. Ich will aber, dass man meinen Entschluss respektiert, mich aus einer teuflischen und unbarmherzigen Zwangslage, die ich nicht mehr ertragen kann, zu befreien. Ich will schildern, wie es dazu kam. Es ist die Geschichte meines Martyriums. Natürlich beinhaltet sie Aussagen, die ich als kleines Kind so noch nicht hätte treffen können. Dazu fehlten mir damals noch die Sinnzusammenhänge, die sich mir erst später erschlossen haben. Und manche Einzelheiten und Hintergründe erfuhr ich erst aus den Schilderungen meiner Mutter, die ich vor wenigen Tagen in der Klinik Bad Nauheim besucht habe. Schilderungen, die mir ihre Sicht des Geschehens deutlich machten. Sie befindet sich im Vorstadium der Demenz, ist phasenweise verwirrt und verängstigt, wenn ihr kurzfristig ihr Zustand bewusst wird. Dennoch konnte sie sich an bestimmte Situationen noch so detailliert erinnern, als ob sie einen alten, oft gesehenen Film abspulte. Meine Geschichte, die ich nun erzähle, ist also ein Gemisch aus eigenen Erinnerungen und Empfindungen, angelesenen und erlernten Erkenntnissen und Berichten Dritter. Aber ich schwöre bei Gott und allem, was mir heilig ist, dass es die Wahrheit ist. Die ungeschminkte und einzige Wahrheit.

Alles begann vor fast genau 13 Jahren, im August 1978 in Frankfurt am Main. Da war ich fünf Jahre alt. Ich durfte im Bett zwischen meinen Eltern schlafen. Seit ich mich zurückerinnern kann, gab es von Samstagnacht auf Sonntag dieses Ritual. Da mein Vater am nächsten Morgen nicht zur Arbeit musste, konnte er lange liegen bleiben. Aber meine Mutter stand immer etwas früher auf. Um das Frühstück vorzubereiten, wie sie sagte. Mein Vater und ich blieben währenddessen noch im Bett. Er zog mich auf sich und herzte, drückte und küsste mich. Auch auf den Mund. Ab und zu schob er sogar seine Zungenspitze zwischen meine Lippen. Und manches Mal kitzelte er mich auch zwischen meinen Beinen. Er vergrub sein Gesicht in meinen blonden Locken und atmete tief ein. Damals dachte ich mir nichts dabei. Heute weiß ich, dass ich ihn mehr erregte, als es je eine Frau vermocht hätte, schon gar nicht meine Mutter. Ich erinnere mich noch gut daran, dass sein Atem stoßweise und heftig an mein Ohr drang, wenn er mir zuraunte, wie schön ich doch sei und dass ich sein liebes Mädchen wäre und er mich heiraten würde, wenn es Mama nicht gäbe. Auch wenn seine Bartstoppeln auf meiner Haut eine leichte Rötung hinterließen, sein säuerlicher Atem, die Ausdünstungen seines Körpers und seine fordernde Zunge mir ein gewisses Unbehagen bereiteten, so war es damals doch eine vertraute Situation, die für mich nichts Schlechtes an sich hatte. Ich fühlte mich geborgen in den Armen dieses Mannes, den ich damals noch bedenkenlos Papa nannte.

Wir kuschelten so lange, bis der Duft von gebratenen Eiern mit

Speck durch die Ritzen der Schlafzimmertür drang. Dann schob er mich von sich und schickte mich mit einem Klaps auf den Po nach unten in die Küche zu Mama. Er kam immer erst ein paar Minuten später nach.

An diesem Tag, ich muss so fünf Jahre alt gewesen sein, aber das hatte ich ja bereits erwähnt, hatte ich jedoch auf der Treppe kehrtgemacht und war noch einmal ins Schlafzimmer zurückgekommen. Ich hatte Brummi, meinen Teddy, vergessen. Mein Vater lag mit geschlossenen Augen im Bett. Aber er schlief nicht. Er machte heftige Bewegungen, durch die sich seine Bettdecke hob und senkte. Dabei schnaufte und stöhnte er, als ob er Schmerzen hätte. Ich kniete neben ihm auf Mamas Bettseite, hielt meinen Brummi im Arm und beobachtete ihn verängstigt. „Papa?," fragte ich zaghaft. Erst jetzt bemerkte er mich, richtete sich abrupt auf und schrie mich an, was ich denn noch hier zu suchen hätte und ich solle sofort rausgehen. Weinend flüchtete ich zu meiner Mutter. Ich war verwirrt, suchte Trost, schließlich hatte ich doch gar nichts Böses gemacht. Ich hatte doch nur Angst um meinen Papa gehabt. Weshalb war er denn dann so zornig gewesen? Ich klammerte mich an meine Mutter, wollte umarmt, gestreichelt, getröstet werden. Doch die schob mich mit einer heftigen Bewegung von sich und stieß mich an den Küchentisch.

„Du wirst schon wissen, was du gemacht hast!", sagte sie in einem harten Tonfall. Aber dann stellte sie wortlos eine Tasse mit dampfendem Kakao vor mir auf den Tisch, so, als ob sie ihre schroffe Haltung damit wiedergutmachen wollte.

Als ich den ersten Schluck genommen hatte, erschien auch mein Vater. Unrasiert, mit fettigen und ungekämmten Haaren, setzte er sich an den Küchentisch. Für ihren Vorwurf, ob er sich nicht wenigstens waschen und kämmen könne und weshalb er schon wieder seinen verfleckten und verbeulten Trainingsanzug angezogen habe, hatte er nur ein Schulterzucken übrig gehabt. Meinen Vater berührte so etwas nicht. Wie meine Mutter mir erzählte, war er zu diesem Zeitpunkt bereits seit einem halben Jahr arbeitslos. Seitdem bewegte er sich meist nur auf dem Pfad zwischen dem Platz vorm Fernseher, dem Kühlschrank in der Küche, um sich ein Bier zu holen, und der Toilette. Seine körperlichen Aktivitäten beschränkten sich, außer einigen Kneipengängen, auf das Fegen des Bürgersteiges, wie es an jedem Samstag in unserer kleinen Wohnsiedlung üblich war. Da traf er auf die Nachbarn, plauderte und diskutierte mit ihnen. Da zeigte er sich als kommunikativer, aufgeschlossener Zeitgenosse, den man einfach nett finden musste. Wie er tatsächlich war, hätte wohl niemand vermutet.

Statt eines Morgengrußes schnauzte er meine Mutter ruppig an, ob sie mich nach oben geschickt hätte.

„Und wenn schon", war ihre Antwort. „Würde das noch etwas ausmachen? Irgendwann wird sie nicht mehr so naiv sein." Sie drehte ihm den Rücken zu, hantierte am Herd, und schaufelte wie immer drei Eier mit Speck auf seinen Teller. Ohne meinen Vater auch nur eines Blickes zu würdigen, knallte sie ihn auf den Tisch. Nicht vor ihn, sondern außerhalb seiner Reichweite, sodass er gezwungen war, sich aus seinem Stuhl zu erheben, um das Essen zu sich heranzuziehen. Ein Akt der Genugtuung, den er ihr gönnerhaft gestattete und lediglich mit einem verächtlichen Zug um die Mundwinkel quittierte.

„Natürlich nicht!", rechtfertigte sie sich.

„Ist ja auch schließlich meine Tochter!", stellte er herrschsüchtig fest. Dabei schob er ein ganzes Eigelb mit Speck in den Mund und ein Stück Brot hinterher. „Klara gehört mir!", sagte er mit vollem Mund. „Nicht wahr, du bist mein liebes Mädchen", tröstete er mich, als er sah, dass in meinen Augen immer noch Tränen schimmerten. „Papa hat das vorhin nicht so gemeint. Er hat dich doch ganz toll lieb. Auch wenn du einen Kakaobart an deinem süßen Schnäuzchen hast und aussiehst wie der Räuber Hotzenplotz." Und dann tupfte er mit dem Ärmel seines Trainingsanzuges die Kakaospur von meiner Oberlippe. „Und wenn du immer schön brav bist, dann kommst du bald in die Schule und

Papa kauft dir eine ganz große Schultüte. Viel größer und schöner als die der anderen Kinder.“

Meine Tränen waren versiegt. Ich lächelte wieder glücklich und schob meine Hand über den Tisch. Er legte sein Besteck zur Seite und umfasste zärtlich meine Finger mit seiner grobschlächtigen, haarigen Pranke.

Heute schäme ich mich für das Glücksgefühl, das ich dabei empfunden haben musste und in meiner kindlichen Naivität unverhohlen zur Schau stellte. Es hatte meine Mutter so tief getroffen, dass ihr diese Szene trotz ihres unaufhaltsam verfallenden Gedächtnisses noch bewusst war. „In diesem Moment wusste ich, dass ich dich für immer verloren hatte, Klara“, hatte sie gesagt und mich dabei mit einem Blick angesehen, der gleichermaßen Trauer und Liebe zu vereinen schien, dass es mir Schmerzen verursachte. „Ich erinnere mich noch gut an den Triumph in deinen Augen, als du mich glücklich angesehen hast. Und ich war hilflos. So ohnmächtig hilflos. Ich konnte mir nicht helfen und dir erst recht nicht.“

Sie war damals aufgestanden und hatte wortlos die Küche verlassen. „Wo willst du hin?“, fragte mein Vater. Sie war kurz in der Türfüllung stehen geblieben und hatte mit müder Stimme geantwortet: „In den Keller, Wäsche.“

Er rief ihr hinterher: „Ja, hau nur ab! Wäsche, pah. Saufen willst du. Ich weiß doch Bescheid. Aber mach, was du willst! Zu mehr taugst du ja nicht mehr. Wir brauchen dich hier nicht.“

Samstag, 1. September 2012, Alzey

Maike erfasste mit einem Seitenblick den Kalender, der an der Holzverkleidung des Kühlschrankes angebracht war. Das rot markierte Datum „8“ bestätigte, was sie in der frühmorgendlichen Hektik beim Umblättern nur vage wahrgenommen hatte. „Dein Geburtstag fällt ja dieses Mal auf einen Samstag. Willst du nicht ein paar Freunde einladen, Angie? Mensch, 17 Jahre. Was für ein tolles Alter“, schwärmte sie und zog den Atem hörbar durch die Nase.

Mit dem Rücken zum Küchentisch, an dem Angelika saß, stand Maike Berger in gebeugter Haltung an einer Anrichte und unterhielt sich mit ihrer Tochter. Sie bereitete ein Huhn für das Mittagessen vor. Coq au Vin sollte es wieder einmal geben. Aber nicht mit Burgunder, sondern typisch rheinhessisch zubereitet, mit Riesling – Angelikas und ihr Lieblingsgericht.

„Soll ich euch einen Spießbraten machen, mit Kartoffelsalat? Angie, was meinst du? ... Angie, so sag doch was! Angelika?!“ Mit dem Schwenk vom Kosenamen zum Taufnamen verschärfte sich Maikes Tonfall.

Jetzt erst drehte sie sich ruckartig zu ihrer Tochter um und richtete sich dabei auf. Das scharfe Küchenmesser in der erhobenen Rechten blieb in der Luft stehen. Verärgert stellte sie fest, dass sie unfreiwillig ein Selbstgespräch geführt hatte. Angelika hatte sich irgendwann lautlos aus der Küche gestohlen. Dieses demütigende Verhalten passte so gar nicht zu ihrem ansonsten so respektvollen Verhalten untereinander. Es ergänzte andererseits auf eine ruppige Art das Bild, das Angelika ihr während der letzten Tage hin und wieder geboten hatte.

„Verd..., da hätte ich mich ja gleich mit der Dunstabzugshaube unterhalten können. Das Resultat wäre das Gleiche. Klar doch, die Ärzteflüsterin kann ja die ganze Woche ab morgens um sieben von Praxis zu Praxis hetzen. Nur um dem gnädigen Frollein dann nachmittags für Nachhilfe und Fahrdienste zur Verfügung zu stehen.“ Ihren Ausbruch begleitete sie mit heftigen und zunehmend unkontrollierten Hieben ihres japanischen Messers, mit dem sie eine Zwiebel zerkleinerte.

Sie legte es seufzend zur Seite und wischte sich mit dem Handrücken die Tränen aus den Augen, mit dem Effekt, dadurch einen noch heftigeren Tränenfluss auszulösen.

„Denke bloß nicht, dass ich wegen dir heule", rief sie in Richtung Angelikas Zimmer, „das kommt nur von den Zwiebeln. Propanthial-S-Oxid, sonst nichts!"

Immer noch zornig löste sie mit einer heftigen Bewegung die Schlaufe ihrer Schürze, zog sie über den Kopf und warf sie vor sich auf den Boden. Nur Sekunden später besah sie kopfschüttelnd das Werk ihrer Unbeherrschtheit, seufzte und entschuldigte sich bei dem unglücklich wirkenden Häufchen Stoff. „Du kannst ja auch nichts dafür". Dann hob sie die Leinenschürze wieder auf, glättete sie und hängte sie an den Haken neben dem Kühlschrank. Liebevoll strich sie über das altertümliche Stück, eine Erinnerung an ihre Großmutter. Auch wenn die eingestickten Worte „Für Kaiser, Volk und Vaterland" an weniger friedliche Zeiten erinnerten, war sie doch stolz auf dieses Erbstück.

Das monotone „Umph ... Umph ... Umph ..." der Bässe von Angelikas Stereoanlage drang zu ihr. Sie empfand es als das, was es wohl auch sein sollte: eine bewusste Provokation.

„Jetzt geht das auch noch los."

Zu einem Mehr an Reaktion war Maike nicht fähig. Als sei auf einen Schlag jegliche Energie aus ihr gewichen, ließ sie sich auf einen Stuhl am Küchentisch fallen. Die Arme auf dem Tisch aufgestützt, legte sie ihren schwer gewordenen Kopf auf die Fäuste. Sie hatte gehofft, die Pubertät würde für ihre Tochter auf eine für alle Beteiligten barmherzige Weise verlaufen. Aber seit einigen Tagen …!? Maike zog die Nase geräuschvoll hoch.

Wer die 40-Jährige leise schniefend und mit geröteten Augen, in löchrigen Jeans, über denen sie ein altes Poloshirt trug, hörte und sah, vermochte sich kaum vorzustellen, wie ihre Kunden und Kollegen sie erlebten: Maike Berger, die stets perfekte und überkorrekte Pharmareferentin. Man musste in einem Moment wie diesem schon genauer hinsehen, um die verborgene Schönheit zu erkennen. Dann entdeckte man den idealen farblichen Kontrast ihres hellen Teints zu den kurz geschnittenen brünetten Haaren. Sie war stolz darauf, mit ihren fast 1 Meter 70 immer noch problemlos Kleidergröße 34 tragen zu können, was nichts daran änderte, dass ihr auf XXL gewaschenes Poloshirt ihre weiblichen Proportionen nicht verbergen konnte.

Im beruflichen Alltag ging Maike allerdings keine Kompromisse ein. Mühelos und unauffällig umging sie den erzkonservativen Kleidungskodex von Heliopharm, dem Pharmaunternehmen, in dem sie seit sieben Jahren tätig war. Mit ein paar kleinen Kniffen und feschen Accessoires schaffte sie es, der langweiligen, fast schon uniformierten Kluft der typischen Außendienstler eine persönliche Note zu verleihen. Mit dem Resultat, dass viele, die ihr begegneten, es in der Regel nicht bei einem flüchtigen Blick beließen. Sie war das, was man gemeinhin einen Hingucker nennt. Selbst ihre Geschlechtsgenossinnen erkannten das neidlos an. Denn trotz ihrer Attraktivität sahen sie in ihr nicht die potenzielle Nebenbuhlerin. Dafür strahlte sie viel zu ausgeprägte Signale aus, die Männer auf eine natürliche Distanz hielten. Meist trug sie Hosenanzüge und schminkte sich bewusst dezent, wodurch der Typus des weiblichen Kumpels unterstrichen wurde.

Die elegante, beliebte und erfolgreiche Pharmareferentin und die legere und unsichere Maike zu Hause schienen zwei unterschiedliche Frauen zu sein.

Maike atmete mehrmals tief durch, schüttelte den Kopf wie ein Boxer, der einen Schlag verarbeitete, und erhob sich schließlich. Sie wandte sich wieder dem Huhn zu, tranchierte es und zog ihm mit geübten Griffen die Haut ab. Während sie mit bloßen Händen eine Gewürzmischung in das helle Fleisch massierte, hätte sie an seiner Stelle lieber Angelika traktiert. War ich auch so?, fragte sie sich. Niemals! Mein Vater hätte mich auf seine Art schon zur Räson gebracht. Eines der Geflügelstücke erhielt einen heftigen Klaps mit der flachen Messerklinge. Genau so!, erinnerte sie sich an seine rüden Erziehungsmethoden, von denen sie geschworen hatte, sie niemals bei Angelika anzuwenden. Er wusste es halt nicht besser. Heute, mehr als zehn Jahre nach seinem Tod, redete sie sich ein, ihm verziehen zu haben. Der wusste ja nicht einmal, was sich in der Pubertät in einem jungen Menschen abspielt. Ich weiß es wenigstens. Aber muss ich mich deshalb wie ein Putzlappen behandeln lassen? Nur weil ich Verständnis für diese Pubis habe?

Schwungvoll goss sie Olivenöl in eine Kasserolle aus glasiertem Steingut und stellte sie auf die große Ceranplatte, um das Öl zu erhitzen. Sie warf Zwiebelschalen und Hähnchenhaut in den Abfalleimer, der für den Kompostabfall gedacht war. Ihre Gedanken machten sich selbstständig und begaben sich auf ein Terrain, das mit Angelikas Flegelei nichts mehr zu tun hatte. Von Umweltbewusstsein keine Spur, fiel ihr ein. Ihr Zimmer ist eine anarchistische Komposition aus Müllkippe, Altpapiercontainer und Plastikflaschensammlung. Lautlos dozierte sie durch das geschlossene Küchenfenster, als ob sie dort draußen ein Auditorium vor sich hätte. Dabei blickte sie aus dem vierten Stockwerk lediglich auf den menschenleeren Parkplatz vor dem Haus. Den Ausblick auf den Wartberg, an dem sie sich sonst so gerne erfreute, nahm sie in ihrer Empörung nicht wahr. Sie bemerkte nicht einmal die Farbenpracht der Schleierwolken, in denen sich die glutrot untergehende Sonne reflektierte. „Und dann die Wäsche, die kreuz und quer herumliegt. Die würde einer Großwäscherei zur Ehre gereichen und ihr für mehrere Wochen eine beruhigende Auftragslage sichern. Alles blieb liegen, wo sie es hatte fallen lassen. Aber das bringt ja alles nichts. Ich muss mir ihr reden.

Maike drehte sich um und kehrte zurück in die Realität des Coq au Vin. Sie beschloss, zuerst das Huhn anzubraten und dann zu Angelika zu gehen. Während sie die Geflügelstücke gefühlvoll in das heiße Öl legte, nahm sie wieder die laute Musik wahr, die sie kurzzeitig ausgeblendet hatte.

„Diese Beschallung!", schimpfte sie laut. „Das treibt mich zum W a h n s i n n. Ohne Musik, wenn man das Geumphe überhaupt so nennen kann, geht bei den Pubis nichts. Rein gar nichts. Natürlich in einer Lautstärke, die in einem Radius von einem Kilometer Gehörschäden unvermeidlich machen. Kopfhörer sind ja auch keine Alternative, denn wie sollte man damit telefonieren. Aber ist das vielleicht ein Zeichen der modernen Pubertät und Eltern müssen sich damit abfinden?"

„Pubertät ist, wenn Eltern anfangen, schwierig zu werden. Können wir uns vielleicht auf diese Definition einigen?"

Die süßlich säuselnde Stimme ihrer Tochter drang in Maikes Bewusstsein. Angelika war während der Entlastungskanonade ihrer Mutter unbemerkt in die Küche zurückgekommen. Schweigend wendete sie das Fleisch in der Kasserolle und lächelte. Aus erzieherischen Gründen, wie sie meinte, neutralisierte sie ihre Mimik, bevor sie sich langsam umwandte und sich Angelika gegenübersetzte. Über den Tisch hinweg ergriff sie ihre Hände und sah ihr ins Gesicht. Angelika sah Bernd so ähnlich. Die leicht schräg gestellten Augen, die tiefgrüne Iris, die vollen Lippen, der helle Teint, die blonden Haare. Selbst die trug er inzwischen fast so lang wie Angelika. Alles erinnerte an Bernd. Obwohl sie weiterhin die Scheidung als vernünftig erachtete, schmerzte es immer noch, wenn sie ihn in Angelika sah.

„Mein Schatz, was ist mit dir los in letzter Zeit? Kann ich dir irgendwie helfen, Angie? Du weißt doch, dass ich immer für dich da bin."

Mein Gott, dachte sie, was für eine phrasenhafte und banale Einleitung für ein Mutter-Tochter-Gespräch. Jede Seifenoper hat bessere Texte. Aber sie wusste nicht, wie sie es hätte besser sagen sollen. Schließlich meinte sie es so – genau so! Umso mehr überraschte sie Angelikas Reaktion.

Mit einer impulsiven Bewegung richtete sie sich auf und entzog ihrer Mutter ihre Hände. Entgegen Maikes Befürchtung verharrte sie nur kurz in dieser abweisenden Stellung und neigte sich ihr dann mit einem Lächeln zu.

„Das weiß ich doch, Mama." Sie atmete tief durch. „Ja, es gibt da ein Problem, mit dem ich nicht klarkomme. Aber keine Angst", sie entschlüsselte Maikes Gesichtsausdruck und kam ihr zuvor, „es geht gar nicht um mich, es geht um ..." Sie zögerte und sah ihre Mutter unsicher an.

„Ist etwas mit deinem Vater? Ist Bernd etwas passiert? Oder heiratet er jetzt doch diese Pilar?" Sie wusste – und förderte es sogar – dass Angelika einen regen E-Mail-Kontakt mit ihm pflegte.

„Mama ...?!"

Mit ungläubigem Blick quittierte Angelika kopfschüttelnd das, was Maikes impulsiver Gefühlsausbruch zu verraten schien. „Sag mal, das war ja eine unüberhörbare Offenbarung deines Unterbewusstseins oder wie darf ich das verstehen?"

„Jetzt sag schon!"

„Nein, Papa geht es gut. Er will demnächst in San Sebastian ein weiteres Büro seiner Wanderschule eröffnen und Pilar soll es führen. Aber von Hochzeit ist keine Rede. Du weißt, dass er immer noch davon träumt, dass du ... dass wir ... na ja, dass wir zu ihm nach La Gomera ziehen. Er ..."

„Ich bin noch nicht reif für die Insel. Er kennt meine Einstellung zu seinem Aussteigerleben. Und du weißt, dass das einer der Gründe für unsere ..." Sie wollte den Satz nicht beenden. Kurzfristig verdüsterte sich ihre Miene, bevor sie in versöhnlichem Tonfall fortfuhr. „Lass es gut sein, Angie. Das ist ja wohl nicht das Thema. Wenn es nicht um deinen Vater geht, um wen oder was geht es dann? Was bereitet dir ein derartiges Kopfzerbrechen, dass du während der letzten Tage ungewohnt unausstehlich und kaum ansprechbar bist?"

„Es geht um Eva."

„Was ist mit ihr? Habt ihr euch gestritten? Oder geht es um einen Jungen, den ihr beide …?"

„Quatsch! Darum geht es nicht. Irgendetwas stimmt nicht mit ihr, Mama. Sie wirkt seit einiger Zeit so verschlossen. Nicht nur mir gegenüber. Sie hat angeblich keine Zeit mehr, sich mit mir zu treffen. Irgendwie ist sie anders. Etwas stimmt nicht mit ihr."

„Was meinst du denn damit, dass etwas nicht mit ihr stimmt?"

„Ich weiß es doch auch nicht!" Angelika kämpfte mit den Tränen. „Sie hat sich verändert und erzählt mir auch nicht mehr alles wie früher. Ich merke aber, dass sie unter Druck steht, wie fremdgesteuert. Sie ist unkonzentriert und in der Schule schlechter geworden. Sie hat zu nichts Lust und wirkt blass. Heute war sie noch nicht einmal in der Schule. Kannst du dir vorstellen, was das sein kann? Du hast doch mit so was in deinem Beruf zu tun!"

„Ich bin doch kein Arzt. Aber was sagen ihre Eltern dazu?"

„Mama! Darüber kann ich doch mit denen nicht sprechen. Aber du könntest doch mal ...!"

„Könnte was?"

„Na ja, mal mit ihren Eltern reden? So von Elternteil zu Elternteilen?", grinste sie und versuchte mit dem grammatikalischen Wortspiel ihre momentane Unsicherheit zu überspielen.

Maike schürzte die Lippen und blickte sie mit leicht schräg gehaltenem Kopf an. Ihre Augen verengten sich. „Wohl kaum. Auch wenn wir uns schon ein paarmal begegnet sind, so kenne ich sie nicht gut genug, um mit ihnen über deine Vermutung zu sprechen. Dazu ist das alles viel zu vage. Außerdem – du weißt, dass es mir schwerfällt, mich hinter diplomatischen Phrasen zu verstecken und zu verbiegen."

„Mama, bitte! Spring doch mal über deinen Schatten. Deine Konsequenz ist manchmal zum Kotzen. Damit hast du auch Papa ..."

Es hätte gar nicht erst des drohenden Blickes bedurft, um Angelika daran zu hindern, ihren Satz zu vollenden. Sie wollte keinen Streit. Nicht wieder über ihre ganz persönliche Version einer „unendlichen Geschichte".

„Vielleicht hat sie ja einen Freund?", rätselte Maike, mehr, um das Gespräch aus einem gefährlichen Fahrwasser zu lotsen, als auf der Suche nach einer Lösungsalternative.

„Dann muss sie sich aber doch nicht so abschotten."

„Weiß mans? Vielleicht ist er wesentlich älter als sie? Ich stelle mir da so einen Typ vor wie James Mason als Humbert Humbert in Lolita. Oder er ist verheiratet? Oder einer eurer

Lehrer? Weißt du denn, ob sie schon ihre ersten sexuellen Erfahrungen hatte?"

„Oder er ist viel jünger, so zwölf, dreizehn", überging Angelika die Intimfrage. „Oder er hat 'ne Glatze und ist ein militanter Rohköstler. Oder noch besser: Er ist Volksmusikfan und liebt Heino und Florian Silbereisen. Hast du noch ein paar Freaks auf dem Schirm? Nein, weiß ich nicht!"

„Wie sieht es damit eigentlich bei dir aus?"

„Mama, es geht jetzt um Eva. Aber, um dich zu beruhigen. Nein. Von dem ersten und bisher einzigen Mal mit Gero im Zeltlager vor zwei Jahren habe ich heute noch die Nase voll. Der Richtige muss erst noch kommen. Beruhigt?"

„Klar. Denk aber dran ..."

„... zu verhüten. Ich bin doch kein Baby mehr. Und wenn ich wieder einen festen Freund habe, stelle ich ihn dir sowieso vor."

„So konventionell? So kenne ich dich gar nicht!"

„Nein, als Test. Wer das erste und vielleicht einzige Zusammentreffen mit dir übersteht, ohne schreiend davonzulaufen, muss ein gefestigtes Gemüt, einen grenzenlosen Humor und die unerschütterliche Hoffnung in eine bessere Zukunft haben." Sie musste laut lachen bei der Vorstellung, wie ein normaler junger Mann auf ihre Mutter reagieren würde, wenn sie gut drauf war.

„Und so ein Exemplar wünschst du dir? Von dieser Kombination, vereinigt in einem einzigen Individuum, träumst du wohl nachts – oder? Das wäre nämlich der sprichwörtliche Traummann. Da kannst du lange suchen."

„Du hattest ja mal so einen gehabt", sagte Angelika leise. „Er wartet immer noch auf dich, auf La Gomera."

„Und täglich grüßt das Murmeltier. Wir reden demnächst

noch mal darüber. Du sollst endlich die ganze Geschichte erfahren – versprochen. Nur jetzt bitte nicht."

Angelika schüttelte den Kopf und betrachtete ihre Mutter kritisch. Sie konnte ihre zögerliche Haltung nicht verstehen.

„Angie, ich habe dich unendlich lieb. Und ich bin froh, dass es dich gibt. Und ich bin glücklich darüber, dass so vieles von deinem Vater in dir steckt."

Angelika versuchte, den Moment zu nutzen. „Mama, sprich du doch mal mit Eva."

„Ich glaube kaum, dass sie sich gerade mir öffnen wird."

„Da liegst du falsch. Ich weiß, dass sie mich um unser Verhältnis beneidet und dass sie dich schätzt. Ich rufe sie am besten gleich an. Vielleicht geht sie ja an ihr Handy."

Angelika wollte nach ihrem Mobiltelefon greifen, das in Reichweite vor ihr auf dem Küchentisch lag.

„Sachte, junge Dame, nicht so hastig!" Maike stoppte das spontane Vorhaben ihrer Tochter, indem sie das Handy schneller an sich nahm, als diese es fassen konnte.

„Erstens ist das nicht meine Angelegenheit, sondern die ihrer Eltern. Ich möchte auch nicht haben, dass sich jemand in unsere Beziehung einmischt."

„Aber ..."

„Ich bin noch nicht fertig. Nach erstens kommt zumindest ein zweitens. Also, zweitens weiß ich nicht, auf was so ein Gespräch hinauslaufen soll. Wenn sie dir schon nichts erzählt und sich vor ihren Eltern verschließt, was könnte ich da ausrichten? Und falls doch, welche Konsequenzen könnten sich daraus ergeben? Was sollte dabei herauskommen? Hast du da eine Antwort?"

Angelika verzog ihren Mund und schaute sich in der Küche um, als ob sie an Schränken und Wänden eine Antwort ablesen könnte.

„Nein“, kam es schließlich zögernd über ihre Lippen, „habe ich auch nicht. Aber versuchen könntest du es doch wenigstens. Bitte Mama!“

Maike sah Angelika an und schüttelte zur Selbstbestätigung den Kopf, denn es fiel ihr schwer, dem verzweifelten Drängen ihrer Tochter zu widerstehen. Sie schwankte zwischen Gefühl und Verstand, zwischen Nachgeben und Konsequenz. Auch wenn es oftmals schmerzlich war, so hatte sie das Leben gelehrt, sich meistens verstandesgemäß zu verhalten. Damit war sie bisher immer am besten gefahren. Zumindest redete sie sich das ein. Wäre dem nicht so, hätte sie die schwerste Entscheidung ihres Lebens, die Trennung von Bernd, nicht verkraftet. Auch in diesem Fall war sie der Vernunft gefolgt.

„Bitte verstehe mich. Es ist besser so. Wenn Evas Eltern auf mich zukommen würden und mich bitten, mit ihr zu sprechen, so als Mutter ihrer besten Freundin, dann wäre das etwas anderes. Und außerdem, Angelika, du bist zwar nicht Evas Kindermädchen, aber sie ist deine Freundin. Sprich doch noch einmal mit ihr. Und wenn du sie nur davon überzeugst, sich doch ihren Eltern anzuvertrauen.“

Langsam erhob sich Angelika von ihrem Stuhl. Maike sah ihr nach, wie sie als das sprichwörtliche Häufchen Elend die Küche verließ und in Richtung ihres Zimmers schlich. Allerdings nicht, ohne zuvor mit einer zupackenden Bewegung ihr Handy wieder an sich genommen zu haben. Angelikas Niedergeschlagenheit löste in Maike ein Schuldgefühl aus. Sie war überzeugt davon, dass sie vernünftig gehandelt hatte. Das musste Angelika doch auch einsehen. Maike wartete auf ein erlösendes Zeichen. Ein Türenknallen oder wenigstens wieder laute Musik. Aber es blieb still.

„Das Coq au Vin wird es schon wieder richten“, versicherte sie sich mit Bestimmtheit und erhob sich, um den Riesling anzugießen.

„Mit den Flügeln der Zeit fliegt die Traurigkeit davon", erinnerte sie sich daran, wie Ihre Mutter sie in ähnlichen Situationen zu trösten versucht hatte. „Das wird schon alles wieder ins Lot kommen."

Sie schien auch tatsächlich recht zu behalten. Als Angelika einige Minuten später wieder auf der Bildfläche erschien, ging sie auf Maike zu und umarmte sie.

„Ich habe dich auch lieb, Mama. Das weißt du doch. Und jetzt habe ich ..."

„... Hunger. Auch das weiß ich." Sie schenkte sich ein Glas Riesling ein und prüfte kritisch den restlichen Inhalt der Flasche. „Das reicht noch. Willst du auch ein Glas?"

Während des Essens klammerten sie das Thema Eva aus. Mit einem banalen rhetorischen Trick hatte Maike zudem versucht, Angelika völlig von diesem Thema abzubringen.

„Erzähle mir mal, wie dir der Film gestern gefallen hat. Wie hieß der noch mal, der nach dem Roman von dem ...? Der, der die Texte für Ladykracher mit Anke Engelke schreibt. Ich hatte dir doch diesen Roman von ihm geschenkt."

„Tommy Jaud meinst du, „Resturlaub". War ganz nett. Aber von wegen Urlaub ..."

Die Kunstpause in Verbindung mit einem boshaften Grinsen machte Maike schlagartig klar, dass ihr Ablenkungsmanöver ganz und gar nicht so clever war. Für Angelika war der Filmtitel zu einer Steilvorlage geworden, die sie auch umgehend aufgenommen hatte und nun zu einem Volltreffer verwandelte.

„... du hast doch noch Urlaub. Vom 4. bis 14. Oktober haben wir Herbstferien. Wollen wir da nicht zu Papa ...?"

Das Thema Eva war vom Tisch. Stattdessen stand unversehens ein anderes im Raum. Maike wusste, dass es nach sieben Jahren an der Zeit war, Angelika ohne Ausflüchte die Gründe der Trennung von Bernd darzulegen. Aber nicht jetzt ... in ein paar Tagen ... vielleicht ... Jetzt war sie erst einmal müde, was sie auch durch herzhaftes Gähnen unterstrich. Ob ihre Tochter ihr das abnahm, war ihr in diesem Moment völlig gleichgültig.

Sie hatte sich vor dem Zubettgehen mit Angelika dahingehend geeinigt, dass sie ihr zusagte, in den Ferien ihren Vater besuchen zu dürfen. Da er bisher stets die Flugkosten und den Aufenthalt bezahlt hatte, würde das ihre Haushaltskasse nicht belasten. Die Entscheidung, ob auch sie nach La Gomera mitkommen würde, hatte sie offengelassen. Sie lag in dem großen Bett, das sie einmal mit Bernd geteilt hatte. Zwei auf zwei Meter. Da kann man sich schon einmal verirren. Sie atmete tief und rhythmisch durch. Sanft, fast zärtlich, strich sie über das glatt gezogene Laken auf der rechten Seite – Bernds Seite. Erinnerungen wurden wach. Wehmütig, schmerzhaft. Immer noch meinte sie, seinen Geruch wahrzunehmen. Sehnte sie sich nach ihm? Oder glorifizierte sie eine Vergangenheit, von der sie doch wusste, dass diese nicht mehr zurückzuholen war? War es Einsamkeit? Die Sehnsucht nach einer Schulter, an der sie sich anlehnen konnte? Wo sie nicht mehr die starke und toughe Pharmareferentin und Mutter spielen musste? Wo sie endlich einmal wieder Frau sein konnte – einfach eine ganz normale Frau?

Der gequälte Blick auf das beleuchtete Zifferblatt ihres Weckers vermittelte ihr, dass sie schon seit mehr als zwei Stunden vergeblich versuchte einzuschlafen. Eine Flut von Gedanken hinderte sie daran. Die ganze Situation war unbefriedigend, schien irgendwie verfahren. Sie wusste, dass es einzig an ihr gelegen hatte. Obwohl seit der Scheidung bereits sieben Jahre vergangen waren, hatte sie es bisher nicht fertiggebracht, Angelika ihre Beweggründe verständlich zu machen. Anfangs hatte sie sich damit herausgeredet, dass ihre Tochter noch zu jung sei, um sie zu verstehen. Sie wollte auch nicht das Bild, das sie von ihrem Vater hatte, belasten. Mittlerweile wusste Maike jedoch, dass sie selbst nicht in der Lage war, eine rationale und schlüssige Begründung zu finden. Einerseits war sie sich dessen bewusst, dass die Trennung sein musste. Andererseits konnte sie nicht mehr nachvollziehen, weshalb sie irgendwann die Versuche aufgegeben hatte, ihre Ehe zu retten. Klar, da war diese Geschichte, die sie zumindest nicht verzeihen konnte. Andere an ihrer Stelle hätten das lockerer gesehen. Ihre Gedanken schlugen Kapriolen. Eben noch bei ihrer gescheiterten Ehe, landete sie plötzlich bei Angelika und dem Rätsel um Eva. Eva! Was ging sie, Maike, dieses Mädchen an? Das war doch eindeutig „P. a. L.“, wie sie zu sagen pflegte: Probleme anderer Leute. Oder etwa doch nicht? Diese Ungewissheit, ihre Antriebslosigkeit, ihr Mangel an Entschlussfreude. Was war das mit ihr? Ein Anflug von Depressionen? Erste Vorboten der Wechseljahre? Mit 40? Weshalb nicht. Auch die beängstigende, bewusste Wahrnehmung ihres Herzschlages zuvor sprach dafür. Vielleicht hätte sie zwei, drei Kapseln Sedariston nehmen sollen. Auch wenn die nicht aus dem Hause Heliopharm kamen, sie schwor auf dieses pflanzliche Beruhigungsmittel. Oder handelte es sich etwa um ein pathologisches Problem? Sollte sie ein Szintigramm ihrer Schilddrüse veranlassen? Eine Überfunktion zeigt sich doch auch durch solche Symptome. Oder war es etwas Psychisches? Sie musste unbedingt Herbert Commenius anrufen und mit ihm darüber reden. Er würde sie ernst nehmen, vielleicht sogar eine einleuchtende Antwort haben. Mit diesem hoffnungsvollen Gedanken an den langjährigen väterlichen Freund und Psychologen schlief sie endlich ein.

Sonntag, 2. September 2012, Alzey

Kurz nach neun Uhr wachte Maike auf. War es der Kaffeeduft oder das Geschirrklappern, das aus der Küche zu ihr drang? Sie wusste nicht, was sie aus ihrem unruhigen Schlaf in die Wirklichkeit des Sonntagvormittags geholt hatte. Sie atmete tief durch, reckte sich, gähnte herzhaft und sprang dann mit einem Satz aus dem Bett. Wenn sie morgens nicht sofort nach dem Erwachen aufstand, benötigte sie quälende Stunden, um auf Touren zu kommen. Sie öffnete die Vorhänge und schloss reflexartig die Augen, als sie der blendenden Morgensonne ungehindert Einlass gewährte. Sie warf ihren Morgenmantel über und ließ sich von der magischen Anziehungskraft des Kaffeeduftes, der inzwischen von dem Geruch frisch gebackener Brötchen verstärkt wurde, in die Küche locken.

Angelika drückte ihr wortlos einen Pott Kaffee in die Hand. Sie hatte den Tisch gedeckt und kaute bereits an einem Honigbrötchen.

„Du bist ja schon in voller Montur“, staunte Maike und schob dann ein „Danke für den Kaffee und ...“, mit einer raumgreifenden Geste schloss sie das üppige Frühstücksarrangement mit ein.

„Aber da nicht für“, kaute Angelika. Diese Formulierung hatte sie aus einem Ferienaufenthalt in einem Jugendcamp an der Nordsee mitgebracht.

„Fährst du mich dann so in einer halben Stunde?“

Maike sah sie irritiert an. „Fahre ich dich? Wohin?“

„Mama, du nervst. Ich hatte dir doch gestern gesagt, dass ich mich mit ein paar aus meiner Klasse in der Rheinwelle zum Schwimmen verabredet habe. Und dass du mich bitte zum Bahnhof fährst. Weißt du es jetzt wieder?“

„Wenn du‘s sagst, wird es wohl so sein. Und wie kommst du wieder zurück?“

„Ich rufe dich an, wenn ich wieder in Alzey bin. Irgendwann heute Nachmittag.“

„Und dass ich vielleicht etwas vorhabe, das kommt dir wohl nicht in den Sinn?“

„Du und was vorhaben?“ Das gespielte Entsetzen in Angelikas Modulation löste in Maike ein Gefühl der Hilflosigkeit aus. „Hast du?“

„Nö. Ich meine ja nur. Vielleicht ergibt sich etwas spontan. Ich frage auch nur aus Prinzip. Obwohl ... irgendwie habe ich ja auch noch ein Eigenleben – oder?“

Angelika reagiert nicht auf Maikes Versuch, sie mit ihrer Befindlichkeit zu konfrontieren. Stattdessen gab sie vor, etwas zu suchen, und kramte in ihrem Rucksack.

„Ist denn Eva auch mit dabei?“

Angelika tauchte wieder aus den Tiefen ihres Rucksacks auf. „Nein. Ich habe sie auch gar nicht erst gefragt. Jetzt soll sie mal auf mich zukommen. Ich finde außerdem, dass du recht hast.“

„Ich recht? Das ist ja ganz was Neues. Womit denn?“

„Dass ich nicht Evas Kindermädchen bin.“

Donnerstag, 6. September 2012, Alzey

Maike legte den Umschlag mit der Geburtstagskarte auf den Couchtisch im Wohnzimmer, bevor sie in ihrem Schlafzimmer nebenan die Arbeitskleidung gegen einen bequemen Jogginganzug tauschte. Mit Wohlgefühl strich sie über den flauschigen Stoff. Sie liebte dieses Ritual, was ihr gleichermaßen Freizeit und Freiheit suggerierte. Jetzt noch einen Campari-Orange und dann wollte sie sich an den Text der Geburtstagskarte machen. Sie war schon gespannt auf Angelikas Gesicht, wenn sie den Gutschein darin entdeckte: ein Fahrschulkurs für die Fahrerlaubnis der Klasse B. Anfänglich mit Begleitung und in einem Jahr, wenn sie sich keine Eskapaden erlauben würde, bekäme sie den „richtigen" Führerschein. Mit diesem Geschenk würde Angelika nicht rechnen. Sie hatte es zwar gelegentlich angesprochen, aber Maike hatte so überzeugend dagegen argumentiert, dass sie es schließlich aufgegeben hatte.

Sie stellte sich vor, wie Angelika ungläubig fragen würde, ob das begleitete Fahren auch wirklich in Maikes Auto stattfände. Und ihre Antwort würde lauten: „Klar doch. Solange du es nicht als Rennauto missverstehst, sondern damit normal und vernünftig fährst, kann man auch in einem Spider das Fahren lernen."

Ja, so oder so ähnlich würde sie sich als coole Mutter präsentieren. Aber wo blieb Angelika nur? Sie hätte eigentlich schon längst zu Hause sein müssen. Doch dann erinnerte sich Maike, dass sie noch bei Eva vorbeischauen wollte, die seit mehreren Tagen nicht in der Schule gewesen war und auch ihre Anrufe auf dem Handy nicht entgegennahm. Sie hatte noch nicht einmal auf ihre Kurznachrichten geantwortet. „Ich muss etwas unternehmen, endlich wissen, was mit Eva los ist!", hatte Angelika erklärt.

Maike lehnte sich zufrieden in der Polstergruppe im Wohnzimmer zurück und blickte um sich. Immer wieder erfüllte sie der Anblick ihrer Wohnung mit einer Mischung aus Stolz und Freude. Unmittelbar nach der Trennung von Bernd war sie mit Angelika hier eingezogen. In dem obersten Stockwerk eines viergeschossigen Wohnhauses aus den 60er-Jahren hatte sie eine gerade sanierte Dreizimmerwohnung gemietet. Sie sah aus dem Panoramafenster, das die Hälfte der Außenwand einnahm. Schwere graue Wolken hatten sich über Alzey aufgetürmt. Erstes Wetterleuchten war von dort zu sehen, wo man den Rheingau erahnen konnte. Die Schwüle des Spätsommertages würde wohl bald durch ein Gewitter vertrieben werden.

Maike hatte sich bereits ihren zweiten Drink genehmigt, da hörte sie endlich, wie die Wohnungstür aufgeschlossen wurde. Schnell ließ sie die inzwischen beschriebene Geburtstagskarte hinter einem der Sofakissen verschwinden und schaute erwartungsvoll zum Flur, um Angelika wie gewohnt mit einem Kuss zu begrüßen. Dem lauten Knall der zugeschmetterten Wohnungstür folgte ein zweiter, etwas dumpferer, der anzeigte, dass nun auch die Schultasche für den Aggressionsabbau hatte herhalten müssen.

„So ein laptopkompatibler Dakine Schulrucksack für fast 100 Euro muss das aushalten können", murmelte Maike. „Hallo, junge Dame", rief sie dann jedoch fröhlich, „was hat dir denn die Petersilie verhagelt?"

Mit zornigem Blick und geröteten Augen stand Angelika in der Tür wie ein Racheengel.

„Ich hasse dich!", schleuderte sie ihr ohne Vorwarnung entgegen. Sie zitterte vor Erregung. „Eva ist seit zwei Tagen spurlos verschwunden und du bist mit schuld daran! Keiner hat sich um sie gekümmert. Hätte ich sie am Sonntag doch besser angerufen, um zu fragen, ob sie mitgeht zum Schwimmen. Ihren Eltern geht es nur um die Kanzlei und dir ..., dir geht es ja nur um die Kohle, um deinen Umsatz bei deiner beschissenen Heliopharm und um deine Prämien. Da war bei Eva ja nichts zu holen." Die letzten Worte erstarben in heftigem Schluchzen. Maike war geschockt und wie paralysiert. Dann aber erhob sie sich und ging auf Angelika zu. Sie wollte sie in den Arm nehmen, ihr über den Rücken streichen, sie beruhigen. Und schließlich wollte sie wissen, was passiert war.

„Lass mich bloß in Ruhe!" Mit einem heftigen Stoß, der Maike zurücktaumeln ließ, wehrte Angelika die Annäherung ab. „Du weißt ja gar nicht, was bei Eva abgeht."

„Weißt du es denn? Hast du einen konkreten Hinweis, der sich nicht mit Gefühlen, sondern mit Vernunft erklären lässt?"

„Ich? Nein. Wieso? Du immer mit deiner Scheißvernunft und deinen verdammten Prinzipien machst du doch alles kaputt. Du musst dich nicht wundern, dass du einsam bist. Erst hast du Papa aus dem Haus getrieben und jetzt das mit Eva. Ich hasse dich! Ich gehe weg. Ich ziehe zu Papa! Er hat schon recht, wenn er von dir sagt, dass du Dämme baust, wo eigentlich eine Brücke notwendig wäre. Klingt gut – oder?"

Sie drehte sich um und rannte in ihr Zimmer. Maike hörte fassungslos, wie die Tür zugeschmettert wurde. Einem ersten Impuls folgend wollte sie Angelika hinterhergehen, sie zu einer Aussprache bewegen. Sie kannte solche Szenen, wo einer sich dem anderen entzog. Und sie verabscheute es, wenn man sie ohne die Möglichkeit zur Rechtfertigung mit der übergekübelten Schuld sitzen ließ. Maike hatte kein Problem damit, in die Konfliktarena zu steigen. Sie wusste, dass Meinungsverschiedenheiten zum normalen Zusammenleben gehören. Als sie jedoch hörte, wie ihre Tochter die Zimmertür auch noch verschloss, verharrte sie in ihrem Sessel. Den Kopf zurückgelehnt, fuhr sie sich mit beiden Händen über das Gesicht. Wie oft hatte Bernd sie in den kritischen Situationen, als sie anfänglich noch verzweifelt um ihre Ehe kämpfte, so zurückgelassen. Schmählich im Stich und alleine gelassen. „Das Schweigen der Männer", hatte sie es genannt. Bis heute hatte sie eines nicht verstanden: Warum können Männer in der Öffentlichkeit, an den Arbeitsplätzen, in Talk- und Politshows den Mund nicht halten und in den eigenen vier Wänden bekommen sie die Zähne nicht auseinander? Angelika schien da einiges von ihrem Vater abbekommen zu haben. Was hatte Angelika ihr eben entgegengeschleudert? „Du mit deiner Scheißvernunft und deinen verdammten Prinzipien! Erst treibst du Papa aus dem Haus und jetzt hast du Eva auf dem Gewissen." Und dann der Spruch mit den Dämmen statt der Brücke.

Selbstverständlich musste sie verstandesgemäß handeln. Das erforderte nicht nur ihr Job. Schließlich gehörte sie als berufstätige, alleinerziehende Mutter zu einer mobbinganfälligen Randgruppe, die immer noch mit Vorurteilen zu kämpfen hatte. Und Bernd? Sie hatte ihn weiß Gott nicht aus dem Haus getrieben! Und um zu überleben, sind halt manchmal auch Dämme notwendig. Was soll eine Brücke, wenn man gar nicht auf die andere Seite will?!

Die verzweifelte Stimme ihrer Tochter riss sie aus ihren Gedanken. „Mama, da muss man doch etwas tun. Aber was?"

Angelika stand neben ihr. Maike blickte zu ihr auf und lächelte sie an.

„Schön, dass du dich wieder etwas beruhigt hast. Jetzt setz dich bitte und erzähle mir, was vorgefallen ist. Aus deinen Vorwürfen kann ich mir leider kein Bild machen."

„Sorry. Ich weiß, es war ungerecht. Du kannst ja gar nichts dafür, aber ...“

„Du warst bei ihr zu Hause?“, beschritt Maike den Weg zu einer sachlichen Ebene, indem sie ihre Tochter bewusst unterbrach.

„Ja. Ihre Mutter war da. Als ich nach Eva fragte, bat sie mich ins Haus. Sie weinte und erzählte mir dann, dass Eva seit Dienstag spurlos verschwunden ist. Nach dem Klavierunterricht ist sie nicht mehr nach Hause gekommen. Sie haben keine Ahnung, wo sie sein kann. Eva hat nichts hinterlassen. Keinen Brief, keine Notiz. Die Letzte, die sie gesehen hat, war Frau Bellmann. Und die kann sich auch keinen Reim auf Evas Verschwinden machen. Sie sagte, dass Eva ganz normal war und wie immer um 18 Uhr die Klavierstunde verlassen hat.“

„Hat sie denn irgendetwas mitgenommen? Kleider? Andere persönliche Gegenstände? Irgendein Gepäckstück?“

„Das habe ich ihre Mutter auch gefragt. Sie sagt: Nein. Nur das, was sie an Kleidung trug. Und dann noch ihre Mappe mit den Klaviernoten, ihre Geldbörse und ihr Handy. Naja – und natürlich ihre Rex, also ihren Mofaroller, und ihren Helm.“

„Ja, und die Polizei? Was unternimmt die?“

„Die unternehmen nichts. Eva ist doch seit letztem Monat 18.“

„Was heißt, die macht nichts!? Wie denn das?“

„Ja halt, weil sie volljährig ist. Frau Hinze hat mir das erklärt. Ich hoffe, dass ich sie richtig verstanden habe. Die haben wohl eine Vermisstenmeldung aufgenommen, aber sonst unternehmen die derzeit nichts, solange es keine Anzeichen für ein Verbrechen gibt oder dafür, dass Eva sich in Gefahr befindet. Sie ist nicht krank und offenbar auch nicht selbstmordgefährdet. Daher geht die Polizei davon aus, dass sie aus freien Stücken nicht mehr nach Hause kam."

„Irgendwie passt das ja mit unserer Mutmaßung zusammen, dass sie jemanden kennengelernt hat."

„Das war nicht unsere Mutmaßung, Mama, sondern deine."

„Aber es könnte tatsächlich zutreffen. Vor allem, nachdem sie sich schon seit einiger Zeit so komisch benommen hat, wie du sagst. Hast du ihrer Mutter darüber etwas erzählt?"

Angelika zuckte resigniert mit den Schultern. „Hätte ich das tun sollen? Ich hatte zwar daran gedacht, war mir aber total unsicher. "

„Was unternehmen denn ihre Eltern nun?"

„Das weiß ich nicht genau. Sie rufen halt Gott und die Welt an. Und dann überlegen sie, eine Detektei einzuschalten. Meinst du, dass das was bringt? Mama? Hörst du mir überhaupt zu?"

Maike reagierte nur verzögert. „Ich überlege gerade." Sie klopfte mit dem Zeigefinger auf die Platte des Couchtisches, der sich zwischen ihr und Angelika befand. „Eva ist doch seit Dienstag verschwunden. Und ihre Eltern haben, außer, dass sie bei der Polizei waren, eine telefonische Suchaktion gestartet. Das habe ich doch richtig verstanden?"

Angelika nickte. „Worauf willst du hinaus?"

„Weshalb haben sie dich nicht angerufen? Sie wissen doch, dass ihr befreundet seid. Sie hätte sich doch zum Beispiel bei uns aufhalten können."

„Vielleicht haben sie in ihrer Aufregung einfach nicht daran gedacht. Aber was machen wir jetzt?"

„Nichts. Wir können da überhaupt nichts machen. Ich weiß nur, was ich alles in Bewegung setzen würde, wenn du … Ach, ich will gar nicht daran denken." Maike war um den Tisch herum gegangen, hatte sich neben Angelika gesetzt und sie umarmt. „Du machst aber niemals so einen Quatsch. Weglaufen, ohne etwas zu sagen. Versprich mir das – bitte!"

„Mama, ich bin nicht Eva! Du musst halt immer nur schön lieb zu mir sein und machen, was ich will", feixte Angelika anzüglich, „dann habe ich auch keinen Grund dazu."

„Meinst du denn, bei Eva gab es einen Grund?"

„Ich weiß es nicht. Aber ich kann es mir nicht vorstellen. Sie hatte doch alles, was sie brauchte. Ihr Vater hat sie vergöttert und ihr jeden Wunsch von den Lippen abgelesen. Na ja, als Anwalt sollte der ja Kohle genug haben."

Maike sah sie skeptisch an. „Für mich gibt es momentan drei Alternativen. Die erste: Es hat etwas mit einer Person außerhalb ihrer Familie zu tun – sprich: Ein männliches Wesen ist im Spiel. Die zweite: Der Schein der heilen Familie trügt."

„Meinst du so etwas wie ein dunkles Geheimnis?"

„Ich fantasiere halt einmal. Ist ja auch nur ein Gedankenspiel."

„Bei dem Hitchcock die Regie führt. Sorry, ich wollte dich nicht bei deinen Überlegungen unterbrechen. Du denkst noch an eine weitere Möglichkeit?"

„Ja", Maike stockte, schüttelte unwillig den Kopf, „es könnte sich natürlich auch um ein Verbrechen handeln."

Montag, 10. September 2012, Worms

Grüner Montag bei Heliopharm in Worms. An diesem Tag versammelten sich einmal in der Woche, wie man ihn wegen des grünen Firmenlogos nannte, die Außendienstmitarbeiter im Unternehmen. Durch Planungen, Besprechungen und Schulungen versprach man sich Synergieeffekte und eine Verbesserung der internen Kommunikation.

Die Heliopharm hatte ihren Sitz in Worms. Die Lage direkt zwischen der B9 und dem Rhein war ebenso verkehrsgünstig wie attraktiv. Maike war seit sieben Jahren für das Unternehmen tätig. Bei Ärzten in Praxen und Kliniken im gesamten rheinhessischen Raum hatte sie sich im Laufe der Jahre zu fast so etwas wie einer Institution entwickelt. Alleine schon ihre Ausbildung als PTA, pharmazeutisch-technische Assistentin, und ihre mehrjährige berufliche Erfahrung in der Apotheke von Bernds Eltern, hatten sie zu einer kompetenten Ansprechpartnerin werden lassen. Gerade beim Einsatz neuer Medikamente, die naturgemäß einen erheblichen Erklärungsbedarf hatten, zeigte sich ihre Stärke. Auf Augenhöhe verstand sie es eindrucksvoll, mit ihren Kunden zu fachsimpeln. Und mit der ihr eigenen Symbiose aus Sachlichkeit und Empathie wusste sie zu überzeugen. Lange und nervende Wartezeiten, bevor sie zu den Göttinnen und Göttern in Weiß vorgelassen wurde, kannte sie nicht. Im Gegensatz zu den meisten ihrer Konkurrenten. Das war umso bemerkenswerter, als die Unternehmensphilosophie der Heliopharm ihre ganz spezielle Problematik mit sich brachte. Trotz immer wieder aufflackernder Diskussionen mit dem Außendienst fühlte sich die Geschäftsleitung dem Vermächtnis des verstorbenen Firmengründers verpflichtet. „Heliopharm“, so lautete sein Wahlspruch, „zeichnet sich durch verantwortungsvolle und sanfte Forschung, Produktion und Verkauf von Arzneimitteln aus, die in ethischer Übereinstimmung mit der Natur und ihren Geschöpfen stehen. Die Gewährleistung dieses Prinzips steht über der Maximierung von Gewinnen.“

Ärzte von der Verschreibung überteuerter Arzneimittel zu „überzeugen“, im Austausch von kostenlosen Schiffsreisen oder gut dotierten Studien, das konnte jeder. Maike war, ebenso wie die meisten ihrer Kollegen bei Heliopharm, stolz darauf, in der Branche als Exot milde belächelt zu werden. Sie fühlten sich als Delfine in dem Haifischbecken der Pharmakonkurrenz wohl. Vor allem Maike konnte sich aufgrund ihrer persönlichen Einstellung damit identifizieren. Und nachdem es der Marketingabteilung gelungen war, genau dieses Bild in der Öffentlichkeit werbewirksam herauszustellen, waren auch wieder höhere Umsätze zu verzeichnen.

Gemeinsam mit einer Kollegin teilte sich Maike ein kleines Büro mit Blick auf den Rhein, der allerdings getrübt wurde durch das gespenstische Panorama auf der rechtsrheinischen Seite: die Kühltürme und Reaktorgebäude des Kernkraftwerkes Biblis. Diesen Anblick hatte sie stets als massive Bedrohung empfunden. Vor zwei Wochen jedoch hatte die Bundesnetzagentur bekannt gegeben, dass das Kraftwerk nicht mehr angefahren werde und auch nicht als „Kaltreserve“ zu Verfügung stehen sollte. Die Erleichterung und Freude darüber hatte angehalten und beflügelte sie bei ihrer Schreibtischarbeit, die ihr, wie wohl den meisten „Vertrieblern“, so lieb war wie ein Pickel auf der Nase. Seit neun Uhr brachte sie ihren Wochenbericht in eine ordentliche Form und markierte die wesentlichen Punkte für das nachfolgende „Salesmeeting“. Dabei ging es vornehmlich um neue Kontakte, wissenswerte Informationen, die sie bei ihren Kundenbesuchen aufgeschnappt und noch im Auto vor der Fahrt zum nächsten Termin dokumentiert hatte. Obwohl sie äußerst konzentriert arbeitete, empfand sie die Unterbrechung durch das Telefon eher als Abwechslung denn als Störung.

Entsprechend flapsig meldete sie sich: „Maike bei der Arbeit. Wer stört?"

„Genauso hatte ich es mir vorgestellt. Wenn schon die Mutter die elementarsten Grundsätze der Höflichkeit vermissen lässt, braucht man sich bei der Tochter nicht zu wundern."

„Entschuldigung", sie musste sich räuspern, „ich dachte, das sei ein internes Gespräch. Mein Name ist Berger. Aber das scheinen Sie ja bereits erahnt zu haben." Sie hatte sich wieder gefangen. Ihr zuvor noch verzagter Tonfall wurde plötzlich energisch. „Ich kann allerdings leider nicht erraten, mit wem ich das Vergnügen habe!"

„Breuner. Kriminalhauptkommissar Alfred Breuner von der Polizeiinspektion Alzey."

Siedend heiß durchfuhr es Maike. „Um Gottes willen! Ist etwas mit meiner Tochter? Mit Angelika?"

„Wie man es nimmt. Passiert ist nichts. Da kann ich Sie schon mal beruhigen. Aber ich befürchte, sie ist drauf und dran, sich und damit auch Sie in Schwierigkeiten zu bringen."

„Herr Beuner, erklären Sie ..."

„Breuner bitte", unterbrach er sie. „Berta, Richard, Emil, Ullrich, Nordpol, Emil, Richard – Breuner."

„Was hat sie denn gemacht?"

„Sie kam in mein Büro gestürmt und hat mich, ja wie soll ich es sagen, lautstark zusammengefaltet. Obwohl, angeschissen wäre der bessere Ausdruck, wenn Sie gestatten."

„Was haben Sie denn gemacht, Herr Breuner?"

„Ich? Was soll ich denn gemacht haben? Nichts. Ich kannte Ihre Tochter zuvor ja gar nicht. Sie hat mich mit einem Wortschwall ohne Punkt und Komma angemault, weil ich angeblich nichts für die Suche nach ihrer Freundin Eva unternommen hätte. Und das in einer Lautstärke, dass man es bis in die Nebenzimmer hören konnte."

Maike atmete erleichtert auf und konnte sich ein spöttisches Lächeln nicht verkneifen. Sie war froh, dass sich Bildtelefone noch nicht als gängige Kommunikationsmittel verbreitet hatten.

„Ja, haben Sie denn etwas unternommen?“

„Kann ich doch nicht! Es gibt schließlich Vorschriften, an die ich mich zu halten habe.“ Sein Tonfall kippte kurzfristig um ins Larmoyante, bevor er gefestigt fortfuhr. „Ich habe es bereits Herrn und Frau Hinze erklärt. Nun auch noch Ihrer Tochter. Obwohl das bei ihr nichts fruchtete. Die will es einfach nicht kapieren.“

„Akzeptieren, Herr Breuner, nicht kapieren. Das ist ein eklatanter Unterschied.“

„Meinetwegen“, blaffte er. „Ich bin doch nicht dazu da, jedem, der hier hereinstürmt, Rechenschaft darüber abzulegen, wie ich meinen Job zu machen habe! Ach, und übrigens: Richten Sie Ihrer Tochter doch bitte aus, dass meine Mundartkenntnisse noch so weit ausreichen, um zu wissen, was ein Dilldapp ist.“

„Und dadurch …“, Maike musste kurz gegen einen Frosch im Hals ankämpfen, „… deswegen hat sie nun Schwierigkeiten zu befürchten?“

„Unsinn. Deshalb natürlich nicht. Sondern, weil sie mir klipp und klar erklärte, sich nun selbst auf die Suche zu machen. Und damit behindert sie meine Arbeit. Und ...“

„Das verstehe ich nicht“, überlegte Maike laut. „Sie sagen doch selbst, dass Sie nichts tun können. Wie soll Ihnen denn dann Angelika in die Quere kommen?“

„Lassen Sie mich doch einfach ausreden, Frau Berger. Ich wollte noch anfügen, dass sie sich unter Umständen in Gefahr begibt. Wann könnten Sie zu mir in die Polizeiinspektion kommen? Das möchte ich nicht so gerne am Telefon besprechen.“

Sie verabredeten einen Termin noch am selben Tag. Alfred Breuner kritzelte ein Smiley mit nach unten gezogenen Mundwinkeln hinter die vereinbarte Uhrzeit, nachdem er aufgelegt hatte.

Zum gleichen Zeitpunkt lehnte Maike sich, die Arme hinter dem Kopf verschränkt, in ihrem Bürostuhl zurück und bemerkte nicht ohne Stolz: „Das ist meine Angelika. Wenn sie etwas will, dann setzt sie es auch durch."

Montag, 10. September 2012, 17 Uhr, Alzey

Die Alzeyer Polizeiinspektion befand sich in der Nähe des Wartbergstadions an der Ausfallstraße in Richtung Kirchheimbolanden. Auch wenn Maike nicht weit von dort wohnte und des Öfteren die Kleinstadt über diese Route verließ, war ihr das unscheinbare Gebäude bisher noch nie aufgefallen.

Offenbar hatte Kriminalhauptkommissar Breuner ihr Kommen an der Pforte bereits angemeldet. Sie musste lediglich ihren Namen nennen und wurde von dem wachhabenden Polizisten ohne weitere Identifikation eingelassen. Mit dem knappen Hinweis: „1. Stock, letzte Tür links. Einfach reingehen. Bloß nicht anklopfen. Da reagiert er nicht drauf", nickte er in Richtung Treppenaufgang.

Ein penetranter Geruch von frischer Ölfarbe schlug Maike entgegen. Der widerliche Gestank begleitete sie auf ihrem Weg nach oben. Er wurde nur noch von dem gewöhnungsbedürftigen Grün übertroffen, mit dem man die Wände gestrichen hatte. Eigentlich hätte es der handgeschriebenen Aufkleber mit der Warnung „Achtung! Frisch gestrichen!" nicht bedurft. „Wer fasst denn schon so etwas freiwillig an!?", murmelte Maike. „So ein ekliges Giftgrün."

Zimmer 1.07, Kriminalhauptkommissar Alfred Breuner, gab das Türschild Auskunft, als sie das Ende des Flures erreicht hatte. Trotz des Hinweises, es nicht zu tun, klopfte sie an, trat dann aber ein, ohne eine Aufforderung abzuwarten.

Hinter einem von Akten und Papieren überquellenden Schreibtisch blickte ein telefonierendes, männliches Wesen kurz auf. Sein Oberkörper war über den Tisch gebeugt. Den linken Arm, in dessen Hand er den Hörer so fest umklammerte, dass die Knöchel weiß hervortraten, hatte er aufgestützt. Sein Blick signalisierte Anspannung, Stress. Ganz offensichtlich wartete er ungeduldig auf eine Atempause des Gesprächspartners auf der anderen Seite, um ebenfalls zu Wort zu kommen. So hatte sie Zeit, ihn ungehindert zu betrachten. Es war keinesfalls der klein gewachsene Glatzkopf mit dickem Bauch, roten Backen und Schweinsaugen, wie sie ihn sich vorgestellt hatte, der hier vor ihr schaukelte. Dieser gut aussehende, groß gewachsene Mittvierziger mit dunklen Augen, dichtem braunem Haar transpirierte auch nicht, sodass sie die illustrierende Vorstellung eines verschmutzten Taschentuches zum Wegwischen der Schweißperlen ebenfalls in ihrer Vorurteilsschublade einlagern konnte. Sie überlegte, ob sie sich vielleicht in der Zimmertür geirrt hatte. Sollte sie noch einmal raus gehen, um sich zu vergewissern?

Der Mann drehte die Augen nach oben, schüttelte ungeduldig den Kopf. Dann schien er sich zu besinnen, dass er eine Besucherin hatte, und richtete sich blitzschnell auf. Den Telefonhörer weiterhin mit der einen Hand am Ohr haltend, bedeutete er Maike mit der anderen Platz zu nehmen. Es war keine gastfreundliche, eher eine unwirsche Geste. Maike setzte sich auf einen der beiden Stühle.

Eigentlich sieht er ja unerwartet nett aus, dachte sie. Aber das war pure Optik, denn gleichzeitig fühlte sie sich ungebührlich behandelt. Einfach respektlos.

Demonstrativ schaute sie aus dem Fenster. Sie begutachtete die beiden Orchideen auf der Fensterbank. Eine hatte eine dunkelgelbe Blüte. „Dass die hier überhaupt gedeihen? Kakteen hätte ich eher vermutet“, wunderte sie sich. An einer Wand entdeckte sie eine offiziell anmutende Urkunde mit der Inschrift: „Für unseren lieben Kollegen Kriminalhauptkommissar Alfred Breuner, gen. Ad, in Anerkennung seines selbstaufopfernden Einsatzes für den Rheinhessen-Wein. Verliehen in der Museumsschänke Frangel, Alzey, den 11. Juli 2010.“ Also doch – es war Breuner.

„Es gibt fast sieben Milliarden Menschen. Und ausgerechnet mit Ihnen muss ich mich hier rumschlagen“, bellte Breuner in die Sprechmuschel, bevor sein Tonfall in dem Maße an Schärfe zulegte, wie er an Lautstärke abnahm. „Und nun noch einmal, Sie Pfennigfuchser, zum Mitschrei… Nein, jetzt hören Sie mir mal zu! Sie haben mir jetzt lange genug die Ohren vollgequatscht. Es war ausgemacht, dass Dispersionsfarbe verwendet wird. Und aus den Farbmustern hatten wir uns Bastmatt ausgesucht. Bast wie das gleichnamige Röckchen und matt wie Ihre Ausflüchte. Und was hat der Malertrupp in einer Nacht- und Nebelaktion hier verbrochen? Auf Ihre Anweisung hin?! Ölfarbe, die Migräneattacken auslöst und ein Giftgrün, bei dem man sich den grauen Star oder zumindest Farbenblindheit wünscht. Sie leben wohl auch nach dem Motto: Spare jeden Cent – koste es, was es wolle. Jedenfalls muss die Farbe runter! … Wie Sie das bewerkstelligen sollen? Das ist nicht mein Problem, lassen Sie sich gefälligst etwas einfallen, Herr Verwaltungskollege. Auf Wiederhören.“

Unerwartet sanft legte Alfred „Ad“ Breuner den Hörer

auf die Gabel, streichelte ihn sogar mit einem diabolischen Grinsen. Dann blickte er auf und sah Maike mit zusammengekniffenen Lippen an. Mit einem flehentlichen „Oh Gott, schmeiß Hirn vom Himmel!“ resümierte er sein Telefonat.

„Entschuldigung. Damit waren nicht Sie gemeint. Aber Sie haben ja eben mitbekommen, womit ich mir hier die Zeit vertreiben darf.“ Unvermittelt wechselte er von seinem bisherigen Thema zu der Besucherin vor ihm. „Sie sind Frau Berger, nehme ich an!“

„Ja, bin ich und ebenfalls einen schönen guten Tag. Und ja, ich finde es ebenfalls zuvorkommend, dass ich so schnell vorbeigekommen bin. Aber mit wem habe ich denn das Vergnügen?“

Alfred Breuner verschränkte die Hände hinter dem Kopf, lehnte sich zurück und nickte bedächtig.

„Womit wieder einmal bewiesen wäre, dass der Apfel nicht weit vom Stamm fällt.“

„Das hört sich an wie der Beginn eines guten Gesprächs“, erklärte Maike sanft. „Aber ich denke nicht, dass wir uns über Ihre und meine Definition dessen, was wir unter Höflichkeit verstehen, austauschen müssen.“

„Warum eigentlich nicht? Das könnte doch ganz amüsant, zumindest aber aufschlussreich sein.“

„Weshalb haben Sie mich nun eigentlich herbeizitiert?“

Breuner richtete sich in seinem Sessel auf. Atmete tief durch. Man sah es ihm an, dass er die nächste Reaktion bewusst auslotete.

„Frau Berger, darf ich Ihnen einen Kaffee anbieten?“ Er deutete auf einen schwarz-weißen Kaffeeautomaten, der wie ein stilisierter Vogel aussah. „Oder ein Wasser?“

„Danke, nein“, lehnte sie knapp ab.

„Es geht um Ihre Tochter“, kam er endlich zur Sache,

„ich möchte nicht, dass sie sich in unsere Angelegenheiten einmischt. Und sich dadurch eventuell ...“

„Wie das? Sie tun doch offensichtlich in dieser Angelegenheit, wie Sie das Verschwinden einer 18-Jährigen bagatellisieren, nichts.“

Unwillig schüttelte Breuner den Kopf. „So ganz stimmt das nicht. Wie wir auf Vermisstenmeldungen reagieren, hängt von verschiedenen Umständen und Erfahrungswerten ab. Die meisten Kinder, die plötzlich verschwinden, kehren, abgesehen von extrem seltenen Ausnahmen, in der Regel von allein zurück. Ursachen für ihr zeitlich begrenztes Ausreißen ist meist Streit mit Eltern oder Geschwistern.“

„Das trifft aber bei Eva nicht zu. Sie hatte keinen Streit. Außerdem ist sie nicht mehr unter der Rubrik Kind einzuordnen.“

„O.k.“, ging Alfred Breuner auf ihren Einwand ein, „bei größeren Kindern oder Jugendlichen kann es sich auch schon mal um Liebeskummer oder psychische Probleme handeln. Die meisten kommen aber nach einer Weile von allein zurück oder geben zumindest ein Lebenszeichen. Wegen dieser Erfahrungswerte beginnen wir mit einer Fahndung nach Minderjährigen in der Regel erst nach Ablauf von 24 Stunden. Beim Verschwinden von Erwachsenen müssen wir einfach zurückhaltender vorgehen. Mündigen Erwachsenen ist das Eigenbestimmungsrecht vorbehalten. Aber angenommen, wir lösen dennoch eine Fahndung aus und treffen die gesuchte Person in einem unbedrohlichen Zustand an, dann setzen wir sie lediglich von der Suche in Kenntnis. Das Verfahren wird dann eingestellt. Ansonsten gilt bei Erwachsenen die polizeiliche Praxis, Vermisstenanzeigen zwar entgegenzunehmen und zu registrieren, aber nicht bei jeder Anzeige eine Fahndung auszulösen. Ungerechtfertigt ausgelöste Fahndungen können im schlimmsten Fall sogar in Geldforderungen an die Suchenden münden."

„Dann sagen Sie mir doch endlich, was geschehen muss, damit Sie eingreifen!"

Breuner bemühte sich weiterhin, die Wogen nicht allzu hoch schlagen zu lassen. „Frau Berger, ich will mich tatsächlich nicht hinter Paragrafen verstecken. Ich bin der Letzte, der sich immer daran hält, da mir der gesunde Menschenverstand oftmals mehr geholfen hat als die sture Beachtung von Vorschriften. Doch in diesem Fall, das lehrt die Erfahrung, macht sie Sinn."

„Wie lautet denn diese Verhinderungsvorschrift?"

„Diese Verhinderungsvorschrift, wie Sie es nennen", Breuner konnte sich ein Schmunzeln nicht verkneifen, „ist in der realen Welt der Polizeiarbeit die sogenannte Polizeidienstvorschrift 389. Sie regelt unseren Einsatz bei unbekannten Toten, unbekannten hilflosen Personen und auch bei Vermissten. Und als vermisst gelten danach Personen, wenn sie ihren gewohnten Lebenskreis verlassen haben, ihr Aufenthalt unbekannt ist und – das ist entscheidend – wenn eine Gefahr für Leben und Gesundheit angenommen werden kann. Bei Kindern und Jugendlichen wird grundsätzlich von dieser Gefahr ausgegangen. Deshalb nehmen wir bei einem vermissten Kind oder Jugendlichen auch gleich die Ermittlungen auf. Aber bei vermissten Personen, die über 18 Jahre sind, beginnen wir nur bei Vorliegen besonderer Voraussetzungen mit den Ermittlungen. Dazu müssen nämlich konkrete Anhaltspunkte vorliegen. Zum Beispiel Hinweise darauf, dass ein Unglück oder eine Straftat vorliegen könnte. Stellen Sie sich vor, Frau Berger, Eva hätte eine mehrtägige Fahrradtour gemacht und würde nach Ende des Urlaubs nicht nach Hause kommen. Wenn sie dann als vermisst gemeldet wird, würden wir sofort die Ermittlungen aufnehmen. Das Gleiche wäre, wenn jemand verschwindet, der geistig verwirrt oder suizidgefährdet ist."

„Und wenn wir einfach eine Gefahr unterstellen? Etwas konstruieren? Selbstmordgefährdung aus Liebeskummer zum Beispiel?"

„Mein Gott, sind Sie hartnäckig. Wenn wir Eva tatsächlich auffinden würden und es sich weiterhin herausstellt, dass sie ganz bewusst von Zuhause weggegangen ist, dann dürften wir den Angehörigen nur dann ihren Aufenthaltsort preisgeben, wenn sie das auch will."

Maike schüttelte den Kopf. „So ein Unfug. Stellen Sie sich doch die Situation der Eltern vor. Sie sind verzweifelt. Sie wissen nicht, was sie tun sollen. Sie fühlen sich sogar von denen im Stich gelassen, die für sie die zuständigen Fachleute sind. Und dass meine Tochter da nicht untätig zusieht, kann ich verstehen."

„Aber was will sie denn tun? Besser noch, was kann sie tun, ohne sich selbst in Gefahr zu begeben? Um Letzteres geht es nämlich. Deshalb habe ich sie hergebeten und nicht, um meine Handlungsweise zu rechtfertigen."

„Handlungsweise? Nicht-Handlungsweise trifft es ja wohl eher. Und was soll der Quatsch mit der Gefährdung meiner Tochter?"

„Weder kennen wir Beweggründe für ein freiwilliges Verschwinden, noch wissen wir etwas über einen eventuellen kriminellen Hintergrund. Es kann sein, dass Ihre Tochter durch ihr zwangsläufig unprofessionelles, blauäugiges und unkritisches Vorgehen schlafende Hunde weckt."

„Geht es vielleicht auch etwas weniger kryptisch?"

„Mein Gott, Frau Berger, Sie wissen doch genau, was ich meine. Wenn Eva von sich aus zurückkommen sollte, dann ist es nicht nötig, dass Ihre Tochter etwas unternimmt. Falls nicht, woher wollen Sie wissen, dass nicht eine weitere Person, nehmen wir an, ein Liebhaber, ausrastet, wenn er merkt, dass man ihnen auf der Spur ist. Und im Falle eines Gewaltverbrechens …“, Breuner beugte sich ruckartig über den Schreibtisch, fixierte Maike mit zusammengekniffenen Lippen und wurde merklich lauter, „… habe ich keine Lust auch noch in einem Tötungsdelikt mit Verschleierungsmotiv ermitteln zu müssen. War das nun klar genug? Oder muss ich auch noch den Namen des potenziellen Opfers aussprechen?“ Sichtlich entnervt lehnte sich Breuner wieder zurück.

„Meinen Sie nicht, …“

„Oh, ich weiß, was Sie sagen wollen. Sie wollen mir überbordende Fantasie vorwerfen – habe ich recht?“

Maike grinste schief und schürzte die Lippen.

„Auch eine Antwort. Frau Berger“, er neigte sich ihr entgegen und verstärkte den Blickkontakt, „Sie dürfen mir glauben, unsere Fantasie reicht nicht aus, um das zu ahnen, was die Realität an Überraschungen für uns bereithält. Es gibt nichts, was es nicht gibt. Alte Kriminalistenweisheit.“

Maike atmete tief durch. „Gut, ich werde mit ihr sprechen.“

„Tun Sie das. Nachdrücklich und unmissverständlich. Und um es noch einmal auf einen Nenner zu bringen: Wir spielen hier nicht Emil und die Detektive, Frau Berger. Soweit zu den Ambitionen Ihrer Tochter. Im Übrigen ist Eva Hinze nicht die Erste, die, sagen wir mal, abgehauen ist. Auch nicht die Letzte und nicht die Einzige. Wir wissen schon, was wir tun.“

Maike reagierte nicht auf Breuners Selbsteinschätzung. Stattdessen bat sie darum, sie zu informieren, wenn sich doch etwas in dieser Angelegenheit ergäbe. Sie überreichte ihm ihre Visitenkarte. „Da steht auch meine Handynummer drauf."

„Auch das ist gegen Vorschriften, Regeln und Gepflogenheiten, Frau Berger. Erstens sind Sie keine Angehörige und zweitens könnten damit eventuelle Ermittlungen gefährdet werden."

Maike erhob sich mit einer leichten Verbeugung. „Dann möchte ich mich mit der Abwandlung eines Bibelwortes verabschieden: Herr vergib ihnen, denn sie tun nicht, was sie wissen."

Sie öffnete die Tür und drehte sich noch einmal kopfschüttelnd um, als sie Breuner seufzen hörte: „Auch das noch – Lukas 23."

Die Fahrt nach Hause dauerte weniger als fünf Minuten. Maike stellte den Wagen auf ihrem Parkplatz ab. Breuners Beurteilung der Gefahr, in der sich Angelika befinden könnte, ging ihr nicht aus dem Kopf. Sie war so sehr in Gedanken, dass es sie noch nicht einmal ärgerte, dass die Rostlaube ihres grenzwertigen Nachbarn, Ron Conrad, der seinen Abstellplatz direkt neben dem ihren hatte, wieder einmal über der Markierungslinie stand und sie sich mit viel Mühe aus der Fahrertür quälen musste. Ihren Musterkoffer holte sie von der Beifahrerseite. Doch momentan hatte Maike keinen Kopf für die Rücksichtslosigkeit ihres Hausgenossen. Sie wurde jedoch von einer Ansage aus ihren Gedanken gerissen. „Liebe Kunden, beachten Sie bitte unser heutiges Angebot …" Sie blickte auf die gegenüberliegende Straßenseite, wo ein REWE Einkaufscenter über die Außenlautsprecher mit eingelegtem Schweinebauch und anderen schweinernen Grillspezialitäten lockte. Die Werbeansage hatte zumindest dafür gesorgt, dass Maike aus ihrer Grübelei gerissen wurde.

Eigentlich war alles ganz einfach. Sie musste Angelika doch nur verständlich machen, dass sie … Verdammt noch mal, ja was eigentlich?!

Im Treppenhaus kam ihr Angelika entgegen. Sie hörte sie bereits beim Betreten des Hauses, da sie lautstark über ihr Handy telefonierte. „Wir treffen uns in einer halben Stunde im Copacabana am Kronenplatz, im Biergarten. Ich bringe meinen Laptop und ein paar Plakatentwürfe mit. Henny, Paule und Aron habe ich schon Bescheid gesagt. Inge, rufst du bitte noch Bea und … Moment, da kommt gerade meine Mama. Bin gleich wieder dran."

Angelika nahm das Handy vom Ohr, ohne jedoch das Gespräch zu trennen.

„Wohin, junge Dame?" Maike hatte ihren Musterkoffer abgestellt und versperrte ihrer Tochter den Weg.

„Keine Zeit, Mama. Ich habe ein paar aus unserer Klasse zusammengetrommelt, die mir bei der Suche nach Eva helfen."

„Das lässt du mal schön bleiben! Und jetzt komm bitte wieder mit rauf. Und zwar umgehend. Ich muss mit dir sprechen."

„Worüber?"

„Genau darüber." Sie nahm ihren Musterkoffer wieder auf und machte Anstalten, die Stufen weiter nach oben zu gehen. Am nächsten Treppenabsatz drehte sie sich um. „Was ist? Kommst du endlich oder schaffen es die Beine nicht mehr?"

„Das glaube ich jetzt nicht." Angelika war stehen geblieben, während Maike bereits ein Stockwerk weiter war. „Wir wollen Eva suchen und du, du …" Sie stieß mit der geballten Faust, in der ihr Schulrucksack bedrohlich wie eine Waffe schwang, in Maikes Richtung.

„Und ich werde dir erklären, weshalb das nicht geht. Jetzt beende das Telefonat und komm!" Lautstärke und Schärfe ihrer Stimme waren bedrohlich angestiegen.

Angelika schnaubte heftig und warf ihrer Mutter einen hasserfüllten Blick zu. Sie wagte jedoch nicht, sich der Aufforderung zu widersetzen. Sie kannte die Phasen der Eskalation, wenn es bei Maike zur Sache ging. Dennoch konnte sie sich vor ihrer Freundin nicht blamieren, die alles mitverfolgt hatte. „Du hörst ja. Meiner Mutter ist irgendetwas über die Leber gelaufen. Vielleicht die Hormone. Fangt schon mal ohne mich an, einen Plan zu entwickeln. Ich komme in spätestens einer Stunde nach. Tschüss." Mit einer demonstrativen Bewegung klappte sie ihr Handy zu. „Gut so? Bist du nun zufrieden?"

„Weder ist mir etwas über die Leber gelaufen noch habe ich hormonelle Probleme. Ich sage nur: Kriminalhauptkommissar Alfred Breuner!"

„Wegen diesem Fuzzi …".

Ein unartikuliertes Gebrüll, das man als „Iss jetzt endlich ma Ruhe hier ins Treppenhaus?" entschlüsseln konnte, schnitt das Ende ihres Satzes ab. Ron Conrad war in seiner Wohnungstür aufgetaucht. Er sah aus wie ein Neandertaler, trug einen verschmuddelten Schlafanzug, der die Spuren mehrerer Mahlzeiten und von Rotwein aufwies, und stank.

„Was glotzen Se denn so? Noch nie 'nen Mann im Püschama gesehn? Hoppla!" Er schwankte leicht und hielt sich an der Türfüllung fest. „Also", forderte er, „was solln der Krach?"

Inzwischen war Angelika nachgekommen und stand ihm nun ebenfalls gegenüber. Sie hielt ihr Handy noch griffbereit. Ohne eine Chance zur Abwehr musste es sich Conrad gefallen lassen, dass sie damit ein Foto von ihm machte.

„Was solln das? Das darfste nicht."

„Wenn Sie sich so präsentieren, dann nutze ich doch die Chance."

„Chance wosu?"

„Das Foto hänge ich an die Kellertür, um zu verhindern, dass Ratten ins Haus kommen."

„Frau Berger! Jetzt sagen Se mal was. Darf die das? Das muss ich mir nich gefallen lassen. Das ist ein Eingriff in meine Persönlichkeitsrechte iss das, jawoll. Das wird mir die Rotzgöre büsn. Da könnense Gifd druf nehmn."

Maike hatte inzwischen wieder ihre Fassung gewonnen. Innerlich bewunderte sie Angelikas Unverfrorenheit. Als sei es ein Duell zwischen Mutter und Tochter, wollte sie ihr den Triumph über diesen Flegel nicht alleine gönnen.

„Und was Sie uns hier zumuten", seufzte sie, während sie ihr Gegenüber von oben bis unten begutachtete, „das ist der absolute ästhetische Supergau."

„Sie wolln wohl strein mit mir?"

„Wissen Sie, werter Herr Conrad", säuselte Maike und setzte ihr charmantestes Lächeln auf, „ich würde mich gerne geistig mit Ihnen duellieren, aber wie ich sehe, sind Sie unbewaffnet."

Dann warf sie den Kopf in den Nacken, packte Angelika am Arm und schob sie, ohne ein weiteres Wort zu verlieren, vor sich her.

„Des willsch aber auch meinen", rief ihnen Ron Conrad nach einer kurzen Pause hinterher.

Erst als Maike und Angelika die Wohnungstür hinter sich geschlossen hatten, prusteten sie los. Sie lachten, bis ihnen die Tränen kamen und ihnen die Luft wegblieb. Maike legte ihren Musterkoffer auf der Schuhkommode im Flur ab und ging in die Küche. Mit einem Seitenblick bemerkte sie, wie

Angelika ihren Rucksack mit einem Tritt in eine Ecke beförderte.

„Muss das sein?!"

„Ach ist der Spaß jetzt vorbei?", war die trotzige Reaktion. „Also, was ist. Was wollte der komische Kriminelle?"

„Auch auf die Gefahr hin, dass es ein Scherz sein sollte, es heißt Kriminaler und nicht Krimineller."

„Und wo ist da der Unterschied? Beides sind …"

„Setz dich, Angelika!" Maike deutete auf den Stuhl ihr gegenüber und schob ein hartes „Bitte!" nach, als diese keine Anstalten machte, ihrer Aufforderung nachzukommen.

„Und was den Unterschied betrifft: Der liegt darin, dass der eine dich vor dem anderen schützt. Kapiert? Genau darum geht es nämlich, junge Dame."

„Mamaaaa", ihre Stimme nahm einen eindringlichen Tonfall an, „ich habe mir das alles genau überlegt."

„Na, da bin ich ja mal gespannt." Sie lehnte sich mit vor der Brust verschränkten Armen zurück. „Ich höre."

Angelika schien die Provokation, die sich in der unverhohlen gekünstelten Hingabe enthüllte, mit der ihre Mutter sie beobachtete, nicht zu erkennen. Mit dem Enthusiasmus eines jungen Menschen, dem der Glaube daran, etwas bewegen, ja sogar die Welt verändern zu können, noch nicht abhandengekommen war, schilderte sie, was sie bereits unternommen hatte und welche weiteren Schritte sie plante. „So, Mama", sie sah Maike erwartungsvoll an, „jetzt bist du dran. Was sagst du nun?"

Angelika hatte in ihrer Begeisterung nicht bemerkt, wie schwer es Maike fiel, Gleichmut zu markieren. Scheinbar gelassen hatte sie ihrer Tochter zugehört. Dabei fühlte sie sich innerlich zerrissen. Einerseits bewunderte sie Angelika. Sie redete nicht nur, nein, sie unternahm etwas. Und eine derartige Einstellung galt es eigentlich uneingeschränkt zu unterstützen. Andererseits musste Angelika lernen, dass sie auf keiner Insel lebte. Dass dort ihre Grenzen waren, wo sie die anderer überschritt. Und, dass Rückschläge und negative Erfahrungen zum Erwachsenwerden dazugehören.

Besonnen wiederholte Maike mit eigenen Worten und ohne es zu kommentieren, was Angelika ihr erzählt hatte. Vor allem, dass sie die Suche nach Eva zu einem Generalthema hatte werden lassen, welches alle anderen Pausengespräche, SMS-, Facebook- und Twitteraktivitäten ihrer Klassen- und Schulkameraden dominierte, mit dem Resultat, dass alle etwas anderes beobachtet oder schon längst gewusst haben. Über Liebeskummer, Drogen, Sex, bis hin zum Sissisyndrom oder einer Depression mit seiner suizidalen Konsequenz war alles vorhanden, was die eigene Fantasie, RTL-Reality-Dokus und Wikipedia hergaben. Maike setzte dabei auf die Wirkungsweise einer abgenutzten Verkäufertaktik, die sie beruflich schon lange nicht mehr anwandte: Den Eindruck vermitteln, die Darlegungen des „Argumentationsgegners" zu verstehen und zu akzeptieren, um darauf mit subtilem Selbstverständnis die Gegenargumentation aufzubauen. Sie schämte sich ein wenig, ihre Tochter mit diesem rhetorischen Trick einzulullen. Doch mit der Beruhigungsformel, dass der Zweck schließlich die Mittel heilige, warf sie ihre Bedenken über Bord.

„Hab ich das richtig wiedergegeben?", startete Maike ihre Widerlegungsaktion. Angelika nickte arglos.

„Du bist dir aber auch darüber im Klaren, dass jeder, der es will, ungehindert verfolgen kann, was ihr über das Verschwinden von Eva vermutet und was ihr zu tun gedenkt?!"

„Mhh. Ja, klar." Angelika zögerte. Offensichtlich dämmerten ihr jetzt erst die möglichen Konsequenzen. „Das ist halt nun mal so mit dem Internet. Und vieles, was da geschrieben wurde, sind ja auch nur Vermutungen."

„Natürlich wird es sich bei dem meisten um Hypothesen handeln. Aber es kann sich auch die Wahrheit in dem Gerüchteeintopf verbergen. Und die Person, die diese Wahrheit kennt und im Internet nicht nur darauf, sondern auch auf den Verfasser stößt, was wird sie wohl tun?"

Angelika zuckte mit den Schultern.

„Könnte diese Person nicht in Panik geraten? Könnte sie nicht auf die Idee kommen, einen Mitwisser oder eine Mitwisserin an weiteren Recherchen zu hindern? Und kann es dann nicht sein, dass sie diese Idee in die Tat umsetzt?"

„Mama!", Angelikas Lachen wirkte unecht. „Meinst du nicht, dass deine Fantasie mit dir durchgeht? Das klingt ja nach einem schlechten Kriminalfilm."

„Leider nicht, Angelika. Keine Fiktion, sondern Realität. Wir wissen noch nicht welche, aber wir sind gerade nicht in einem Film, sondern im realen Leben. Und ich denke, dass auch deine Freunde den Ernst der Sache nicht überreißen. Denen geht es doch nur ums Abenteuer."

Angelika blickte nachdenklich unter sich. Begutachtete angelegentlich ihre Fingernägel.

Maike schilderte ihr das Gespräch in der Polizeiinspektion. „Der Kriminalhauptkommissar hat keine Lust in einem Tötungsdelikt mit Verschleierungsmotiv ermitteln zu müssen. Das Opfer wärest in diesem Fall du! Und deshalb wirst du einsehen, dass du deine Nachforschungen einstellen musst."

Maike war sich sicher, dass ihre Argumentation ihren Zweck erfüllt hatte. Sie war aufgestanden und hatte Angelika umarmt. „Es war o.k., dass du nicht untätig sein wolltest. Aber in diesem Fall … he, wo willst du hin?"

Angelika hatte sich mit einer heftigen Bewegung aus ihrer Umarmung gelöst. „Das weißt du doch."

Sie angelte ihren Rucksack vom Boden und verließ ohne weitere Worte die Wohnung. Maike eilte ihr nach einer kurzen Schockstarre hinterher. Angelika war bereits am nächsten Treppenabsatz angelangt. Maike war es in diesem Moment egal, dass ihre Stimme durch das ganze Haus schallte:

„Du bleibst gefälligst hier! Komm sofort zurück! Angelika!"

„Ich weiß, was ich tue", kam es von unten. „Mach dir keine Sorgen. Ich kann dich ja verstehen, Mama, aber dein Kriminaler hat null Peilung." Sanft fiel die Haustür ins Schloss.

Weniger geräuschlos schmetterte Ron Conrad seine Tür hinter sich zu, nachdem er wiederum absolute Ruhe im Haus eingefordert hatte. Und auch Maike ließ es nicht an Intensität vermissen, als sie ihre Wohnungstür schloss.

„Wenn das das Ergebnis der kooperativen Erziehung ist, dann vielen Dank." Für einige Sekunden schloss sie die Augen und lehnte sich gegen das Türblatt. Dann stieß sie sich ab und bedachte auf dem Weg ins Wohnzimmer Ron Conrad mit einem herzhaften: „Und dieses Arschloch hat mir gerade noch gefehlt." Zudem ärgerte sie sich darüber, dass Angelika sich auch noch gesittet verabschiedet hatte. So konnte sie ihr nicht einmal böse sein. Mit dem Vorsatz, sich nie mehr daraus zu erheben, ließ sie sich auf die Couch fallen. Sollte sie Angelika hinterherfahren? Sie aus ihrem Freundeskreis herausholen? Das ginge jedoch nur unter Einsatz ihrer elterlichen Autorität und käme unweigerlich einer Kampfansage gleich. So schnell, wie er gekommen war, verwarf sie den Gedanken. Aber ebenso schnell tauchten an seiner Stelle wieder Zweifel, Bedenken auf.

Als ob sie dort eine zufriedenstellende Antwort finden

würde, erhob sie sich und sah aus dem Panoramafenster. Es war dunkel geworden. Schemenhaft sah sie ihr Spiegelbild in der Glasscheibe. „Na, Maike“, fragte es, „ist das das Leben, das du dir gewünscht hast? Dann hast du es ja ganz schön weit gebracht. Gratuliere! Bist dein einziger Gesprächspartner. Niemand weit und breit, mit dem du deine Probleme besprechen, den du um Rat fragen könntest. Noch nicht einmal eine dieser berühmt-berüchtigten besten Freundinnen hast du. Alles musst du alleine entscheiden und verantworten. Ja, wenn Bernd noch da wäre. Aber du musstest ihn ja unbedingt in die Wüste schicken. Nur wegen deiner moralischen Dünnhäutigkeit. Wegen des einen Ausrutschers. Er hatte doch gesagt, dass das nichts zu bedeuten hatte.“

Maike schüttelte den Kopf. Selbstgespräche dieser ausufernden Art sind doch nur etwas für Bekloppte, schalt sie sich. Ob sie eine der rosa Pillen nehmen sollte, die ihr einmal der Berufskollege eines Konkurrenzunternehmens bei einer Messe mit anzüglichem Grinsen zugesteckt hatte? Nein, dieser Chemiedreck sollte ihr nicht über die Lippen kommen. Dann schon lieber einen doppelten Cognac, den sie sich aus dem Barfach im Wandschrank einschenkte. In einem Zug leerte sie das Glas. Das Feuer in ihrer Kehle sorgte für einige Momente für einen gequälten Gesichtsausdruck, bevor sich, begleitet von einem erlösenden „Aaahhh“, eine wohltuende Wärme in ihr ausbreitete. Ob sie Bernd anrufen und mit ihm über ihre Ängste sprechen sollte? Schließlich war Angelika ja auch seine Tochter. Seine Telefonnummer bewahrte sie auf einem Zettel in ihrer Handtasche auf. Nur für Notfälle. Sie hatte sie absichtlich nicht eingespeichert. Aus Gründen des Selbstschutzes, damit sie ihren Ex nicht aus einer sentimentalen Laune heraus mit einem einfachen, unüberlegten Tastendruck anrufen konnte.

Sie legte den Zettel vor sich auf den Couchtisch und ergriff ihr Privathandy. Es wäre das erste Mal aus einem derartigen Anlass. Auf einem kleinen Notizblock stellte sie sich stichwortartig zusammen, was sie ihm sagen wollte. Bernd gehörte nicht unbedingt zu den Menschen, die einem wichtigen Gespräch auch nur über eine kurze Zeitspanne mit angemessener Ernsthaftigkeit folgen konnten. Stattdessen besaß er die peinigende Begabung, sein Gegenüber mit wenigen verbalen Schwenks vom eigentlichen Thema abzulenken und auf das Spielfeld nebensächlicher Banalitäten zu führen. Wie würde er also reagieren? Könnte er sich aus der Entfernung überhaupt in ihre Situation versetzen? Wohl kaum. Wie sie ihn kannte, würde er sie vielleicht sogar auslachen. Mutlos schob sie das Telefon zur Seite. Jetzt nicht. Vielleicht später. Die Seite mit den Notizen riss sie aus dem Block, zerknüllte sie und warf sie in einen Papierkorb. „Wenigstens das ging mal nicht daneben“, kommentierte sie ihre Treffsicherheit.

Sie starrte in das leere Cognacglas. Hielt es vor sich gegen das Licht. Betrachtete es, als sei es eine dieser Kristallkugeln, derer sich Wahrsager bedienten. Sie fragte sich, wie ihr Leben wohl weiter verlaufen wird, wenn Angelika ihren eigenen Lebensraum gefunden hat und auch ihr Berufsleben zu Ende sein wird. Der Gedanke daran, sich zu einer ältlichen Jungfer zu entwickeln, erschreckte sie, verstärkte ihre depressive Stimmung. Bernd hatte sie einmal als Kaktusblüte bezeichnet. Damals hatten sie den Film mit Walter Matthau und Ingrid Bergmann als diese vertrocknete Miss Dickinson gesehen. Wie hatte er den Vergleich mit ihr gemeint? Sie hatte nie gefragt und konnte sich auch nicht mehr an die Einzelheiten der Story erinnern. Ihr fiel jedoch ein, dass sie in einem Anfall von Gefühlsduselei die Videoversion vor einiger Zeit gekauft hatte. Sie war noch originalverpackt. Maike entfernte die Folie und schob die DVD in den Schacht des Abspielgerätes. Mit der Fernbedienung legte sie sich auf die Couch, startete den Film und war wenige Minuten später eingeschlafen. Der doppelte Cognac hatte seine Wirkung nicht verfehlt. Sie schlief fest und traumlos.

So fand Angelika sie vor, als sie nach Hause kam. Leise holte sie Maikes Lieblingsdecke aus der Kommode und deckte sie vorsichtig zu. Dann zog sie sanft die Fernbedienung aus ihrer Hand und schaltete den DVD-Player und den Fernseher aus. Sie nahm das leere Cognacglas, schnupperte daran und nickte verstehend. Sie wollte es in die Küche bringen, zum Abwasch. Dabei entdeckte sie den Zettel mit der Vorwahl 0034-922 und dem Anschluss ihres Vaters. Daneben lag Maikes Handy. Ob sie ihn angerufen hatte? Wegen ihr? Angelika stellte das Glas wieder ab und prüfte im Speicher die Ausgangstelefonate. Nein, da war nichts. Außer ihrer eigenen Nummer gab es überhaupt keine Anzeichen dafür, dass Maike in der letzten Zeit mit irgendjemandem private Gespräche geführt hätte. Angelika setzte sich auf den Sessel gegenüber der Couch und betrachtete ihre Mutter sorgenvoll. Aus ihrem Gesicht war die Anspannung gewichen, die sonst so oft zu erkennen war. Ihr Atem ging tief und gleichmäßig. Die plötzlich aufkeimende Gewissheit, dass sich das Leben ihrer Mutter vor allem um sie drehte, rührte und belastete sie gleichermaßen. „Ach, Mama", dachte sie, „wie gerne würde ich dich jetzt in den Arm nehmen und dir sagen, wie unendlich lieb ich dich habe. Doch dann würde ich dich nur aufwecken. Warum machst du es dir eigentlich immer so schwer, indem du versuchst alles selbst zu regeln. Willst du dir damit beweisen, dass es auch ohne Papa geht? Und wenn dir mal einer zu nahe kommt, fährst du gleich die Krallen aus. Wir sollten bei nächster Gelegenheit unbedingt darüber sprechen. Wenn du mal gut drauf bist."

Angelika schrieb ein paar Zeilen auf den Notizblock, der neben dem Handy lag, und umrahmte sie mit einem Herz. Sie trennte die Seite heraus, rollte sie wie eine Zigarette zusammen und steckte sie in den Cognacschwenker. Dann stand sie leise auf, hauchte der Schlafenden einen Kuss zu, löschte das Licht und ging in ihr Zimmer.

Als Maike am nächsten Morgen aufwachte, fühlte sie sich wie gerädert und benötigte einige Sekunden, um Klarheit darüber zu erlangen, welcher abscheulichen Ursache sie es zu verdanken hatte, ihr bequemes Bett gegen dieses Folterinstrument von einer Couch eingetauscht zu haben. Sie blickte auf die Uhr. Sechs Uhr 43. Da erst bemerkte sie, dass sie jemand zugedeckt und die Fernbedienung zur Seite gelegt hatte. Angelika! Maike rekelte sich, um ihre Muskeln und Gelenke zu lockern. Dabei fiel ihr Blick auf die kleine Papierrolle in dem Cognacschwenker. Sie entnahm und glättete sie.

„Das Treffen war ein Reinfall", stand da in Angelikas ungelenker Handschrift. „Du hattest recht. Wir stochern im Dunklen. Außerdem betrachten die anderen das nur als Spaß. Ich habe denen den Kopf gewaschen.

Mein Verhalten tut mir leid, Mama. Ich habe dich lieb. Ich werde immer für dich da sein. Vergiss das bitte nie.

P.S. Wecke mich nicht, ich habe heute später Schule und hab einen schönen Tag."

Zweiter Auszug aus der Audiokassette

Ich mache einen Zeitsprung, ein Jahr nach vorne, und berichte weiter, was ab dem 20. August 1979 geschah. Es war ein Montag. Die beiden markanten Ereignisse dieses Tages habe ich, jedes nach seiner Art, unauslöschlich gespeichert. Das eine in meiner bewussten Erinnerung, das andere war lange verbannt in meinem tiefsten Inneren. Es waren Ereignisse, wie sie nicht gegensätzlicher sein können. Das eine fröhlich, lange ersehnt und eine spannende, selbstbestimmte und vielversprechende Zukunft verheißend. Das andere düster, unterwerfend, vernichtend. Dazu bestimmt, sich in letzter Konsequenz zu einem zerstörenden Verhaltensmechanismus zu entwickeln. Das eine konnte ich damals begreifen und selbst mit meinem noch kindlichen Verstand einordnen. Das andere entzog sich lange meiner rationalen Beurteilung und war dazu angetan, mein eigenes Ordnungs- und Erklärungsmodell zu konstruieren. Meine ganz eigene Welt. Mein selbst geschaffenes Universum, in welchem ich wie in einer Rettungskapsel mein Überleben sichern konnte. Den fröhlichen und unbeschwerten Teil dieses warmen und sonnigen Sommertages hatte ein Fotograf auf mehreren Fotos festgehalten. Die farbigen Einzelaufnahmen zeigen mich als hübsches, glückliches Mädchen mit einer Schultüte, wie sie größer und bunter kaum sein konnte. So, wie mein Vater es versprochen hatte. Ich war schon recht groß für mein Alter. Ich trug ein dunkelblaues Kleid mit kurzem Rock, dazu weiße Kniestümpfe und rote Schuhe. Mein blondes Haar war hinten zu einem langen Zopf geflochten. Auf dem Gruppenfoto, das vor dem Gebäude der Comeniusschule in Frankfurt-Bornheim aufgenommen worden war, hob ich mich von der Masse der weiteren 28 Mädchen wie eine Prinzessin ab. Wie oft und mit welcher Wehmut hatte ich mir diese Fotos angesehen, um sie schließlich in einem Moment der Verzweiflung zu zerreißen.

Nach der Einschulungszeremonie war mein Vater mit mir noch zum Mittagessen gegangen. In ein richtiges Restaurant. Ich sei jetzt ein großes Mädchen, eine angehende Frau, hatte er mir verheißungsvoll ins

Ohr geflüstert. Er hatte mir die Speisekarte vorgelesen und ich durfte mir aussuchen, was ich wollte. Meine Mutter war nicht mit dabei. Sie sei bei ihrem Seelenklempner, hatte mein Vater erklärt. Damals wusste ich noch nicht, was er damit meinte. Es interessierte mich auch nicht. Weder was ein Seelenklempner ist oder was so einer macht noch, dass Mama mal wieder nicht dabei war. Ich hatte mich damit abgefunden, dass mein Vater meine hauptsächliche Bezugsperson war. So lieb, wie er mit mir kuschelte und mich herzte, so ging Mama nie mit mir um. Alle Zuneigung, die ich als Kind benötigte, erhielt ich von ihm. Dass diese weit über ein normales Maß hinausging, das konnte ich nicht wissen, noch nicht, – woher auch. Wozu war meine Mutter überhaupt da? Zum Kochen? Zum Putzen und Waschen? Das würde ich bald selbst alles können. Und wenn ich mal jemanden brauchte, weil ich mir wehgetan hatte oder weil ein Spielzeug kaputtgegangen war – wer tröstete mich, wer machte es wieder ganz? – Papa!

Niemals wäre mir in den Sinn gekommen, diese stets mürrische Frau könnte zu irgendetwas gut sein. Bis zu dem zweiten markanten Ereignis an diesem Tag, als ich zum ersten Mal in meinem Leben bewusst nach meiner Mutter rief, weil ich den Schmerz zwischen meinen Schenkel nicht aushalten konnte. Es tat weh – sehr weh. Und obwohl ich noch nicht verstand, was mein Vater mit mir tat, empfand ich es als beschämend. Aber die Frau, nach der ich rief, war nicht da. Abermals war es an meinem Vater, mich zu beruhigen, indem er mir erklärte, dass das, was er soeben mit mir gemacht hatte, doch schön und völlig in Ordnung sei.

„Das Kitzeln da unten hat dir doch immer Spaß gemacht und jetzt, wo du ein großes Mädchen bist, ist das halt … Schau mal, das ist nun mal so, wenn man eine Frau wird. Das geht allen so. Das muss ein bisschen wehtun! Aber ab jetzt hat Papa dich doch noch viel mehr lieb als vorher“, hatte er mich beruhigt.

Er erklärte mir auch, dass die Blutflecke auf dem Betttuch mich nicht ängstigen sollten. Erneut vertraute ich ihm. Ich wurde auch nicht misstrauisch, als er mir das Versprechen abnahm, das, was uns nun miteinander verband, niemandem zu erzählen. „Das ist ab jetzt unser ganz großes Geheimnis, Klara", hatte er in verschwörerischem Ton erklärt. „Das darf niemand erfahren, sonst werden die andern neidisch und nehmen dich mir weg und dann stecken sie dich in ein Heim. Und da gibt es viele böse Leute. Die lassen dich dort den ganzen Tag arbeiten."

Er machte mir auch klar, dass niemand das verstehen würde. Dass man mich auslachen würde. Dass mich dann niemand mehr lieb haben könnte. Im Gegenteil, sie würden mich abweisen, fortschicken.

Das wollte ich natürlich nicht. Ich hinterfragte nicht, wen er mit „man" und „sie" meinte. Ich war von der Situation überfordert. Und auch wenn es wehtat, nahm ich mit einem gewissen Fatalismus hin, was mein Vater mit mir machte. Mit einer perfiden Strategie hatte er mich im Laufe der Jahre in kleinen Schritten gefügig gemacht. Erst war es nur ein Streicheln, Liebkosen, Herzen, Drücken, dann kamen intime Küsse und Berührungen dazu und schließlich Penetration! Eine scheinbar logische und unausweichliche, konsequente Entwicklung. Im Bethanien-Krankenhaus, etwa 200 Meter von unserem Haus entfernt, hatte mein Vater kurz vor meiner Einschulung eine Anstellung als Hausmeister gefunden. So konnte er immer mal „zwischendurch", wenn er Lust nach mir verspürte oder wenn es ihm nur darum ging, mir zu zeigen, dass ich jederzeit mit seinem Erscheinen rechnen musste, nach Hause kommen. Das war mein Leben und ich wusste es nicht anders. Und außerdem schenkte er mir seitdem immer wieder etwas Schönes. Mal ein Bilderbuch, ein Kleid, Schuhe, einen Kassettenrekorder mit Kinderhörspielen. Bald fand ich heraus, dass ich nicht erst darauf warten musste, dass er mir etwas mitbrachte. Ich konnte Wünsche äußern, die er mir erfüllte, wenn ich ihm diese nur zu einem ganz bestimmten Zeitpunkt kundtat. Immer dann, wenn wir „Mann-und-Frau" spielten, wie er es nannte. Wenn sein Atem dabei heftiger wurde und sein Gesicht diesen entrückten Ausdruck annahm.

So war zur Gewohnheit geworden, was niemals hätte sein dürfen. Genauso, wie die häufigen Albträume, die mich schweißgebadet aus dem Schlaf aufschrecken und nur schwer wieder einschlafen ließen. Ich versuchte schließlich, mich in eine eigene Welt zu retten. Es gelang mir, zwischen meinem kindlichen Ich und dem Frauen-Es, dem Objekt meines Vaters, eine Mauer aufzurichten. In diesen Momenten schien sich meine Seele von meinem Körper zu trennen. Was mein Vater mit mir tat, manchmal mehrmals in der Woche, sah ich dann aus einer entfernten Perspektive. Wie in einem Film, den ich nicht zu stoppen vermochte, wurde ich zu einer scheinbar unbeteiligten Zuschauerin des eigenen Missbrauchs. Es war nicht mehr ich, Klara, die unter dem stöhnenden und schwitzenden Mann lag, wodurch der physische Schmerz an Intensität zu verlieren schien.

Meine Mutter verschloss Augen und Ohren. Immer öfter trübten ihre traumatischen Belastungsstörungen und der Alkohol ihre Sinne, mit dem Resultat, dass sie nach exzessiven Phasen wochenlang von der Bildfläche verschwand.

„Sie muss mal wieder für einige Zeit weg", war das Einzige, was ich auf meine eher halbherzige Nachfrage von meinem Vater zu hören bekam. Das genügte mir.

Auch in der Nachbarschaft und in der Schule schien es niemandem aufzufallen oder wollte es niemand wissen, was sich hinter den Fenstern und Türen unseres Einfamilienhauses in der Nähe des Günthersburgparks in Frankfurt-Bornheim abspielte.

Zudem begann ich mich mehr und mehr von meinen Klassenkameradinnen abzusondern. Außer den zwangsläufigen Begegnungen auf dem Schulweg gelang es meinem Vater, alle Kontakte zu unterbinden. Und als ich im Alter von zehn Jahren auf die Weidenborn-Mittelschule wechselte, waren auch diese kurzen Momente vorbei, da die Schule direkt gegenüber von unserem Haus lag. Mein Leben bestand, bis auf einige Unternehmungen mit meinem Vater, hauptsächlich aus Schule und dem Zuhause mit Hausaufgaben, Lesen, Fernsehen, dem „Mann-

und-Frau-Spiel", zu dem mein Vater mich ins Schlafzimmer führte und meiner Musik. Ich hatte meinen Vater dazu bewegen können, mir ein Klavier zu kaufen. In meiner Fantasie sah ich mich in einigen Jahren als berühmte Konzertpianistin durch die ganze Welt reisen. Ein Fernsehfilm hatte mich auf diese Idee gebracht. Er erzählte die Geschichte eines blinden Mädchens in meinem Alter, das sich trotz seiner Behinderung zu einer begnadeten und bewunderten Virtuosin entwickelte und durch ihre Musik aus dem Gefängnis der Dunkelheit befreite. Ich war überzeugt davon, dass das auch mein Weg sein würde. Dafür wollte ich Klavierunterricht nehmen. Doch dieser Wunsch war der erste und für lange Zeit einzige, den er mir versagte.

„Ich muss dich beschützen, Klara", lautete seine Begründung. „Daher lasse ich dich mit niemandem alleine und hier kommt mir auch kein Fremder ins Haus." Ein nachgeschobenes „Basta!" hatte seine Ablehnung verstärkt. Aber zwei Tage später überreichte er mir einen dicken Umschlag. Darin befand sich ein grau eingebundenes dickes Heft. „Erster Lehrmeister von Carl Czerny" stand auf dem Einband.

„Eine Klavierschule", hatte mein Vater mir erklärt. „Ein Lehrbuch zum Selbstlernen." Und noch eine Musikkassette hatte er mir mitgebracht, die alle Übungen und Musikstücke des Lehrbuchs enthielt.

Als würde es um mein Leben gehen, stürzte ich mich auf die Fingerübungen, Etüden und ersten kleinen Musikstücke. Und tatsächlich, irgendwie ging es auch um mein Leben. Während ich spielte, konnte ich alles um mich herum ausschalten. Eine außergewöhnliche Motivation, der ich es zu verdanken hatte, dass sich meine Fingerfertigkeit und mein musikalisches Verständnis rasant entwickelten. Bald schon wagte ich mich an anspruchsvollere Stücke. Dabei war es mir egal, was ich einstudierte. Chopins „Nocturne", Griegs „Morgenstimmung" oder Beethovens „Für Elise" spielte ich mit ebensolcher Begeisterung und Virtuosität wie die gängigen Schlager und Filmmelodien der 80er.

Donnerstag, 13. September 2012, Alzey

Seit zehn Tagen war Eva nun verschwunden, ohne dass man auch nur die geringste Spur von ihr gefunden hatte. Kein Hinweis, keine Nachricht, nichts.

Auch wenn in der Schule wieder die üblichen Teenagergespräche dominierten und sich Normalität einzustellen schien, fand Angelika nicht mehr in die gewohnte Unbekümmertheit des Alltags zurück. Die Gedanken an Eva drängten sich immer wieder in den Vordergrund. Anfänglich hatte sie noch versucht, ihre Mutter in ihre angstauslösenden Vorstellungen mit einzubeziehen. Maike wiederum wollte sie beruhigen, indem sie diese als Produkt ihrer Fantasie abmilderte. Ihre dabei verwendeten Floskeln wie „abwarten", „es kann eine ganz normale Erklärung geben", „Geduld" und vor allem „ jetzt mach dir mal nicht so viele Gedanken", bewirkten eher das Gegenteil. Angelika klammerte das Thema aus und ließ ihre Mutter im Glauben, ihre Beschwichtigungsversuche seien geglückt.

Es war Nachmittag, gegen 16 Uhr. Sie war spät aus der Schule gekommen. Maike würde wegen der Teilnahme an einem Fachsymposium in Freiburg erst am nächsten Tag wieder nach Hause kommen. Angelika hatte sich eine Kleinigkeit zu essen gemacht. Ein Hacksteak und Blumenkohl aufgewärmt. Reste vom Abend zuvor. Jetzt saß sie am Schreibtisch in ihrem Zimmer. Eine kurzfristig angesetzte Mathematikklausur stand an. Ein Schulfach, das bei einem schöpferischen und musischen Menschen, wie sie es war, nicht gerade zu den erklärten Favoriten gehörte. Differenzialrechnung mit Faktor-, Summen-, Produkt-, Quotienten-, Ketten- und Umkehrregel und Berechnung von Wende- und Sattelpunkt und Wendetangente sollte der Schwerpunkt sein. Bei ihr hieß das: Büffeln. Stures Lernen, ohne zu verstehen, bei höchster Konzentration. Selbst auf die ansonsten bei ihr übliche musikalische Hintergrundbeschallung hatte Angelika verzichtet. Umso mehr fühlte sie sich gestört, als ihr Handy den Eingang einer SMS signalisierte. Als Absender war lediglich *ich.gmx* angegeben. Keine Handynummer, kein Name. Die Nachricht war länger als eine Displayseite, sodass sie zuerst einmal zum Ende blätterte, um zu sehen, ob wenigstens dort ein Hinweis auf den Absender zu erkennen war. Sie traute ihren Augen nicht, als sie den Namen las: EVA. „Dann bis morgen, deine Freundin Eva."

Angelikas Herz schlug Kapriolen. Ihr Atem stockte, als sie zurückblätterte, um den gesamten Text zu lesen:
„Hallo Angelika. Ich weiß, dass du nach mir suchst. Hätte ich auch gar nicht anders von dir erwartet. Aber deinen Geburtstag hättest du ruhig feiern können. Nachträglich herzlichen Glückwunsch. Leider konnte ich mich nicht früher melden. Muss ein Geheimnis bleiben. Also niemand etwas von dieser Mail erzählen. Mir gehts gut. Ich vermisse nichts. Nicht mal mein Klavier. Ich erkläre dir alles morgen. Komm um 16 Uhr zum Internetcafé in der Spießgasse, kurz vorm Rossmarkt. Aber: Klappe halten!!! Und schön lernen für die Matheklausur. Diesmal kannst du ja nicht abschreiben von mir. Dann bis morgen, deine Freundin Eva."
Angelika musste die Nachricht nochmals lesen, um annähernd ihre Tragweite zu verstehen. Wie sollte sie damit umgehen? Sie fühlte sich überfordert, hilflos.

An Lernen war momentan nicht zu denken. Die Matheklausur würde sie ohnehin verhauen. Stattdessen überlegte sie, was nun zu tun sei. Dass sie am nächsten Tag die vorgeschlagene Verabredung einhalten würde, stand für sie außer Frage. Dagegen war sie sich unsicher, wie sie mit Evas Bitte, ihr Lebenszeichen zu verheimlichen, umgehen sollte.

Schließlich hatte sie ihr nichts Derartiges versprochen. Wie auch, da sie keine Antwort zurücksenden konnte. Angelika empfand es als unfair von ihrer Freundin, so etwas von ihr zu verlangen. Dachte Eva denn nicht an ihre Eltern, die zutiefst besorgt waren? Denen müsste sie doch wenigstens Bescheid geben dürfen. Sie bräuchte ja nicht das Treffen am nächsten Tag zu erwähnen. Aber was sollte sie erzählen?

Weshalb war Mama in diesem entscheidenden Moment nicht da?! Die hätte sie einweihen können. Mit ihr hätte sie eine Lösung gefunden. Aber die war telefonisch nicht erreichbar. Ob sie Papa anrufen sollte? Unsinn, der wusste ja nun überhaupt nicht, worum es ging. Und den komischen Kripobeamten, diesen Breuner, informieren? Nein, wirklich nicht! Sie würde einen Teufel tun, dem auch noch den Triumph zu gönnen, mit seiner Untätigkeit das Richtige getan zu haben. Verdammt noch mal, was sollte sie tun? Sie hasste diese Situationen, bei denen man von vornherein wusste: Was immer man tut – es ist falsch! Zu ihrem Ohnmachtsempfinden gesellte sich ein Gefühl des Zornes gegenüber Eva, die sie in diese Situation gebracht hatte. Sie schrieb Evas Nachricht, die vier Displayseiten einnahm, auf ein Blatt Papier. Zum wiederholten Mal las sie die SMS durch. Dabei kennzeichnete sie die aus ihrer Sicht wesentlichen Angaben mit einem Marker. Wie bei einer Textanalyse, die sie im Deutschunterricht gelernt hatte, wollte sie mit dieser Technik die wesentlichen und weitgehend sachdienlichen Aussagen herausfiltern.

Hallo Angelika.

Ich weiß, dass du nach mir suchst. Hätte ich auch gar nicht anders von dir erwartet.

Aber deinen Geburtstag hättest du ruhig feiern können. Nachträglich herzlichen Glückwunsch.

Leider konnte ich mich nicht früher melden.
Muss ein Geheimnis bleiben. Also niemand etwas von dieser Mail erzählen.
Mir gehts gut. Ich vermisse nichts.
Nicht mal mein Klavier.
Ich erkläre dir alles morgen. Komm um 16 Uhr zum Internetcafé in der Spießgasse, kurz vorm Rossmarkt.
Aber: Klappe halten!!!
Und schön lernen für die Matheklausur. Diesmal kannst du ja nicht abschreiben von mir.
Dann bis morgen, deine Freundin Eva.

Dabei fiel ihr auf, dass Eva von Begebenheiten wusste, die erst nach ihrem Verschwinden stattgefunden hatten. So, als ob sie Angelika heimlich beobachtet hätte. Oder hatte jemand anderes sie beobachtet und Eva darüber berichtet?

Woher konnte sie zum Beispiel wissen, dass Angelika nach ihr gesucht und ihre Geburtstagsfeier abgesagt hatte?

Woher wusste sie von der Mathematikklausur, die erst kurzfristig angesetzt worden war? Was sie zudem irritierte, war die Aussage, dass sie dieses Mal nicht von Eva abschreiben könne. Das hatte sie noch nie getan. Und Eva wusste das auch. Die Mathematiklehrerin hatte zwar vor einigen Monaten, als Angelika zum Erstaunen aller eine für ihre Verhältnisse gute Arbeit abgeliefert hatte, eine derartige Vermutung geäußert, aber das war eindeutig als Scherz zu verstehen gewesen.

Also, was sollte dieser Hinweis? War vielleicht doch nicht alles in Ordnung und es handelte sich dabei um eine versteckte Botschaft?

So, wie der Hinweis darauf, dass sie nichts vermisse, nicht einmal ihr Klavier? Welchen Sinn sollte das ergeben?

Zu viele Fragen, zu viele Spekulationen, aber keine Antworten. Die würde sie morgen erhalten. Von Eva.

Auf einmal fühlte sie sich wie befreit. So befreit, dass sie sich sogar wieder den linearen Gleichungssystemen mit mehr als einer Variablen widmete.

Kaum hatte sie sich in die Thematik eingearbeitet, wurde sie abermals durch einen Anruf gestört.

„Mama?“

„Hallo mein Schatz. Wir haben gerade Pause und da dachte ich, ich hör mal nach, ob alles in Ordnung ist.“

„Klar doch.“ Angelika gelang es, ihrer Stimme eine nüchterne Gelassenheit zu verleihen.

„Und, was machst du gerade?“

„Ich habe Herzen in die Wohnzimmermöbel geschnitzt und jetzt suche ich die passenden Namen, die ich da hinein ritze.“

„Brav, meine Große“, lachte Maike, „das lobe ich mir. Unser Mobiliar sieht eh so langweilig aus. Nein, aber im Ernst.“

„Ich lerne für die Matheklausur morgen. Stell dir vor, die haben die Hals über Kopf angesetzt.“

„Und, kommst du damit klar?“, wollte Maike wissen.

„Ja, irgendwie bekomme ich das schon gebacken. Aber womit ich nicht klarkomme, das ist … da ist so eine Sache mit Eva. Denk dir nur …“

„Schatz, bitte.“ Maike klang genervt, schaltete aber sofort wieder in einen verbindlichen Modus um. „Wir haben das Thema doch durch. Aber was meinst du, wer auch hier in Freiburg ist? Und sogar im selben Hotel wie ich?“

„Die Queen?“ Angelika ärgerte sich darüber, dass ihre Mutter sie nicht hatte zu Wort kommen lassen.

„Möglich, aber uninteressant. Ich gebe dir einen Tipp: Psychoanalyse.“

„Dann kann es nur der gute alte Sigi Freud sein.“

„Fast. Aber Skelette gehen selten auf Reisen. Nein. Es ist Herbert Commenius, Onkel Herbert. Er ist überraschend als Referent für einen erkrankten Kollegen eingesprungen. Es ist schon erstaunlich, dass die ihn hier auftreten lassen, wo er doch seinen Titel in Deutschland aberkannt bekam.“

„Er ist dein Psychoonkel, aber nicht mein Onkel!“, reagierte Angelika trotzig. Sie war immer noch verärgert.

„Ja, ich weiß, aber du hast ihn früher immer so genannt.“

Angelika nahm einen neuen Anlauf. „Mama, jetzt hör mir mal bitte zu: Eva hat …“

„Sorry, mein Schatz“, im Hintergrund war ein Gong zu hören, „ich muss wieder rein. Das Symposium geht weiter. Wir reden morgen Abend darüber. Ich denke, dass ich so gegen 18 Uhr zu Hause sein werde. Viel Glück für deine Klausur und Küsschen. Ich hab dich lieb.“

„Ich dich auch.“ Maike hatte bereits aufgelegt.

Freitag, 14. September 2012, Alzey

Wider Erwarten hatte Angelika ihre Mathematikklausur mit einem guten Gefühl abgegeben. „Vier bis fünf Punkte müssten es auf jeden Fall sein“, mutmaßte sie. Ohne Druck hatte sie sich die Aufgaben zuerst durchgelesen und dann in der Reihenfolge, wie sie ihr am leichtesten erschienen, beantwortet. Sie war motiviert von dem Bewusstsein, dass sie nichts zu verlieren hatte. Einen zusätzlichen Schub gab ihr die Vorfreude auf das Treffen mit Eva. Was bedeutete schon das Abschneiden bei einer Matheklausur gegen die Aussicht, endlich in Evas Geheimnis eingeweiht zu werden? Vielleicht könnte sie sie ja davon überzeugen, wieder nach Hause zu kommen. Und am Abend würden sie gemeinsam aufs Winzerfest gehen.

Der Unterricht endete um 15 Uhr. Das Gymnasium „Am Römerkastell" in Alzey, gemeinhin als „RöKa" bezeichnet, war nur etwa 500 Meter von der Fußgängerzone entfernt. Dort befand sich das Internetcafé, welches Eva als Treffpunkt angegeben hatte. Angelika nutzte die verbleibende Zeit, um in dem danebengelegenen Kebabhaus noch etwas zu essen. Sie setzte sich ans Fenster, um die Straße im Auge zu haben. Sie wollte Eva keinesfalls verpassen. Trotz ihres großen Appetits legte sie ihren Döner plötzlich ab. Schlagartig war ein Gedanke aufgeblitzt: Sowohl das Internetcafé als auch das Kebabhaus waren gerne und oft besuchte Orte der Gymnasiasten und somit auch der Klassenkameraden von Eva. Das musste ihr doch klar sein. Und trotzdem ging sie dieses Risiko ein, auch von diesen entdeckt zu werden? Konnte es sein, dass Eva doch so unter Druck stand, dass sie daran nicht gedacht hatte? Erst jetzt sah sich Angelika prüfend um. Niemand, den sie kannte. Aber vielleicht waren ja welche im Internetcafé?

Noch wäre Zeit, Eva vorher abzufangen. Sie verzichtete darauf, ihren Döner zu Ende zu essen und ging zum Ausgang. „Hunn isch Dönner heut nix gudd gemacht?", wollte der dicke Grieche hinter dem Tresen wissen. Enttäuschung schwang in seinem rheinhessisch-hellenistischen Sprachenmix mit. „Habs eilig", winkte Angelika ab, bevor sie hinaus auf die Straße trat. Sie blickte die Spießgasse auf und ab. Von Eva war noch nichts zu sehen. Sie sah auf ihre Uhr. Bis zu dem vereinbarten Zeitpunkt blieben noch 20 Minuten. Ob Eva etwa bereits im Internetcafé wartete? Von außen war es wegen der vielen Poster und Anzeigen, mit denen das Schaufenster beklebt war, nicht einzusehen. Angelika ging hinein. Im Vordergrund hatte man drei Bistrogarnituren lieblos untergebracht. Auf den runden Plastiktischen standen Pappkaffeebecher, Bier- und Colaflaschen und überquellende Aschenbecher. Angelika musterte die gemischte Gruppe, die dort saß, mit einem eher beiläufigen Blick. „Kein bekanntes Gesicht“, registrierte sie beruhigt.

Im Halbdunkel des hinteren Teils des Ladens hielt sich eine männliche Person auf. Angelika vermutete in ihm den Besitzer. Er würdigte sie nur eines kurzen Blickes und beschäftigte sich dann wieder mit dem Ausschlachten eines Computers. Hinter ihm, an der Rückwand, war ein Sammelsurium von Zubehörartikeln zu sehen. Offenbar handelte es sich dabei um die Ausbeute seiner Ausweidungsaktivitäten. Seitlich, an der Wand zum Nachbargebäude, standen sechs kleine Tische in einer Reihe. Jeder war mit einem PC und einer Leselampe bestückt. Drei davon waren besetzt. An den beiden Tischen, die nahe der Eingangstür standen, saßen Männer. An dem dritten jedoch, in der hinteren Ecke, das musste sie sein. Unverkennbar. Die blonden langen Haare, die sie wie immer mit einer überdimensionalen Klammer zusammenhielt und mit einer dieser kindischen Blumen geschmückt hatte. Ganz klar, das war Eva. Sie hatte sich mit einem hellbraunen, langen Kapuzenmantel, ähnlich einer Mönchskutte, verkleidet. Unauffällig schlenderte Angelika auf sie zu. Eva bemerkte sie nicht, da sie konzentriert auf den Bildschirm starrte. Ihre Hände hielt sie, wie zu einem Gebet, über der Tastatur verschränkt. Als Angelika direkt neben ihr stand, tippte sie ihr leicht auf die Schulter und flüsterte, ohne sie anzublicken: „Eva, nicht erschrecken. Ich bin‘s, Angelika.“

Wie von der Tarantel gestochen, sprang Eva auf und zog

mit einem schnellen Griff die Kapuze über den Kopf und tief in ihr Gesicht. Ihr Stuhl fiel polternd um. Sie rempelte Angelika an, die Mühe hatte, ihr Gleichgewicht zu bewahren, und sprintete durch die offene Tür. Angelika benötigte einen kurzen Moment, um die unerwartete Entwicklung zu verarbeiten und hinterher zu eilen. Zeit genug für Eva, um spurlos in einer der engen Nebengassen mit den vielen Hinterhöfen unterzutauchen. Angelika war verwirrt. Was sollte dieses Schauspiel? Da war doch außer ihr niemand, der Eva hätte erkennen können. Oder doch etwa einer der beiden Männer, die ebenfalls an einem PC saßen? Oder gar beide? War sie denen entflohen? Aber dann hätten sie doch versucht, Eva wieder einzufangen. Angelika ging zurück in das Café.

„He, was war das?“, wollte einer der beiden, ein kleiner, etwa 25-jähriger Bursche mit fahler Haut, wissen. Er hatte eben den umgeworfenen Stuhl aufgerichtet und wandte sich nun an Angelika.

„Kennst du die?“

„Wer? Ich?“

„Klar du“, mischte sich jetzt auch der andere ein, der seinen Kumpel um Kopflänge überragte, „du bist der doch hinterhergerannt!“

„Na ja, die hat mich schließlich angerempelt. Das wollte ich nicht so unkommentiert im Raum stehen lassen“, bekam Angelika die rhetorische Kurve. „Kennst du sie denn?“

„Nie gesehen.“

„Die war dabei, ‘ne SMS zu schreiben“, entdeckte der Kleine und las laut vor: „Hallo Angelika, es ist nicht alles so, wie es scheint. Du solltest ...“ Er trat näher an den Bildschirm. „Weiter kam sie nicht. Aber die Handynummer dieser Angelika ist schon eingetragen. Ich rufe die mal an.“

Angelika suchte nach einem Ausweg, um schnell zu verschwinden, jedoch der größere der beiden hatte sich hinter ihr postiert und damit den Weg zum Ausgang versperrt. Was mache ich nur, überlegte sie fieberhaft. Was, wenn die etwas mit dem Rätsel um Evas Verschwinden zu tun haben? Vielleicht befinde ich mich nun in Gefahr? Und wenn der tatsächlich die Nummer wählt, wird mein Handy klingeln und dann wissen die, dass ich mit Eva ...

In ihre panikartige Überlegung hinein, hörte sie zu ihrer Erleichterung, dass der Mann hinter ihr das als idiotische Idee abtat und mit der Feststellung endete: „Das geht uns überhaupt nichts an. Guck lieber mal, ob da noch ein Guthaben drauf ist.“

„Und was machen wir mit der angefangenen SMS?“

„Meinetwegen klicke auf Senden“, was der andere auch umgehend tat.

„Ich geh dann mal“, verabschiedete sich Angelika. Sie wusste, dass ihr bis zum Empfang der SMS und deren Eingangssignal so viel Zeit blieb, um außer Hörweite zu gelangen. Mit schnellen Schritten bog sie nach links in die Selzgasse in Richtung Obermarkt ab. Offensichtlich war ihr niemand gefolgt. In diesem Moment hörte sie, dass die SMS eingetroffen war. „Hallo Angelika, es ist nicht alles so, wie es scheint. Du solltest ...“

Vielleicht hatte Eva es sich aus irgendwelchen Gründen anders überlegt und wollte – oder musste sogar – das Treffen absagen oder verschieben. Schließlich war Angelika ja früher als geplant im Internetcafé eingetroffen. Eines stand für sie jedenfalls fest: Eva hatte vor irgendetwas Angst. Wovor oder vor wem? Sie kramte den Zettel aus ihrer Hosentasche, auf dem sie Evas Mitteilung notiert hatte. Irgendetwas war ihr bereits beim ersten Durchlesen aufgefallen. Es hatte sie irritiert, weil es ihr als so absolut unwichtig erschien: die Sache mit dem Klavier. „Mir gehts gut. Ich vermisse nichts. Nicht mal mein Klavier“, hatte Eva geschrieben. Klavier! Das Wort sprang sie geradezu an. Weshalb erwähnte sie das?

Bereits seit ihrem fünften Lebensjahr hatte Eva Klavierunterricht. Sie war begabt und wollte nach dem Abitur auf das Konservatorium in Mainz. Vor drei Jahren war ihr Klavierlehrer gestorben und seitdem wurde sie von Dorothea Bellmann unterrichtet. Die wohnte in Weinheim, einem Stadtteil von Alzey. Eva fuhr jeden Dienstag und Donnerstag mit ihrem Mofaroller zu ihr nach Hause. Sie schwärmte geradezu von ihr. Angelika hatte einmal an einer Unterrichtsstunde teilgenommen. „Du musst diese Frau unbedingt mal als Pädagogin erleben“, hatte Eva gesagt. „Diese Komposition (sie hatte tatsächlich Komposition gesagt) von freundlicher Hilfestellung und Konsequenz ist eine Begabung, die ich unseren Lehrern in der Schule wünsche. Und zudem ist sie eine ausgezeichnete Pianistin. Die spielt dir alles vom Blatt runter. Egal welche Musikrichtung. Einfach phänomenal.“ Obwohl sie Angelika damals ohne vorherige Ankündigung mitgenommen hatte, war sie von Dorothea Bellmann mit unvoreingenommenem Selbstverständnis empfangen worden. Mit fester Stimme und – für Rheinhessen nicht gerade üblich – in einwandfreiem Hochdeutsch, bei dem auch nicht der leiseste Hauch eines Dialektes durchklang, wurde sie herzlich begrüßt. Sie lebte alleine in einem kleinen Einfamilienhaus am Ortsrand. Es lag etwas einsam, abseits von der Straße in Richtung Offenheim. Angelika hatte während der Unterrichtsstunde Zeit, Dorothea Bellmann zu beobachten und sich in dem Raum umzusehen. Sie war eine hübsche, groß gewachsene Frau. Angelika schätzte sie auf Ende dreißig und ca. 1,75 Meter. Ihre rot getönten Haare waren zu einer sportlichen Kurzhaarfrisur geschnitten. Sie passte zu ihrem hellen Teint und den makellosen weichen Gesichtszügen. Ihre Figur, Größe 38 hatte Angelika gemutmaßt, hätte eigentlich ihre Attraktivität noch steigern müssen. Wenn sie nicht diesen befremdlichen modischen Geschmack gehbt hätte, den sie mit Schlabberhosen und, als sei sie in anderen Umständen, einem Hängerchen darüber vorführte.

Das Wohnzimmer, in dem auch das Klavier stand, hatte sie zweckmäßig und dennoch gemütlich eingerichtet. Die Wände waren in einem warmen Terrakottaton angelegt. Farblich dazu passend waren die Polster der kleinen Wohnlandschaft bezogen. Auf dem Tisch davor stand eine Vase mit einem bunten Sommerblumenstrauß. Das aufgeschlagene Buch daneben, mit dem Rücken nach oben. Angelika erinnerte sich noch genau, dass sie schmunzeln musste, als sie ihn las: „Musiktheorie für Dummies". Sie besaß selbst ein Exemplar aus dieser „für Dummies"-Reihe: „Excel für Dummies". „Für einen meiner Schüler", hatte Dorothea ihr erklärt, als sie Angelikas verwunderten Blick sah. Ihr war zudem aufgefallen, dass außer ein paar Kunstdrucken mit Toskanamotiven keine persönlichen Bilder zu sehen waren.

Eva und sie hatten damals noch die Einladung zu einem Tee angenommen. In der halben Stunde, die sie dabei mit Dorothea Bellmann verbrachten, zeigte diese sich interessiert an Angelikas Hobbys und familiärer Herkunft. Zum Abschied hatte sie ihr aufrichtig versichert, jederzeit wieder herzlich willkommen zu sein. Angelika konnte danach Eva verstehen: Ihre Klavierlehrerin war wirklich eine Frau, die einem einfach gefallen musste.

Während sie sich an diese Begegnung erinnerte, setzte sich ein Gedanke in Angelika fest: Sie musste mit Dorothea Bellmann sprechen! Weder mit ihrer Mutter noch mit diesem Kriminaler. Eva hatte offensichtlich ein sehr intensives

Vertrauensverhältnis zu ihr aufgebaut. Konnte es da nicht sein, dass sie ihr gegenüber irgendeine Andeutung gemacht hatte? Eine Bemerkung, deren Aussage erst durch Evas Verschwinden, ihre SMS und das merkwürdige Verhalten von eben Bedeutung gewann. Es ist doch wie ein Puzzle, überlegte sie. Aber ein Puzzle, bei dem die einzelnen Teile nicht gemeinsam in einem Kasten liegen, sondern bei verschiedenen Personen zusammengesucht werden müssen.

Von der Auskunft erhielt sie die Telefonnummer. Dorothea Bellmann war zu Hause und erinnerte sich auch sofort an sie. „Wenn es um Eva geht, komm doch am besten gleich vorbei. Ich habe gerade eine Stunde Pause, bis der nächste Schüler kommt." Angelika setzte ihren Integralhelm auf, schloss die Druckknöpfe und startete ihren Mofaroller. Zwölf Minuten später war sie in Weinheim, wo Dorothea Bellmann sie am Eingangstor erwartete und sogar mit einer Umarmung begrüßte.

„Wir gehen nach hinten, in den Garten", kündigte sie an. Dann schien sie zu bemerken, dass sie etwas zu bestimmend geklungen hatte. „Ist dir doch recht – oder? Ich brauche etwas frische Luft, bevor es weitergeht. Kann ich dir etwas anbieten? Wasser, eine Limo?"

Angelika lehnte dankend ab.

„Na gut. Aber das DU, das darf ich dir wenigstens anbieten? Ist das o. k.?"

„Sehr gerne, ja, natürlich."

Sie reichte Angelika die Hand. „Ich bin die Dorothea."

Dann fasste sie sie am Arm und steuerte auf eine Rundbank zu, die den Stamm eines weit ausladenden Feldahorns einrahmte. Sie setzte sich und klopfte mit der rechten Hand auffordernd auf die freie Sitzfläche neben ihr.

„Du machst dir Sorgen um deine Freundin." Der neutrale

Tonfall konnte sowohl als Feststellung als auch als Frage verstanden werden. Angelika wurde einer Antwort enthoben, da Dorothea weitersprach, ohne eine Pause zu lassen. „Mir geht es ebenso. Weißt du, irgendwie mache ich mir sogar Vorwürfe.“

„Das verstehe ich jetzt nicht.“

„Na ja, schließlich ist Eva nach dem Klavierunterricht bei mir nicht mehr nach Hause gekommen. Ich war vielleicht die Letzte, die sie …“ Unwillig schüttelte sie den Kopf. „Nein, so etwas sollte ich nicht einmal denken. Ihre Eltern haben mich abends noch angerufen. Aber ich konnte ihnen nichts anderes erzählen, als dass Eva wie immer pünktlich um 18 Uhr weggefahren ist. Ich habe allerdings nicht beobachtet, in welche Richtung. Ich hatte sie an der Haustür verabschiedet und bin nicht bis zum Gartentor mitgegangen.“

„Da bestand ja auch gar kein Anlass dazu. Aber erinnern Sie, tschuldigung, erinnerst du dich vielleicht daran, wohin sich das Geräusch ihres Mofarollers entfernte?“

„Ich denke in Richtung Alzey. Wohin auch sonst?“

„Oder hatte sie etwas erwähnt, was dir erst im Nachhinein aufgefallen ist?“, kam Angelika nun schnell auf den Punkt.

„Nein. Ich entsinne mich an nichts Außergewöhnliches – und trotzdem. Sie befand sich doch in meiner Obhut und danach … Ach, es ist einfach schrecklich. Was mag da bloß vorgefallen sein?“ Sie hielt einen Moment inne, schüttelte den Kopf, verzweifelt, ungläubig. Dabei starrte sie vor sich, als suchte sie einen Makel in dem satten Grün ihres Rasens. „Diese Ungewissheit“, seufzte sie. „Vor allem für ihre Eltern. Was müssen die mitmachen. Und die Polizei, höre ich, tut nichts. Gar nichts. Aber,“ ihr larmoyanter Tonfall wechselte in einen sachlichen Modus. Sie wandte den Kopf zur Seite und blickte Angelika an. „Aber es hilft nichts, zu klagen. Deshalb bist du schließlich nicht zu mir gekommen. Du sagtest etwas von einer SMS. Eva hat sich wirklich bei dir gemeldet?“

Angelika berichtete nun minutiös, was sich seit gestern Nachmittag ereignet hatte. Dorothea hörte interessiert zu. Sie stellte einige Rückfragen, ohne, dass sich daraus auch nur annähernd eine Erklärung ergeben hätte.

„Aber weshalb erwähnt Eva in der SMS das Klavier? Das erscheint mir wie ein Hinweis darauf,“ Angelika stockte. Sie wusste nicht weiter.

„Einen Hinweis worauf?“, hakte Dorothea nach.

„Ach, ich weiß doch auch nicht.“

„Darauf, dass sie mit mir über etwas gesprochen hat, was mit ihrem Verschwinden in Zusammenhang stehen könnte?“

„Ja. Vielleicht. War ja auch nur eine Vermutung. Entschuldige bitte.“ Angelika war von der Bank aufgestanden und ging nun unruhig davor auf und ab.

„Ist schon in Ordnung“, entgegnete Dorothea. „Es hätte ja wirklich so sein können. Und daher war es absolut richtig, dass du vorbeigekommen bist und mir alles erzählt hast. Aber ich habe mir selbst schon den Kopf darüber zerbrochen. Mir fällt dazu beim besten Willen nichts ein. Eva war wie immer.“

Angelika beschloss, sich zu verabschieden. Zuvor bat sie darum, die Toilette benutzen zu dürfen.

Als sie wieder zurückkam, sah Dorothea, dass sie einen schwarzen Gegenstand in der Hand trug, der sich beim Näherkommen als Integralhelm entpuppte. Dorothea blickte ihr mit zweifelndem Mienenspiel entgegen, als wollte sie sagen: „Was soll denn das jetzt?“ Dann verzog sie aber ihr Gesicht zu einem freundlichen Lächeln, als Angelika ihn ihr präsentierte.

„Der lag im Flur. Auf der Hutablage."

„Das weiß ich. Ich hab ihn ja selbst dort abgelegt. Willst du ihn haben? Nimm ihn mit. Ich benötige ihn nicht."

„Das ist Evas Schutzhelm", rief sie aufgeregt. „Wo kommt denn der her?"

„Ach was – der gehört Eva?"

„Ja! Wir haben die gleichen – Streetfighter/05. Und hier, schau mal", Angelika zeigte auf das Innenfutter, „da steht ihr Name. So wie in meinem. Die haben wir mit Filzstift reingeschrieben, damit wir die Helme nicht verwechseln. Ist aber kaum mehr zu sehen."

„Der lag vorgestern auf dem Grünstreifen vor meinem Grundstück. Aber, dass er Eva gehört, das wusste ich nicht. Ich hatte ihn auch gar nicht mit ihr in Verbindung gebracht. Ich dachte, den hat jemand während der Vorbeifahrt verloren. Ich sehe immer wieder Jugendliche, die den Helm am Lenker oder auf dem Gepäckträger haben, statt ihn aufzusetzen. Was meinst du, was ich schon alles dort im Gras gefunden habe. Aber wie kommt Evas Helm hier her?" Dorothea wollte absolut sichergehen und überdachte laut die letzten Tage: „Eva war am Dienstag der vorigen Woche bei mir. Erst danach habe ich den Grünstreifen vor meinem Grundstück gemäht. Das war am Freitag. Ja, am Freitag. Wenn der Helm schon da gelegen wäre, hätte ich ihn schließlich sehen müssen. Habe ich aber nicht."

„Also hat ihn jemand dort hingebracht. Eva selbst?"

„Das halte ich für unwahrscheinlich. Weshalb denn auch? Was sollte das für einen Sinn haben?"

„Was weiß ich denn! Wahrscheinlich den gleichen, wie mich zum Internetcafé zu bestellen und dann abzuhauen."

„Und an was denkst du? Was könnte das sein?"

Angelika schwieg. Sie wandte sich von Dorothea ab. Zuckte mit den Schultern. Dann drehte sie sich wieder abrupt zu ihr um. „Wenn Eva da nicht ein seltsames Spiel treibt, dann kann das doch nur heißen …,"

„Dass andere Personen an ihrem Verschwinden beteiligt sind. Angelika", Dorothea packte sie an den Schultern und sah ihr fest in die Augen, „ich denke, du weißt, was das heißt. Du musst Evas Eltern nun alles sagen, was du weißt."

„Könntest du das denn nicht tun?", bat Angelika. „Dann habe ich wenigstens das Gefühl, nicht wortbrüchig geworden zu sein."

Dorothea informierte noch in Angelikas Beisein Evas Eltern. Und bevor sie wieder zu Hause war, hatten diese wiederum Kriminalhauptkommissar Alfred Breuner benachrichtigt und „auf 180" gebracht.

„Weshalb hat sie mich nicht informiert und stattdessen wertvolle Zeit vertan!", machte er lautstark seinem Herzen Luft. „Diese verflixte kleine Hexe mit ihrem übersteigerten Selbstentfaltungstrieb. Das ist doch kein Gesellschaftsspiel. Und wenn schon, dann höchstens Mensch ärgere dich! Ich hatte dieser dickköpfigen Pharmatante doch ausdrücklich gesagt, dass sie ihrer Tochter … Was willst du?" Ein Kollege, der sein Büro nebenan hatte, streckte den Kopf zur Tür hinein und riss ihn jäh aus seinem heiligen und, nach seinem Empfinden, berechtigten Zorn.

„Hast du gerufen, Ad? Ist was? Kann ich dir helfen?", wollte er wissen.

„Verschwinde und kümmere dich um deinen eigenen Kram. Ich bin stinkig!"

„Ach was. Das hätte ich ja jetzt gar nicht gedacht. Du und stinkig! Bei deinem ausgeglichenen Naturell."

Die Unterbrechung verfehlte ihre Wirkung nicht und Alfred Breuner war wieder auf normale Betriebstemperatur heruntergefahren. Er suchte etwas in dem Chaos seiner Schubladen, fand es und hielt es triumphierend in die Höhe: Maikes Visitenkarte mit ihrer Handynummer. Sein Anruf erreichte sie während ihrer Rückfahrt von Freiburg.

„Breuner hier."

„Herr Kriminalhauptkommissar? Ist etwas passiert? Mit Angelika?"

„Nein, keine Aufregung."

„Aber weshalb rufen Sie mich dann auf dem Handy an? Haben Sie Informationen über Eva Hinze?"

„Das schon eher!" Es war nicht zu überhören, dass er sich zurückhielt. „Frau Berger, ich muss Sie ersuchen, umgehend mit Ihrer Tochter zur Polizeiinspektion zu kommen."

„Ersuchen, aha. Hatten wir das nicht schon einmal? Wenigstens so ähnlich?"

Breuner ging nicht darauf ein. Sein Tonfall wurde allerdings unverbindlicher. „Sie soll ihr Handy mitbringen und nichts, ich wiederhole ausdrücklich nichts, löschen."

„Was ist denn los?"

„Später! Wann können Sie bei mir sein?"

„Ich bin gerade auf der A 61 am Frankenthaler Kreuz. In etwa einer Dreiviertelstunde kann ich mit Angelika bei Ihnen sein."

„Dann ist es kurz vor sieben Uhr. Ich sage dem Kollegen unten Bescheid. Sie wissen ja, wo Sie mich finden."

„Wollen Sie mir nicht wenigstens einen Anhaltspunkt geben?", bat Maike und fügte erklärend hinzu, dass sie nach einigen anstrengenden Tagen eigentlich nach Hause wollte.

„Frau Berger, ich könnte mir auch etwas Besseres vorstellen, als nach meinem offiziellen Dienstschluss noch hier zu sitzen. Zumal ich ausnahmsweise mal keinen Dauerdienst habe. Aber fragen Sie doch einfach Ihre Tochter! Dann bis nachher." Danach beendete er ohne formelle Verabschiedung das Telefonat.

Maike war bereits über alles informiert, als sie mit Angelika bei Breuner eintraf und nach einmaligem Anklopfen eintrat. Zu Maikes Verwunderung blickte er sofort auf, legte eine Mappe mit Unterlagen zur Seite und deutete auf die Stühle vor seinem Tisch. Geht doch, dachte sie und bemerkte, dass auch das Akten- und Loseblattchaos vom letzten Mal verschwunden war. Nach einer freundlichen Begrüßung, die in krassem Gegensatz zu dem Telefonat stand, lehnte er sich über seinen Schreibtisch zu Angelika.

„Dein Handy. Bitte!"

Seine Forderung unterstrich er mit einer unmissverständlichen lockenden Geste seines Zeigefingers. Zögerlich schob sie es ihm über den Tisch.

„Du wirst es wohl ein paar Tage verschmerzen. Du bekommst auch eine Quittung dafür", sagte er schmunzelnd, als er ihren betretenen Blick sah. Schweigend las er Evas SMS.

„Die wurde also gestern um 16 Uhr 52 abgeschickt", stellte er fest. „Und wann hast du sie gelesen?"

„Kurz danach."

„Das heißt", er sah auf seine Armbanduhr, „seitdem sind fast 26 kostbare Stunden vergangen."

„Ich habe sie sofort geöffnet." Angelika schien den unterschwelligen Vorwurf überhört zu haben.

Breuner winkte ab. Er nahm den Telefonhörer in die Hand und tippte eine Nummer ein.

„Komm mal bitte rüber." Einen Gruß oder eine Anrede sparte er sich. Eine weitere Punktlandung in Maikes Vorurteilskiste. „Es gibt Arbeit. Die Sache mit der verschwundenen Eva Hinze."

Kaum hatte er aufgelegt, da betrat auch schon eine junge Frau das Zimmer. Maike schätzte sie auf Ende 20, Anfang 30. Sie trug atemberaubend knappe Jeans und darüber ein leuchtend gelbes Poloshirt, welches sich redlich Mühe geben musste, ihre Kurven im Zaum zu halten.

Breuner schien ihr Anblick kaltzulassen. Jedenfalls blickte er nur kurz auf, als sie eintrat und verstaute Angelikas Handy in einem kleinen durchsichtigen Plastikbeutel.

„Das ist Kriminalkommissarin Beate Kerber, meine Assistentin“, stellte er sie beiläufig vor.

Hübsche Frau, dachte Maike.

Mit knappen Anweisungen übergab Breuner ihr das eingetütete Mobiltelefon. Maike und Angelika verstanden nur so viel, dass es um das Auslesen der gespeicherten Daten ging, vornehmlich der Kurznachrichten. Dann wandte er sich wieder Angelika zu, die sich sichtlich unwohl fühlte. Unsicher blickte sie zu ihrer Mutter, die jedoch lediglich mit der Schulter zuckte und auf Breuner deutete. So, als wollte sie sagen: „Ich bin außen vor, hier spielt die Musik.“

„Also“, wandte sich Breuner an Angelika, nachdem seine Kollegin den Raum verlassen hatte, „Tatsache ist, dass du dich über klare und unmissverständliche Anweisungen hinweggesetzt hast, die ich dir persönlich und auch noch über deine Mutter erteilt habe. Es waren weder Ratschläge noch Vorschläge, sondern Anweisungen. Und zwar aus gutem Grund.“

Trotz der klaren Worte sah er Angelika dabei wohlwollend an und auch der Tonfall seiner Stimme blieb irritierend freundlich. Sie wollte etwas entgegnen, aber Breuner winkte wiederum ab.

„Ich erwarte keine Rechtfertigung von dir.“ Scheinbar unvermittelt fasste er sich an die Stirn. „Ist es eigentlich in Ordnung, wenn ich Du sage?“

Angelika nickte verwundert.

„Danke. Wie schon gesagt, ich will keine Rechtfertigung. Auch keine Entschuldigung. Ich denke sogar, dass ich mich in deine Situation hineinversetzen kann. Du wolltest einfach etwas tun, anstatt abzuwarten, wie sich die Dinge entwickeln. Das war gut gemeint von dir. Aber nicht alles, was gut gemeint ist, ist auch gut getan. Und leider hast du genau das Falsche gemacht und uns, und vielleicht auch Eva, wertvolle Zeit gestohlen. Ist dir das klar?"

„Für Angelika war die Nachricht von Eva eine vertrauliche Information. Und so hatte sie diese auch gehandhabt. Außerdem war ich nicht zu Hause. Sie musste alleine entscheiden", erklärte Maike.

„Und zu mir hattest du kein Vertrauen. Stimmts?"

Angelika lächelte zaghaft.

„Ist ja wohl auch kein Wunder", antwortete Maike an ihrer Stelle.

„Auch wir hätten die Angelegenheit vertraulich behandelt, Frau Berger. Das hatte ich Ihnen doch ausführlich dargelegt. Mündigen Erwachsenen, und bei Eva Hinze handelt es sich um eine solche, ist das Eigenbestimmungsrecht vorbehalten. Und wenn wir die gesuchte Person in einem unbedrohlichen Zustand antreffen, dann setzen wir sie lediglich von der Suche nach ihr in Kenntnis. Mehr können, dürfen und tun wir nicht."

Er fixierte Maike und Angelika, wobei er seinen Blick von der einen zur anderen wandern ließ. „Die Frage ist nun allerdings: Haben wir es noch mit einem Verschwinden im Rahmen des Eigenbestimmungsrechts zu tun? Oder gibt es nun nicht doch Anhaltspunkte, die auf eine Situation hindeuten, in der wir tätig werden müssen? Welche Informationen wurden mir dazu von dir vorenthalten? Was meinst du, Angelika?"

Sie schwieg, sah unter sich. Vielleicht war es ja nur eine

rhetorische Frage, die er letztlich selbst zu beantworten gedachte. Doch schier endlos lange Sekunden verstrichen, während derer Breuner scheinbar geduldig auf eine Antwort wartete. „Na, was meinst du?“, wiederholte er schließlich und nickte Angelika auffordernd zu.

„Na ja“, wollte ihr Maike zur Seite springen, „da ist zum einen …“

Und wieder unterbrach Breuner. „Sie nicht, Frau Berger. Ich bin sicher, dass Angelika intelligent genug ist, jetzt zu der Beurteilung zu gelangen, die sie bereits gestern schon hätte veranlassen sollen mich einzuschalten.“

Angelika richtete sich in ihrem Stuhl auf. Sie wollte sich keine Blöße geben. Nicht vor diesem Typ, der sich nach einer kurzen Phase eines Anfluges von Sympathie wieder als der Kotzbrocken bestätigte, den sie von Anfang an in ihm gesehen hatte.

„Ich gehe chronologisch vor.“ Sie bemühte sich, ihrer Stimme eine beruhigende Festigkeit zu verleihen, was ihr auch zunehmend gelang. „Also, da ist einmal die Tatsache, dass Eva offenbar nicht ihr eigenes Handy benutzte. Dann natürlich, dass sie fluchtartig das Internetcafé verlassen hatte, als ich sie ansprach.“

„Und weiter?“, drängte Breuner. Er stieß sich mit seinem Bürostuhl ein Stück von seinem Schreibtisch ab, lehnte sich zurück und verschränkte die Arme hinter seinem Kopf.

„Vielleicht noch die SMS, die sie nicht zu Ende geschrieben hat?“

Maike ertappte sich dabei, dass sie ihn musterte. Der Kerl hat ja noch eine klasse Figur für sein Alter, dachte sie. Kaum ein Bauchansatz und erst die Muskeln seiner Oberarme. Der sieht wirklich nicht übel aus. Aber weshalb müssen diese augenscheinlichen Prachtexemplare immer solche Arschlöcher sein? Und wenn sie mal manierlich aussehen und zudem noch nett und klug sind, dann sind sie verheiratet. Einen Ehering trägt er allerdings nicht. Kein Wunder, wer will schon mit so einem Ekel verheiratet sein!

Breuner war Maikes prüfender Blick nicht entgangen. Kurzfristig war er aus dem Tritt geraten. Er bedachte sie mit einem verwunderten Augenaufschlag, fing sich aber sofort wieder. Er nickte Angelika zu. Erst bestätigend, dann auffordernd. „Noch was? Erinnere dich!“ Mit seinem Zeigefinger drehte er einen Kreis über seinem Kopf, als wollte er pantomimisch einen Heiligenschein darstellen.

„Ja klar“, fiel es Angelika ein, „Evas Helm. Der Schutzhelm, den Frau Bellmann im Gras gefunden hat.“

„Hat sie das wirklich? Woher willst du das wissen? Warst du dabei? Wo hast du ihn gefunden?“ Im Stakkato schoss er die Fragen auf sie ab.

„Im Flur. In ihrem Haus. Aber sie sagte doch ...“

„Was sie sagte und was tatsächlich geschah, können zweierlei Dinge sein.“

„Haben Sie etwa Frau Bellmann im Verdacht, etwas mit Evas Verschwinden zu tun zu haben?“, mischte sich Maike ein, die während der letzten Phase des Gespräches schweigend von einem zum anderen gesehen hatte. Wie eine Zuschauerin beim Tennisspiel.

„Das habe ich nicht gesagt, Frau Berger. Ich halte mich lediglich an beweisbare Fakten und gebe nichts auf Hörensagen. Ich werde das prüfen müssen. Schließlich handelt es sich um ein interessantes Beweisstück, dessen Fund Fragen aufwirft: Wie kommt der Helm dort hin? Wer hat ihn deponiert? Aus welchem Grund?“ Dann wandte er sich wieder Angelika zu. „Aber weiter! Was hätte dir noch zu denken geben müssen?“

„Keine Ahnung."

„Na ja, manchmal sieht man vor lauter Bäumen den Wald nicht. Es gibt da noch einiges, aber das werde ich dir nicht auf die Nase binden, junge Dame. Ich möchte nämlich nicht, dass du uns noch mal ins Handwerk pfuschst. Vielleicht sehe auch ich noch nicht alles."

Er erhob sich, ging um den Tisch herum und platzierte sich mit einer Gesäßhälfte auf der Schreibtischplatte, direkt vor Angelika. Maike schien für ihn momentan nicht mehr zu existieren.

„Angelika, du musst mir jetzt versprechen, niemandem etwas über die SMS, dein seltsames Zusammentreffen mit Eva und ihren Schutzhelm zu erzählen. Das muss unter uns bleiben. Wir wollen nicht, dass noch mehr Probleme heraufbeschworen werden. Klar?"

„Klar! Versprochen. Ich will doch Eva nicht schaden."

„Das weiß ich. Aber du wirst mir wohl glauben, dass uns Eva nicht entwischt wäre, wenn zum Beispiel die Kollegin, der ich dein Handy übergeben hatte, an deiner Stelle in das Internetcafé gegangen wäre." Breuner sah Angelika fest in die Augen. Auch wenn es ihr nach einigen Sekunden unangenehm wurde, so sah sie keine Möglichkeit ihm auszuweichen, ohne ihren Kopf demonstrativ zur Seite zu drehen. „Und selbst wenn", fuhr er fort, „dann hätte einer von uns draußen deine Freundin in Empfang genommen. Und wir hätten uns auch bestimmt etwas näher mit den beiden Männern befasst. Aber das ist jetzt Schnee von gestern."

Angelika blickt beruhigt zu ihm auf. Das befürchtete Gewitter schien auszubleiben – dachte sie. Doch sie kannte Alfred Breuner noch nicht. War sein Tonfall bisher eher freundlich, ja geradezu sanft gewesen, so verschärfte er sich im nächsten Moment.

„Dann hoffen wir mal, dass dieser Schnee von gestern nicht zum Hochwasser von morgen wird. Oder anders gesagt, dass dein unverantwortliches Handeln nicht eine Situation heraufbeschworen hat, die …“

„Jetzt aber mal sachte!“ Maike schob sich an Angelika vorbei und postierte sich beunruhigend nahe vor Alfred Breuner. Da er immer noch auf der Schreibtischkante saß, überragte sie ihn um Kopflänge. „Wie Sie mit ihrer kriminellen Klientel oder meinetwegen auch mit Ihren Kollegen umgehen, das ist Ihre Sache. Aber ich lasse es nicht zu, dass Sie meine Tochter mit Schuldgefühlen vollkübeln. Das ist ebenso unverantwortlich wie undiskutabel, was Sie da machen.“

Breuner richtete sich auf. Sein Gesichtsausdruck zeigte eine Mischung aus Bewunderung und Verblüffung. Er setzte an, um Maike zu unterbrechen. Die hatte jedoch Fahrt aufgenommen und ließ sich nicht aus dem Konzept bringen.

„Ich bin noch nicht fertig! Wenn jemand die Zeitverzögerung und damit die Gefährdung von Eva zu verantworten hat, dann sind einzig und alleine Sie das! Oder Ihre blödsinnigen Regeln. Oder Ihr mangelndes Rückgrat. Oder Ihr fehlendes Engagement. Oder Ihre kärgliche Zivilcourage. Oder … ach was, es hat ja keinen Zweck. Genauso gut könnte ich in einen Tunnel hineinrufen. Das kommt auf der anderen Seite ungefiltert wieder raus.“

Statt einer Antwort zog er eine Visitenkarte aus seiner Schublade und schob sie über den Tisch zu Maike. „Hier stehen die Telefonnummern drauf, über die Sie mich jederzeit erreichen können, falls sich an der Sachlage etwas ändert.“

„Ich glaube kaum, dass das der Fall sein wird“, erwiderte sie, steckte aber die Karte ohne einen Blick darauf zu werfen in ihre Tasche. Dann packte sie Angelika am Arm und zog sie aus dem Stuhl. Ihr abschließendes „Sonst noch was?“

beantwortete Breuner mit einem stummen Kopfschütteln. Ob es ein Ausdruck der Fassungslosigkeit über ihren Ausbruch war oder eine Antwort auf ihre Frage, Maike war es egal. Angelika hinter sich herziehend eilte sie aus dem Zimmer. Zurück blieb ein perplexer Kriminalhauptkommissar, der vergeblich auf ein heftiges Türknallen wartete. „Werde einer aus den Frauen schlau!", murmelte er schließlich und stöhnte kopfschüttelnd auf. Sigmund Freud, fiel ihm ein, soll einmal einem Freund gestanden haben, dass er trotz seines dreißigjährigen Studiums der weiblichen Seele eine große Frage nicht zu beantworten vermochte: Was will eine Frau eigentlich? Während er noch überlegte, in welchem Zusammenhang oder wo er diesen Spruch gehört oder gelesen hatte, holte er seine neue Walther P99 aus der Schublade, verstaute sie in dem Holster an seinem Hosengürtel und sah auf seine Armbanduhr. „Wieder mal der Feierabend am Arsch!", stöhnte er. Aber er wusste, dass er jetzt keine Sekunde mehr verstreichen lassen durfte. Da er Beate Kerber nicht mehr in ihrem Büro antraf, hinterließ er eine Nachricht mit weiteren Anweisungen für sie. Dann machte er sich auf den Weg in das Internetcafé.

Obwohl seitdem erst einige Stunden vergangen waren, konnte sich der Geschäftsführer angeblich an keine Details erinnern. Ja, da sei jemand aus dem Café gerannt, ein Stuhl war umgefallen. Mehr wollte er aus dem Hintergrund seines Arbeitsplatzes nicht mitbekommen haben.

„Die Kunden kommen und gehen. Viele kenne ich nicht. Interessiert mich auch nicht", behauptete er unwirsch. „Sie kaufen ihre Chipkarte für den Internetzugriff. Und wenn da noch etwas drauf ist, dann kommen die noch nicht einmal zu meinem Tresen."

„Und was ist mit den Getränken?“, hakte Breuner nach. „Die müssen doch bestellt und bezahlt werden.“

Als Antwort hatte er ein verächtliches Grinsen erhalten und als kostenlose Dreingabe noch ein Kopfnicken in Richtung zweier Getränkeautomaten, die seiner Aufmerksamkeit entgangen waren. Hier kam er nicht weiter, stellte Breuner verärgert fest. Er beendete die Befragung und fuhr nach Hause.

Am Ortsrand des Weindörfchens Schafhausen, einem Ortsteil von Alzey, bewohnte er eine Doppelhaushälfte. Wie so oft in letzter Zeit hatte er sich gefragt, was ihn überhaupt noch dort hinzog. Kein zärtlicher Begrüßungskuss empfing ihn mehr. Kein fröhliches „Schön, dass du da bist, Schatz!“ Stattdessen hatten sich seit zwei Jahren quälende Erinnerungen und Einsamkeit als ungebetene Hausgenossen eingenistet, die er nicht mehr loswurde.

Durch den verwilderten Vorgarten, dessen Zustand ihm zusätzlich ein schlechtes Gewissen bereitete – was würde Conny dazu sagen!? – hatte er die ersten Stufen zum Hauseingang betreten. War stehen geblieben. Hatte überlegt, doch noch ein Rumpsteak und zwei, drei Gläser spanischen Rotweines in der Museumsschänke zu sich zu nehmen. Vielleicht würde das seine Stimmung wenigstens für ein paar Stunden aufhellen. Er könnte Ben, den fülligen Gasthaushund, kraulen. Bei ihm hatte er schon öfter seinen Kummer abgeladen. Oder er könnte ein paar Worte mit der jungen blonden Bedienung wechseln. Sie war nett und zudem noch hübsch. So wie sie hatte er sich immer eine Tochter gewünscht. Aber bei Conny und ihm hatte das mit dem Kinderkriegen irgendwie nie geklappt. Nach einigen belastenden Fehlgeburten hatte sie sich zu einer Totaloperation entschieden. Es war ihr Entschluss gewesen. Er hatte ihn respektiert. Sie hatten nie mehr darüber gesprochen.

Er entschied sich gegen die Museumsschänke. Vielleicht morgen, dachte er. Es war ja sein freies Wochenende. Eine Dose Ravioli würde es heute Abend auch tun. Und Rotwein, da gab es hinreichend Vorrat im Keller. Er aß in der Küche, direkt aus dem Topf. Weshalb einen Teller schmutzig machen? Außer der Küche, seinem Schlafzimmer und dem Bad nutzte er keinen der anderen Räume mehr. Zu viele Erinnerungen hielten ihn davon ab, machten ihm Angst. Die einzige, die er zuließ, war das Foto seiner Frau. Anlässlich ihres 35. Geburtstags hatte er es aufgenommen. Sie saß auf einer Schaukel und schien aus dem Bild heraus auf den Betrachter zuzuschweben. Ihre langen schwarzen Haare und das strahlende Lachen ergaben mit den ebenmäßigen Gesichtszügen eine Komposition, die ein Maler nicht schöner hätte darstellen können. Breuner berührte das Foto mit einer zärtlichen Geste und hinterließ einen Fingerabdruck.

Der Klingelton seines Handys riss ihn am nächsten Morgen aus dem Halbschlaf. 10 Uhr 17, sah er auf der Digitalanzeige seines Weckers. So lange hatte er seit Langem nicht mehr geschlafen. „Hallo, wo muss ich hin?“, bellte er, in Erwartung eines Kollegen aus der Polizeiinspektion. Doch zu seiner Verwunderung war es Angelika.

„Habe ich Sie geweckt?“, fragte sie vorsichtig.

„Nein, nein. Entschuldige bitte. Mit dir hatte ich nun wirklich nicht gerechnet. Was gibts? Weshalb rufst du an?“

Sie berichtete Breuner von einem Gespräch, das sie in der Schule aufgeschnappt hatte, dessen Sinn sie aber erst nach dem Gespräch im Kommissariat einordnen konnte.

„Ich sehe das auch so“, bestätigte er Angelikas Vermutung und vereinbarte mit ihr Stillschweigen darüber.

Montag, 17. September 2012, Alzey

Breuner war erleichtert, am Montag früh wieder in sein Büro und damit in das normale Leben zurückkehren zu können. Den Bericht über die Auswertung von Angelikas Handy konnte er nicht übersehen. Er hing, mit einem Klebestreifen befestigt, an seiner Schreibtischlampe. Beate Kerber hatte gute Arbeit geleistet. Die Daten des Mobiltelefons waren ausgewertet und verifiziert. Und auch das Protokoll der Nachforschung bei Dorothea Bellmann, um die Breuner sie noch am Freitagabend mit einer Notiz ersucht hatte, lag vor. Ihre Ermittlungsergebnisse erschienen ihm schlüssig. Dorothea Bellmann hatte mit einigen zusätzlichen Erklärungen das ausgesagt, was Breuner bereits schon von Angelika erfahren hatte. Keine Abweichungen, keine Ungereimtheiten. Es hatten sich keine Anhaltspunkte ergeben, dort weiter zu ermitteln.

Breuner packte die Unterlagen in eine abgewetzte lederne Kollegmappe, die ihn schon seit Urzeiten begleitete. Manche Kollegen vermuteten, dass er mit dieser Tasche auf die Welt gekommen sein musste. Hastig kritzelte er „Bin im RöKa“ auf einen Zettel und hinterließ ihn auf seinem Weg aus der Inspektion in der Telefonzentrale.

Für das Gymnasium „Am Römerkastell“ war der Besuch eines Kriminalhauptkommissars nicht gerade eine alltägliche Begebenheit. In einem längeren Gespräch informierte er den Schulleiter, Dr. Knauper, über den Anlass und seine mögliche Vorgehensweise und konnte dabei dessen anfängliche Bedenken ausräumen. Vor allem auch, weil Breuner ihn darum bat, während der ganzen Zeit anwesend zu sein.

„Mit Angelika Berger habe ich übrigens vereinbart, sich so zu verhalten, als würde sie mich nicht kennen“, erklärte er Dr. Knauper, als sie sich schließlich während der zweiten

Unterrichtsstunde zum Schulraum der 12. Klasse begaben.

Der lange Flur im zweiten Obergeschoss, die Kleiderrechen an der Wand, die grau gestrichenen Wände, unterbrochen von gleichfarbigen Türen, erinnerten ihn peinigend an seine Schulzeit. Verstärkt wurde das Erinnerungsbild durch den Hall ihrer Schritte auf dem harten Steinboden. Ein unbehagliches Gefühl, das er zu verdrängen versuchte. Eine angenehme Frauenstimme drang aus dem Unterrichtsraum nach draußen. Das musste Kerstin Fischer, die Lehrerin, sein. Dr. Knauper hatte seinem Besucher auf dem Weg zum Klassenraum erzählt, dass sie auf diesem Gymnasium das Abitur gemacht hatte. Sie war damals sogar eine seiner Schülerinnen gewesen. „Was beweist, dass der Täter stets an den Ort des Verbrechens zurückkommt. Das müssen Sie ja am besten wissen", hatte er schmunzelnd gesagt. Er klopfte kurz an und, ohne eine Antwort abzuwarten, trat er mit Breuner ein. Leise wechselte er ein paar Worte mit Kerstin Fischer, die mit fragendem Blick auf die Eindringlinge zugekommen war. Breuner hielt sich etwas im Hintergrund. Seine Schulphobie hatte sich wieder seiner bemächtigt. Der kleine Alfred, der alles vergessen hatte, was er am Tag zuvor mühsam gelernt hatte. „Gestern konnte ich es noch", hörte er sich sagen, begleitet vom schallenden Gelächter der Klasse und dem peinigenden Klacken, das der Lehrer mit dem Zeigestock auf dem Linoleumboden veranstaltete. „Setzen, 6! Alfred, was soll nur mal aus dir werden? Am besten, du gehst zur Polizei! Da kannst du nichts falsch machen und weiter träumen."

Breuner sah sich um. Er blickte zur Tafel. Sie hatten den Geschichtsunterricht unterbrochen. Eine Tabelle war mit Kreide aufgemalt. Darüber stand: „Gegenüberstellung grundlegender Prinzipien des demokratischen Verfassungsstaates und wesentlicher Merkmale von Diktaturen“. In einem der Felder las er: „30.01.1933 – ‚Machtübernahme'“. Finde ich ja toll, dachte Breuner, dieses Thema hatten die in meiner Generation noch schamhaft ausgeklammert. Bei mir hatte der Geschichtsunterricht mit Bismarck aufgehört. Er bekam nicht mit, dass der Schulleiter ihn während seines Ausflugs in seine schulische Vergangenheit der Klasse vorstellte. Erst als dieser ihm das Wort übergab, löste er sich aus seinen Gedanken.

Das Getuschel der Schülerinnen und Schüler, das beim Eintreten der beiden eingesetzt hatte, verstummte. Breuner drehte sich um und stand nun vor der Klasse. Aufrecht, ohne den Schutz, den ihm der Lehrertisch hätte bieten können. Mit voller Absicht hatte er nicht dahinter Platz genommen. Er wollte alle Register ziehen, um sofort Kontakt, aber auch Respekt zu schaffen. Etwa 25 Augenpaare starrten ihn gespannt an. Man hätte die berühmte Stecknadel fallen hören können. Trotz all seiner Erfahrung war diese Situation ungewohnt für ihn, belegte seine Stimme, zwang ihn dazu, sich zu räuspern. Er begann zögerlich, gewann aber dann doch sehr schnell an Sicherheit, als er den Anlass seines Besuches erläuterte. Zuerst ging er auf die Ereignisse ein, die allen inzwischen bekannt sein dürften: Seit wann Eva verschwunden war, dass man bisher keine Anhaltspunkte über ihren Aufenthaltsort hatte, dass sie als Volljährige frei über ihren Aufenthaltsort bestimmen könne, dass von einer Gefährdungslage bisher nichts bekannt sei. Aber auch, dass keine Erkenntnisse über ein einleuchtendes Motiv vorlagen.

„Ja, und daher besteht eigentlich weder ein Grund noch eine gesetzliche Handhabe, dass wir seitens der Kriminalpolizei Ermittlungen aufnehmen. Zumindest offiziell.“

Statt weiterer Ausführungen erfasste er die Klasse mit einem Rundumblick. Dabei bemerkte er auch Angelika.

„Und weshalb sind Sie dann überhaupt hier?“, wollte eines der Mädchen wissen.

„Gute Frage“, nickte Breuner beifällig. „Aber ich sagte ja: zumindest offiziell. Es könnte doch sein, dass irgendjemand unter Ihnen Anhaltspunkte dafür hat, weshalb Eva so sang- und klanglos verschwunden ist. Oder, dass es vielleicht doch einen verdeckten Hinweis gibt, dass sie sich in Gefahr befindet. Manchmal weiß man die Bedeutung gewisser Dinge nicht einzuordnen, weil der Zusammenhang fehlt. Auch mir passiert es immer wieder, dass die Lösung vor mir liegt und ich sie auf den ersten Blick nicht wahrnehme. Das kann eine Bemerkung von ihr sein, an die Sie sich erinnern, eine Frage, ein Blick oder irgendetwas, was Sie kurzfristig irritiert hatte, was Sie nicht einordnen konnten.“

Wieder blickte er rundum. Dieses Mal jedoch verharrte er länger bei den Einzelnen. Unruhe machte sich breit. Blicke wurden ausgetauscht. Sie trafen auf ein blondes kurzhaariges Mädchen und einen Jungen mit wallender roter Haarmähne. Sie saßen nebeneinander, schräg vor Angelika. Sie bemühten sich, einen unbeteiligten Eindruck zu vermitteln. Breuner registrierte es unmerklich. Er war erfahren genug, um zu wissen, dass es jetzt an der Zeit war, Druck aufzubauen. „Häufig kommt es ja vor, dass man meint, vermisste Personen zu erkennen. Auf einem Foto in der Zeitung, in einer Menschenmasse, in einem Auto vorbeifahrend. Man traut einfach seinen Augen nicht. Ich entsinne mich an einen Fall, da ist jemand einer gesuchten Person, die er kannte, ganz nahe gekommen, ohne sie wahrzunehmen. Weshalb sollte das nicht auch bei Eva passieren? Oder vielleicht schon geschehen sein? Bitte überlegen Sie noch mal genau!“ Dann schwieg er und nutzte die bewusst gesetzte Pause, um hinüberzusehen zu Dr. Knauper. Der hatte bisher mit verschränkten Armen neben Kerstin Fischer an einer der Fensterbänke gelehnt und Breuners Ausführungen schweigend und mit neutraler Miene verfolgt. Dessen Blick entschlüsselte er zu Recht als Aufforderung zur Unterstützung. Mit einer unvermittelten Bewegung stieß er sich von seinem Ruheplatz ab. Demonstrativ stellte er sich neben Breuner.

„Bitte denkt alle noch einmal nach. Schon die geringste Kleinigkeit kann dem Kriminalhauptkommissar helfen. Und damit natürlich vor allem Eva und ihren verzweifelten Eltern."

Er zog einen Zettel aus seiner Jacketttasche, entfaltete ihn und hielt ihn für alle sichtbar hoch.

„Den hat heute Morgen eine unbekannte Person unter meiner Bürotür durchgeschoben. Ihr wisst, dass ich nichts von anonymen Hinweisen halte. Daher lese ich ihn auch nicht vor. Es scheint aber so, als ob einige von euch doch etwas über den Verbleib von Eva wissen."

Dann reichte er den Zettel an Breuner weiter. Der las ihn erstaunt, runzelte die Stirn und faltete ihn zusammen.

„Äußerst aufschlussreich!", übertönte er das Getuschel, das nach der Mitteilung des Schulleiters eingesetzt hatte. Er nickte bedeutungsvoll, bat darum, ihn als Beweisstück behalten zu dürfen, und steckte ihn ein.

Während dieses Intermezzos war es ihm nicht entgangen, dass der rothaarige Junge und das blonde Mädchen für einen kurzen Moment besorgt zu Angelika hinübergesehen hatten. Obwohl auch Angelika die Blicke nicht entgangen waren, gab sie sich unbeteiligt. Wieder bewunderte Breuner ihre Gelassenheit und ihre schauspielerische Fähigkeit. Er sah sie plötzlich mit anderen Augen. Sie schien ihre Lektion gelernt zu haben. Er empfand sie in diesem psychologischen Kommunikationsspiel fast als seine Komplizin, eine äußerst wertvolle Komplizin.

Wenn Alfred Breuner auch die Blicke der beiden registriert hatte, so konnte er ihnen noch keine schlüssige Bedeutung beimessen. Ein paar flüchtige Blicke waren schließlich kein Eingeständnis etwas zu verheimlichen. Und dennoch fand er den Zeitpunkt bemerkenswert: Dr. Knauper erzählte von einem anonymen Hinweis und das Mädchen und der Junge wandten sich ohne einen anderen erkennbaren Anlass Angelika zu. Ihre Vermutung könnte also tatsächlich zutreffen.

Ein schlaksiger Junge mit kurz geschorenen Haaren, der sich aus seinem Stuhl quälte, durchquerte seinen Gedankengang. „Jetzt verstehe ich gar nichts mehr", sagte er. „Erst erklären Sie uns, dass und weshalb die Kripo nichts unternimmt und jetzt zelebrieren Sie hier ein Gruppenverhör."

„Ein Gruppenverhör zelebrieren ist gut", lachte Breuner. „Auch wenn eine Befragung zu Wahrnehmungen, wie in diesem Fall, nichts mit einem Verhör im klassischen Sinn zu tun hat. Das ist jedoch eine Nebensächlichkeit. Tatsächlich haben Sie recht. Es gibt inzwischen konkrete Anhaltspunkte, weshalb ich mich entschlossen habe, die Ermittlungen aufzunehmen. Und jetzt auch noch die anonyme Nachricht, die mir Ihr Schulleiter eben übergeben hat."

Nun stand das blonde Mädchen auf. „Und was hat es mit der bitte schön auf sich?", fragte sie mit unsicherer Stimme. Ihr Sitznachbar zog sie am Arm. Offenbar wollte er sie dazu bewegen, sich wieder zu setzen. Doch sie wischte seine Hand unwillig zur Seite.

„Ich meine, was steht da drin?", hakte sie nach.

„Sie haben doch gehört, dass Dr. Knauper den Inhalt nicht vor allen darlegen möchte. Und daran halte ich mich auch. Aber so viel kann ich Ihnen verraten, dass ich inzwischen davon überzeugt bin, dass es unter Ihnen einige gibt, die mir weiterhelfen könnten. Scheinbar fehlt ihnen der Mut, das vor Publikum zu tun. Dem müssen wir abhelfen. Es bleibt uns nämlich keine Zeit für Versteckspiele und ähnliche Mätzchen, meine Damen und Herren." Demonstrativ nickte er Dr. Knauper zu, der sich bereits wieder neben die Geschichtslehrerein an die Fensterbank zurückgezogen hatte. „Mehr werde ich dazu nicht sagen. Zumindest nicht vor der gesamten Klasse."

Mit gedämpfter Stimme besprach er den weiteren Ablauf mit Dr. Knauper und der Lehrerin, die daraufhin vor die Klasse trat. Sie ordnete an, dass sich alle auf dem Flur versammeln sollten. Lediglich der Kriminalhauptkommissar und der Schulleiter würden im Raum bleiben. Der eine zur Befragung und der andere als Vertrauensperson.

„Sie werden dann jeweils aufgerufen. Aber ich bitte mir absolute Ruhe aus. Die anderen Klassen haben schließlich noch Unterricht."

Widerwillig und mit missbilligendem Kopfschütteln kam man ihrer Aufforderung nach. Auch die beiden, die ihm bereits aufgefallen waren, machten Anstalten, den Raum zu verlassen. Kerstin Fischer hielt sie jedoch zurück. „Karin und Max, Sie können schon hierbleiben." Dann ging sie als Letzte auf den Flur und schloss die Tür hinter sich.

Breuner dirigierte die beiden an den Tisch in der ersten Reihe, während Dr. Knauper sich im hinteren Teil aufhielt. Im Übrigen ließ er sich Zeit. Er hatte am Lehrertisch Platz genommen, nachdem er zuvor den Stuhl umständlich zurechtgerückt hatte. Seine Kollegmappe lag vor ihm. Bedächtig öffnete er sie und entnahm ihr Schreibutensilien und die Auswertung von Angelikas Handy. Auch die anonyme Nachricht, die ihm Dr. Knauper übergeben hatte, legte er vor sich auf den Tisch. Sorgfältig glättete er sie, las sie nochmals kopfschüttelnd durch. Dann richtete er seinen Blick auf die beiden, die sich ihm als das sprichwörtliche Häufchen Elend präsentierten.

„Sie sind also Karin Rösler und Max Groh-", er versicherte sich anscheinend auf dem Zettel, dass er den Namen korrekt wiedergab, „Max Grohmann?"

Beide nickten. Karin Rösler schob ein zaghaftes „Ja" nach.

„Nun denn. Dann werden wir uns einmal unterhalten." Breuner verließ seinen Platz am Lehrertisch, um sich breitbeinig und mit verschränkten Armen vor ihnen aufzubauen. „Zuerst habe ich noch eine gute und eine weniger gute Information für Sie", eröffnete er und reichte auch sofort die Erklärungen nach. „Die gute Nachricht: Seien Sie froh, dass wir das Jahr 2012 schreiben. Bis vor einigen Jahren ordnete das Strafgesetzbuch für groben Unfug eine Geldbuße bis zu 150 Deutsche Mark oder Freiheitsstrafe an. Und nun die weniger gute Nachricht: Was früher grober Unfug war, läuft heute unter der Bezeichnung Belästigung der Allgemeinheit. Man hat das zwar zu einer Ordnungswidrigkeit heruntergestuft. Doch immerhin ist diese mit einer Geldbuße bis zu 1000 Euro bewehrt. Und ein pfiffiger Staatsanwalt, der es überhaupt nicht mag, wenn arglose Menschen durch miese Streiche zu unsinnigen Aktivitäten getrieben werden, könnte sogar noch den Tatbestand der arglistigen Täuschung aus dem Gesetzeshut zaubern."

„Und was hat das jetzt mit uns zu tun? Sorry, Schülerreflex. Wir wollen halt alles genau wissen und lassen uns nicht gerne veralbern." Den Versuch, mit seinem rotzigen Tonfall und indem er sich mit lang gestreckten Beinen lässig in seinen Stuhl fläzte, Selbstsicherheit zur Schau zu tragen, hätte sich Max Grohmann sparen können. Leichtfertig und überheblich unterschätzte er Breuners Berufserfahrung. Der hatte schon ganz andere Kaliber zum Reden gebracht.

„Bitte unterlassen Sie diese Spielchen! Sorry, Bullenreflex. Wir wollen nämlich auch alles genau wissen und uns nicht von grünen Jungs verarschen lassen!“, reagierte er in bemerkenswert freundlichem Ton. „Sie sollten wissen, dass wir den Absender der SMS an Angelika Berger zurückverfolgt haben. Außerdem haben wir einen glaubhaften Tipp erhalten. Sie haben es ja selbst gesehen.“ Er deutete auf den Tisch, auf dem das Stück Papier lag. „Im Übrigen steht mir nicht der Sinn danach, mich mit Ihnen auf dieser Ebene zu unterhalten. Wir können die Vernehmung auch sehr gerne in unserem idyllischen Verhörraum in der Polizeiinspektion fortsetzen.“

„Das hat er nicht so gemeint“, beschwichtigte Karin Rösler und stieß ihrem Klassenkameraden mit dem Ellbogen heftig in die Seite. Er richtete sich auf und lächelte Breuner eher dümmlich, als um Verzeihung bittend an.

Noch einen Moment kochen lassen, beschloss Breuner für sich, dann sind sie gar. Er ging zum Fenster und schaute interessiert auf den Schulhof, als gäbe es da etwas Besonderes zu sehen. Dabei zählte er lediglich bis 20, bevor er, immer noch seine Rückseite präsentierend, fortfuhr.

„Nun gut. Fangen wir noch einmal von vorne an.“ Er drehte sich um, bewegte sich auf die beiden zu. „Ich habe einen gewissen Handlungsspielraum, bevor ich den Fall an die Staatsanwaltschaft weiterleite. Und Sie haben es in der Hand, die Reichweite der Konsequenzen Ihres Streiches, so will ich es momentan noch nennen, mitzubestimmen. Es liegt jetzt alleine bei Ihnen.“

Abermals wartete er einige Sekunden ab, bevor er sich wieder vor den beiden platzierte.

„Ich frage Sie nur ein einziges Mal. Also nutzen Sie Ihre Chance! Meine Frage lautet: Weshalb haben Sie das gemacht?“

„Was, äh, was meinen Sie?“

Offensichtlich hatte Max Grohmann immer noch ein Problem damit, seine einmal eingenommene Rolle aufzugeben. Breuner nahm es als letztes Aufbäumen und reagierte nicht darauf, zumal Karin Rösler nun das Wort ergriff.

„Wir waren einfach sauer auf Angelika und wollten ihr einen Denkzettel verpassen. Dass das solche Ausmaße annimmt, das haben wir nicht gewollt.“

„Muss die auch gleich zur Polizei gehen, diese blöde Ziege. Wegen so einer Lappalie“, ereiferte sich Max Grohmann und entflammte damit endgültig den Zorn seiner Klassenkameradin.

„Jetzt halte mal endlich deine blöde Klappe, Max! Willst du uns immer noch weiter reinreißen? Er versucht uns doch zu helfen, du Vollpfosten.“

„Dem kann ich mich nur anschließen“, pflichtete Breuner bei. „Also, noch einmal von Anfang an.“

Ohne weitere Ausflüchte oder Beschönigungen schilderte Karin Rösler, weshalb und wie sich ihre Täuschungsaktion abgespielt hatte. Sie hatten sich über Angelika geärgert. Erst habe sie jeden in der Klasse mit ihren peinlichen Fragen gelöchert. Ob jemand etwas über Evas Aufenthalt wüsste. Ob man sich vorstellen könnte, weshalb Eva verschwunden sei. Ob etwas über einen Liebhaber bekannt sei. Ob man über irgendwelche Probleme von ihr erfahren hätte. „Jeder hat da seinen Senf dazugegeben, ohne dass etwas Konkretes dabei herauskam.“

„Sie hat uns einfach genervt und ist uns tierisch auf den Sa... äh, auf den Geist gegangen“, ergänzte Max Grohmann. „Und als wir uns dann verabredet hatten, um einen Plan zu entwickeln, wie wir nach Eva suchen könnten, da hat sie einen Rückzieher gemacht und uns sang- und klanglos im Regen stehen lassen."

„Ohne Erklärung. Wenn sie wenigstens einen Grund genannt hätte", grollte Karin Rösler.

„Das lag allerdings nicht an Angelika", klärte Breuner sie auf, „sondern ich hatte ihr ausdrücklich untersagt, eigenmächtig etwas zu unternehmen und darüber Stillschweigen zu bewahren."

Sie sahen ihn überrascht an. Wenn sie das gewusst hätten, erklärten sie, wäre es zu der Maskerade gar nicht gekommen. Die Aufgaben hatten sich beide geteilt. Max, so schilderte Karin Rösler, hatte mit unterdrückter Nummer die SMS an Angelika gesendet. Und sie selbst war mit Langhaarperücke und einem Kapuzenmantel in Evas Rolle geschlüpft. „Ich bin extra vor der verabredeten Zeit in das Internetcafé gegangen. Von dort wollte ich eine weitere SMS absenden, um das Spiel zu beenden. Aber dann kam Angelika früher als gedacht. Ich war ganz schön geschockt und bin einfach abgehauen."

„Was wollten Sie ihr denn schreiben?"

„Ich hatte ja schon begonnen. Hallo Angelika, habe ich geschrieben, es ist nicht alles so, wie es scheint – ich glaube, so weit war ich gekommen. Und ich wollte die SMS beenden mit: Lass uns endlich in Ruhe mit deiner blöden Suche. Eva wird schon irgendwann wieder auftauchen. Deine Klassenkameraden. Aber da stand sie ja plötzlich neben mir. Hat sie mich eigentlich nicht erkannt?"

„Nein, hat sie nicht. Ihre Verkleidung war gelungen, falls Ihnen das irgendetwas geben sollte." Breuner machte keinen Hehl daraus, dass er sich über die unangemessene Frage ärgerte. „Insgesamt war Ihre gemeinsame Leistung phänomenal, wenn man sie vom ökonomischen

Standpunkt aus betrachtet. Mit geringem Aufwand haben Sie ein Maximum an Adrenalinausschüttung, Irritationen und Zeit- und Kostenverschwendung bewirkt." Er streckte ihnen die geschlossene Faust entgegen. Indem er einen Finger nach dem anderen ausfuhr, veranschaulichte er die Anzahl der ausgelösten Aktivitäten. „Erstens: Angelika war total durcheinander. Zweitens: In ihrer Verwirrung und Sorge hat sie Evas Klavierlehrerin aufgesucht. Drittens: Die hat Evas Eltern fälschlicherweise darüber informiert, dass ihre Tochter auf- und wieder untergetaucht sei. Viertens: Die wiederum haben mich angerufen. Fünftens: Ich habe dann Frau Berger und Angelika in die Inspektion gebeten. Sechstens: Meine Assistentin habe ich daraufhin mit Ermittlungen beauftragt und bin – siebtens – wie Sie unschwer erkennen, heute selbst hier. Achtens: Ihr Schulleiter wurde aus seiner Arbeit gerissen. Neuntens: Ihr Unterricht wurde unterbrochen und zehntens wurden fast 30 Personen zu Leidtragenden dieses Unfugs. Zwei Hände voll, wie Sie sehen. Eine tolle Leistung."

Über ihre Köpfe hinweg blickte er zu Dr. Knauper und bedeutete ihm, nach vorne zu kommen. Dann begab er sich an den Lehrertisch und verstaute kopfschüttelnd alle zuvor ausgepackten Utensilien wieder in seiner Kollegmappe.

„Was geschieht denn nun mit uns?", unterbrach Max Grohmann endlich die gedrückte Stimmung.

„Ich müsste eigentlich Ihre Aussagen protokollieren und Sie unterschreiben lassen. Dadurch würde allerdings ein offizieller Verfahrensweg beschritten, der seine eigene Dynamik hat. Das geht bis zur Staatsanwaltschaft. Aber wie Sie sehen, befinde ich mich bereits im Aufbruch. Ich lasse also Gnade vor Recht ergehen und Ihr Verhalten auf sich beruhen. Ich will nicht, dass noch mehr Unruhe in diese Angelegenheit kommt. Außerdem bin ich mir absolut sicher, dass Ihnen das eine Lehre war."

Das ebenso heftige wie erleichterte Nicken quittierte er mit einem wohlwollenden Schmunzeln. „Alles Weitere obliegt jetzt Ihrem Schulleiter."

Der war inzwischen dazu getreten. „Herr Breuner, ich denke, dass ich im Namen dieser beiden Helden spreche, wenn ich mich herzlich für Ihr Verständnis bedanke. Ich bin wirklich froh, dass wir so die Möglichkeit haben, die Schule aus der Angelegenheit herauszuhalten. Euch aber will ich ..." Die Pausenklingel hielt ihn davon ab, die Predigt, die er sich während der letzten Minuten für seine Schüler zurechtgelegt hatte, loszuwerden. „Wir sprechen uns noch. So ganz ungeschoren kommt ihr mir nicht davon. Aber jetzt geht erst einmal in die Pause."

„Eine Frage habe ich noch, bevor Sie gehen", sagte Dr. Knauper, nachdem er mit Alfred Breuner wieder alleine war. „Kann man wirklich feststellen, von welchem Handynutzer eine Kurznachricht gesendet wurde, auch wenn die Absendernummer unterdrückt war?"

„Ich bin kein Spezialist auf diesem Gebiet. Ich bin froh, wenn ich mein Handy zum Telefonieren benutzen kann. Aber soviel ich weiß, muss bei einer SMS eine Absenderkennung eingegeben werden. Meine Assistentin hat mir allerdings mitgeteilt, wie man es doch schaffen kann, nicht erkannt zu werden. Man meldet sich bei einem sogenannten Freemail-Portal an. Von dort bekommt man ein Bestätigungspasswort. Wenn man das eingibt, kann man selbst bestimmen, was als Absender angezeigt werden soll. Entweder die eigene Handynummer oder ein beliebiger Text. Danach kommt, getrennt durch einen Punkt, die Identifikation des Freemail-Portals. In diesem Fall war es gmx. Als

Absender erschien im Display von Angelika „ich.gmx“.

„Und Ihre Assistentin hat darüber herausgefunden, dass die Kurznachricht von Max versendet worden war?“

„Nö. Hat sie nicht.“

„Aber Sie haben ihm doch gesagt, dass Sie ...“

„Ich habe lediglich gesagt, dass wir den Absender der SMS an Angelika Berger zurückverfolgt haben. Dass wir da auf die Schnelle nicht erfolgreich waren, das zu erwähnen, muss mir wohl kurzfristig und unabsichtlich entfallen sein. Wir konnten uns jedoch sicher sein, dass die SMS nicht von Eva kam. Weshalb hätte sie denn den Umweg über das Freemail-Portal wählen sollen?“

„Aber wenn Sie gar nicht wussten, dass Max der Absender der SMS war, wie kamen Sie dann doch so schnell auf die beiden?“

„Vor allem durch den Hinweis von Angelika. Dazu Beobachtungsgabe, Intuition und Chuzpe. Das Verhalten von Kerstin und Max war dann doch zu offensichtlich – zumindest für mich. Sie sind schließlich keine abgebrühten Kriminellen.“

„Das heißt, Sie haben die beiden kräftig hinters Licht geführt.“

„Genauso war es. Jedoch, wie schon gesagt, ohne Angelikas Tipp hätte das nicht so schnell und komplikationslos geklappt. Sie hat uns viel Zeit erspart. Aber bitte nicht weitersagen.“ Breuner legte den Zeigefinger auf seine geschlossenen Lippen.

„Das sind mir ja Methoden“, lachte Dr. Knauper.

„Na ja“, grinste Breuner, „Sie haben der Klasse schließlich auch Ihre Quittung von der Schnellreinigung am Obermarkt als anonymes Schreiben untergejubelt. Guter Trick. Der hätte von mir sein können. Aber riskant. Ich war schon kurzfristig verdutzt.“

„Davon war aber nichts zu spüren. Und Sie haben den Fake auch weidlich ausgebaut und ausgenutzt."

„Stimmt. Aber Sie kennen doch das allgemeine Prinzip von Machiavelli?"

„Der Zweck heiligt die Mittel, meinen Sie?"

„Genau das! Im Übrigen verfolge ich ja die Sache nicht weiter. Sonst könnte man mir schon einen Strick draus drehen, wegen Irreführung. Bei einer offiziellen Vernehmung handelte es sich dabei nämlich um einen Verstoß gegen die Strafprozessordnung."

„Und was unternehmen Sie nun in der Angelegenheit Eva Hinze?"

„Momentan überhaupt nichts", erklärte Breuner. „Die Ermittlungen werden so lange wieder eingestellt, bis sich vielleicht doch Umstände ergeben, aufgrund derer ich sie wieder aufnehmen kann."

„Sind Sie da wirklich sicher? Eva ist doch nicht der Typ, der einfach abhaut. Dazu kenne ich sie zu gut. Was ist denn mit ihrem Schutzhelm?", fiel ihm ein. „Hatten Sie nicht etwas davon erwähnt, dass der bei ihrer Klavierlehrerin gefunden worden sei? Ist das denn kein Ermittlungsgrund?"

„Meine Assistentin hat auch dieses Rätsel gelöst. Ihre Klavierlehrerin bestätigte, dass Eva den Helm oftmals nur auf dem Gepäckträger bei sich führte. Weil der angeblich zu eng war. Sie hatte ihn dabei schon zweimal verloren. Da er jedes Mal in der Nähe von Frau Bellmanns Haus gefunden worden war, hat ihn jemand persönlich bei ihr abgegeben. Wir gehen davon aus, dass er dieses Mal einfach ein paar Tage später im Gras am Eingang zum Grundstück abgelegt worden war, weil sie nicht zu Hause war. Also, auch das ist kein Hinweis auf eine Gefährdung oder eine Straftat."

Nach seiner Rückkehr in die Polizeiinspektion informierte er als Erstes Beate Kerber über den Ausgang der Ermittlung. In lässiger Haltung, auf ihrem leicht nach hinten gekippten Stuhl balancierend, hatte sie die Füße auf dem Schreibtisch abgelegt. Sie trug Westernstiefel der Edelmarke Bronx, wie an dem Brandzeichen auf den kaum abgenutzten Ledersohlen zu erkennen war. Sie war so sehr in ein Schriftstück vertieft, dass sie das Eintreten ihres Chefs nicht registrierte. Um sich bemerkbar zu machen, hüstelte er aufreizend. Erschrocken richtete sie sich auf.

„Kannst du denn nicht anklopfen wie jeder andere normale Mensch, verdammt noch mal? Dir würde der Spitzname Schmidtchen Schleicher gut zu Gesicht stehen."

„Ich bin eigentlich nur vorbeigekommen, um dir für den guten Job bei deinen Recherchen in der Sache Eva Hinze zu danken," sagte er, ohne auf ihren Vorwurf zu reagieren. „Ich hätte mich sonst schwergetan, sofort den richtigen Treffer zu landen. Vor allem die Auswertung der Daten vom Handy der kleinen Berger und die Erklärung, wie man den Absender anonymisieren kann, war hilfreich." Mit einem flüchtigen „Weitermachen! Schönen Tag noch. Ich muss jetzt Evas Eltern Bescheid geben", verließ er das Büro und seine kopfschüttelnde Assistentin.

Aber kurz danach erschien er nochmals. Wieder klopfte er nicht an. Er streckte nur den Kopf zur Tür herein und bat Beate Kerber, die zuständigen Kollegen darüber zu informieren, ihr umgehend Bescheid zu geben, falls ein herrenloser Mofaroller gefunden würde. „Hier hast du das Kennzeichen von Eva Hinzes Mofa." Er reichte ihr einen Zettel. „Man weiß ja nie. Und ich will mir später keine Versäumnisse vorwerfen lassen."

Weshalb habe ich eigentlich mit dieser Frau ein Problem?, fragte sich Alfred Breuner nach dem Telefonat mit Iris Hinze.

„Es wäre uns lieber gewesen, wenn wir erst gar nichts davon gewusst hätten. Dann wäre uns der erneute Sturz in die Hoffnungslosigkeit und Verzweiflung erspart geblieben", hatte sie gesagt, als er sie über das Ermittlungsergebnis informiert hatte. Natürlich hatte er Verständnis für die Ängste von Eltern, die sich in solch einer schier unerträglichen Situation befanden. Und auch für ihre Enttäuschung, wenn Hoffnungen platzen und die quälende Ungewissheit fortdauert. Aber irgendein Unterton, den er nicht einzuordnen vermochte, irritierte ihn. Außerdem hatte er einige Überredungskunst aufwenden müssen, sie davon abzuhalten, Anzeige gegen Karin Rösler und Max Grohmann zu erstatten. Erst nachdem er vorgegeben hatte, dass die beiden zwar die Ausführenden, aber weitere Schüler als Mitwisser beteiligt waren, ließ sie davon ab. „Würde meiner Eva sowieso nicht helfen", hatte sie schließlich entmutigt gesagt und das Telefonat beendet.

Lange noch diskutierten Bertram und Iris Hinze an diesem Abend. Sie entwickelten ergebnislose „Was-wäre-wenn-Szenarien" und die verschiedensten Pläne, beratschlagten darüber und verwarfen sie wieder. Dabei kristallisierten sich unterschiedliche Positionen heraus. Er vertrat die Meinung, man könne ohnehin nichts tun und solle abwarten. Vor allem solle man nichts machen, was dazu angetan wäre, sie beide und seine Rechtsanwaltskanzlei in die Schlagzeilen geraten zu lassen. Iris wiederum konnte es nicht länger ertragen, zur Untätigkeit verdammt zu sein. „Was interessieren mich die Leute. Die helfen mir sowieso nicht", untermauerte sie ihren Standpunkt. Sie waren zu keinem eindeutigen und übereinstimmenden Beschluss gelangt und schließlich zu Bett gegangen.

Dritter Auszug aus der Audiokassette

Ich mache einen weiteren Zeitsprung bis in das Jahr 1990. Ich wusste inzwischen, dass das, was sich zu Hause abspielte, nicht „normal" war. Ich selbst war es nicht. Das Familienleben war nicht perfekt. Perfekt war nur meine Tarnung. Seit fünf Jahren nahm ich nun die Pille. Es war kurz nach meinem zwölften Geburtstag gewesen, als die Lehrerin im Aufklärungsunterricht über Verhütung gesprochen hatte. Was Sex bedeutete, wie er ablief, das kannte ich zur Genüge, wenn auch im Unterricht nur von Mann und Frau gesprochen wurde – nicht von Vater und Tochter. Und dass Sex etwas mit Liebe zu tun haben sollte, wie die Lehrerin erzählte, war in meinen Augen dummes Zeug. Das musste ich mir nicht anhören. Während ich dabei gelangweilt abschaltete und mich das Gekicher meiner Klassenkameraden anwiderte, war ich bei dem Thema Verhütung hellhörig geworden. Das war neu für mich. Und nicht nur neu, es war erschreckend. Noch am gleichen Tag verlangte ich von meinem Vater, dass er mir die Pille besorgen sollte. Er hinterfragte nicht, sah mich nur mit einem nichtssagenden Blick an und nickte. Wie er es bewerkstelligt hatte, war mir egal. Wahrscheinlich nutzte er seine Tätigkeit im Krankenhaus. Jedenfalls überreichte er mir bereits am nächsten Tag eine Monatspackung.

Inzwischen war ich 17 Jahre alt. Zu Hause hatte sich nichts geändert. Meine Mutter rangierte als geduldeter Fremdkörper und verschloss weiterhin Augen und Ohren vor dem Inzest. Es schien sie auch nicht zu interessieren, dass ich durch die soziale Abgeschiedenheit in meiner persönlichen Entwicklung zurückgeblieben war. Ich war unsicher, fast unfähig, außerhalb meines Zuhauses die normalsten Dinge selbstständig anzugehen.

In der Schule hatte man sich daran gewöhnt, dass ich eine Außenseiterin war. Während meine Klassenkameraden sich zu Kino- oder Diskothekenbesuchen oder zu anderen gemeinsamen Aktivitäten verabredeten und später davon erzählten, hielt ich mich abseits. Des Öfteren bekam ich mit, wie sich Mädchen in meinem Alter über ihre ersten intimen Erlebnisse mit Jungs unterhielten und sich mit ihren angeblichen Erfahrungen übertrumpften. Es ekelte mich an, wie sie von den dabei angeblich verspürten Gefühlen fantasierten. Das konnte ja gar nicht sein. Für mich war das alles mit Schmerz verbunden. Ich konnte mir überhaupt nicht vorstellen das, was mein Vater mit mir machte, irgendwann einmal freiwillig, von mir gewollt, geschehen zu lassen. Bis zu dem denkwürdigen Tag, als Alexander in mein eingeschränktes junges Leben trat.

Er war im neuen Schuljahr in meine Klasse gekommen. Seine Eltern waren aus München zugezogen. Der einzige freie Platz im Klassenraum war neben mir, in der letzten Reihe. Dort, wo die saßen, mit denen die anderen nichts anzufangen wussten. Alexander war ein unscheinbarer, aber äußerst liebenswürdiger und höflicher Junge. Er war ein Jahr älter als ich. Sein bayerischer Akzent nahm mich ebenso ein wie seine Liebe zur Musik – er spielte Geige. In seiner unbefangenen Art, die bei mir keinen Argwohn aufkommen ließ, ging er auf mich ein. Er erzählte aus seinem bisherigen Leben, von seinen Eltern, seiner Schwester und von seinen Freunden, die er in München zurücklassen musste und die er vermisste. Dass ich seinen Nachfragen nach meinem persönlichen Umfeld auswich, nahm er kommentarlos und gelassen hin. Ohne es zu wissen, vermittelte er mir damit ein Gefühl von Normalität, wie ich es nie zuvor empfunden hatte. Und das Wunder geschah: Zwar zaghaft und mit einer Scheu, die meiner Geschichte geschuldet war, öffnete ich mich zum ersten Mal in meinem Leben einem Menschen außerhalb des Käfigs, der mein Zuhause war. Zuerst unterhielten wir uns nur in den Pausen. Doch das genügte mir bald nicht mehr. Die Sehnsucht nach vertraulicher Nähe überwältigte mich mit nie gekannter Macht.

Noch erkannte ich die Chance nicht, die sich mir dadurch auftat. Die Chance, mich dem diktatorischen und inzestuösen Einfluss meines Vaters zu entziehen, indem ich mich nicht mehr willenlos ergab, sondern mein Leben in die eigene Hand nahm. Eine erste, aber zwingende Möglichkeit tat sich auf, als Alexander und ich von der Musiklehrerin gebeten wurden, ein von ihr arrangiertes Beatles-Medley einzustudieren. In dieser unkonventionellen Instrumentalzusammensetzung – Klavier und Violine – sollten wir es bei der Weihnachtsfeier in der Schule vortragen. Das bedeutete Übungsstunden im Musiksaal, außerhalb der normalen Unterrichtszeit. Zum ersten Mal ging ich strategisch vor. Ich sorgte dafür, dass eine Art Aufsichtsperson anwesend war: Beate, Alexanders Schwester. Sie war zwei Jahre jünger als ich und sollte die Noten umblättern. Danach bat ich die Lehrerin, meinem Vater das Vorhaben bei einem persönlichen Gespräch darzulegen und seine Zustimmung zu erwirken. Begründet hatte ich dies mit dem Hinweis auf sein ausgeprägtes Schutzverhalten. Ich wusste, dass er keinen Argwohn aufkommen lassen durfte, um die bürgerliche Fassade aufrechtzuerhalten. Unter der Auflage, dass ich sofort nach den Übungsstunden wieder nach Hause kam, war er einverstanden. In seiner Einbildung war er anscheinend fest davon überzeugt, mich für immer an sich gebunden zu haben. Aber er unterschätzte meinen Überlebenswillen und meine Intelligenz. Nichts ahnend öffnete er mir mit seiner Zustimmung die Käfigtür. Ich konstruierte nämlich ab diesem Zeitpunkt eine Parallelwelt, deren Grenzen ich beständig erweiterte. Aus einer offiziellen Probestunde wurden zwei und manchmal mehr außerhalb der Schule. Gemeinsame Spaziergänge, Eis essen, eine Cola trinken oder im Musikgeschäft nach Schallplatten stöbern – mit derartigen Banalitäten öffnete sich für mich eine bisher unbekannte Welt, in der ich mich immer sicherer bewegte. Beate, mit der ich bald befreundet war, hatte Verständnis für ihren Bruder und mich und ließ uns nach den Proben alleine. Hatte ich jetzt schon das Gefühl, mein Leben könne kaum schöner werden, so sollte die entscheidende Phase für mein Erwachen erst noch kommen: Alexanders Eltern hatten einen Schrebergarten gepachtet. Er lag in einer Kolonie in unmittelbarer Nähe des Günthersburgparks und damit unserer Schule. Am Ende des Gartens hatten die Vorbesitzer ein Gartenhäuschen errichtet. Alexanders Eltern hatten es mit dem Notwendigsten ausgestattet. Ein Tisch, einige Stühle, ein kleines Sideboard, auf dem ein batteriebetriebenes Transistorradio stand, und eine ausrangierte, aber immer noch funktionstüchtige Couch. Geblümte Vorhänge an dem einzigen Fenster zauberten einen Hauch von Gemütlichkeit. Nicht eben stilvoll, aber zweckmäßig. Zumindest genügte es den Ansprüchen verliebter junger Menschen, die außer sich selbst nicht viel mehr benötigten. Und hier waren wir uns nähergekommen. Der erste Kuss und die ersten intimen Berührungen, die ich nicht mit meinem Vater austauschen musste. Anfangs schreckte ich vor jedem Körperkontakt zurück, versteifte mich. Alexander jedoch registrierte mit einer für sein Alter ungewöhnlichen Sensibilität meine Befangenheit und überließ es schließlich mir, von Mal zu Mal die Distanz zu verringern. Nie hätte ich gedacht, dass Hingabe auf freiwilliger Basis so umwerfend schön sein konnte. Aber was eine Brücke auf dem Weg in die Normalisierung meines Lebens hätte sein können, entwickelte sich zu einer Sackgasse in die Katastrophe.

Alexanders Mutter wollte ihn in einer dringenden Angelegenheit sprechen. Beate war nach der Probe schon wieder nach Hause gekommen und so vermutete sie ihn bei mir. Dort erreichte sie aber nur meinen Vater, der ihr erklärte, nicht zu wissen, wo wir uns aufhielten. Das Schicksal wollte es, dass Alexanders Mutter versäumte, ihrem Sohn von dieser Begegnung zu erzählen. So erfuhr ich nichts davon, dass mein Vater über unsere geheimen Aktivitäten Bescheid wusste. Anstatt mich zur Rede zu stellen, verhielt er sich mir gegenüber normal. Sein Bemühen, auch nicht den geringsten Anschein seines erwachten Misstrauens auftauchen zu lassen, hatte Erfolg. Allerdings war der weniger auf sein raffiniertes Verhalten, als auf meine Arglosigkeit zurückzuführen. Ich war so intensiv mit meiner beseligenden Lebensveränderung beschäftigt, dass ich nicht bemerkte, wie mein Vater mich beobachtete und mir schließlich nachspionierte. Es bedurfte keiner detektivischen Fähigkeiten, um mich und Alexander nach der nächsten Probestunde in dem Gartenhäuschen aufzuspüren. Was er dort durch das Fenster sah – den Vorhang hatten wir nicht komplett zugezogen – ließ ihn ausrasten. Es war nicht etwa der Schock des besorgten Vaters, dem augenscheinlich klar wurde, dass seine Tochter sich zur Frau entwickelt hatte. Was seinen Verstand blockierte, war sein egoistischer Anspruch auf die Liebe seines Produktes, seiner Tochter. Es war Eifersucht, die in dem Moment entstand, als dieser Anspruch auf Liebe durch das, was er sah, offenkundig infrage gestellt wurde und eine starke Verlustangst auslöste. Eifersucht der Art, die in drastischen, auch gewalttätigen Handlungen ihr Ventil hat. Es gibt für mich keine andere Erklärung für sein Verhalten.

Er trat die leichte Tür des Gartenhäuschens ein, wischte mit einem Schlag Alexander zur Seite, der sich schützend vor mich stellen wollte, und zog mich an den Haaren hinter sich her ins Freie. Ich war nur leicht bekleidet und riss mich von ihm los, um meine Bluse zu holen. Wieder versuchte Alexander, mich vor meinem Vater zu schützen. Dabei hielt er seine Violine wie eine Waffe vor sich. Mein Vater entwand sie ihm aus der Hand und zerschmetterte sie mit einem hässlichen Lachen an einem Baum.

„Jetzt ist Schluss mit dem Gefiedel. Meine Tochter verführen. Das hattest du doch vor. Aber das hast du dir so gedacht, du miese kleine Sau." Seine Stimme überschlug sich. „Wenn ich dich noch ein einziges Mal in ihrer Nähe sehe, breche ich dir alle Knochen."

Dann packte er den verängstigten Alexander am Hemdkragen. Er drehte ihn so stramm zusammen, dass der verzweifelt nach Luft rang, und stieß ihn schließlich mit einer heftigen Bewegung von sich. Er strauchelte und fiel zu Boden. Ich wollte ihm aufhelfen, wurde aber von meinem Vater zurückgehalten und zur Tür gedrängt. Dort drehte er sich noch einmal um und stieß immer noch in Rage hervor: „Klara gehört mir! Mir ganz alleine. Die darf mir keiner beschmutzen!"

Mein Vater hatte den Missbrauch bis zu diesem Zeitpunkt noch nie mit Gewalt erzwungen. Doch das änderte sich ab diesem folgenreichen Tag im September 1990, an dem er mich auf brutale und entwürdigende Weise aus der Gartenhütte gezerrt und nach Hause verfrachtet hatte. Mir blutete das Herz, weil mein Traum wie eine Seifenblase geplatzt war. Vor allem aber war ich wütend auf die Person, die es gewagt hatte, ihn zu zerstören: meinen Vater.

„Du kommst hier nicht mehr raus! Schluss mit den Freiheiten!", schrie er mich an, nachdem er die Haustür hinter sich zugeschmettert und abgeschlossen hatte. Den Schlüssel hatte er abgezogen und eingesteckt. In meinem Kopf hatte sich nur noch ein Gedanke festgesetzt: Nie mehr wieder! Der musste weg! Ohne ein Wort zu sagen ging ich in die Küche, holte ein langes Messer aus dem Block und kam zurück in den Hausflur.

„Und du, du Schwein", schrie ich ihn an, „du wirst mich nie mehr anrühren. Nie mehr! Verstehst du? Sonst ...", ich bedrohte ihn, indem ich die Klinge vor seinem Gesicht hin und her bewegte.

Mein Vater hob die Hände, als ob er sich ergeben wollte. „Gut. Ist ja gut. Klara, jetzt beruhige dich doch", sagte er. „Wir haben uns doch immer so gut verstanden." Dabei drehte er mir den Rücken zu. Ich registrierte nicht, dass er mich dadurch im Garderobenspiegel beobachten konnte. Als er sah, dass ich das Messer sinken ließ, schnellte er blitzschnell herum. Er entwand mir das Messer und versetzte mir einen gezielten und heftigen Schlag in die Magengrube. Schmerz und Übelkeit vermischten sich im Bruchteil einer Sekunde und lähmten mich, sodass ich unfähig war, mich zur Wehr zu setzen.

„Du dreckige kleine Ratte", sagte er und trat mit der Schuhspitze das Messer, das er fallen gelassen hatte, zur Seite, „dir werde ich geben, mich angreifen zu wollen. Wenn du es auf die harte Tour haben willst – bitte!"

Er nahm sich nicht einmal mehr die Zeit, mich ins Schlafzimmer zu befördern, sondern stieß mich ins Wohnzimmer, warf mich auf die

Couch und machte mich mit mehreren Schlägen gefügig. Dann verging er sich an mir mit einer nie gekannten Brutalität. Ich bäumte mich in meiner Qual unter ihm auf, was meinen Vergewaltiger nur noch mehr erregte. Ich unterdrückte jedoch jeglichen Schmerzenslaut. Den Triumph, mich zum Wehklagen, gar zum Weinen gebracht zu haben, wollte ich ihm nicht gönnen.

Hätte man früher vielleicht noch bei großzügigster Auslegung im gängigen Juristenjargon von einvernehmlichem Geschlechtsverkehr sprechen können, so änderte sich das Verhalten meines Vaters schlagartig. So, als sei in seinem Gehirn ein Schalter umgelegt worden. Ab diesem Moment erregte ihn nur noch der besitzergreifende und unterwerfende Moment der Vergewaltigung, die er mit brutaler Willkür ausübte. Bei den Übergriffen achtete er penibel darauf, dass keine äußerlichen Gewaltspuren an mir zu entdecken waren.

Niemand konnte ihm Einhalt gebieten und mir helfen. Ich hatte jetzt noch mehr Angst, mich einer fremden Person anzuvertrauen. Und der Mensch, der vielleicht doch noch irgendwann den Mut gefunden hätte, sich schützend vor mich zu stellen, nämlich meine Mutter, war für unbestimmte Zeit in eine psychiatrische Klinik in Bad Nauheim eingeliefert worden.

Wie mir erst später klar wurde, überlebte ich, falls man das überhaupt so nennen konnte, durch noch intensiveres, unbewusstes Ausblenden aus der Realität. Die Person, die das Martyrium durchleben musste, war ab einem gewissen Zeitpunkt nicht mehr ich. Ich wurde eine andere, zu der ich schließlich eine Distanz herstellte wie zu einer fremden Person. Meine Persönlichkeit erfuhr eine Spaltung in pathologischem Sinn. Sie fand unter anderem darin ihren Ausdruck und ihre Bestätigung, dass ich dieser schließlich sogar einen eigenen Namen gab. Und so war es nicht mehr ich, Klara, die missbraucht wurde, sondern eine fremde junge Frau.

Dienstag, 18. September 2012, Alzey

Als Iris Hinze an diesem Morgen kurz vor sechs Uhr aus tiefem Schlaf erwachte, fühlte sie sich wie immer matt und erschlagen. Bertram hatte bereits das Haus verlassen. Er musste gegangen sein, ohne zu frühstücken. Zumindest schien das der aufgeräumte Zustand der Küche zu bestätigen. Ruhelos ging sie im Haus umher. Zögernd legte sie ihre Hand auf die Klinke der Tür zu Evas Zimmer. Sie zog sie verzagt zurück. Es fehlte ihr der Mut, den Raum zu betreten, in dem sie alles an ihre Tochter erinnerte. Sie lehnte den Kopf an die Tür, streichelte sie sanft und weinte still. „Eva, meine Kleine, mein Liebstes, wo bist du?“, flüsterte sie. „Wie geht es dir? Du weißt doch, wie lieb ich dich habe. Das habe ich dir doch immer gezeigt. Wie kannst du mir das nur antun?“

Ein Zupfen an ihrem Hosenanzug riss sie aus ihren düsteren Gedanken. Toxie, Evas vierjährige Foxterrier-Hündin, die für ihre Rasse ungewöhnlich pflegeleicht und unaufgeregt war, forderte nun doch energisch ihr Morgenfutter ein. Ihre stummen, bettelnden Blicke zuvor hatte Iris Hinze nicht registriert. Mechanisch füllte sie den Fressnapf. Als sie sich hinunterbeugte, um den kleinen Vierbeiner zu streicheln, fühlte sie, wie sie freier wurde.

Sie richtete sich auf, atmete tief durch und ging ins Badezimmer. Ihre Augen glitten suchend über die Ablage unter dem Spiegel. Sie griff nach einem Tablettenstreifen. Modafinil, ein starkes Aufputschmittel, um die Wirkung der allabendlichen Einnahme von Promethazin zu beseitigen. Seit Jahren bekämpften Bertram und sie damit ihre massiven Schlafstörungen. Sie dosierten das Mittel inzwischen so stark, dass es für etwa acht Stunden vorhielt. Da sie beide Frühaufsteher waren, gingen sie, von seltenen Ausnahmen abgesehen, um 22 Uhr zu Bett und fielen bis zum frühen Morgen in einen Ohnmacht ähnlichen Schlaf.

Über das Waschbecken gebeugt, spritzte sie sich mehrmals Wasser ins Gesicht. Mit einem Frotteehandtuch tupfte sie es trocken und begutachtete sich dabei im Spiegel. Eine 36-Jährige blickte ihr da weiß Gott nicht entgegen. Eher eine um Jahre ältere Blondine. Graue Ansätze ihrer streng nach hinten gekämmten Haare mit dem langen Zopf wiesen ungnädig darauf hin, dass eine Nachtönung überfällig war. Sie nahm eine rote Haarschleife von der Spiegelablage und steckte sie auf. Sie liebte diesen Haarschmuck, auch wenn sie oftmals mitbekam, dass sie deswegen belächelt wurde. „Du siehst damit aus wie Alice im Wunderland", hatte ihr Mann sie einmal auf ihr Faible angesprochen. Sie hatte nicht gewusst, ob er sie damit veralbern oder ihr ein Kompliment machen wollte. Mit einem Papiertuch wischte sie mit energischen Bewegungen ihren Lippenstift ab. Plötzlich erschien ihr das grelle Rot, das sie trug, seitdem sie Lippenstifte benutzte, wie eine Fehlfarbe. Früher einmal wollte sie Model werden. Teure Kleider, Laufstege, Publikum, Hochglanzfotos, Paris, Mailand, London, New York. Das wäre ihre Welt gewesen. Dann aber trat Bertram in ihr Leben. Sie verfiel seinem strategisch eingesetzten Jagdcharme, seiner Position als Partner in einer renommierten Rechtsanwaltssozietät und seiner zwingenden Argumentationsfähigkeit. Und bald schon war sie mit Eva schwanger. Bertram war es nur recht. Er wollte ohnehin nicht, dass seine Frau arbeitet. Was hätten seine Sozietätspartner davon gehalten. Deren Frauen waren in der Alzeyer Schickeria verankert. Iris hatte sich nie wohlgefühlt bei deren Prosecco-Frühstücks-Treffen oder den selbst arrangierten Vernissagen. Vor allem die Offenheit, mit der sie detailliert ihre ehelichen und außerehelichen

Sexerlebnisse zum Besten gaben, wenn das x-te Glas Prosecco die Zungen gelöst hatte, war ihr zuwider. Sie war diesem Thema stets ausgewichen oder hatte sich unter einem Vorwand rechtzeitig verabschiedet. Irgendwann hatte sie sich ganz aus dieser Gruppierung gelöst. Es hatte sie auch nie jemand nach einem Grund gefragt. Noch nicht einmal Bertram. Sie hatte vermutet, dass ihr ablehnendes Verhalten in seinen Kreisen entsprechend kolportiert worden war. Dass er ihr das verheimlichte, war für sie nur ein weiteres Indiz seines mangelndes Rückgrates, aber auch seines wachsenden Desinteresses an ihr. Wann hatten sie das letzte Mal miteinander geschlafen? Sie wusste es nicht mehr, obwohl sich das entscheidende Schlüsselerlebnis in ihrer Seele eingebrannt hatte. Sie hatte sich damals nach ihm gesehnt, nach Zärtlichkeit, einer Umarmung. Sie wollte spüren, dass sie nicht nur seine Frau, sondern auch seine Geliebte war. Nie würde sie sein von Ekel gezeichnetes Gesicht vergessen, als er ihre unmissverständlichen Avancen mit einem harschen: „Vergiss es!“ zurückgewiesen hatte.

„Wach auf!“, schrie sie ihrem Spiegelbild entgegen. „Wach endlich auf!“ Sie wusste, dass sich etwas ändern musste in ihrem Leben. Dass es so nicht mehr weitergehen durfte. Immer wieder diese befremdende Gewalt, der sie sich nicht zu erwehren vermochte. Schon längst hätte sie sich trennen müssen. Oder wenigstens eine Therapie? Aber sie konnte es nicht. Doch nun war Eva verschwunden. Eine neue Situation war entstanden, aus der sie endlich die Stärke zu einer Veränderung gewinnen könnte. Wenn Eva wieder zurückkam, dann würde sie nie mehr … Sie verbannte die Bilder aus ihrem Kopf.

Der Kaffee, den sie zuvor aus der Maschine gezogen und in Gedanken vertieft auf dem Küchentisch hatte stehen lassen, war inzwischen kalt geworden. Es war unwichtig. Sie trank ihn bedächtig, sah dabei aus dem Fenster, betrachtete die prächtige Linde vor dem Haus und dachte nach.

Es war inzwischen Nachmittag geworden. Sie saß im Wohnzimmer vor dem Telefon und zögerte immer noch, das zu tun, wovon sie dachte, es tun zu müssen. Bertram wollte es nicht. Aber sie konnte nicht anders. Sie hatte das Kind zur Welt gebracht. Nicht er. Er war noch nicht einmal bei Evas Geburt dabei gewesen. Und sie hatte es sich so sehr gewünscht. Er hatte es ihr versprochen und sie dann doch alleine gelassen. Ein ungeduldiger Mandant war ihm wichtiger gewesen als dieses gemeinsame, einzigartige Erlebnis. Ganz tief in ihrem Inneren hatte sie es ihm nie verziehen. Etwas war nachhaltig in ihr zerstört worden. Und sie fand, dass ihr das das Recht gab, sich über seinen Willen hinwegzusetzen. „Dem geht es ohnehin nur um seine blöde Kanzlei", bestätigte sie sich obendrein und griff endlich entschieden zum Hörer. Die Telefonnummern hatte sie im Laufe des Tages schon bereitgelegt. Sie hatte Glück und traf beide an. Dorothea Bellmann hatte soeben eine Klavierschülerin verabschiedet und Maike Berger war gerade nach Hause gekommen. Es gelang ihr, noch für denselben Abend mit beiden ein Treffen bei ihr zu Hause zu verabreden. Angelika sollte ebenfalls mitkommen.

„Ich bin völlig verzweifelt", hatte sie erklärt. „Alleine komme ich nicht weiter. Daher möchte ich alles zusammentragen, was jeder Einzelne von Ihnen über den Tag von Evas Verschwinden weiß und dies mit Ihnen erörtern. Vielleicht finden wir gemeinsam dadurch einen Hinweis, der uns weiterhilft. Die Polizei unternimmt ja nichts."

Erst danach rief sie Bertram an. Sie erklärte ihm, dass und

weshalb er um 19 Uhr zu Hause sein sollte. Seinen Ansatz einer Diskussion unterband sie mit der Bemerkung: „Es geht auch um deine Tochter, mein Lieber. Ich erwarte jedenfalls, dass du bei dem Gespräch dabei bist.“ Als er einen Abendtermin mit seinem Sozietätspartner als Verhinderungsgrund vorschieben wollte, unterbrach sie ihn und erklärte in einem Tonfall, der ihm bei ihr fremd war: „Dann verschiebe das gefälligst auf morgen! Wenn du nicht rechtzeitig dazukommst, wirst du mich hier nicht mehr vorfinden. Und das ist mein Ernst!“

Dann legt sie auf und beglückwünschte sich zu ihrer Entschlossenheit. „Geht doch!“, triumphierte sie. Gleichzeitig empfand sie es als traurig, dass es erst dieser schrecklichen Situation bedurft hatte, endlich auch einmal den eigenen Willen durchzusetzen.

Bertram kam ihrer Aufforderung tatsächlich nach. Sogar vor der angegebenen Zeit. Über das ungewohnt herrschsüchtige Verhalten seiner Frau verlor er kein Wort. Mit absolutem Selbstverständnis und als ob die Gesprächsrunde seine Idee gewesen wäre, arrangierte er auf dem Couchtisch im Wohnzimmer Gläser, Wasser und Orangensaft. Er legte sogar Untersetzer unter die Gläser. Auf der weißen Ledercouch faltete er eine kleine Decke so, dass die eingewobene Inschrift „Toxies Lieblingsplatz“ zu lesen war.

„Noch was?“, fragte er Iris, die staunend und sprachlos seine Aktivitäten verfolgte. Das Läuten an der Haustür erlöste sie von einer Antwort. Maike, Angelika und Dorothea Bellmann waren zufälligerweise gleichzeitig eingetroffen.

„Toll, mit Blick aufs Schloss“, bewunderte Maike die Lage und blickte sich um, bevor sie eintrat. Sie war zum ersten Mal in Hinzes Haus in der Schlossgasse. Den luxuriösen

Eingangsbereich mit den kostbaren Marmorfliesen empfand sie allerdings als unzweckmäßig überdimensioniert. „Da könnte ja alleine im Flur eine fünfköpfige Familie leben", sagte sie. Zudem musterte sie recht unverhohlen Iris Hinzes Haarschleife, die sie als kindisch empfand. Ihren ohnehin außerhalb ihres beruflichen Umfeldes nur selten genutzten diplomatischen Instinkt hatte sie offenbar gänzlich zu Hause gelassen.

„Wir hatten halt den Platz zur Verfügung und da haben wir ihn auf diese Art genutzt", schien sich Iris Hinze zu entschuldigen. Angelika war das Auftreten ihrer Mutter peinlich. Sie versuchte, von ihrem Fauxpas abzulenken.

„In zwei Minuten bist du am Rossmarkt. Und das Beste, Mama, das jährliche Da Capo Open Air Festival im Schlosshof kannst du gratis hören".

Dorothea Bellmann trug eine überdimensionale Plastiktüte bei sich, dessen Aufdruck für einen spanischen Damenausstatter warb. Maike amüsierte sich im Stillen darüber, als sie spekulierte, wie sie wohl in ihren Besitz gekommen war. Schließlich schien sie die verwirrende Zusammenstellung eines pinkfarbenen Hängerkleides aus Baumwolle, das sie über einer grünen Pumphose trug und mit einem roten Schal über der Hüfte zusammengerafft hatte, eher in der hintersten Ecke eines Second-, wenn nicht sogar Thirdhandshops gefunden zu haben als in diesem renommierten Modetempel. Über den schlecht sitzenden BH blickte sie aus Gründen der Frauensolidarität gnädig hinweg.

„Ich habe Ihnen Evas Schutzhelm mitgebracht." Dorothea Bellmann holte ihn aus der Plastiktüte hervor. „Die Kommissarin hat lediglich die Größe und das Fabrikat notiert und ein Handyfoto davon gemacht, ihn aber bei mir gelassen."

Iris Hinze nahm ihn mit regloser Miene entgegen und legte ihn zur Seite. „Danke. Sie wird ihn brauchen“, sagte sie kaum vernehmbar und fügte erklärend hinzu, „wenn sie wieder zu Hause ist.“

Sie führte die Besucherinnen in das Wohnzimmer, wo Bertram Hinze bereits wartete und sich von der Couch erhob. Sie stellte sich neben ihn, wobei Maike auffiel, dass beide in etwa die gleiche Körpergröße hatten. Daher auch die unmodischen flachen Schuhe, damit sie ihn bloß nicht überragte. Aber vielleicht hatte sie schon immer flache Schuhe getragen, denn für eine Frau war Iris Hinze ziemlich groß, 1, 80 Meter, schätzte Maike. Sie schalt sich gleichzeitig für ihre Abschweifung, die so gar nicht in die momentane Situation passte.

Eigentlich hatte Iris Hinze geplant, recht schnell zur Sache zu kommen. Ihr Mann machte ihr jedoch einen Strich durch die Rechnung. Er begrüßte die Ankömmlinge mit kräftigem Händeschütteln und einem Lächeln.

„Aber bitte, nehmen Sie doch Platz“, sagte er und deutete auf die Ledergarnitur. Maike schätzte, dass sie mehr gekostet hatte, als sie in einem halben Jahr verdiente. Hinzes laute und hohe Stimme erschreckte sie. Aus scheinbar unerfindlichen Gründen schien er Zeit zu schinden, indem er seine Rolle als mustergültiger Gastgeber, dem Anlass unangemessen, ausschöpfte. Er schenkte nach, machte Small Talk, verteilte Komplimente. Vermutlich wollte er seine Seriosität unterstreichen, da er seinen dunklen Büroanzug mit dem weißen Hemd und der Designerkrawatte nicht gegen eine weniger konventionelle Bekleidung ausgewechselt hatte. Einen Arm hatte er demonstrativ zärtlich um die Schulter seiner Frau gelegt. Er lächelte sie an. Ziemlich aufgesetzt, wie Maike empfand. Er versuchte das Bild eines verliebten Paares, das sich einen gehobenen sozialen Status erworben hatte, zu vermitteln. Dabei war er so sehr auf sich und sein strategisches Ablenkungsmanöver fixiert, dass er übersah, dass seine Frau immer nachdrücklicher versuchte, das Wort zu ergreifen. Aber er parlierte, als gäbe es momentan kein wichtigeres Thema, über das Winzerfest, das gestern zu Ende gegangen war, die Pläne zur Umgestaltung des Obermarktes, die Berufsinformationsmesse, bei der er für die Rechtsanwaltskammer teilgenommen hatte und andere nebensächliche Ereignisse aus dem Alzeyer Stadtgeschehen. „Verdammter Schmierenkomödiant", zischte ihm seine Frau in einem unbeobachteten Moment zu. Zur Bekräftigung drehte sie sich mit einer scheinbar zufälligen Bewegung zu ihm und stieß dabei ihr spitzes Knie gegen seinen Oberschenkel. Oh ja, sie wusste, welche Muskelpartie besonders schmerzempfindlich war. Hätte es kein Aufsehen erregt, hätte sie den Stoß höher und mittiger angesetzt. Gleichwohl entging ihr, dass Maike diese Szene mitbekommen hatte.

Der kurze Moment, den ihr Mann benötigte, um mit leutseligem Lächeln, die Luft anhaltend, seinen Schmerz zu unterdrücken, genügte Iris Hinze. Endlich konnte sie in knappen Worten die Chronologie des Verschwindens ihrer Tochter darlegen. Von der Verabschiedung nach dem Klavierunterricht bei Dorothea Bellmann bis zum kurzen Aufflackern einer Hoffnung durch den üblen Streich ihrer Klassenkameraden. Sie wollte damit alle auf den gleichen Kenntnisstand bringen. Versuchte sie anfänglich noch ruhig und gefestigt zu wirken, so wurde sie schließlich doch von dieser lähmenden und energiezehrenden Gefühlsmixtur aus Angst und Verzweiflung übermannt. „Es muss doch irgendeinen Hinweis geben", schluchzte sie.

Bertram Hinze blickte seine Frau zornig an. „Jetzt sei doch mal vernünftig, verdammt noch mal!"

Sie zuckte zusammen, hob instinktiv ihre Hände wie zur Abwehr. Dann fing sie sich aber schnell wieder und lächelte trotz der ruppigen Zurechtweisung. Und auch Hinze hatte sich sofort wieder in der Gewalt.

„Tut mir leid", sagte er sanft. „Meine Nerven sind halt auch angespannt. Aber selbst wenn wir jetzt irgendeinen Anhaltspunkt finden sollten, können wir doch nichts unternehmen. Und wir sollten das auch nicht", wurde zunehmend eindringlicher, fast flehentlich. „Vergiss bitte nicht, dass ich im Gegensatz zu Frau Berger und Frau Bellmann im Blickpunkt der Öffentlichkeit stehe. Soll denn jeder mitbekommen, dass wir nicht in der Lage sind, auf unsere Tochter aufzupassen? Das belastet außerdem meine Reputation als Rechtsanwalt. Das wäre doch ein gefundenes Fressen für die Lokalpresse. Diese Typen wirbeln doch den Staub auf, den sie zuvor selbst ausgeschüttet haben. Dann suchen sie in den Krümeln, finden etwas, interpretieren irgendwelchen Unsinn hinein und kolportieren es in der Lokalpresse. Das wäre ja nicht das erste Mal. Du weißt doch, dass …" Er hatte sich in Rage geredet und konnte gerade noch eine unbedachte Äußerung stoppen.

„Was weiß ich?"

„Lass es, es gehört nicht hierher. Tut nichts zur Sache."

Iris Hinze begutachtete ihre makellos manikürten Fingernägel. Dabei schüttelte sie den Kopf, so, als ob ihr Zustand einer kritischen Prüfung nicht standhalten konnte. Dann drehte sie sich langsam zu ihrem Mann um. Starrte ihn mit schief gelegtem Kopf von unten an. Mit ihrer typischen leisen Stimme wiederholte sie akzentuiert den Teil seiner Aussage, der ihre tiefsten Gefühle verletzt hatte.

„Soso, im Blickpunkt der Öffentlichkeit stehst du. Du! Nicht etwa wir. Und dass Eva verschwunden ist, belastet nicht etwa uns, ihre Eltern, sondern deine …“ Sie ging in ein ätzendes, messerscharfes Flüstern über „… deine, wie sagtest du? … deine Re-pu-ta-tion als Rechtsanwalt. Deine Reputation und deine Kanzlei gehen mir am Allerwertesten vorbei. Die bringen mir nämlich Eva nicht zurück. Verstehst du?“

Sie richtete sich auf und blickte herausfordernd in die Runde, als hätte es die kurze Auseinandersetzung nicht gegeben.

„Welche Anhaltspunkte haben wir?“, versuchte Maike, das Abdriften in die Peinlichkeit zu vermeiden. „Gab es denn in der letzten Zeit Schwierigkeiten mit Eva?“

„Wir hatten doch niemals Probleme mit ihr. Nicht wahr?“, wandte sich Bertram Hinze an seine Frau. Sie blickte ihn kurz an und schüttelte dann den Kopf und fügte hinzu: „Nein, niemals, wie kommen Sie darauf? Wir haben das beste Verhältnis.“

„Also, ich habe mit meiner Mutter immer wieder einmal Streit“, sagte Angelika und grinste Maike an. „Da kann es sogar um Dinge gehen, die schon lange zurückliegen. Oder ich fühle mich falsch verstanden von ihr. Das ist doch ganz normal. Und trotzdem würde ich manchmal am liebsten abhauen.“

„Klar, nach La Gomera, zu Pilar und deinem Vater, den du dann als Joker aus der Tasche ziehst.“ Schneller als es ihr lieb war, hatte Maike ihrer Tochter diese Retourkutsche verpasst. Sie ärgerte sich selbst darüber. Was ging die anderen schließlich ihre nacheheliche Situation an?

Angelika reagierte jedoch sofort und nutze Maikes Ausrutscher als Steilvorlage „Gäbe es denn für Eva jemanden, bei dem sie unterkommen könnte, ohne befürchten zu müssen, dass Sie davon erfahren?“

„In der Verwandtschaft vielleicht? Oder gute Freunde?“, hakte Maike nach.

„Was wären denn das für Leute, die Eva vor uns verstecken würden? Und außerdem, wie kommen Sie eigentlich darauf? Hat Sie Ihnen gegenüber denn etwas erwähnt oder zu dir gesagt, Angelika?“, wollte Iris Hinze wissen.

„Eigentlich nicht. Nichts Außergewöhnliches jedenfalls. Oder, Mama?“, schob sie Maike den Ball zu. Ein undefinierbares Gefühl hielt allerdings auch sie davon ab, etwas von Angelikas geäußerten Wahrnehmungen zu erzählen und sie schloss sich deren abwartender Haltung an. Wenn es sich ergibt, dachte sie, kann man immer noch eine entsprechende Bemerkung machen. Stattdessen ging sie auf den unverfänglicheren Teil der Frage von Iris Hinze ein.

„Schließlich habe ich auch eine Tochter im gleichen Alter und weiß, dass nicht alles so läuft, wie man es sich vorstellt.“

Angelikas Ansatz einer Bemerkung auf die Anspielung, die nur auf sie gemünzt sein konnte, wurde von Toxie unterbrochen. Sie hatte während der ganzen Zeit ruhig unter einem Beistelltisch gelegen. Jetzt richtete sie sich auf, reckte sich und sprang mit einem Satz auf ihre Decke neben Bertram Hinze. Gierig verschluckte sie ein Hundeleckerli, das er ihr gereicht hatte und stupste ihn an, was so viel wie „Jetzt kraul mich!“ heißen sollte. Jedenfalls kam er der Aufforderung umgehend nach. Toxie kroch auf seinen Schoß, reckte sich an ihm hoch und leckte genüsslich an seinem Hals. Wobei das Wohlbehagen offensichtlich auf beiden Seiten gleich groß war. Es schien sich um ein gewohnheitsmäßiges Ritual zu handeln. Zumindest verzog Iris Hinze keine Miene. Selbst als ihr Mann die Schnauze des Hundes mit beiden Händen umfasste und ihm einen Kuss auf die schwarz glänzende Nase drückte, blieb sie beherrscht.

Maike und Dorothea Bellmann blickten sich ungläubig an. Ihnen war bei diesem grenzwertigen Schauspiel sprichwörtlich die Spucke weggeblieben. Angelika dagegen konnte sich nicht zurückhalten. „Na ja, wenn es dem Tier guttut“, sagte sie und lächelte Bertram Hinze entwaffnend an.

Bevor dieser darauf reagieren konnte, meldete sich Dorothea Bellmann erstmals zu Wort. „Also, wenn ich so richtig überlege“, sie stockte kurz, strich sich mit einer fahrigen Bewegung über ihre Haare und entfernte dann eine imaginäre Fluse von ihrer Pluderhose. „Ja, wie gesagt, wenn ich so richtig überlege, kommt es mir im Nachhinein so vor, als ob Eva an diesem Nachmittag nicht so ganz bei der Sache war. Nur habe ich mir da keine Gedanken darüber gemacht.“

„Wie hatte sich das gezeigt?“, wollte Maike wissen.

„Sie wirkte abwesend. Hat Fehler gemacht, die bei ihr ungewöhnlich waren. Nichts Besonderes. Fingersätze und Rhythmus waren unsauber, verstehen Sie?“ Sie wandte sich an Iris Hinze. Rieb mit beiden Handflächen über ihre Hose. So, als wären sie schweißnass.

„Erinnern Sie sich bitte an die Verabschiedung“, bohrte Maike weiter. „Fällt Ihnen unter der gegebenen Situation im Nachhinein etwas Ungewöhnliches ein? “

„Sie schien es eilig zu haben. Sie sagte etwas davon, dass sie noch in der Wohnung einer Nachbarin deren Blumen gießen müsse, da sie im Urlaub sei. Normalerweise …“

„Weißt du da etwas davon?“, unterbrach Bertram Hinze ihre Schilderung, indem er sich an seine Frau wandte.

„Ja. Frau Höger ist bis Mitte November in den USA, ihre Tochter besuchen und hat Eva gebeten, ihre Blumen zu wässern und nach dem Rechten zu sehen. Das hat sie doch schon öfter getan – entsinne dich bitte!“ Ihr Unmut war hörbar.

„Und wer kümmert sich jetzt darum? Hast du auch einen Schlüssel?“

Völlig konsterniert blickte sie ihren Mann an. „Das spielt aber jetzt keine Rolle. Meinetwegen können die vertrocknen. Es geht um Eva. Bitte, Frau Bellmann, fahren Sie fort.“

„Was wollte ich noch sagen?“

„Normalerweise …“, sprang Angelika ein.

„Ja. Danke. Also, normalerweise habe ich sie stets bis zum Gartentor begleitet und noch ein paar Takte mit ihr geplaudert. Aber dieses Mal ... dieses Mal gab sie mir bereits an der Haustür die Hand und rannte mehr, als dass sie ging. Ich bin dann wieder ins Haus gegangen. Nur noch ihr Mofa habe ich gehört.“ Wieder der Griff zu ihren Haaren und wieder das Abwischen der Hände an der Hose. „Wenn ich nur etwas geahnt hätte. Sie befand sich schließlich in meiner Obhut. Ich trug doch die Verantwortung für sie. Ich fühle mich irgendwie schuldig. Und deshalb werde ich auch alles tun, um mitzuhelfen, Evas Aufenthaltsort zu finden.“

Aus welchen Gründen Evas Eltern die verzweifelte Dorothea Bellmann nicht entlasteten, weshalb sie deren Selbstanklage schweigend hinnahmen, konnte Maike nicht verstehen. Sie wollte schützend eingreifen, aber Angelika kam ihr, wohl aus demselben Grund, zuvor. „Hatte sie ihren Schutzhelm mitgenommen, Frau Bellmann?“, fragte sie.

„Dorothea. Wir waren beim Du.“ Sie lächelte, wirkte wieder gefestigt und schien dankbar zu sein für die Wendung. „Ja, der Helm. Da habe ich wirklich nicht darauf geachtet. Aber sie muss ihn doch mitgenommen haben. Sonst hätte ich ihn schließlich nicht auf dem Grünstreifen vor meinem Garten gefunden.“

„Und das Motorgeräusch“, hakte Maike nach, „in welche Richtung hat es sich entfernt?“

„Wie immer natürlich. In Richtung Alzey. Nein, warten Sie ... jetzt, wo Sie fragen, in Richtung Offenheim. Ja klar, in die andere Richtung! Mein Gott, was kann das bedeuten?"

„Ich weiß es nicht. Du etwa?", wandte sich Iris Hinze an ihren Mann.

„Keine Ahnung. Ich kenne niemanden in Offenheim. Wohnt da vielleicht ein Klassenkamerad von euch, Angelika?"

„Nein. Aber ...", sie warf ihrer Mutter einen fragenden Blick zu und fuhr zögernd fort, als diese bestätigend nickte. „Ich wusste nicht, ob es wichtig ist, aber nach dem, was Frau Bellmann jetzt gesagt hat ..."

„Was denn, Angelika? Sag schon", Iris Hinze richtete sich so heftig auf, dass Toxie mit einem Satz den Schoß ihres Herrchens verließ und wieder Zuflucht unter dem Beistelltisch suchte.

Angelika berichtete nun, was sie bereits vor einigen Tagen ihrer Mutter erzählt hatte. Von Evas plötzlicher Verschlossenheit, nicht nur ihr gegenüber. Dass sie angeblich keine Zeit mehr für ein Treffen hatte. Dass sie sich insgesamt in ihrem Wesen verändert hatte. Dass sie ihr nicht mehr alles erzählte wie früher. Dass sie unter Druck zu stehen schien, wie fremdgesteuert wirkte, unkonzentriert und antriebslos war und ihre Leistungen sich rapide verschlechtert haben. „Irgendetwas stimmt doch nicht mit ihr", schloss sie ihre Wahrnehmungen.

„Was meinst du damit, dass etwas nicht mit ihr stimmt?"

„Ich weiß es doch auch nicht!", stieß Angelika in ärgerlichem Tonfall hervor. „Sie hat sich einfach verändert, ist nicht mehr dieselbe."

„Vielleicht gibt es eine Chatbekanntschaft?", wurde Maike deutlicher. „Das kommt mittlerweile gar nicht mal so selten vor. Und man hört immer wieder davon, dass es dann nicht nur bei einem Treffen im Chatroom bleibt. Sie hat doch bestimmt einen eigenen Computer."

„Ja", bestätigte Iris Hinze. „Ohne den geht es heutzutage ja gar nicht mehr. Aber der …"

„Und haben Sie da ihre E-Mails gecheckt?", platze Angelika heraus. „Haben Sie die Foren durchforstet, in denen sie sich bewegte? Ich kann das machen für Sie. Ich weiß zum Beispiel, dass sie …"

Bertram Hinze unterbrach ihren stürmischen Vorstoß. „Angelika, stopp! Erst einmal finde ich es ja toll, dass du Eva so, ich möchte mal sagen, so fürsorglich beobachtet hast. Aber das, was du festgestellt hast, das sind ganz normale Veränderungen, die auch wir als Eltern natürlich mitbekommen haben. Das hat aber nichts zu sagen und wird sich wieder geben. Und selbstverständlich haben wir als Erstes daran gedacht, nach Hinweisen auf ihrem Laptop zu suchen. Aber der ist verschwunden. Wir haben überall danach gesucht. Er ist weg. Sie muss ihn mitgenommen haben."

Dorothea Bellmann richtete sich auf und legte den Zeigefinger an ihre Nase. „Ich entsinne mich, dass sie eine schwarze Umhängetasche aus Polyester dabei hatte. Samsonite stand glaube ich drauf."

„So eine hat sie", nickte Iris Hinze. „Dann hätten wir hier lange suchen können."

„Das hieße aber doch, dass unsere Vermutung zutreffen könnte. Weshalb sollte sie sonst ihren Laptop mitgenommen haben, wenn sie vorhatte, wieder nach Hause zu fahren."

„Sie denken also tatsächlich, dass Eva einen Mann kennengelernt hat und sich bei ihm aufhält, Frau Berger?"

„Zugegeben nur eine Vermutung, Herr Hinze. Aber aufgrund von Evas Verhalten, wie es Angelika geschildert hat, ist das eine Möglichkeit, die man ja nicht von der Hand weisen kann. Es würde jetzt irgendwie passen. So ein junges ..."

„Unsinn", unterbrach er sie, um sofort wieder einen freundlichen Tonfall einzuschlagen. „Meine Tochter und mit einem Mann zusammen, das hätte sie uns doch gesagt. Also, das kann ich mir beim besten Willen nicht vorstellen."

„Wenn sie nicht freiwillig bei einem ist, dann bliebe ja nur noch die Alternative, dass jemand unsere Tochter in seine Gewalt gebracht hat. Wäre dir das lieber?"

Oh Gott, geht das schon wieder los, dachte Maike. Sie befürchtete ein neuerliches Aufflackern eines Ehestreites. Sie hasste derartige Szenen.

„Könnte man sich denn nicht in Offenheim umschauen? Vielleicht sehen wir ihr Mofa dort irgendwo", schlug Dorothea Bellmann zu Maikes Erleichterung vor. „Das ist ja nur ein kleiner Ort mit etwa 600 Einwohnern. Und eine Gaststätte haben die auch. Ich war da schon mal. Da könnte man sich doch mal umhören? Irgendjemand könnte doch was gesehen oder gehört haben. Der Dorffunk funktioniert hier noch recht gut. "

„Wer sagt denn, dass Eva in Offenheim ist?", holte Bertram Hinze sie auf den Boden der Realität zurück. „Wir wissen bis jetzt doch nur, dass sie von Ihnen aus in diese Richtung gefahren ist. Klar, es ist die nächste Ortschaft. Aber von dort aus gibt es Abzweigungen in alle Himmelsrichtungen."

„Und wenn wir in Offenheim und den angrenzenden Ortschaften Fotos mit einer Suchmeldung plakatieren?", schlug Angelika vor. „Da könnte sich unsere ganze Klasse daran beteiligen. In Nullkommanichts hätten wir ..."

„Angelika, bitte", unterbrach sie Bertram Hinze bemüht freundlich. Eher gequält liebevoll, wie es Maike empfand. „Dein Engagement für Eva in Ehren, aber das wollen wir nicht."

„Und wir könnten ein Forum in Facebook eröffnen für Anwender aus Rheinhessen, um Eva auch darüber zu suchen."

Mit einem Handzeichen versuchte Maike, sie in ihrer Euphorie zu stoppen. Sie wäre aber nicht ihre Tochter gewesen, wenn sie darauf reagiert hätte.

„Vielleicht hat sie ja dort, wo sie ist, einen Internetzugang … und liest das … und erkennt dann, was sie uns allen antut … und meldet sich dann."

„Glaubst du wirklich daran, dass das funktioniert? Dass wir dadurch auch nur die geringste Chance haben? Wenn Eva sich mit uns in Verbindung setzten wollte, dann hätte sie es doch schon längst getan. Oder, Angelika?"

Bertram Hinze wartete keine Antwort ab. Er erhob sich und blickte auf seine Frau, die auf der Couch in sich zusammengesunken war. Ihre Hoffnung, einen konkreten Hinweis auf Evas Beweggründe zu erhalten, hatte sich nicht erfüllt.

„Schatz, ich denke, dass wir an dieser Stelle aufhören sollten. Es bringt nichts. Wir müssen geduldig sein. Leider." Er streichelte ihr beruhigend über die Schulter. Sie zuckte kaum erkennbar zusammen, ließ es dann aber ohne weitere Regung geschehen.

Wenn er sie jetzt noch auf die Nase küsst, dachte Maike, die die Aufforderung zum Aufbruch verstanden und sich ebenfalls erhoben hatte, dann fehlt nur noch das Leckerli.

Auf der Heimfahrt war Angelika in Gedanken versunken. Ein Bild ging ihr nicht aus dem Kopf. Es machte sie unruhig, da sie das Gefühl hatte, dass es wichtig war: Evas Laptoptasche. Wann und wo hatte sie die Tasche das letzte Mal gesehen?

„Hallo? Jemand zu Hause?" Die Stimme ihrer Mutter riss sie aus ihrer Grübelei.

„Sorry, Mama, ich war in Gedanken. Worum geht es?"

„Ich habe dich gefragt, ob dir am Verhalten von Evas Vater etwas aufgefallen ist."

„Na ja, er hat alle Ideen abgeschmettert. So, als wollte er Eva überhaupt nicht suchen. Aber er ist halt ein konfliktscheues Arschloch, wenn es um sein vermeintliches Ansehen in der Öffentlichkeit geht. Dabei interessiert sich doch keine Sau für ihn. Und dann seine laute und hohe Stimme – grau-en-haft. "

„Nein, das meine ich nicht, das ist ja offensichtlich. Aber das ist ja auch nur ein Symptom. Da ist noch etwas anderes. Ich spüre das. So, wie der sich nach außen hin gibt, so ist der nicht. Und das verunsichert mich."

„Was meinst du, Mama?"

Maike beschrieb ihr Gefühl, dass zwischen den Eheleuten etwas im Raum stand wie eine unsichtbare Mauer. „Szenen einer Ehe", resümierte sie. „Und Bergmann hätte dabei Regie führen können."

„Bergmann?! Muss ich das jetzt verstehen?"

„Mein Gott, was lernt ihr denn in der Schule. Ich spreche von einem der Kultfilme von dem Regisseur Ingmar Bergmann. Er handelt von einem Ehepaar, das in einer Illustrierten der Öffentlichkeit als Musterehepaar präsentiert wird. Kurz danach beginnt die harmonische Fassade jedoch zu zerbröckeln."

„Dass die an einem Strang ziehen, kann man ja nun wirklich nicht sagen", pflichtete ihr Angelika bei.

„Klar, die machen momentan eine Extremsituation durch. Ihr Kind ist schließlich spurlos verschwunden. Aber bei ihm scheint die Angst vor Gerüchten zu dominieren, während sich bei Frau Hinze alles um die Tochter dreht. Ich habe das Gefühl, dass zwischen den beiden ein unausgesprochenes Problem besteht. Etwas, was der eine vom anderen zwar weiß, aber nicht ausspricht. Besonders Bertram Hinze benahm sich merkwürdig."

„Merkwürdig? Inwiefern?"

„Ja, irgendwie halt … irgendwie so … eigenartig", grübelte Maike. „Ich hatte den Eindruck, dass sein Verhalten einem Muster entspricht, das ich aus meinem Studium kenne."

„Geht es auch etwas genauer?"

Maike reagierte nicht. Sie drosselte gerade die Geschwindigkeit und konzentrierte sich auf eine ältere Dame, die vor ihr die Straße überquerte.

„Mama!?" Angelika sah ihre Mutter von der Seite fragend an, nachdem diese wieder Fahrt aufgenommen hatte.

„Er wirkt auf mich wie ein sogenannter Kobratyp."

„Wie eine Schlange", amüsierte sich Angelika, „das könnte passen. Ich kann mir vorstellen, dass der ganz schön giftig werden kann. Außerdem schlängelt er sich überall durch. Aber wie kommst du darauf?"

„Ist nur so eine Idee. Du weißt doch, dass ich neben meiner pharmazeutischen Ausbildung Fachseminare an der Uni in Mainz in Verkaufspsychologie belegt habe. Mein Dozent war damals Herbert Commenius, Onkel Herbert. Da habe ich ihn kennengelernt. Auch wenn es dabei hauptsächlich um die Anwendung im persönlichen Gespräch ging, haben wir uns mit den Grundlagen der Verhaltenspsychologie beschäftigt. Es ist zwar schon eine Weile her, aber manches habe ich bis heute behalten, weil ich es auch in meinem Beruf umsetze."

„Und du meinst, er ist ein Kobratyp, was auch immer das sein mag?"

„Ich bin mir nicht sicher. Aber …", sie sah auf die Uhr auf der Armatur, „halb neun. Da kann ich ihn noch anrufen."

Herbert Commenius war inzwischen wieder von Freiburg zurück in seinem Haus in Ouchy angekommen und saß nun auf seiner Terrasse, mit Blick über den Genfer See, bei einem Glas Grand Cru aus dem Wallis, wie er mit Stolz erklärte. Maike sah ihn vor sich, diesen unsportlichen, dickbäuchigen Endsechziger, der seine langen grauen und schütteren Haare zu einem Zopf gebunden hatte. Seine tiefe, dröhnende Stimme weckte in nahezu allen das kindliche Urvertrauen.

Nach einer herzlichen, fast überschwänglichen Begrüßung kam Maike zum Grund ihres Anrufes. Mit Angelikas Unterstützung schilderte sie, was sich Neues in Sachen Eva zugetragen hatte. Besonders ausführlich berichtete sie über das Gespräch mit Evas Eltern und Dorothea Bellmann.

„Wenn ich richtig verstehe, erwartet ihr von mir so eine Art Psychogramm von diesem Bertram Hinze. Um meine unvollständige Ferndiagnose, und mehr kann es ja nicht sein, wenigstens ein bisschen auf halbwegs feste Füße zu stellen, würde ich ihn mir gerne vorstellen können."

„Er ist Mitte 40, von Beruf Rechtsanwalt", begann Maike.

„Um es genau zu sagen 46", korrigierte Angelika, „und den Anwalt lässt der auch so richtig raushängen. Der stellt sich nicht als Bertram Hinze vor, sondern hängt immer noch so ein albernes von der Sozietät Hinze und Partner dran. Und noch was", sie war nicht zu bremsen, „er liebt irischen Whiskey. Und nimmt Videos auf. Da ist der wie bekloppt. Das weiß ich von Eva."

„Ich glaube aber, du meinst mehr sein Äußeres", übernahm Maike wieder das Gespräch. „Stell dir einen sonnenbankgebräunten, etwa 1,80 Meter großen Typ vor, der chancenlos zu verbergen versucht, dass auch er älter wird. Seine schütteren Haare hat er blond getönt, was am Haaransatz wunderbar zu sehen ist. Gerhard Schröder lässt grüßen.

Schlanke Figur, aber bereits einen Bauchansatz und Aknenarben."

„Außerdem hat er eine laute Stimme. Und die ist auch noch scheußlich hoch. Wie bei einem Eunuchen. Vielleicht hat ihm ein verärgerter Mandant die Eier abgeschn…"

„Angelika, bitte! Ich glaube nicht, dass Herbert wild ist auf deine pubertären Fantasien."

„Tja, es ist halt nicht mehr die kleine pflegeleichte Angelika", flachste Commenius. „Sie scheint dir nachzuschlagen, meine Liebe. Doch bevor ich deine mütterliche Autorität untergrabe, zurück zu Herrn Hinze. Maike, hattest du den Eindruck, dass er zur Aggressivität neigt, sich aber in eurem Beisein im Griff hatte? Oder lass es mich so sagen, hat er auf dich so gewirkt wie jemand, der sich krampfhaft im Zaum hält? Hat er seine Worte bewusst und sorgfältig gewählt, jeden Ansatz der Konfrontation vermieden?"

„Ja, so in etwa habe ich ihn wahrgenommen. Doch, ich denke, genau das war es. Das Gespräch war ihm unangenehm. Er wollte es nicht und hat nur gute Miene zu einem für ihn bösen Spiel gemacht. Keine Ahnung, weshalb. Es ging doch schließlich um seine Tochter. Er wollte uns möglichst schnell wieder loswerden. Vielleicht, um dann seiner Frau zeigen zu können, wer das Sagen hat."

„Es könnte sich um das typische Muster einer ehelichen Gewaltspirale handeln. Um es vereinfacht zu sagen, wird da ein Kreislauf aktiviert. Zuerst kommt es zum Spannungsaufbau, danach folgt die Gewaltphase. Und wenn die vorbei ist, wenn er sich abreagiert und beruhigt hat, kommt die sogenannte Honeymoonphase. In der ersten Phase habt ihr ihn erlebt. Es ist daher durchaus wahrscheinlich, dass er, nachdem ihr Hinzes verlassen habt, sein wahres Gesicht gezeigt hat."

„Du meinst also, er ist gewalttätig?“

„Wenn es eine theoretische Fallstudie wäre, dann würde ich sagen, dass die typischen Anzeichen der Gewaltausübung und -motivation gegeben sein könnten: Machtausübung, bis hin zu Schlägen, psychischer oder sexueller Unterwerfung, resultierend aus dem Versuch, eine selbst gezimmerte Gerechtigkeit zu erzeugen. Aber wie gesagt, das ist blanke Theorie.“

Angelika hatte mit wachsender Spannung zugehört. Aber was sollte Bertram Hinzes eventuelle Gewalttätigkeit mit Evas Verschwinden zu tun haben, wollte sie wissen.

„Nun, ich könnte mir gut vorstellen, dass Eva diese belastende Situation einfach nicht mehr aushalten konnte. Mag sein, dass sie vergeblich versucht hatte, ihre Mutter dazu zu bewegen, ihren Vater anzuzeigen oder ihn zu verlassen oder auch ihn von der Notwendigkeit einer Therapie zu überzeugen. Ihre Mutter hat es aber nicht geschafft. Das erlebe ich immer wieder. Die Frauenhäuser sind voll von Frauen, die ohne Unterstützung diesen Weg nicht gehen können. In der Honeymoonphase jammern ihnen die Täter etwas vor. Es tut ihnen ja so leid. Sie wissen nicht, wie das geschehen konnte. Es soll auch nie mehr vorkommen. Immer wieder die gleichen Sprüche und Versprechungen, die schneller gebrochen als gesprochen sind. Da bewahrheitet sich die Erkenntnis, dass die Macht der Männer die Geduld der Frauen ist. Und die Frauen verzeihen immer wieder, aus den verschiedensten Gründen. Das kann die soziale Abhängigkeit sein, auch Scham oder möglicherweise kulturelle Selbstverständnisse. Und Eva, die das als nur unmittelbar Betroffene nicht nachvollziehen kann, war enttäuscht. Sie hat dann auf ihre Art – nämlich durch Flucht aus dieser Situation – ihre eigene Konsequenz gezogen. Und da kann auch durchaus ein Mann außerhalb der Familie eine Rolle spielen, bei dem sie sich aufhält."

„Das könnte zu dem Gesamtbild passen", stimmte Maike zu. „Vielleicht hat sie ja auch ihrem Vater gegenüber eine entsprechende Andeutung gemacht. Oder ihn sogar unter Druck gesetzt. Und aus Angst davor, dass sie sein Verhalten öffentlich macht, was unweigerlich einen Skandal nach sich ziehen würde, will er Eva einfach Zeit lassen, sich zu besinnen. Das wäre auch eine Begründung für seine scheinbare Gefühllosigkeit. Weil er ja weiß, dass sie in Sicherheit ist."

„Was aber", baute Angelika den Gedankengang weiter aus, „wenn sie sich nicht besinnt? Was wird er dann tun? Oder, wenn er von vornherein gar nicht erwartet, dass sie seine Gewalttätigkeit hinnimmt? Vielleicht hat er ihr etwas angetan, nachdem sie sich schützend vor ihre Mutter gestellt und mit einem Skandal gedroht hatte? Unter Umständen hat er sie nach dem Klavierunterricht abgepasst. Den Schutzhelm hat er vor dem Haus von Frau Bellmann deponiert, um eine falsche Spur zu legen. Das sieht man doch immer wieder in einem Krimi. Und dann fehlt ja auch noch jeder Hinweis auf Evas Roller. Dem Typ ist doch alles zuzutrauen, wenn es um seinen unbefleckten Ruf geht. Der geht dafür über Leichen."

„Wäre er denn zu so einer Tat fähig? Könnte er seine eigene Tochter umbringen? Was meinst du, Maike?"

War sie auch zuerst entsetzt über die kaltblütige Schlussfolgerung ihrer Tochter, so brachte sie die gleichermaßen ungerührte Frage von Commenius ins Grübeln. „Was ist ihm wichtiger", überlegte sie laut, „seine Tochter oder sein Ruf?"

„Ihr habt mir Bertram Hinze als karrieregeilen, machtbesessenen Egomanen geschildert, der ein gestörtes Verhältnis zur gewaltlosen Konfrontation hat. Also, was meinst du?"

„Ich weiß es nicht. Ich kann nicht so ein vernichtendes Urteil fällen, ohne weitere Indizien zu haben."

„Na also. Da hast du das bestmögliche Ergebnis unserer Überlegungen ausgesprochen. Recherchiere in dieser Richtung."

„Was meinst du damit?"

„Stelle fest, wie er in seinem Umfeld verkettet ist. Finde heraus, in welchen Abhängigkeiten er sich befindet, die ihn gesellschaftlich oder materiell in den Ruin treiben könnten, wenn seine krankhafte Veranlagung bekannt würde. Wie stark ist sein Einfluss in seiner Sozietät? Wie sieht es mit seiner finanziellen Unabhängigkeit aus? Ist sein Vermögen in der Kanzlei gebunden? Hat er hohe Kredite, Hypotheken oder andere Verpflichtungen? Hat seine Frau vielleicht das Geld mit in die Ehe eingebracht? Die Furcht vor dem tiefen Sturz in die Armut oder die Bedeutungslosigkeit hat schon viele zu Tätern werden lassen."

„Mein Gott, wie soll ich das denn machen? Da müsste ich ja alle möglichen Informationen zur Hand haben."

„Er hat ein Arbeitszimmer im Wohnhaus. Wir müssen dort alles durchsuchen", begeisterte sich Angelika. „Ich weiß, wie man bei Hinzes ins Haus kommt. Das hat mir Eva mal erzählt. Auf der Rückseite gibt es ein ..."

„Du spinnst wohl! Ich will nichts davon wissen. Ein Einbruch. Außerdem ist heutzutage das meiste in einem Computer abgespeichert und der ist mit einem Passwort abgesichert. Da kommen wir doch gar nicht rein."

„Kommst du doch! Du bist schließlich eine ausgefuchste Verkäuferin – oder? Da weißt du doch, dass es immer einen Weg gibt, ein gutes Geschäft abzuschließen und sei es nur über Netzwerke", lachte Commenius und freute sich scheinbar über seine kryptische Bemerkung.

„Wie soll ich denn über Netzwerke an seine Daten kommen? Seinen PC klauen?“

„Nein, Maike. Du hast die Lösung schon parat, ohne es zu merken. Kein physischer Einbruch, sondern ein eher virtueller. Ein Zugriff auf seine Daten im PC! Und da kennst du einen, der das für dich liebend gerne machen wird. Diesen EDV-Nerd. Das Produkt eines regionalen Inzests: Vater aus Wiesbaden, Mutter aus Mainz.“

„Conrad Christen!“, jubelte Maike. „Klar. Dass ich an den nicht gedacht habe. Mensch, Herbert, ich könnte dich abknutschen.“

„Belohne lieber den CC damit. Ich bin mir sicher, dass er schon lange darauf wartet“, kicherte er. „Aber ich hoffe, ich konnte dir etwas weiterhelfen. Halte mich doch mal auf dem Laufenden.“

„Sehr gerne. Du hast übrigens in Freiburg eine beeindruckende Präsentation geliefert. Das hast du ja auch am Applaus gemerkt. Da kannst du wirklich stolz sein.“ Maike war Commenius dankbar für seine Unterstützung und wollte das Telefonat daher nicht ohne diese persönliche Würdigung beenden.

„Stolz? Ich brauch doch diese Deppen nicht für mein Selbstwertgefühl! Du hättest dabei sein sollen, wie sie mich nach dem Vortrag hofiert haben. Dieselben Gestalten, die damals nicht einmal mehr meinen Namen kannten, haben sich in ihrer katzenfreundlichen Anbiederung gegenseitig übertroffen. So ein scheinheiliges Gesocks. Ich bin diesen Idioten immer noch dankbar, dass sie mich damals gemobbt und rausgeschmissen haben. Und jetzt“, er lachte höhnisch, „jetzt haben sie nicht anders gekonnt, als mich für einen Vortrag zu holen. Ist das nicht toll?“

„Finde ich auch. Also dann. Ich rufe dich an, wenn ich weitergekommen bin.“

Sie verabschiedeten sich, Maike legte auf und sah Angelika an, die ihr mit gerunzelter Stirn gegenübersaß.

„Was war denn das?“, wunderte die sich über den unerwarteten Ausbruch.

„Auch wenn es anders geklungen hat, den Entzug seiner Zulassung hat er immer noch nicht verwunden.“

„Praktiziert er denn nicht mehr?“

„Nicht mehr in Deutschland. Die Psychotherapeutenkammer hat ihm wegen seiner umstrittenen Therapien seine Zulassung entzogen.“

„Wie? Hat er es mit weiblichen Patienten getrieben?“

„Quatsch. Aber er therapiert, wenn es angezeigt ist, nach dem sogenannten Kern-Schalen-Modell.“

„Erzähl!“ Angelika zog ihre Beine auf die Couch, umfasste die Knie mit den Armen und stützte ihren Kopf darauf.

„Also, das Modell basiert auf der Annahme, dass sich bei der Entwicklung unserer Persönlichkeit im Laufe der Jahre „emotionale Schichten“ um den „Wesenskern“ unserer Psyche legen.“

„Wie muss ich das verstehen?“

„Stell dir eine Zwiebel vor. Das Innere ist die Ursache oder auch die Quelle unserer Lebensfreude. Drumherum kann sich im Laufe der Entwicklung eine Schicht des Schmerzes und der Trauer entwickeln. Das geschieht, wenn seelische Verletzungen nicht verarbeitet wurden. Diese Gefühle können so belastend sein, dass sich eine weitere Schicht bildet, die der Abwehr dient. Das zeigt sich nach außen hin durch Reizbarkeit, Aggression, Wut und Trotz. Eltern, Verwandte, Lehrer und andere reagieren bei Kindern darauf oft mit Bestrafung. Im schlimmsten Fall mit Liebesentzug. Die wiederum lernen sich anzupassen, wodurch die nächste Schutzschicht aufgebaut wird. Gefühle wie Langeweile,

Unlust, Hoffnungslosigkeit und Depression sind dann die Folge. Mit anderen Worten: Du wirst unglücklich und weißt in der Regel nicht weshalb, weil ja diese Schichten den Kern der Lebensfreude abschotten."

„Das endet aber nicht in der Jugendzeit, weil du von Kindern sprichst."

„Nein. Die Entwicklung beginnt zwar in der Kindheit. Die Symptome werden aber oftmals erst bei Erwachsenen offenkundig. Sie sind einfach ... wie soll ich sagen ... sie sind in ihrem Grundwesen einfach unglücklich."

„Und das bleibt so? Die werden bösartig, gehen anderen auf die Nerven, bringen sich um?"

„Wenn sie sich nicht therapieren lassen, ja. Wenn solche Menschen wieder glücklich werden wollen, müssen sie sich nämlich erst durch diese Schichten durcharbeiten. Und das ist nicht einfach. Um das zu erreichen, hat Herbert zur therapeutischen Unterstützung Substanzen verabreicht, die hier in Deutschland verboten sind. Das hat er ganz offen gemacht. Artikel darüber geschrieben und Vorträge gehalten. Dann haben sie ihn abgemahnt und schließlich die Zulassung entzogen. Da in der Schweiz diese Mittel für einige Jahre unter Auflagen erlaubt waren, ist er damals dorthin gezogen und wollte dann auch nicht mehr weg. Alles klar?"

Conrad Christen wohnte in Mainz. Inmitten der Altstadt, in der Augustinerstraße. Dort hatte er über einem Hutmacherladen zwei Zimmer mit Küche, Bad und Balkon angemietet. Von seinen Fenstern in der Küche und im Schlafzimmer hatte er einen herrlichen Blick auf den Leichhof und den Dom.

Von allen, die ihn kannten, wurde er allgemein nur CC genannt. Viele schätzten ihn wegen seiner Genialität. Aber nur wenige verstanden mit seiner Art umzugehen, worunter seine persönliche Wertschätzung enorm litt. Wurde er als der begnadete EDV-Spezialist benötigt, dem kein Softwareproblem, keine Internethürde und kein eingeschleuster Computervirus widerstehen, der jedes Passwort knacken und sich in noch so intelligent abgesicherte lokale Netzwerke einschleusen konnte, ohne eine Datenspur zu hinterlassen, dann wusste man, wo er zu erreichen war. Ging es jedoch um persönliche Belange, wie zum Beispiel eine Einladung oder auch nur einen Schwatz auf der Straße, dann übersah man ihn gerne. Er war sich für keine Peinlichkeit zu schade und in Fettnäpfchen drehte er geradezu Pirouetten. War er gut drauf, und das war er zumeist, dann konnte er unbefangen und ohne sich einer Schuld bewusst zu sein, eine öffentliche Diskussion oder eine Festlichkeit sprengen oder mit einem Eklat enden lassen. Und dies alles in breitestem Rheinhessisch.

Maike, die ihn als Kollegen bei Heliopharm kennengelernt hatte, bevor er sich selbstständig machte, wusste aber vor allem um seine menschlichen Werte. Er war ein zuverlässiger, vertrauenswürdiger Zeitgenosse, der für seine Freunde durchs Feuer ging. Bei Maike und ihm war, nachdem sie einen Annäherungsversuch einmal abgeschmettert hatte, eine vertrauensvolle Freundschaft entstanden.

Direkt nach dem Telefonat mit Commenius rief sie ihn an. Sie schilderte ihm den Grund ihres Anrufes. Er war sofort bereit, sich mit ihr am nächsten Tag zu treffen. Und nicht nur das, er war begeistert von der Herausforderung, die er auf sich zukommen sah: Endlich einmal für einen guten Zweck einen Computer hacken und sich in dessen tiefstem Inneren einnisten!

„Es wird mir ein Vergnügen sein, die Inhalte des PCs dieses sauberen Herrn vor dir auszubreiten wie ein offenes

Buch." Wenn es um seine Profession ging, verließ er seinen rheinhessischen Dialekt und bewies, dass er der schriftdeutschen Sprache durchaus mächtig war. „Ich muss nur wissen, wann er seinen Computer eingeschaltet hat, damit ich meine Spionagesoftware installieren kann. Da müssen wir uns etwas einfallen lassen. Aber das besprechen wir morgen Nachmittag."

Mittwoch, 19. September 2012, Mainz

Dorothea Bellmann wartete schon vor ihrem Haus in Weinheim, als Maike sie wie vereinbart um 15 Uhr abholte; sie hatten vereinbart, mit einem Auto zu fahren. Einer spontanen Eingebung folgend hatte Maike sie unmittelbar nach dem Telefonat mit CC angerufen und gefragt, ob sie nicht bei dem Gespräch mit ihm dabei sein möchte. Auch wenn Maike ihre Art sich zu kleiden der Rubrik extrem peinlich zugeordnet hatte, so war sie trotz des kurzen Kennenlernens sehr angetan von ihr. Kleider machen zwar Leute, sagte sie sich, aber nicht grundsätzlich Menschen. Vor allem ihre ruhige und besonnene Art war ihr angenehm aufgefallen und hatte Maikes Sympathie geweckt. Außerdem hatte sie ja Evas Eltern zugesichert mitzuhelfen, das Verschwinden ihrer Tochter aufzuklären. Weshalb sollte Maike sie dann nicht beim Wort nehmen? Sie hatte ihr das Ergebnis des Telefonates mit Herbert Commenius geschildert und was sie als Konsequenz daraus mit Conrad Christen besprechen wollte.

„Kann ich irgendetwas mitbringen für ihn oder ein paar Blumen für seine Frau?", wollte sie wissen. Maike erklärte ihr, dass das nicht nötig sei. „Verwöhnen Sie ihn nicht, sonst gewöhnt er sich noch daran. Abgesehen davon, er lebt alleine." Dass sie noch sagen wollte: Meistens wenigstens, verschluckte sie.

Dorothea Bellmann schien über Nacht eine Wandlung vollzogen zu haben. Zumindest was ihr Modebewusstsein betraf. Maikes Vorurteile lösten sich jedenfalls mit einem Schlag in Luft auf. Sie trug einen figurbetonenden, sonnenblumenfarbenen Hosenanzug, der mit seiner warmen Farbe ihren Typ unterstrich, darunter eine dunkelblaue Bluse. Die obersten Knöpfe hatte sie geöffnet. Kajalstift und Make-up hatte sie unaufdringlich verwendet. Diese Frau weiß ja doch, wie sie sich ins Bild setzen kann, stellte Maike fest. Sie vermutete, dass sie nicht immer der Altjungferntyp gewesen war und andere, vielleicht unbeschwertere und bessere Zeiten erlebt hatte. Schneckenhaus-Outfit hatte CC einmal diesen Kleidungsstil tituliert. Kurz nach der Trennung von Bernd, als ihr alles über den Kopf gewachsen war, und sie sich nicht mehr um sich selbst kümmern mochte, hatte sie sich auch so gekleidet – so ähnlich wenigstens. „Du ziehst dich in dein Schneckenhaus zurück", hatte er ihr vorgeworfen. „Du stößt jeden, der es wissen oder nicht wissen will, mit der Nase drauf, dass man dir unrecht getan hat. Schaut nur, wie arm ich dran bin. Mensch Maike, reiß dich zusammen! Du hast noch so viel vom Leben zu erwarten. In Lumpen kannst du dich immer noch kleiden, wenn du mal ins Gras beißt."

Auch wenn diese Phase längst vorbei war, musste sie in diesem Moment wieder daran denken. Kurzfristig kam sie sich neben ihrer eleganten Beifahrerin deplatziert vor. Da es ja nur um ein Treffen mit CC ging, hatte sie sich im legeren Freizeitlook gekleidet. Jeans und darüber ein bequemes Hemd im Holzfällermuster – für Conrad Christen war das allemal gut genug und dazu noch Dorothea Bellmann, diese graue Maus, im Schlepptau, hatte sie gedacht. Und nun?

Um ihrer momentanen Verunsicherung zu entgehen, fragte sie ihre Beifahrerin ein wenig aus. Dabei erfuhr sie, dass diese das Haus gemietet hatte und alleine bewohnte. Von Männern hatte sie zurzeit die Schnauze voll, wie sie ohne Wehmut bekundete. „Die Kerle nerven nur. Ich habe jedenfalls eine längere Trockenperiode hinter mir. Aber vielleicht kommt ja doch noch mal der Richtige. Die Hoffnung stirbt bekanntlich zuletzt. Ich bin ja auch erst 38. Was ist eigentlich der Herr Christen für ein Typ?“

„Haben Sie sich deshalb so schick gemacht?“ Die Frage war schneller raus, als Maike denken konnte. „Entschuldigung“, stammelte sie, „das war jetzt nicht so gemeint.“

Sie lachte. „Klar war es das! Die Frage ist ja auch berechtigt. Und meine Antwort darauf lautet: Weshalb nicht? Also, was ist das für ein Mensch, dieser Conrad Christen?“

„Er ist im Grunde genommen recht unproblematisch, wenn man seine besondere Form eines unfreiwilligen und unbeabsichtigten Humors toleriert. Er sieht, finde ich, ganz gut aus. Er ist so um die vierzig, für einen Schreibtischtäter recht sportlich, normales Gewicht, dunkle Haare, wobei die Kopfhaut langsam durchwächst, und hat in etwa meine Größe. Er trägt eine Brille, ist ein außergewöhnlicher EDV-Freak, aber kein Fachidiot. CC besitzt ein rundum akzeptables Allgemeinwissen. Beim Millionenspiel von Jauch wäre er einer meiner Telefonjoker. Das ist ja auch der Grund, weshalb wir zu ihm fahren. Den Rest müssen Sie selbst beurteilen.“

„Klingt ja ganz annehmbar. Und gibt es auch eine Frau im Leben des Herrn Christen?“

„Ab und zu. Aber die Richtige hat er noch nicht getroffen. Er befindet sich sozusagen in der Suchphase. Ich glaube aber, seine große Liebe ist der 1. FSV Mainz 05. Da steht er bei jedem Heimspiel im Q-Block, mitten unter den Ultras.

Ich war einmal mit dabei. Ich habe ihn nicht wiedererkannt. Für seine Lautstärke benötigte er einen Waffenschein und sein Vokabular war erst frei ab 18. Wenn die Mainzer ein Spiel verloren haben, dann ist er ungenießbar. Mindestens drei Tag lang gibt es kein anderes Gespräch als über die Flasche von Schiedsrichter, dass der Tuchel falsch eingewechselt hat, der Ivanschitz mal wieder hundertprozentige Chancen hat liegen lassen und so weiter und so fort. Ach, und noch etwas: Sprechen Sie ihn nicht mit Herr Christen an. CC und du ist absolut in Ordnung. Er wird Sie nämlich auch nicht siezen, es sei denn, er mag Sie vom ersten Augenblick an nicht."

„Na, da bin ich ja mal gespannt auf das ermutigende Du oder ein desillusionierendes Sie."

Ihre Konversation geriet für eine Weile ins Stocken und Maike war es nur recht. Sie fuhren auf der A61 durch eine der dort typischen Dauerbaustellen und befanden sich auf der schmalen Überholspur, um an einer Lkw-Kolonne vorbeizufahren. Eine Situation, die sie überhaupt nicht mochte. Auch wenn sie eine gute Fahrerin war, so fühlte sie sich in ihrem kleinen Sportwagen unbehaglich neben den dicken Brummern.

Dorothea Bellmann hatte das offenbar bemerkt, was Maike anerkennend registrierte. Erst nachdem sie die Baustelle verlassen hatten, nahm sie das Gespräch wieder auf.

„Haben Sie Angelika eigentlich absichtlich nicht mitgenommen oder hat sie keine Zeit?"

„Wir planen ja etwas zu tun, was abseits der Legalität ist. Oder um es klar zu sagen, was strafbar ist. Natürlich heiligt hier der Zweck die Mittel. Und wir wollen auch niemand schaden oder uns gar bereichern. Aber wenn das auffliegt, dann will ich Angelika da nicht mit hineinziehen. Ich kann mir nämlich vorstellen, dass Evas Vater seine berufliche Erfahrung als Rechtsanwalt genauso einsetzten wird, um uns einen Strick zu drehen, wie wir es von CC erwarten, um ihn festzunageln."

„Ja, das kann ich verstehen. Ihre Angelika ist aber auch ein ganz besonderes Mädchen. Sie können wirklich stolz auf sie sein. Und Eva erst, dass sie so eine Freundin hat."

Ihre Stimme war brüchig geworden. Sie atmete tief ein und Maike bemerkte, dass sie offenbar mit den Tränen kämpfte. „Entschuldigen Sie. Aber ich hatte in Angelikas Alter auch eine beste Freundin. Für die hätte ich auch alles getan. An die musste ich eben denken."

„Und was ist aus ihr geworden? Haben Sie keinen Kontakt mehr zu ihr?"

Maike reichte ihr ein Papiertaschentuch, das sie aus dem Innentürfach geangelt hatte.

„Danke." Kaum hörbar schnäuzte sie sich. „Als ihr Vater beruflich nach Neuseeland versetzt wurde, ist sie mit ihren Eltern weggezogen. Ein-, zweimal haben wir uns noch geschrieben. Dann ist die Verbindung abgerissen. Ich hatte seitdem keine Freunde mehr und das mit meiner Musik kompensiert. Ich habe mich voll ins Studium gestürzt."

„Wo war das?"

„Wo?" Sie zögerte einen Augenblick. „Ja, in … in Leipzig. Ich war dort auf der Hochschule für Musik und Theater Felix Mendelssohn Bartholdy." Ihre Antwort klang übertrieben geziert. Offenbar wollte sie nicht den Eindruck des Elitären aufkommen lassen. „Aber auch von damals haben sich keine Freundschaften mit Kommilitonen erhalten. Ich bin dann ja auch mehrmals umgezogen, bis ich endlich in Alzey gelandet bin."

„Und was ist mit Eltern und Geschwistern?“

„Ich bin als Einzelkind aufgewachsen und meine Eltern sind vor über 20 Jahren bei einem Unfall ums Leben gekommen. Mein Vater war Diplomingenieur und meine Mutter Lehrerin. Sie haben mir ein Haus hinterlassen, das ich verkauft habe und etwas Barvermögen, mit dem ich gut über die Runden komme.“

Sie schwieg für einen Moment und blickte aus dem Fenster. Dann wandte sie sich wieder Maike zu. „Ich … ich überlege gerade. Mir liegt etwas auf der Seele, das muss ich jetzt einfach loswerden“, druckste sie. „Ich weiß nur nicht, wie ich es sagen soll, damit es nicht falsch aufgefasst wird.“

„Nur zu! Raus damit!“

„Der Anlass, der uns zusammengebracht hat, ist tragisch und besorgniserregend. Wir wissen nicht, ob wir Eva jemals wiedersehen werden. Das vorweg.“

Maike war irritiert. Auf was wollte sie hinaus? Wollte sie einen Rückzieher machen? Hatte sie kalte Füße bekommen? Ihr fragender Blick schien ihre Beifahrerin nur noch mehr zu verunsichern.

„Wie ich ja schon sagte“, sie blickte kurz zur Seite, „bin ich mehrmals umgezogen. So etwas wie Familie kenne ich nicht und Freundschaften konnten sich keine entwickeln. Nun aber glaube ich, in Alzey eine Heimat gefunden zu haben. Und was mir dazu noch fehlt, ist jemand, mit dem ich mich austauschen kann. Mal ein Glas Wein trinken – alleine macht das halt keinen Spaß. Außerdem wird man da immer schief angesehen. Und ich dachte mir, wenn es Ihnen vielleicht ähnlich geht und weil ich Sie in der kurzen Zeit schätzen lernte, weshalb sollten wir nicht versuchen, ob eine Freundschaft zwischen dir … ich meine … Ihnen und mir …“

Nun geriet ihre Grammatik vollends aus den Fugen und

sie sah mit einer gewissen Furcht, wie Maike schmunzelte und sie mit einem kurzen musternden Seitenblick bedachte. Kam jetzt die Ablehnung? Etwas, was sie kannte? Was sie eigentlich nie mehr erleben wollte? Sie überlegte, wie sie reagieren sollte, damit Maike diese Demütigung nicht erkannte.

„Gerne", sagte Maike zu ihrer Erleichterung und potenzierte ihr Einverständnis mit einer Wiederholung. „Sehr gerne, Dorothea. Ich bin Maike."

„Ich habe wieder eine Freundin", sagte Dorothea leise, nur für sich und schüttelte ungläubig den Kopf.

Maike stellte den Wagen im Karstadt Parkhaus ab.

„Von hier sind es nur etwa 200 Meter. In der Altstadt bekommen wir sowieso keinen Parkplatz", erklärte sie und informierte CC, dass sie sich im Anmarsch befänden und er schon den Sekt öffnen könne. Seine Antwort gab Dorothea Bellmann einen Vorgeschmack auf CCs Humor.

„Eich zwaa Dreggbiddel en Seggd in den Rache schitte?", ertönte seine laute Stimme, wenn auch verschnupft, deutlich vernehmbar durch den Handylautsprecher. „Dess wehr jo ner fedd Gans de Aasch geschmierd. Ich kumm runner."

„Mal wieder erkältet?", fragte Maike.

„Ei ja, was dann sonst. Aller, ich kumm runner."

„Das ist CC wie er leibt und lebt", kommentierte Maike lachend. „Haben Sie das verstanden? Ich meine den Inhalt."

„Ich denke schon", grinste Dorothea Bellmann. „Er ist der Meinung, dass wir es nicht wert sind, von ihm ein Glas Sekt ausgegeben zu bekommen. Und, dass er uns nicht in seiner Wohnung empfangen möchte. Denn ich glaube nicht, dass sein ich komm runner bedeutet, dass er uns in sein Allerheiligstes geleiten will."

„Genau", bestätigte Maike, während sie am Bischöflichen Ordinariat vorbeiliefen. „Aber dem werden wir einen Strich durch die Rechnung machen."

„Dass CC uns einen ausgibt, das lass mich mal machen", beschloss sie, hakte Maike unter und zog sie mit forschem Schritt weiter in die zuvor eingeschlagene Richtung, obwohl sie überhaupt nicht wusste, wo CC sie erwartete.

Zwischen Dorothea und Conrad funkte es ab dem ersten Augenblick. Hätten sie nicht einen bedeutend gewichtigeren Grund für ihre Fahrt nach Mainz gehabt, statt eines sich anbahnenden Stelldicheins zweier bis dahin Unbekannter, so wäre sich Maike vorgekommen wie das sprichwörtliche fünfte Rad am Wagen. Schon beim Aufeinandertreffen vor CCs Haus in der Augustinerstraße sprachen die erstaunten und taxierenden Blicke der beiden Bände. CC lotste sie ins Café Extrablatt am Domplatz. „Weil es dort um diese Zeit im hinteren Teil Sitzplätze gibt, wo man sich ungestört unterhalten kann", begründete er seinen Vorschlag. „Trotzdem hoffe ich, dass wir gesehen werden, damit es sich in Kennerkreisen herumspricht, dass CC gleich zwei derart charmante Damen abgeschleppt hat."

„Wenn das so ist", hatte Dorothea den Faden weitergesponnen, „dann wirst du als Kavalier ja wissen, dass man den abgeschleppten Damen einen ausgibt. Ich bin für einen schönen trockenen Prosecco."

„Ich nehme eine Kirschschorle, ich muss noch fahren", schloss sich Maike an. CC seufzte theatralisch und nickte ergeben.

Der hintere Bereich des Cafés war tatsächlich leer. Sie setzten sich an einen Ecktisch auf einer kleinen Empore. Nachdem sie ihre Bestellungen aufgegeben und erhalten hatten, erklärte CC, dass er nun so viel wie möglich über Hinze wissen wollte. „Öffentliche Informationen“, grenzte er ein, „werde ich mir aus dem Internet besorgen. Bei Google werde ich bestimmt fündig. Und außerdem wird er Mitglied in einem oder sogar mehreren Netzwerken sein. Bei XING, Facebook und Konsorten werde ich selbst nachforschen. Das braucht ihr nicht zu machen. Außerdem würde es auffallen, wenn er die Meldung erhält, dass ihr in seinem Profil gestöbert habt. Ich habe eine Möglichkeit, das anonym zu machen. Von euch benötige ich jetzt einige Details, um ihn gezielt auszuspionieren.“

Er hatte sein Notebook mitgebracht und schaltete es für seine Notizen ein. Neben Hinzes Privat- und Geschäftsadresse handelte es sich dabei vor allem um sogenannte Schlüsselwörter, nach denen er den PC durchforsten sollte. Diese bezogen sich sowohl auf Transaktionen seiner Kanzlei als auch auf persönliche Hinweise, wie zum Beispiel das Thema Gewalt in der Ehe. Damit waren sie fast eine Stunde beschäftigt. Es zeigte sich, dass Maike gut daran getan hatte, Dorothea mitzunehmen. Sie wusste durch Eva über das familiäre Umfeld der Hinzes besser Bescheid als Maike. Das, was sie im Laufe der Zeit erfahren hatte, trug wesentlich dazu bei, ein umfangreiches Sortiment von Stichwörtern zu sammeln.

„Ja meinst du denn, der speichert seine Schandtaten in seinem Computer ab?“, zweifelte Maike. „Vielleicht noch in allen Einzelheiten?“

„Eher als in einem herkömmlichen Tagebuch, was jedem durch Zufall in die Hände fallen kann. Außerdem, was meinst du, wie viele durchgeknallte Typen es gibt, die sich auch noch nachträglich an ihren Verfehlungen aufgeilen. Ich hatte mal einen Buchhalter ausgeforscht, der in seiner Firma Geld unterschlagen hatte. In einer Exceltabelle hat dieser Typ jeden Betrag mit Datum und den Kontenbewegungen, mit denen er das vertuscht hatte, dokumentiert. Das war eine Art doppelte Buchführung. Nur nicht im betriebswirtschaftlichen Sinn. Der Kripo war es recht. Es hat ihr viel Arbeit gespart."

„Typisch Buchhalter eben", lachte Dorothea.

„Und ein anderer hat alle seine amourösen Fehltritte mit Foto, Körpermaßen der Damen, Ort, Datum und sogar einer Bewertungsskala von 1 bis 10 aufgelistet. Das ist doch schon fast pathologisch – oder? Und wieder ein anderer ...", er lachte bereits bei dem Gedanken an die nächste Episode, die er zum Besten geben wollte, „ ... der hat doch tatsächlich so einen besch..."

Maike stoppte seinen Mitteilungsdrang. „Lass stecken. Ich glaube dir ja."

„Hast recht. Wir müssen noch etwas Wichtiges besprechen. Maike, Dorothea", er sah beide eindringlich an, „nun kommt der schwerste Teil. Ich muss mit eurer Hilfe eine Spionagesoftware installieren. Ist euch klar, was das ist?"

Maike zuckte mit den Schultern, während Dorothea erklärte, ein wenig von EDV zu verstehen. So habe sie für ihre Schüler ihren Laptop stets eingeschaltet. „Die können übers Internet auf einen Bereich zugreifen, in dem sie neben den Unterrichtsstunden Tipps zum Üben und Musikstücke abrufen können. Jederzeit, Tag und Nacht. Ich habe festgestellt, dass diese Möglichkeit eine zusätzliche Motivation für sie ist."

„Klasse Idee", lobte CC und lächelte sie für einige schweigende Sekunden an, während derer nur er und Dorothea zu existieren schienen. Maike behielt einen stimmungskillenden Kommentar, der ihr spontan in den Sinn gekommen war, ausnahmsweise einmal für sich. Sie wartete einen Moment, bevor sie die beiden wieder in die Gegenwart zurückholte.

„Wie soll denn das mit dem Ausspionieren gehen, ohne dass der Hinze davon etwas mitbekommt?“

„So ähnlich wie das, was Dorothea für ihre Schüler macht, ist das mit der Software, die ich aufspiele. Nur, dass der Hinze mir den Zugang nicht freiwillig gestattet. Das Programm dazu versteckt sich unerkannt auf der Festplatte und erlaubt mir einen Zugriff in alle Bereiche. Und selbst wenn die durch ein Passwort geschützt sind, dann habe ich ein separates Programm, mit dem ich bisher noch jeden Schutz geknackt habe. Außerdem zeichnet es alle Tastatureingaben und Aktivitäten der benutzten Programme auf. Und, was ganz toll ist, wenn Hinze ein Wort eintippt, das wir als Schlüsselbegriff definiert haben, verschickt das Programm umgehend eine E-Mail an mich. Merken tut er davon nichts und auch meine Spur verwische ich, indem ich ..., ach was, das willst du nicht wirklich wissen.“

„Ich denke, es ist auch besser so, wenn Dorothea und ich nicht alles wissen. Wie läuft das nun mit dem Installieren und was können wir dabei tun?“

„Also: Es gibt zwei grundsätzliche Methoden. Die erste ist, dass ihr bei seinem Computer einen kleinen Stecker einschiebt, auf dem das Programm gespeichert ist, was sich danach automatisch lädt. Hat er einen PC, dann geschieht das auf der Rückseite, wo es der Benutzer in der Regel nicht sieht. Wer kriecht auch schon dauernd unter seinem Schreibtisch rum. Und selbst wenn, dann fällt der nicht auf bei den vielen Anschlüssen. Bei einem Laptop – und ich vermute, dass er eher damit ausgestattet ist – sieht man das natürlich sofort.“

„Außerdem müssten wir dann unbemerkt in sein Haus eindringen“, gab Maike zu bedenken.

„Nicht unbedingt“, sagte Dorothea. „Wir laden uns nochmals bei Iris Hinze ein, um angeblich unser Gespräch fortzusetzen. Und zwar tagsüber, wenn ihr Mann in der Kanzlei ist. Dann geht eine von uns aufs Klo. Verstehst du?“

„Und was ist mit der zweiten Möglichkeit?“

„Wenn ich meine Software installiert habe, dann beginnt sie selbsttätig zu arbeiten. Ganz egal, ob danach der Computer an- oder ausgeschaltet ist. Solange der Hinze im Internet ist, kann ich in seinem PC spazieren gehen, mir alle Dateien anschauen und auf meinen Computer runterladen.“

„Und wenn er nicht im Internet ist?“

„Selbst dann arbeitet meine Software. Sie sammelt alle Daten und kann dann in Seelenruhe auf die nächste Internetverbindung warten. Ich kann aber, wenn ich will, auch von mir aus eine Internetverbindung aufbauen. Dumm wäre nur, wenn er dann an seinem Computer sitzt und das mitbekommt.“

„Wenn ich das richtig verstehe“, resümierte Dorothea, „suchen wir nach einem Weg, wie wir es schaffen, dass der Hinze seinen Computer rund um die Uhr im Internet eingeloggt lässt.“

„Ja, das wäre natürlich der Idealzustand. Es genügt aber, wenn ihr mich informiert, wann er sich ins Internet eingeschaltet hat, aber dabei … na, ihr Hübschen, was denkt Ihr?“

Zwei Antworten schallten ihm gleichzeitig entgegen: „Nicht am PC sitzt“ und „nicht zu Hause ist.“

„Ihr habt beide recht“, lachte CC „So, jetzt lasst euch etwas einfallen. Ich gehe mal zu den kleinen Tigern und wenn ich zurück bin, habt ihr eine Lösung gefunden.“ Er stand auf und verschwand durch eine rückwärtige Tür.

Dorothe sah im hinterher. Dann wandte sie sich an Maike.

„Ganz schön clever. Kennst du ihn schon lange?“

„Ja. Wir waren mal Arbeitskollegen.“

„Und mehr nicht?“ Dorothea grinste.

Maike schüttelte heftig den Kopf. „Du kennst doch den Spruch: Lieber eine gute Freundschaft als eine sinnlose Beziehung. Nee, als Freund ist er mir lieb und wert, aber …“

„Also mir gefällt er. Er hat irgendetwas, was mich anzieht. Vom ersten Moment, als ich ihn gesehen habe.“

„Ach. Das hätte ich ja überhaupt nicht vermutet. So, wie du ihn mit der kalten Schulter abblitzen lässt“, flüstert Maike, da CC gerade an ihren Tisch zurückkam.

„Na, habt ihr euch etwas einfallen lassen?“ Er rieb sich die Hände unter den Achseln trocken und rief in Richtung Bar: „Eiern Hannduchspender verlangt nachener Ufffillung. Do hängt nur noch soen nasse Fetze unne raus. Ofach eeglisch iss dess.“ Dann wandte er sich wieder Maike und Dorothea zu. „Die sind neu hier. Und als Stammgast fühle ich mich mit verantwortlich dafür, dass hier kein Schlendrian einreißt.“

Ohne sich weiter um die Reaktion der Bedienungen und einiger verstörter Gäste zu kümmern, griff er wieder das eigentliche Thema ihres Treffens auf.

„Also, lasst hören. Wie wollt ihr vorgehen?“

„Wir haben noch keinen Schimmer. Wir hatten eben ein ganz anderes Thema“, gestand Maike.

„Dann lasst uns das gemeinsam angehen“, schlug CC vor. „Wenn wir das Szenario unterstellen, was du, Maike, mit Psycho-Herbert ausklamüsert hast, dann wollen wir doch feststellen, ob sich der Hinze privat, geschäftlich oder auch bei beidem in einer Lage befindet, die nicht an die Öffentlichkeit geraten darf. Wo er also erpressbar ist. Eine Möglichkeit, das herauszufinden ist, dass ich Zugriff auf Hinzes privaten Computer bekomme. Dafür brauche ich etwa 10 Minuten, während derer er ihn eingeschaltet hat, aber nicht davor sitzt, sonst könnte der den Angriff bemerken. Und, er muss sich im Internet eingeschaltet haben. Den Zeitpunkt müssen wir entweder provozieren oder darüber informiert sein."

„Und ich denke, der überzeugendste Bezugspunkt zu den Hinzes könntest du sein. Du bist die langjährige Klavierlehrerin seiner Tochter."

„Aber du, Maike, bist die Mutter von Evas Klassenkameradin und Freundin."

„Nun ganz konkret: Hinze soll nicht zu Hause sein, also muss Frau Hinze den Laptop einschalten. Kann sie das? Vor allem, kennt sie das Passwort, falls Hinze eines installiert haben sollte?"

„Ich denke ja", bestätigte Dorothea. „Ich hatte einige Male E-Mail-Kontakt mit ihr. Also muss sie in der Lage sein."

„Das bringt mich auf eine Idee", platzte Maike heraus. Was haltet ihr davon, wenn ich Iris Hinze tagsüber, also, wenn ihr Alter normalerweise nicht zu Hause ist, aufsuche und ihr erzähle, dass Angelika in der Schule aufgeschnappt hätte, einige Klassenkameraden hätten trotz aller Verbote eine Suchaktion im Internet gestartet? Auf diese Weise kann ich feststellen, ob der Hinze auch wirklich außer Haus ist, und kann dir Zeit genug geben, um dich auf seinem Computer einzuloggen. Wenn ich weiß, dass der Hinze nicht da ist, gehe ich kurz zur Toilette und rufe dich an."

„Gut, dann machen wir das so" bestätigte CC. „Du musst mir aber etwa eine halbe Stunde, bevor du Iris Hinze aufsuchst Bescheid geben. Ich muss ja noch von Mainz nach Alzey fahren, um mich dort in das Netzwerk einzuschalten. Und dann rufst du mich sofort an, wenn ich zugreifen kann. Noch Fragen, die Damen?"

„Wie kommst du eigentlich an die Dateien in seiner Kanzlei?", wollte Maike wissen.

„Das ist die einfachste Übung. Da mache ich mich schon

morgen Vormittag dran. Die haben mit Sicherheit ein WLAN installiert. Selbst wenn die das abgesichert haben sollten, was aber oft nicht der Fall ist. Das mache ich vom Auto aus, mit meinem Laptop. Die normale Reichweite eines Funknetzes genügt, um mich aus einer Parkposition vor dem Haus oder in der Nähe einzuschalten."

„Soviel ich weiß, sind diese drahtlosen Netzwerke doch geschützt. Jedenfalls bei uns, bei Heliopharm, ist das so. Muss man dazu nicht die Zahlenkombination wissen, um sich einzuschalten?"

„Maximal zehn Minuten und ich bin drin. Details müsst ihr nicht wissen. Es ist eindeutig illegal, was ich da mache. Freiheitsstrafe bis zu drei Jahren oder Geldstrafe."

„Das bedeutet aber in letzter Konsequenz, dass wir eventuelle Informationen, die wir dadurch erhalten, nur für uns verwenden dürfen", bemerkte Maike.

„Vor allem auch bei der Kripo nichts davon erwähnen. Die hatten mich schon mal auf dem Kieker."

„Daher also die detaillierten Kenntnisse des einschlägigen Paragrafen", feixte Dorothea. „Na dann habe ich dich ja in der Hand."

„Wie kann ich dich davon abhalten, mich zu verpfeifen?", fragte CC, während er die Zeche beglich.

„Mit einer Einladung zum Abendessen vielleicht?"

„Heute?"

Dorothea nickte und sah Maike auf dem Weg zum Ausgang fragend an.

„Musst du wissen", sagte sie, „aber wie kommst du nach Hause? Mit dem Zug und dem Bus? Ein wenig umständlich – oder?"

„Das lass mich mal machen", entschied CC.

Auf dem Marktplatz vor dem Café trennten sich ihre Wege. Maike ging zurück zum Parkhaus. Dorothea dagegen schlenderte mit CC, vorbei am Gutenbergmuseum, über den Fischtorplatz hinunter zum Rhein. Der letzte Sommertag zeigte sich von seiner besten Seite, sodass sie sich am Ufer auf einer der breiten Treppenstufen niederließen. Sie beobachteten die Schiffe, betrachteten die Maaraue und die Mainmündung und sprachen über Gott und die Welt. Obwohl sie sich erst seit wenigen Stunden kannten, fühlte sich Dorothea neben CC so geborgen, wie kaum zuvor in ihrem Leben. Er war charmant und zeigte ihr unverhohlen, dass sie ihm gefiel. Er hörte ihr interessiert und verständnisvoll zu. Und wenn er erzählte, nahm er sie mit seiner vorurteilsfreien und humorigen Art gefangen. CC erinnerte sie an eine unbeschwerte Phase in ihrem Leben, in der sie unendlich glücklich gewesen war. Und es war ihr, als würden längst verschüttete Gefühle aus diesen vergangenen Tagen wiedererweckt. Wenn wir erst einmal länger zusammen sind, dachte sie, dann kann ich ihm mehr von mir erzählen, er wird mich verstehen. Sie schmiegte sich an ihn und er erwiderte sanft den Druck ihres Körpers.

Erst, als es schon dunkel geworden war und sich ein Hungergefühl eingestellt hatte, gingen sie wieder zurück in die Altstadt. Hand in Hand, mit einem so vertrauten Gefühl, als ob sie sich schon seit ewigen Zeiten kannten.

Donnerstag, 20. September 2012, Alzey

Ein strahlender erster Herbsttag kündigte sich an. Der Frühnebel hatte sich nach einigen Anläufen endlich am späten Vormittag verzogen und die Sonne setzte sich mehr und mehr durch. Maike war auf dem Weg zu ihrem ersten Termin. Sie hatte sich für 11 Uhr mit dem Chefarzt einer Rheumaklinik verabredet. Er hatte seinen Patienten seit einigen Monaten offenbar sehr erfolgreich ein neu zugelassenes Präparat der Heliopharm verabreicht und sie wollte seine Erfahrungen dokumentieren. Eben bog sie von der A61 auf die Bundesstraße nach Bad Kreuznach, ihrem Zielort, ab, als ihre Freisprechanlage automatisch einen Anruf von CC annahm. Statt einer Begrüßung sang aus vollem Herzen: „Die Nacht ist nicht allein zum Schlafen da, die Nacht ist da, dass was geschieht. Ein Schiff ist nicht nur für den Hafen …"

Brüsk wurde sie am Weitersingen gehindert. „Schluss jetzt! Hör uff!", tönte CCs Stimme aus dem Lautsprecher der Freisprechanlage.

„Du bist ein Kulturbanause", wies sie ihn zurecht.

„Und du bist e zickig, gehässig Weib, vor dem man sei Innerstes besser nedd ausbreitet. Ja, Doro hat bei mir übernachtet. Ich habb se aber heut schon ganz früh nach Haus gefahren, weil se um acht bereits ihrn erste Unnerricht hat."

„CC, ich weiß, dass es mich nichts angeht, aber ich habe den Eindruck, Dorothea könnte es ernst meinen. Ich glaube, dass sie mit Männern bisher nichts Gutes erlebt hat. Also, sei …"

„Du bist und bleibst traumatisiert durch die Sach middem Bernd," unterbrach er sie ärgerlich.

Maike hatte inzwischen die Klinik erreicht und stellte ihren Wagen auf dem Parkplatz ab. Sie schaltete die Freisprechanlage aus, damit das Telefonat nicht von jedem Vorbeilaufenden mitgehört werden konnte.

„Du weißt genau, was der Grund war. Wir hatten unterschiedliche Auffassungen von Vertrauen. Ich vertraute darauf, dass er treu sei und er vertraute darauf, dass ich seine Affäre nicht bemerke."

„Hast du eigentlich Angelika inzwische drüber uffgeklärt, weshalb …"

„Das ist eine Sache zwischen Bernd und mir", würgte sie ihn harsch ab. „Das geht sie nichts an. Ich will auch nicht, dass sie ihren Vater für etwas verurteilt, was mit ihr nichts zu tun hat. Sie liebt ihn und das soll auch so bleiben."

„Sprach Mutter Teresa und die Menschheit änderte sich trotzdem nicht. Aber dasse dir dauernd Vorwürf macht, weil du en verlasse hast, is wohl o.k. für dich."

„Das ist eine Sache zwischen Angelika und mir und geht wiederum dich nichts an."

„Ach Maike", antwortete er bekümmert, „ich meins doch nur gut mit dir."

„Ich weiß es ja, CC. Und es tut mir leid, dass ich dich so angefahren habe. Ich wünsche euch, dass es wirklich Liebe auf den ersten Blick war. Aber hast du deshalb angerufen? Ich habe nämlich gleich einen Termin."

CC informierte sie darüber, dass er noch am Abend zuvor gemeinsam mit Dorothea die ersten Internetrecherchen über Bertram Hinze angestellt hatte. Dabei waren sie auf mehreren Bewertungsportalen fündig geworden.

„Die letzten Bewertungen durch Mandanten sind allesamt negativ ausgefallen. Es sieht so aus", Maike musste grinsen, als sie bemerkte, dass CC sich auch idiomatisch wieder auf seinem beruflichen Terrain bewegte, „als ob er seit geraumer Zeit seine Kunden durch Leistungsmängel, Fristversäumnisse und vor allem überteuerte Honorare verärgert hat. Zumindest diejenigen, die eine Beurteilung abgegeben haben. Seit etwa zwei Jahren zeichnet sich das ab."

„Woran kann das liegen?"

„Ich bin bereits auf dem Weg nach Alzey, um mich in das Kanzleinetzwerk einzuloggen und ein bisschen in den Dateien umzutun. Korrespondenz, Aktennotizen und so weiter. Vor allem die Anderkonten, die er treuhänderisch in seinem Namen für Mandanten unterhält, interessieren mich."

„Dann informiere mich bitte. Ich muss jetzt aussteigen."

„Halt! Weshalb ich auch noch anrufe: Ihr müsst jetzt so schnell wie möglich unseren Plan umsetzen. Wenn es geht, noch heute. Falls nämlich mein Einbruch in das EDV-System der Kanzlei doch irgendwie registriert wird, ist der Hinze gewarnt und formatiert dann vielleicht seine Festplatte."

„Hast du nicht gesagt, dass du deine Spur verwischen kannst?"

„Kann ich ja auch. Wer den Angriff auf das System ausgeführt hat, lässt sich nicht feststellen. Aber unter Umständen, dass einer stattgefunden hat. Ich glaube das zwar nicht, aber Vorsicht ist die Mutter der Porzellankiste."

„Na, dann sei auch vorsichtig und bewirb dich nicht um den ersten Preis bei der Jahresprämierung zum Elefant im Porzellanladen. Da neigst du nämlich dazu."

Sie lachte und schaltete ihr Handy ab. Dann überprüfte sie im Rückspiegel ihre Frisur, wischte sich einen Ausreißer ihres Lidstriches unter dem rechten Auge weg, angelte ihren Musterkoffer von der Fußmatte vor dem Beifahrersitz und stieg aus dem Auto.

Die Rechtsanwaltskanzlei Hinze & Partner befand sich in der Nähe der Post an der Antoniterstraße. CC stellte sein Auto nebenan auf dem Parkdeck beim Kronenplatz ab. Die Entfernung zu seinem Observationsziel schätzte er auf maximal 30 Meter. „Freie Sicht, ka Gebäude dezwische. Ideal. Besser könnts gar nedd sein“, murmelte er, als er seinen Laptop hochfuhr. Vier Netzwerke wurden ihm in der unmittelbaren Umgebung angezeigt. Eines davon lief unter dem Profilnamen: „Hinzepartner“.

„Es is immer wieder erstaunlich“, dachte CC, „wie oft so manche Profilneurodigger in ihrer Selbstdarstellungsgeilheit jeglisches Sicherheitsdenke beiseit fesche. Die Hauptsach, mer liest sein Name erschendwo. Solsche Dollbohrer! Abber mir kommts gelesche.“

Auch das Einloggen in das interne Netz der Kanzlei erwies sich als Kinderspiel. Um den Netzwerkschlüssel zu knacken, benötigte er nur wenige Minuten. Er fand eine mustergültige Dokumentationsstruktur vor, die es ihm gestattete, sich innerhalb kürzester Zeit in dem Ablagesystem zurechtzufinden. „Da kann mer ja en dressierte Aff dransetze.“

Etwas mehr als drei Stunden später hatte er ein umfangreiches Dossier über Bertram Hinze zusammengetragen und auf seinem Laptop abgespeichert. Es beinhaltete Zündstoff, der seine kühnsten Erwartungen übertraf. Das berufliche Dilemma, in dem Hinze sich befand, hatte strafrechtliche Grenzen bereits überschritten. Es war dazu angetan, ihn nicht nur in Alzey untragbar, wenn nicht gar zu einer Lachnummer zu machen, wenn es an die Öffentlichkeit geriet. Ein falsches Wort, ein lancierter Hinweis würde genügen, um einen virtuellen Steinschlag auszulösen, der ihn zerschmettern würde. Nicht nur der Widerruf seiner Zulassung als Anwalt, sondern auch ein längerer Aufenthalt in der JVA Rohrbach bei Wöllstein würde ihm dann drohen. Persönlich und beruflich wäre er ruiniert.

In der Korrespondenz fand CC nicht nur Beschwerden und Honorarrückforderungen von Mandanten, Schreiben der Anwaltskammer mit dem Ersuchen um Stellungnahmen zu Beschuldigungen und der Androhung eines Rügeverfahrens, sondern auch mehrere Aktennotizen der Wirtschaftsprüfer, die in ihren Berichten auf Unregelmäßigkeiten, irreguläre Abbuchungen und Verschleierungen auf seinen Treuhandkonten hinwiesen. Dazu Aufzeichnungen über Sitzungen mit seinen Sozietätspartnern, die bisher alles ausgebügelt und intern bereinigt hatten, um den Ruf der Kanzlei nicht zu gefährden. Ein über das andere Mal schüttelte CC den Kopf über die Dreistigkeit, mit der Hinze seine Machenschaften mit krimineller Energie abgewickelt hatte. Und auch über die lange Zeit, die man ihn ungestraft hatte gewähren lassen.

Mit einem jubilierenden „Jaaaa!“ stieß er die geballte Faust in die Richtung eines imaginären Gegners, als er das Protokoll einer Besprechung vom 5. September 2012 öffnete und las. Darin wurde Hinze mit Wirkung vom 30. September 2012, 24.00 Uhr, die Auflösung des Sozietätsvertrages aus schwerwiegenden Gründen mitgeteilt. Im Außenverhältnis sollte es als eine einvernehmliche Trennung, die von Hinze ausging, dargestellt werden. Bis dahin sollte er noch speziell aufgeführte Fälle abwickeln. Am Tag darauf war Eva spurlos verschwunden.

Er schaltete seinen Laptop ab. Erst jetzt fiel ihm auf, dass Maike sich noch nicht gemeldet hatte. Er sah auf seine Uhr: 15 Uhr 35. Sie wollte doch den Angriff auf Hinzes Computer einleiten. Auf ihrem Handy meldete sich nur die Mailbox. Er hinterließ die Nachricht, dass er bereits in Alzey sei und sie ihn bitte umgehend anrufen möge. Sein Magen knurrte. In einem Pizzaimbiss in der Antoniterstraße aß er etwas.

16 Uhr 15. Und immer noch kein Lebenszeichen von Maike. Er rief bei ihr zu Hause auf dem Festnetz an. Dort erreichte er jedoch nur Angelika. Sie konnte ihm aber auch

nicht sagen, wie er Maike erreichen könne. „Höchstens, dass sie … Ich glaube, sie hat für heute etwas auf dem Küchenkalender eingetragen“, fiel ihr ein.

Einige Sekunden später war sie wieder am Telefon und konnte CC zumindest berichten, dass Maike erst gegen Abend nach Hause kommen würde, da sie sich auf einem Fachseminar in Wiesbaden befinden würde. „Das hat sie wohl vergessen, als sie mit dir telefonierte“, entschuldigte sie ihre Mutter.

CC nahm es gelassen hin. „Gut, dann verschiebe mer des uff morche. Jetz is es eh zu spät, weil der Hinze unner Umständ bald Feierabend macht.“

„Wie Hinze, was hast du mit dem Hinze zu tun?“

CC schilderte Angelika in Kurzform, was seine „unziemliche Datensichtung“, wie er es nannte, in der Kanzlei ergeben hatte. „Des Weitere müsse mer dann halt verschiebe.“

„Was habt ihr denn noch vor?“

„Kann ich dir im Moment nedd saache. Fraach dei Mamma oder die Dorothea. Ich fahr jetz heim. Die Mamma soll mich anrufe, wenn se zurück is.“

Angelika fühlte sich übergangen. Was hatte die Konstellation ihre Mutter – CC – Hinze – Dorothea zu bedeuten? Und weshalb war sie nicht eingeweiht worden? Sie würde einfach Dorothea anrufen.

„Wenn du mir nichts sagst, dann rufe ich halt Dorothea an“, nahm sie CCs Vorschlag auf. „Dann kann ich ihr ja gleich erzählen, was du bei Hinze herausgefunden hast.“

Bevor CC sie noch davon abhalten konnte, hatte sie das Telefonat beendet. Dorothea würde sie bestimmt darüber aufklären, was sie mit Hinzes vorhatten. Dorothea! Aus den Tiefen ihres Gehirnes arbeitete sich ein Bild nach oben und ihr fiel plötzlich ein, wo sie eine schwarze Laptoptasche gesehen hatte: natürlich – bei Dorothea! An jenem Nachmittag, an dem sie durch die gefälschte SMS in das Internetcafé gelockt worden war und sie danach aufgesucht hatte. Im Flur auf der Hutablage hatte sie Evas Integralhelm entdeckt und darunter … sie hatte das Bild nun wieder ganz genau vor Augen … darunter auf dem Boden lehnte eine Samsonitetasche an der Wand. Zumindest sah die Tasche so aus wie Evas. Durch den Fund des Schutzhelmes und das Rätselraten um dessen Herkunft war ihre Beobachtung in den Hintergrund gedrängt worden. Wieder beschlich sie das beunruhigende Gefühl, dass das wichtig sein könnte. Sie musste das aber erst klären, bevor sie wieder einmal einen Sturm im Wasserglas heraufbeschwören würde.

Während CC sich auf die Autobahn in Richtung Mainz bewegte, erreichte ihn doch noch der Rückruf von Maike. Sie teilte ihm mit, dass sie sich mit Iris Hinze um 18 Uhr verabredet hatte. Da ihr Mann seit dem späten Nachmittag bis zum nächsten Tag bei einem Auswärtstermin in München sei, war keine Eile geboten. Und sie hätte sogar noch eine Veranstaltung in Wiesbaden wahrnehmen können, die sie sonst hätte sausen lassen.

C.C. wendete seinen Wagen und schilderte Maike auf der Fahrt zu Hinzes Haus, was er inzwischen herausgefunden hatte. Zur gleichen Zeit war Angelika, nachdem sie ihren Besuch angekündigt hatte, auf dem Weg nach Weinheim.

Etwa 45 Minuten später konnte sich CC in den Computer von Bertram Hinze einloggen. Maike hatte ihn im Rahmen ihres Anrufes für das Startsignal darüber informiert, dass Iris Hinze ihren Vorschlag, im Internet zu forschen, ohne Argwohn aufgenommen hatte. Außerdem besäße sie außer der

E-Mail-Kommunikation keinerlei Kenntnis vom Umgang mit einem PC. Infolgedessen würde es auch nicht auffallen, wenn er seine Spionagesoftware installierte.

Und wieder wurde er schnell fündig. Wiederum beinhalteten die Dateien unerwarteten Sprengstoff. Doch dieses Mal handelte es sich um Inhalte und Hinweise auf häufig besuchte Internetdateien, die er nicht vermutet hätte. Er nahm seine Brille ab und rieb sich mit Daumen und Zeigefinger über die Nasenwurzel. „Unglaublich", flüsterte er verstört. „Einfach unglaublich." Dann setzte er die Brille wieder auf und begann auch diese Dateien und die Internetchronik auf seinen Laptop zu laden. Er rief Maike an, um ihr mitzuteilen, dass sie die Aktion abbrechen könne und er sich umgehend auf den Weg zu ihr machen würde. Sie hatte wie verabredet den Ton ihres Handys abgeschaltet und auf Vibration gestellt. „Kleinmädchenblase", hatte sie gesagt und sich nochmals zur Toilette begeben, um den Anruf anzunehmen.

„Und, was gefunden?", flüsterte sie.

„Eine ungeheure Sauerei, Maike", platzte CC heraus, sonst hätte es ihm die Luft abgedreht. „So eine perverse, abartige Kreatur. So, wie es aussieht, hat er Eva seit vielen Jahren sexuell missbraucht. Das Mädchen und seine Frau können einem wirklich leidtun."

Dorothea empfing Angelika mit einer herzlichen Umarmung. „Komm rein, Angelika. Die Tochter meiner neuen Freundin ist mir immer willkommen."

Sie führte Angelika in das Wohnzimmer, in welchem sie bei ihrem ersten Besuch die Klavierstunde von Eva miterlebt hatte. Sie setzten sich. „Was führt dich zu mir?"

Angelika beschwerte sich darüber, dass ihre Mutter sie seit

dem Besuch bei Hinzes über das weitere Vorgehen im Dunkeln stehen lassen würde.

„Das ist einfach nicht fair! Ihr habt doch etwas besprochen, als ihr euch mit CC getroffen habt. Weshalb darf ich das denn nicht wissen? Und jetzt hat mich CC angerufen, nach Mama gefragt und mir erzählt, was er bei Hinze auf seinem Bürocomputer gefunden hat.“ Sie gab mit kurzen Worten wieder, was sie von CC erfahren hatte.

„Höchst interessant“, befand Dorothea. „Und sonst noch etwas?“

„Dass etwas auf morgen verschoben werden soll, weil der Hinze bald Feierabend macht. Was hat denn das alles zu bedeuten? Wollt ihr dort einbrechen?“

Dorothea lachte. „Unsinn. Ich kann dir auch nicht sagen, was er damit gemeint hat. Ich werde ihn mal fragen. Er wird mich später bestimmt noch anrufen. Wir sind uns nämlich nähergekommen, falls du verstehst, was ich meine.“ Sie lächelte verschämt wie ein junges Mädchen, das von seiner ersten Liebe erzählt.

„Du und CC? Das finde ich ja toll. Und so schnell. Mama dagegen …“ Sie verstummte und Dorothea fragte nicht weiter nach. Stattdessen erzählte sie, wie sie CC kennengelernt hatte und beschrieb die Szenen so kurzweilig, dass Angelika mehrmals lachen musste, zumal sie CC kannte und ihn sich plastisch vorstellen konnte.

„Es ist ein klasse Typ, Dorothea.“

Dorothea macht es sich bequem. Sie winkelte ihre Beine an und zog sie auf die Sitzfläche. „Das denke ich auch“, erwiderte sie und wollte wissen, ob denn Angelika schon einen Freund hätte. Dabei fixierte sie ihr Gegenüber so, als ob sie keine Gesichtsregung übersehen wollte.

„Ich habe da einen im Auge“, schmunzelte Angelika. „Ein

Rettungsassistent vom DRK. Der war kürzlich bei uns in der Schule und hat einen Erste-Hilfe-Kurs mit uns gemacht. Ein richtig schnuckeliges Kerlchen ist das. Gut gebaut, blonde kurze Haare und so richtig lieb. Einfach süß."

„Wie heißt er denn?"

„Marius. Seine Mutter war ein Fan von Marius Müller-Westernhagen. Wir haben unsere Handynummern ausgetauscht. Aber, sag mal", Angelika wollte nun zu dem eigentlichen Anlass ihres Besuches kommen. Aus irgendeinem Grund, der ihr selbst nicht klar war, sprach sie ihn jedoch nicht direkt an. Stattdessen deutete sie auf den Laptop, der aufgeklappt und offenbar angeschaltet auf einem Seitentisch stand, „ist das der Computer, auf dem deine Schüler sich ihre Tipps zum Üben abholen können?"

„Richtig."

„Hast du noch einen?" Die Frage war schneller raus, als Angelika überlegen konnte. Sie ärgerte sich über ihre tölpelhafte Spontaneität.

„Nö. Brauche ich ja auch nicht."

Angelika war beruhigt. Dorothea schien sich keine Gedanken über ihre Frage zu machen. „Willst du mal sehen, was ich da alles für meine Schüler drauf habe?"

„Ich muss aber erst einmal zur Toilette. Ich kenn ja bereits den Weg. Und dann müsste ich mich eigentlich schon wieder auf den Weg machen."

„Aber für ein Tässchen Tee hast du doch noch Zeit? Oder wartet Maike schon auf dich? Weiß sie denn überhaupt, dass du bei mir bist?"

„Nein, die war vorher noch nicht zu Hause. Deshalb bin ich ja auch zu dir gefahren." Sie stand auf und ging zur Tür. „Tee ist o.k.", sagte sie im Rausgehen. „Aber jetzt muss ich erst einmal Platz dafür schaffen."

Die Samsonitetasche stand nicht mehr unter der Hutablage. Angelika blickte suchend um sich. Da, neben der Tür, die vermutlich zum Keller führte, lehnte sie an der Wand. Vielleicht war es ja auch Dorotheas Tasche. Aber dann müsste sie leer sein. Sie bückte sich nach ihr und hob sie leicht an. Sie spürte am Gewicht, dass sie nicht leer war. Sie kniete nieder und klappte den Deckel auf. Tatsächlich ein Laptop Marke Dell, mit rotem Gehäuse. So, wie Eva einen hatte. Die absolute Gewissheit erhielt sie, als sie das Gerät umdrehte und auf der Oberseite in goldenen Klebebuchstaben das Namenskürzel „E.H." entdeckte. „Also doch", sagte sie leise und wollte als nächstes überlegen, wie sie nun vorgehen sollte.

„Das hättest du nicht tun sollen, Angelika!" Dorothea stand plötzlich hinter ihr. Ihre Stimme klang nun nicht mehr so herzlich wie bei der Begrüßung.

Ein Adrenalinschub jagte durch Angelikas Adern. Sie richtete sich bewusst langsam auf, mit dem Rücken zu Dorothea. Sie wollte Zeit gewinnen, um sich eine plausible Erklärung zurechtzulegen. Doch das war nicht mehr nötig. Ohne eine Ankündigung traf sie ein heftiger Schlag an der Schläfe. Ohnmächtig kippte sie zur Seite. Ihre Beine knickten ein und rutschten nach vorne weg, sodass sie schließlich in halb aufgerichteter Position an der Wand lehnte.

Dorothea stellte die Kristallkaraffe, die sie als Waffe eingesetzt hatte, wieder auf dem Tischchen im Flur ab. Dann kniete sie sich neben Angelika, überprüfte, dass ihr Atem gleichmäßig ging, und überzeugte sich davon, dass der Schlag keine Platzwunde hinterlassen hatte, die sie hätte versorgen müssen. „Du meinst wohl, dass du mich für blöd verkaufen kannst." Ihr Kommentar klang nicht bösartig, eher liebevoll. „Aber da musst du schon früher aufstehen, mein Engel. Jetzt schläfst du erst einmal und dann sehen wir weiter. Du wirst halt eine schöne Beule und einen Brummschädel haben, wenn du wieder aufwachst. Aber das kommt von so was!"

Sie richtete sich auf, öffnete die Kellertür und rief mit lauter Stimme: „Du kannst jetzt kommen."

„Schau, wer da ist", wies Dorothea auf die vor ihr liegende Angelika. Eva blickte nach unten und richtete dann ihren Blick fassungslos auf Dorothea. „Angelika?! Wie kommt die denn hierher? Und um Gottes willen, was ist mit ihr?"

Als sei es das Natürlichste der Welt, ein ohnmächtiges Mädchen im Flur liegen zu haben, erklärte Dorothea: „Mach dir mal keine Gedanken. Es geht ihr gut. Sie schläft für einige Zeit, dank des wohldosierten Einsatzes von diesem Erbstück." Sie wies auf die Karaffe. „Ich muss jetzt aber kurz weg. Denk dran: nicht ans Fenster, kein Telefon annehmen und so weiter. Aber du weißt ja, wie du dich zu verhalten hast. Ach, ehe ich es vergesse, nimm deinen Laptop mit auf dein Zimmer. Du hast ihn schon wieder im Flur stehen lassen und Angelika hat ihn entdeckt."

„Der war noch von gestern Abend …", wollte Eva sich rechtfertigen. „Aber das hier mit Angelika?! Was soll das? Warum hast du …?"

„Schon o.k. Sie war etwas zu neugierig. Aber es war sogar gut so", unterbrach sie Dorothea. „Jetzt legen wir sie erst einmal auf die Couch. Ich nehme an, dass sie für ein paar Stunden außer Gefecht gesetzt ist. Doch vorsichtshalber sollten wir sie daran hindern, unserer Gastfreundschaft zu entkommen."

Nachdem sie Angelika im Wohnzimmer abgelegt hatten, verschwand Dorothea in der Küche und kam kurz darauf mit einigen Kabelbindern und einer Rolle Panzerband zurück.

„Gut, wenn man das Notwendigste im Haus hat", kommentierte sie, während sie Angelikas Hände und Füße mit den Plastikriemen fixierte. „Das Panzerband lassen wir vorläufig weg. Das wickelst du ihr um den Mund, falls sie tatsächlich aufwachen sollte. Aber pass auf, dass sie durch die Nase genug Luft bekommt. Wir brauchen sie schließlich noch. Und wenn ich zurück bin, bringen wir sie runter. In den Raum neben deinem Zimmer. Da hört sie keiner. Und für danach habe ich noch ein altes Hausmittel, das ihr zur Ruhe verhilft."

„Was hast du mit ihr vor?" Der Tonfall, mit dem Dorothea das alte Hausmittel erwähnte, erschreckte Eva.

Dorothea bemerkte, dass sie verunsichert war und die Situation immer noch nicht erfasst hatte.

„Sie passt genau in unseren Plan, Eva. Wir können ihn nun bald zu Ende führen. Besser hätte es gar nicht kommen können. Vertrau mir einfach."

In ihren kaltblütigen Gedanken war sie schon einen Schritt weiter. Sie betrachtete es als Wink des Schicksals, dass ihr die Ersatzperson für Eva wie auf einem silbernen Tablett serviert worden war. Doch das behielt sie für sich. Sie war sich nicht sicher, ob Eva auch dazu schon bereit wäre.

„Ich bin bald wieder zurück. Und pass schön auf, dass sie nicht von der Couch fällt. Wir wollen ja nicht, dass sie sich auch noch verletzt."

Eva betrachtete ihre Freundin. „Was musst du dich auch einmischen und hier auftauchen", murmelte sie. Dann nahm sie eine Decke, die auf einem der Sessel lag und deckte Angelika damit zu. Von draußen hörte sie Motorengeräusch, das sich entfernte.

Als Maike den Parkplatz vor ihrem Haus erreichte, wurde sie schon von CC erwartet.

„Sexueller Missbrauch?“, fragte sie in scharfem Ton statt einer Begrüßung und eilte mit großen Schritten voraus. „Das darf doch nicht wahr sein!“, rief sie erbost. „Bist du dir da sicher?“

„Überzeuge dich selbst“, schnaufte CC, während er Maike die Treppe zu ihrer Wohnung und dort geradewegs in die Küche hinterherhastete, wo sie sich nebeneinander setzten.

„Mit den großen Hunden pinkeln gehen wollen, aber das Bein nicht heben können“, war Maikes Resümee hinsichtlich Hinzes finanzieller Probleme, während CC seinen Laptop hochfuhr. „Wenn das bekannt wird, dann ist der Kerl tot. Noch töter als tot.“ Da stecke bereits eine Menge Motivpotenzial drin, schlussfolgerte sie. „So, und was hast du nun auf seinem privaten PC gefunden?“

„Bist du sicher, dass du das sehen willst?“

„Sicher? Hab ich denn eine Wahl? Wohl kaum, wenn wir herausfinden wollen, was mit Eva geschehen ist. Oder?“

Eine nach der anderen öffnete CC die heruntergeladenen Dateien. Hatte Maike eben noch die starke Frau gegeben, so wandelte sich ihre Stimmung mit einem Schlag. Sie hatte die Sinnesempfindung, als würde ein großer, schwarzer Vogel über ihr schweben und sie mit seinem scharfen Schnabel bedrohen. Sie meinte den Windhauch seines Flügelschlages zu spüren und fröstelte.

„Ja“, bestätigte sie leise, mit rauer Stimme, „das ist Eva. Mein Gott, das arme Kind. Und der Dreckskerl ist der Hinze. Auch wenn er nur von hinten zu erkennen ist.“

„Es handelt sich, wie du an der mangelnden Schärfeeinstellung siehst, um Amateuraufnahmen. Ich kenne ihn ja nicht, aber du bist dir …?“

„Wer denn sonst, wenn er das auch noch abspeichert. Und ich kann mir schon vorstellen, wozu. Ihr eigener Vater!“ Ihre Augen füllten sich mit Tränen. Hemmungslos begann sie zu schluchzen. CCs Versuch, sie tröstend in den Arm zu nehmen, wehrte sie mit erhobenen Händen und einem harschen „Rühr mich bloß nicht an!“ ab. Dann sagte sie leise: „Mach das weg. Bitte. Ich kann es nicht mehr sehen.“

Bewegungslos verharrte sie einen Moment. Dann atmete sie tief durch, zitternd, stoßweise. Ihre Stimme wurde wieder fester und bedrohlich, als sie sich CC zuwandte. „Und wage es bloß nicht, Angelika davon etwas zu zeigen. Wo ist sie überhaupt?“

„Angelika?“, rief sie. Sie blickte um sich. Stand auf und ging in den Flur. „Angelika, bist du da? Hast du deine Kopfhörer auf?“ Ihre Lautstärke passte sich ihrer Vermutung an. Sie klopfte an Angelikas Zimmertür und öffnete sie, als sich nichts rührte. „Nicht zu Hause“, stellte sie verärgert fest, nachdem sie das Zimmer leer vorfand. Sie wählte ihre Handynummer. Die Mailbox mit einer Mitteilung sprang an. Ungeduldig wartete sie auf den Signalton, um eine Nachricht aufzusprechen, während sie wieder in die Küche ging. „Hallo, junge Dame, melde dich umgehend. Ich will wissen, wo du bist.“

„Mein Gott, lass ihr doch ihre Freiheit. So wird sie nie selbstständig. Sie braucht einen Freiraum, in dem sie sich bewegen und entfalten kann, ohne dass du sie dauernd an der digitalen Leine hast“, kommentierte CC ihre mütterliche Anweisung.

„Mann, du hast gut reden. Hast du Kinder? Weißt du, was es bedeutet, Verantwortung zu tragen? Angelika ist noch viel zu jung, um …“

„Zu jung um was?“, unterbrach er sie. „Wie alt warst du denn, als du dir nichts mehr hast sagen lassen?“

„Geht dich nix an! Sag mir lieber, was wir nun mit unseren Erkenntnissen anfangen.“

„Na ja, es wäre schon interessant zu wissen, wozu er diese Aufnahmen gespeichert hat. Vor allem, für wen. Vielleicht wird er ja erpresst. Von Leuten, die ihn wegen seiner finanziellen Situation in der Hand haben.“

„Und da denkst du, dass die sich zum Nulltarif diese Scheußlichkeiten ansehen und sich dabei einen runterholen? Was sind denn das für kranke Perverslinge. Denen sollte man allesamt … Ja, was denn eigentlich? Du hast doch immer so ausgefallene Ideen.“

„In diesem Fall nicht, Maike. Da hört sich für mich alles auf. Die gehören abgeurteilt und weggesperrt. Aber da sind wir mit unserem Latein am Ende. Du solltest nun doch die Kripo informieren.“

„Und woher weiß ich das alles? Soll ich etwa Breuner, diesem korinthenkackenden Kriminalhauptkommissar, die Dateien auf deinem Laptop präsentieren?“

„Quatsch! Du weißt genau, dass ich dann dran bin. Ich ziehe dir alles auf einen USB-Stick.“

„Und von wem habe ich den? Gefunden?“

Das Telefon klingelte und entband ihn von einer Antwort. Maike stand auf und angelte es sich von der Arbeitsfläche, auf der sie es zuvor abgelegt hatte. „Angelika?“, vermutete sie ins Blaue hinein. „Ach, du bist es.“

Doro, formten ihre Lippen. Laut sagte sie: „Was kann ich für dich tun?“

„Ich will eigentlich nur wissen, wo Angelika bleibt. Sie wollte schon vor zwei Stunden bei mir sein. Und jetzt mache ich mir doch langsam Gedanken.“

„Ich vermisse sie ebenfalls. Und ich wusste auch nicht, dass sie zu dir wollte. Sie hat mir keine Nachricht hinterlassen. Ich sitze eben mit CC zusammen und wir gehen die Ergebnisse unserer Recherche durch." Sie schaltete den Lautsprecher ein und stellte das Telefon auf dem Küchentisch ab. „CC hört jetzt mit. Dorothea, weißt du schon, was er herausgefunden hat?"

„Nein. Er hat sich ja bisher noch nicht bei mir gemeldet, die untreue Seele."

„Hätte ich noch", wehrte der sich. „Aber weil Angelika dich darüber informieren wollte …"

„Was?", schrie Maike. „Du hast Angelika davon erzählt?"

„Ja. Aber nur das, was ich aus der Kanzlei habe."

„Du verdammter Idiot! Stell dir doch mal vor, der Hinze hat etwas davon gemerkt und Angelika in seine Gewalt gebracht."

„Wie kommst du denn auf so eine Schlussfolgerung?!", wehrte sich CC. „Meinst du nicht, das ist etwas weit hergeholt?"

„Kannst du das ausschließen?" Sie packte ihn an der Schulter und schüttelte ihn. „He, kannst du das ausschließen? Wer so unter Druck steht wie der Hinze, der kann doch nicht mehr normal denken. Da geht es doch nur noch darum, die eigene Haut zu retten."

Maike ließ sich auf der anderen Seite des Küchentisches auf einen Stuhl fallen. Sie blickte ins Leere und schüttelte verzweifelt den Kopf. „Wenn Bernd jetzt nur da wäre", sagte sie leise. Dann richtete sie sich auf und atmete tief durch. „Aber er ist nicht mehr da und ich muss das alleine auf die Reihe kriegen. So wollte ich es schließlich. Also nochmals", sie fasste CC fest ins Auge, „kannst du das ausschließen, dass der Hinze nichts von deiner Attacke auf seinen PC mitbekommen und Angelika nicht in seine Gewalt gebracht hat, um …", sie verstummte.

CC sah sie mit beschämtem und gequältem Blick an und zuckte mit den Schultern. „Nicht zu einhundert Prozent. Falls die eine spezielle Software haben, die … Aber das glaube ich nicht. Das hätte ich schließlich merken müssen. Und außerdem ist er doch in München."

„Das hat seine Frau gesagt. Und wenn er doch nicht weggefahren ist? Oder er ist aus irgendeinem Grund wieder umgekehrt. Ruf bei Hinzes an! Sofort! Mit deinem Handy. Unterdrücke deine Nummer und frage nach ihm!"

Sie zog eine Visitenkarte von Bertram Hinze aus ihrer Dokumentenmappe, legte sie vor ihm auf den Tisch. „Ich will mithören."

Dreißig Sekunden später hatte er die Nummer eingetippt. Das Freizeichen ertönte. Nach dem vierten Mal wurde abgenommen: „Hinze. Einen schönen guten Abend."

CC unterbrach die Verbindung und sah Maike verstört an. „Das muss aber noch lange nicht heißen …"

„Ach halt doch die Klappe." Trotz ihrer bissigen und verletzenden Bemerkung hatte ihr Tonfall seine Aggressivität verloren. Sie wirkte müde, ausgelaugt. „Wenn dieses Schwein meinem Kind etwas antut", sagte sie leise, „wenn er Angelika auch nur ein Haar krümmt. Ich bringe ihn um."

„Und ich helfe dir dabei", klang Dorotheas feste Stimme aus dem Lautsprecher des Telefons.

Weder Maike noch CC hatten daran gedacht, dass die Verbindung immer noch stand. „Du hast alles mitgehört? Was meinst du denn dazu?" CC versuchte, der Gefühle und Ängste wieder Herr zu werden und eine pragmatische Vorgehensweise festzulegen.

„Ich würde jetzt erst einmal abwarten. Schließlich sind es

gerade mal zwei Stunden, die sie überfällig ist. Wer weiß, was ihr dazwischengekommen ist. Vielleicht ihr neuer Freund. Du weißt, was in einem jungen Menschen vorgeht, wenn die erste Liebe alles andere in den Hintergrund drängt. Aber ich kann verstehen, Maike, wenn dich die Ungewissheit zermürbt. Ich würde dir so gerne helfen. Warum rufst du nicht bei der Polizei an oder im DRK Krankenhaus? Nur, um sicherzugehen. Wenn sie zum Beispiel einen Unfall hatte, dann wissen die das schließlich. Ich klinke mich jetzt aber mal aus. Du kannst mich ja später noch einmal anrufen."

Maike setzte Dorotheas Vorschlag unmittelbar in die Tat um. Aber weder bei der Polizeiinspektion noch im DRK Krankenhaus und auch nicht bei der Rettungsdienstleitstelle war während der letzten Stunden ein Unfall gemeldet worden. Auch wenn Maike es als zwecklos erachtete, so riefen sie bei den ihr bekannten Klassenkameradinnen und -kameraden an. Niemand wusste etwas über ihren Aufenthalt.

„Doro hat erwähnt, dass Angelika einen Freund hat. Weißt du, wie er heißt? Wo er wohnt?"

„Stimmt ja. Das habe ich in der Aufregung scheinbar gar nicht umgesetzt. Aber ich habe keine Ahnung. Mir hat sie jedenfalls davon noch nichts erzählt, sonst hätte ich den ja auch angerufen. Komisch, dass sie mit Dorothea darüber gesprochen hat. Na ja."

„Was nun?", fragte CC. „Wir haben alle denkbaren Möglichkeiten ausgeschöpft."

„Vielleicht alle denkbaren. Da magst du recht haben. Aber was ist mit den undenkbaren? Mit der Eventualität, die die Schlimmste ist?" Maike sprang von ihrem Stuhl auf. „Ich weiß, was ich jetzt mache. Ich muss es einfach riskieren. Ein Warnschuss! Hoffentlich kommt der noch rechtzeitig."

Sie griff sich CCs Handy, drückte die Wiederholungstaste und stellte die zuletzt gewählte Verbindung wieder her.

„Nicht doch!" CC sah sie verzweifelt an. Vergeblich versuchte er, ihr das Handy wegzunehmen. Selbst ein Erdbeben hätte Maike nicht von ihrem Vorhaben abgebracht. Sie hatte auch nicht überlegt, welche Konsequenzen aus einem Fehlschlag resultieren könnten. Schließlich ging es um ihr Kind. Da denkt eine Mutter nicht nach, da handelt sie!

Diesmal meldete sich Hinze bereits nach dem zweiten Signal. Der Lautsprecher war noch eingeschaltet. „Hinze. Einen schönen …"

„Berger hier. Ich warne Sie. Wenn Sie meiner Tochter auch nur ein Haar krümmen, dann stecken Sie noch tiefer in der Scheiße, als Sie es ohnehin schon sind. Dann bekommen Sie es nämlich mit mir zu tun. Ich will sie jetzt sofort sprechen!"

„Frau Berger, ich bitte Sie. Jetzt beruhigen Sie sich doch. Weshalb sollte ich Ihrer Tochter etwas tun?" Hinze schien absolut ruhig zu sein. Entweder er war sich wirklich keiner Schuld bewusst oder er hatte sich total im Griff. „Im Übrigen weiß ich nicht, was Sie von mir wollen. Wenn ich sie richtig verstehe, dann suchen Sie Ihre Tochter. Aber die ist nicht bei uns. Einen Moment." Er rief nach seiner Frau. Man hörte Stimmengemurmel. „Frau Berger, ich übergebe jetzt an meine Frau. Die wird Ihnen das bestätigen."

„Iris Hinze. Guten Abend, Frau Berger. Jetzt ist auch Angelika verschwunden? Seit wann verm …"

„Ist sie bei Ihnen? Irgendwo im Haus? Oder wissen Sie, wo sie ist?"

„Nein. Ich habe sie, seitdem sie mit Ihnen und Frau Bellmann hier war, nicht mehr gesehen. Wie kommen Sie darauf?"

„Ihr Mann …", Maike wurde unsicher. Offenbar hatte sie sich verrannt. Und was erheblich schlimmer war als ihr peinlicher Auftritt, jetzt musste Hinze tatsächlich gewarnt sein. Aber anders, als sie es zur Sicherheit ihrer Tochter beabsichtigt hatte. „Ihr Mann …, er sollte doch in München sein."

„Der Termin ist geplatzt. Inwiefern ist das für Sie von Interesse? Und was soll das mit Angelika zu tun haben?"

„Ich dachte halt, weil … Tut mir leid. Da muss ich Angelika falsch verstanden haben. Entschuldigen Sie bitte die Störung. Einen schönen Abend noch."

Sie schob CC das Handy über den Tisch zu und schlug die Hände vor dem Kopf zusammen. Minutenlanges, quälendes Schweigen. Keiner traute sich, das erste Wort zu sagen. Nach eindringlichem Kopfschütteln und mehrmaligem Schnauben fand CC als Erster seine Sprache wieder.

„Vielleicht hätte ich aus Sorge um Angelika an deiner Stelle auch so gehandelt. Ich weiß es nicht. Jedenfalls müssen wir nun überlegen, wie wir den fabrizierten Mist zu Dünger werden lassen. Eines ist klar: Selbst wenn Hinzes Termin tatsächlich geplatzt ist und er von meinen virtuellen Einbrüchen nichts mitbekommen hat, jetzt ist er aufgeschreckt. Er muss vermuten, dass wir einiges über ihn in Erfahrung gebracht haben. Was und wie viel, das kann er nur ahnen oder befürchten. Und das könnte bedeuten, dass er die Festplatten löscht."

„Dann ist ja alles weg?"

„Nein. Er besitzt bestimmt nicht die Kenntnisse, um sie so zu löschen, dass man sie nicht mehr herstellen kann. Dafür gibt es Spezialisten. Und wenn er sie wirklich löscht, dann ist das schließlich ein Eingeständnis, dass er etwas zu verbergen hat. Vielleicht tut er uns ja den Gefallen. Dann wäre aus dem Mist Dünger geworden, weil du …"

„Weil ich ihn mit meinem blöden Anruf verunsichert habe!"

„Bilde dir bloß nichts darauf ein. Von wegen weiblicher Intuition und so. Wir werden jetzt die Kröte schlucken müssen. Und zwar schnell. Das duldet keinen Aufschub."

„Welche Kröte denn?"

„Diesen Korinthenkacker, wie du ihn nennst, von der Kripo. Wie heißt der noch mal?"

„Breuner."

„Also, den einzuweihen und zu hoffen, dass er eine heitere Gelassenheit besitzt."

„Die hat er, falls sie nicht von Zynismus und Ironie überlagert wird." Sie überlegte kurz. Dann nickte sie. „Du hast recht. Es bleibt uns nichts anderes übrig. Alles andere wäre zu riskant und würde Angelikas Leben in Gefahr bringen."

Sie erreichte Alfred Breuner auf seiner Durchwahlnummer im Polizeipräsidium. Als sie seine Stimme hörte, durchströmte sie ein warmes Gefühl. Wider Erwarten hörte Breuner ihr ruhig und ohne Unterbrechung zu. Sie wusste, dass sie sich und CC in eine missliche Lage brachte, als sie ihm, ohne sich in Ausflüchte zu retten, schilderte, was er eigentlich gar nicht wissen durfte. Mehrmals blickte sie CC dabei fragend an. Sie wollte sichergehen, dass ihre Offenheit auch für ihn in Ordnung ging. Er signalisierte sein Einverständnis mit Kopfnicken und nach oben gehobenem Daumen. „Herr Breuner", beendete sie ihren Bericht, „wir wissen, dass einiges nicht legal war. Ich stehe dazu und bin bereit, alle Konsequenzen zu tragen. Aber es geht jetzt nicht nur um Eva, sondern auch um mein Kind. Und Angelika ist noch nicht volljährig. Das wissen Sie!"

Breuner reagierte, ohne auch nur einen Moment zu zögern. „Sie sind Angelikas Mutter. Und ich bin in der Lage, den Begriff Notwehr sehr weit auszulegen. Ich war zwar eben auf dem Weg nach Hause, aber ich bin in fünf Minuten bei Ihnen und dann besprechen wir alles. Kopf hoch, Frau Berger. Es wird schon gut gehen."

Während sie auf Breuner warteten, versucht Maike zum wiederholten Mal, Angelika über ihr Handy zu erreichen.

Alfred Breuner meldete sich über die Türsprechanlage. Als sie ihn in die Küche führte, blickte er sich interessiert um. „Schön haben Sie es hier. Gemütlich. Gefällt mir." Ihre Frage, ob sie ihm etwas anbieten könne, verneinte er dankend. Dann ging er auf CC zu und reichte ihm über den Tisch die Hand. „Ich nehme am besten neben Ihnen Platz. Dann kann ich den Bildschirm gut einsehen. Übrigens, Herr Christen, wenn wir hier durch sind", er beugte sich vor und sah CC für einen Moment an, „haben wir uns nie gesehen. Ist das klar?"

Bei den Dokumenten aus der Kanzlei machte er sich Notizen. Manche überflog er nur. Bei anderen verharrte er länger. Die Routine des erfahrenen Kriminalisten flößte CC Respekt ein. Er bewunderte vor allem die Gelassenheit, mit der Breuner die dokumentierten Rechtsbrüche aufnahm. Als jedoch die Fotos von Hinzes Laptop an die Reihe kamen, zeigte sich, dass auch seine Abgeklärtheit ihre Grenzen hatte. Kam auch kein Kommentar von ihm, so schloss er doch ein über das andere Mal die Augen und drängte CC mit belegter Stimme dazu, weiter zu blättern.

Breuner deutet auf den Bildschirm. „Was ist das für eine Internetadresse, die Sie da abgespeichert haben?"

CC musste gestehen, dass er diese selbst noch nicht geöffnet hatte.

Breuner nahm ihm die Funkmaus aus der Hand und klickte auf *www.innocenceindanger.de*. Es öffnete sich die Seite eines Hilfsvereins, dessen Präsidium auch Stephanie Freifrau zu

Guttenberg angehörte. Eine Organisation, die es sich zur Aufgabe gemacht hat, über den sexuellen Missbrauch von Kindern und Jugendlichen aufzuklären und Präventions- und Interventionsprojekte zu fördern. Das war nun auch für Breuner zu viel. „Wie pervers muss denn einer sein, dass er sich für seine Abartigkeiten sogar auf diese Weise noch Tipps holt! Hier schauen Sie mal", er deutete mit seinem Kugelschreiber auf die Anzeige für ein Buch. „In ihrem Buch", las er den Werbetext vor, „beschreibt Julia von Weiler, welche Tricks Täter online anwenden, um sich das Vertrauen der Kinder zu erschleichen. Das Buch rüttelt wach und gibt praktische Tipps, wie Sie die Kinder schützen können."

„Das soll wohl seine nächste Masche sein, nachdem ihm Eva nicht mehr zur Verfügung steht!", entrüstete sich Maike. „Der missbraucht das als Volkshochschulkurs für Internetpädophilie."

Etwa zwanzig Minuten nach seiner Ankunft zog Breuner sein Handy aus der Tasche. Er drückte auf eine Kurzwahl. Der Teilnehmer schien sofort abzunehmen. Er hörte einen Moment lächelnd zu, bevor er zu einer Erwiderung ansetzte. „Beate, jetzt beruhige dich. Ich weiß, dass du dich nicht im KDD befindest. Aber es ist dringend. Es geht um die Sache mit Eva Hinze. Und jetzt ist auch noch Angelika Berger, ihre Freundin, verschwunden. Wir haben eine heiße Spur. Ich brauche sofort einen Haftbefehl. Wer hat denn heute Bereitschaftsdienst in der Staatsanwaltschaft?" Er blickte zu Maike hinüber. Sie lehnte an der Spüle und trank hastig einen Schluck Wasser, den sie sich gerade eingeschenkt hatte. Sie deutete fragend darauf. Er lehnte jedoch mit einem Kopfschütteln ab und lächelte ihr aufmunternd zu. Sie gab das Lächeln zurück, flüchtig, einem Reflex folgend. Doch dann drehte sie sich mit einem Ruck um und sah zum Küchenfenster hinaus; draußen war es dunkel geworden. So sieht es auch in mir aus, dachte sie. Genauso.

„Die Börner?", hörte sie hinter sich. „Eine Frau und auch noch die Börner. Das ist gut. Sehr gut. Es geht um einige Delikte. Aber für den Haftbefehl genügen jetzt erst einmal Paragraf 176a und 1184a. Die Personalien von Bertram Hinze hast du ja." Er drehte das Handy zur Seite und flüsterte Maike zu: „Ein Kaffee wäre jetzt aber gut. Schwarz, bitte." Dann wandte er sich wieder seiner Kollegin zu: „Sagst ihr einfach: Verdunklungsgefahr und auch Fluchtgefahr. Mir wurden auf einem USB-Stick belastende Dateien zugespielt. Ich vermute nun, dass der Hinze das spitzbekommen hat und möglicherweise seinen PC manipuliert oder sogar abhaut. Der Kerl muss ein Schweinegeld zusammenbetrogen und auch verdient haben. Aber er hat offenbar Schulden wie ein Stabsoffizier. Was meinst du?" Er legte die Stirn in Falten. „Genau. Schweiz oder Liechtenstein oder sonst wo. Was weiß ich. Also, mach schnell. Straßensperren. Zwei Wagen mit normaler Besatzung genügen. Einer am Schlosspark und einer an der Noirestraße. Und ohne Sondersignal bitte. Es kann sein, dass er Angelika Berger in seiner Gewalt hat. Wir wollen nichts riskieren. Wir treffen uns in fünfzehn Minuten vor seinem Haus. Selbst, wenn du den Haftbefehl bis dahin noch nicht auf dem Fax hast."

Er trank von dem Kaffee, den Maike nicht nur ihm, sondern auch ungefragt CC hingestellt hatte. Über seine Tasse hinweg sah er CC an. „Und Sie ziehen mir bitte alles auf einen USB-Stick. Haben Sie einen dabei?"

CC entfernte einen kleinen Stecker aus einem Einschub an der Seite seines Laptops und reichte ihn Breuner. „Alles schon drauf. Den Stick können Sie behalten."

„Bestens. Ich informiere Sie, wenn ich den ganzen Schrott auf meinen PC gezogen habe. Dann löschen Sie alles – aber richtig! Können Sie das?“

„Is de Papst katholisch?“

„So einer wie Sie fehlt noch in unserem Team“, lachte Breuner und erhob sich. Er tastete unter sein Jackett. Jetzt erst bemerkten Maike und CC, dass er eine Waffe bei sich trug. „Ich hoffe aber nicht, dass ich das Ding brauche. Es wäre das erste Mal bei einem Zugriff. Aber man weiß ja nie. Ich hoffe auch, dass …“, das Klingeln seines Handys ließ seinen Satz unvollendet.

„Ja? Sigi, was gibts?“ Er hörte gespannt zu und nickte. „Ja. Ich hatte Beate am Montag darum gebeten und ihr auch das Kennzeichen gegeben.“ Seine Anspannung verstärkte sich. „Zwei an der gleichen Stelle? … Seit wann? … Ich verstehe, aber das ist nicht unsere Baustelle, da sollen sich die Kollegen von der Spurensicherung drum kümmern … Nein, da unternimmst du nichts. Ich bin froh, dass er den Mut aufgebracht hat. Und mit dem Halter des zweiten bist du dir sicher? … Was? … War noch warm? … O.k. Und danke, Sigi. Es war richtig, dass du mich informiert hast.“ Er steckte sein Handy wieder ein und sah Maike unentschlossen an.

„Schlechte Nachrichten?“, fragte sie. Ihre Angst stand spürbar im Raum. Sie stieß sich von der Spüle ab, zog einen Stuhl zu sich heran und stützte sich mit beiden Händen auf der Rückenlehne ab. Dabei behielt sie Alfred Breuner fest im Blick. „Hat es etwas mit Angelika zu tun?“

Ich mag sie, dachte er. Weshalb muss ausgerechnet ich ihr Kummer bereiten. „Ich weiß es nicht“, setzte er an. „Mehr wissen wir hoffentlich in einer halben Stunde. Ich rufe Sie umgehend an, wenn ich Näheres herausgefunden habe. Es ist halt so, dass ein Fossiliensammler im Dickicht, am Rande einer Sandgrube, die Mofaroller von Eva und Angelika gefunden hat. Sie waren notdürftig mit Zweigen zugedeckt. Evas Roller hat er schon vor ein paar Tagen dort entdeckt."

„Und da kommt der jetzt erst?"

„Er hatte Bedenken, da er dort eigentlich nicht hindarf. Es handelt sich um ein geschütztes und abgesperrtes Geotop. So, wie Sie beide Daten geklaut haben, stiehlt er dort Fossilien."

„Und weshalb hat er nun doch bei der Polizei angerufen?"

„Es kam ihm merkwürdig vor, als er heute den zweiten Roller entdeckte. Und der Motor war noch warm, wie er sagte."

„Wo. Wo ist das?"

„Sagt Ihnen die Sandgrube am Zeilstück etwas, Frau Berger?"

Sie schüttelte den Kopf.

„Die liegt circa einen Kilometer im Nordwesten von Weinheim. Links an der L 406 in Richtung Offenheim. Von der Landstraße aus kann man aber nur eine begrünte Halde erkennen."

„Offenheim", schaltete sich CC ein. „Habt ihr mir nicht erzählt, dass Doro gehört hatte, wie sich der Mofaroller in diese Richtung entfernt hatte?"

„Richtig. Aber das ist es ja, sie hat nur das Motorgeräusch gehört", gab Maike zu bedenken. „Und der Hinze hat sich mit Händen und Füßen dagegen gewehrt, dass wir in dieser Richtung suchen. Jetzt ist mir auch klar, weshalb. Der hat Eva abgefangen, nachdem sie bei Dorothea war und Angelika, bevor sie dort ankam. Und die Mofaroller hat er an der Sandgrube entsorgt. Ist ja kein Weg. Gerade mal ein Kilometer. Hin konnte er ja sogar noch fahren."

„Das könnte passen", schloss Breuner sich ihrer Überlegung an. „Aber dem gehen die Kollegen von der Spurensicherung nach. Und ich", er sah auf seine Uhr, „ich muss jetzt weg. Wie gesagt, ich rufe sie sofort an."

Kurz nach Breuner verließ CC ebenfalls die Wohnung. Maike hatte das Bedürfnis, jetzt alleine zu sein und darauf gedrängt, dass er zu Dorothea fahren sollte. „Die hat offenbar ebenfalls Beistand nötig. Du hast ja mitbekommen, wie sie das mitnimmt. Erst Eva und jetzt auch noch Angelika. Und außerdem", sie rang sich ein Lächeln ab, „wird es euch ja nicht allzu viel Überwindung kosten, euch zweimal am selben Tag zu sehen oder auch mehr."

Freitag, 21. September 2012, Alzey

„Das für Sie Wichtigste zuerst", begann Alfred Breuner. „Über den Verbleib von Angelika und Eva gibt es bisher immer noch keine Hinweise. Die Kollegen von der Spurensicherung haben das ganze Haus auf den Kopf gestellt und auch nach Spuren in seinem Auto gesucht. Sie haben seine Schuhe mitgenommen, um im Labor zu untersuchen, ob sich Erdpartikel daran finden, die mit denen vom Fundort der Motorroller identisch sind. Ein Ergebnis werden wir allerdings nicht vor heute Mittag bekommen. Ich habe denen aber Dampf gemacht."

„Also nichts", sagte Maike müde. Es war 2 Uhr 30. „Kein Anhaltspunkt, wo sie sein könnte. Noch nicht einmal, wo man suchen kann."

„Leider bisher nichts. Aber das muss nichts heißen. Hinze hat auf mich eigentlich nicht den Eindruck eines Gewalttäters gemacht. Seine Tochter missbrauchen – es scheint so. Seine Frau misshandeln, körperlich oder psychisch, das mag auch sein. Da blickt man keinem hinter die Stirn. Aber ein

Gewaltverbrechen, was Sie ja zwangsläufig vermuten müssen, … nein, das glaube ich nicht."

„Sie wollen mich beruhigen, Herr Breuner – oder wie kommen Sie zu dieser Einschätzung?"

„Nein, es war sein Verhalten, was mich zu dieser Annahme bringt. Bertram Hinze war erstaunlich kooperativ. Er öffnete uns sozusagen alle Türen. Weder an seinem eigenen Computer noch an dem in der Kanzlei, in die er mich und meine Kollegin ohne zu zögern führte, hatte er versucht, die belastenden Dateien zu vernichten. Zu den Inhalten wollte er allerdings keine Stellung beziehen. Ohne Hinzuziehung eines Kollegen wollte er keine Aussage machen, was man ja auch verstehen kann."

„Das interessiert mich eigentlich weniger. Ich will wissen, wo meine Tochter ist und Eva! Gibt es da wirklich keine Spur? Sie haben ihn doch bestimmt dazu befragt? Irgendetwas muss er doch geäußert haben!"

„Er hat klipp und klar gesagt, dass er nicht wisse, wo sich Angelika befände. Und er schwört, dass er mit ihrem Verschwinden nichts zu tun hat. Bei Eva klang seine Antwort etwas anders. Da meinte er nur, dass er dazu momentan nichts sagen könne. Und, dass er es genauso meint, wie er es sagt."

„Und das haben Sie ihm durchgehen lassen?"

„Ich kann Ihre Ängste und Bedenken durchaus nachvollziehen. Aber Sie sollten nicht denken, dass ich mich damit zufriedengebe. Hinze wird jetzt erst einmal die restliche Nacht bei uns in der Gewahrsamszelle verbringen. Und so gegen zehn Uhr, wenn ich ausgeschlafen bin, geduscht und gefrühstückt habe, werde ich ihn in die Mangel nehmen. Im Gegensatz zu mir hat er nämlich garantiert eine schlaflose Nacht hinter sich. Wenn er etwas zu verbergen hat, bekomme ich es raus. Das verspreche ich Ihnen."

Maike vertraute ihm. „Sie informieren mich wieder? Sofort, wenn Sie etwas wissen? Ich bin zu Hause. Den Rest der Woche werde ich mir freinehmen."

„Mach ich. Sofort, wenn ich etwas Konkretes weiß. Sogar noch vor der Staatsanwältin. Es ist mir ein ganz persönliches Anliegen, liebe Frau Berger, dass Sie Angelika so schnell wie möglich wieder unversehrt in Ihre Arme schließen dürfen. Dafür werde ich alles nur denkbar Mögliche tun. Vertrauen Sie mir einfach und … versuchen Sie jetzt zu schlafen. Heiße Milch mit Honig soll helfen. Gute Nacht."

„Danke. Und auch Ihnen eine gute Nacht und viel Glück für morgen. Nein, natürlich für heute."

Nachdem er den Hörer aufgelegt hatte, sanft, mit einem Lächeln auf den Lippen, lehnte er sich in seinem Stuhl zurück. Seine Augen waren geschlossen. Die Arme hatte er vor der Brust verschränkt. Mit einem tiefen Atemzug richtete er sich nach einigen Sekunden langsam auf. Als würde er etwas Bestimmtes suchen, blickte er um sich. Schließlich öffnete er die unterste Schublade seines Schreibtisches. Zuoberst lag ein Foto. Es war das gleiche Foto, das er auch zu Hause immer wieder anschaute. Conny, wie sie ihm lachend entgegenschaukelte. Er nahm es heraus, betrachtete es wehmütig und liebevoll. „Was meinst du, Conny", sagte er leise, „ist die Zeit jetzt doch gekommen? Die Zeit für eine neue Liebe?" Eine andere Frau in seinem Leben wäre ihm bisher wie ein Verrat an Conny vorgekommen. Bis jetzt. Er legte das Foto zurück und schaltete seine Tischlampe aus. Die Straßenlaterne vor seinem Fenster gab noch genug Licht, dass er die Bürotür fand, ohne irgendwo anzustoßen.

Freitag, 21. September 2012, 8 Uhr 30, Weinheim

„Angelika?“ Wie durch einen Nebel drang eine Stimme zu ihr. „Angelika, bist du wach?“

Sie kannte diese Stimme. Grelles Licht einer Neonleuchte an der weiß getünchten Decke über ihr blendete sie. Sie hatte Mühe, die Augen zu öffnen. Ein dumpfer Schmerz strahlte von der rechten Schläfe aus. Sie versuchte, die Stelle zu ertasten. Es gelang ihr nicht, da die Hände hinter ihrem Rücken zusammengebunden waren. Sie wollte sie freibekommen und zerrte daran, mit dem Ergebnis, dass ihr die Fesseln in die Handgelenke schnitten. Sie versuchte, sich zu erinnern. Sie war zu Dorothea gefahren, hatte dort Evas Laptop entdeckt und dann war plötzlich Dorothea hinter ihr aufgetaucht. Was dann geschah, daran konnte sie sich nicht erinnern. Sie lag auf der Seite auf einer Matratze. Obwohl sie angekleidet war und eine dicke Bettdecke bis zum Hals hochgezogen hatte, fror sie. Ein unangenehmes, pelziges Gefühl in ihrem Mund gesellte sich zu einem Würgereiz. Sie musste husten. Als sie sich mühsam aufrichtete, entdeckte sie, dass sie sich in einem fensterlosen Kellerraum befinden musste. Leere Metallregale standen an der einen Wand. Ihre Schuhe lagen neben ihr auf dem Boden.

„Angelika, bist du wach? Hast du Durst?“ Wieder die vertraute Stimme.

„Eva?“ Sie drehte ihren Kopf in die Richtung, aus der sie kam. „Was tust du denn hier? Und weshalb liege ich hier rum?“

Angelika versuchte aufzustehen, aber die Beine knickten ihr weg. Außerdem hielt Eva sie mit festem Druck auf die Schultern in der Sitzposition. Dann nahm sie ein Tablett, das sie auf einem alten Holzstuhl abgestellt hatte und platzierte es neben Angelika auf dem Boden. „Tee und belegte Brötchen", sagte sie. Sie trat hinter Angelika und befreite sie mit einem Seitenschneider von den Handfesseln. „Trink und iss und versuche wieder zu schlafen. Und wenn du mal musst ..." Sie deutete auf einen Blecheimer in der hinteren Ecke. „Und übrigens, versuche gar nicht erst zu schreien oder sonst wie Lärm zu machen. Hier kann dich keiner hören. Also spar dir deine Kräfte."

„Weshalb sind wir hier? Was haben wir Dorothea denn getan? Ich verstehe das nicht. Warum hält sie uns hier gefangen?"

Eva sah sie geradezu belustigt an. „Uns doch nicht. Dich!"

„Eva, was soll der Quatsch. Lass mich hier raus. Lass uns von hier verschwinden. Meine Mutter macht sich Sorgen und deine Eltern auch."

„Meine Eltern?" Eva lachte höhnisch. „Eltern nennst du das? Vergiss es!"

„Dann lass wenigstens mich gehen", flehte Angelika. „Was habt ihr denn mit mir vor?"

„Dorothea und ich werden unseren Plan durchführen und danach bist du frei. So lange musst du hierbleiben!"

„Dann lass mich wenigstens meiner Mutter eine Botschaft schreiben, dass es mir gut geht."

Eva schüttelte den Kopf. Wortlos und ohne Angelika noch einmal anzusehen, verließ sie den Raum. Angelika hörte nur noch, wie sie den Schlüssel zweimal im Schloss umdrehte und einen Riegel vorschob. Verzweifelt überlegte sie, was sie tun könne. Niemand wusste, wo sie war. Sie hatte ihrer Mutter keine Nachricht hinterlassen. Ihr Handy fiel ihr ein. Sie tastete sich ab. Nichts. Sie blickte um sich. Gott sei Dank, da lag es, neben einem ihrer Schuhe. Ob Eva es heimlich für sie zurückgelassen hatte? Erfreut beugte sie sich zur Seite, um es zu fassen. Da entdeckte sie, dass die untere

Schale entfernt war. Sowohl die aufladbare Batterie als auch die SIM-Karte fehlten.

„Ihr miesen Schweine", schrie sie und warf es an die Wand, wo es in mehrere Stücke zerbrach. Ihre Augen füllten sich mit Tränen. Zu ihrem Angstgefühl mischte sich Zorn. Zorn auf Dorothea und Eva, die sie mit den unbrauchbaren Resten ihres Handys verarscht hatten. Und Zorn auf sich selbst, weil sie wieder einmal, ohne eine Nachricht zu hinterlassen, von zu Hause weggefahren war. Sie verspürte Durst und trank die große Tasse Tee trotz des gewöhnungsbedürftigen Geschmacks in wenigen gierigen Schlucken aus. Kurz danach fiel ihr die Tasse aus der Hand und zersplitterte klirrend auf dem Boden. Angelika bekam das kaum mehr mit. Sie kippte zur Seite.

Einige Minuten später wurde die Stahltür zu ihrem Verlies geöffnet. Eva spähte vorsichtig hinein. Als sie sah, dass das Flunitrazepam im Tee seine Wirkung getan hatte, trat sie ein und deckte Angelika zu. Sie sammelte die Scherben der Tasse auf und legte sie auf das Tablett. Bevor sie den Raum wieder verließ und sorgsam abschloss, sah sie zu Angelika, die tief und fest schlief. „Mein Gott", flüsterte sie kopfschüttelnd, „was bist du so naiv. Du trinkst aber auch alles, was man dir vorsetzt."

Freitag, 21. September 2012, 10 Uhr 30, Alzey

Bertram Hinze wirkte innerhalb der wenigen Stunden, die er in der Zelle verbracht hatte, um mehrere Jahre gealtert. Auf Anweisung von Breuner war er bereits um zehn Uhr in den Vernehmungsraum gebracht worden. Sein sonst sonnenbankgebräunter Teint wirkte jetzt grau und ungesund. Die

Aknenarben, die er gewöhnlich morgens mit einer speziellen Tönungscreme tarnte, traten zum Vorschein. Seiner Frisur war anzusehen, dass er sich schlaflos und unter Schweißausbrüchen auf der Zellenliege gewälzt haben musste. Die Haare standen nach allen Seiten ab, glänzten und wirkten ungepflegt, was durch die erkennbare Färbung noch unterstrichen wurde. Offenbar hatte er weder den Inhalt seines Kulturbeutels, den ihm seine Frau auf Ersuchen von Beate Kerber gepackt und wortlos überreicht hatte, noch seinen Schlafanzug genutzt. Zwei Knöpfe in der Mitte seines verknitterten Hemdes standen offen, sodass man seinen behaarten Bauchansatz erblicken konnte. Er saß zusammengesunken auf seinem Stuhl.

„Wie kamen Sie in dem geschlossenen Raum zurecht?" fragte Breuner. „Ich habe mal aus Neugierde eine Nacht in einer Zelle verbracht. Kurz nachdem die JVA in Wöllstein in Betrieb genommen wurde. Obwohl ich freiwillig drin war, kann ich nur sagen: Scheißgefühl. Ich hatte Platzangst."

Hinze sah ihn durchdringend an. „Was wollen Sie, Herr Breuner. Machen Sie es kurz. Ich habe keine Lust auf Ihre Spielchen, von wegen Mitgefühl und kameradschaftlicher Umgang. Fragen Sie, was Sie zu fragen haben. Übrigens, ich habe es mir noch einmal überlegt und verzichte vorab auf einen rechtlichen Beistand. Für mich wäre es nämlich auch ein Scheißgefühl, wenn ich mich in die Hände eines Kollegen begeben müsste."

„O.k. Dann komme ich gleich zur Sache. Es geht um mehrere Tatbestände. Splitten wir mal momentan die ab, die eher im wirtschaftsrechtlichen Bereich und bei Verstößen gegen Ihre Berufsordnung angesiedelt sind. Da ist keine Gefahr im Verzug. Da können die Mühlen der Justiz meinethalben langsam laufen. Deshalb sitzen Sie auch nicht hier. Aber bei den Fragen, die Ihre Tochter und Angelika Berger betreffen, besteht Gefahr für Leib und Leben. Und hier erwarte ich klare, schnelle und verwertbare Antworten."

„Weshalb soll ich darauf noch einmal antworten? Ich habe Ihnen doch schon …"

Breuner unterbrach ihn barsch. Mit scharfem Ton wies er Hinze an, ab sofort nur noch dann zu reden, wenn er ihm eine Frage stellen würde. „Ansonsten haben Sie Pause. Mit anderen Worten: Ich stelle die Fragen, nicht Sie! So sind hier die Spielregeln. Ich hoffe, dass das klar ist! Wollen Sie jetzt vielleicht doch einen Kollegen hinzuziehen?"

„Nein! Ich sagte doch bereits …"

„Ein Nein genügt! Ich stelle jetzt auch das Diktiergerät an. Etwas dagegen?" Er nahm das Schulterzucken als Antwort und betätigte die Aufnahmetaste. So, wie es die strafrechtlichen Bestimmungen erforderten, startete er mit dem Anfangstext. Bei der Eröffnung des Tatvorwurfes schüttelte Hinze den Kopf. Breuner ließ sich davon nicht beeindrucken.

„War es so?", beendete er daher seine Darlegungen. „Oder liege ich bei dem einen oder anderen Detail etwas daneben?"

„Gar nichts davon stimmt. Das ist alles Unsinn. Das müssen Sie mir erst einmal beweisen. Und das werden Sie nicht schaffen, weil nichts davon der Wahrheit entspricht", wehrte Hinze die Vorhaltungen ab.

„Wie war es dann? Herr Hinze, es interessiert mich momentan auch gar nicht, ob ich zu einhundert Prozent recht habe oder nur zu achtzig. Ich will wissen, wo die Mädchen sind. Was haben Sie mit ihnen gemacht?"

„Nichts. So glauben Sie mir doch, ich habe …"

„Wo sind die Mädchen?"

Breuner wurde lauter. Er beugte sich über den Tisch und

versuchte, Hinze mit seinem Blick festzuhalten. „Was haben Sie mit ihnen gemacht?"

Hinze wich dem Blick aus, sah unter sich und schwieg. Breuner ließ es zu. Einige Minuten endlos scheinendes Schweigen, währenddessen er das Aufnahmegerät ausschaltete, sein Handy auf Nachrichten kontrollierte, kopfschüttelnd und mit angewidertem Gesichtsausdruck den Inhalt einer Jurismappe, die er mitgebracht hatte, durchblätterte. Dann legte er sie zur Seite.

„Nun gut", entschied er schließlich und schaltete das Diktiergerät wieder an. „Dann noch einmal von vorne. Sie hatten also Streit mit Ihrer Tochter? War es ein heftiger Streit?"

Hinze blickte zur Decke.

„O.k., also Streit. Dabei ging es um Ihr Verhalten, besser um Ihr Fehlverhalten, Ihrer Frau gegenüber?"

„Unsinn! So war es nicht."

„Wollen Sie mir sagen, wie es war? Ich möchte es doch verstehen, Herr Hinze. Worum ging es bei dem Streit?"

„Es gab keinen Streit."

„Es war also eitel Sonnenschein zwischen Eva und Ihnen?"

„Nein, das auch wieder nicht."

„Also doch unschöne Szenen, Vorwürfe, Anklagen. Oder gar Forderungen? Hat sie Ihre Reputation gefährdet?"

„Sie drehen mir das Wort im Mund herum", jammerte Hinze.

„Wie könnte ich. Eva machte Ihnen natürlich vor allem Vorhaltungen wegen des Missbrauchs. Der steht doch wohl außer Zweifel. Oder soll ich Ihnen die Bilder noch einmal zeigen? Ich habe sie hier. Ausgedruckt. Vergrößert und in Farbe." Breuner öffnete wieder die Jurismappe, in der ein

Stoß Fotos zum Vorschein kam. Er machte Anstalten, sie auf dem Tisch auszubreiten.

Hinze war erregt aufgesprungen. Hatte die Hände wie zur Abwehr eines körperlichen Angriffs vor sich gehalten. „Um Gottes willen, nein. Bitte nicht."

„Setzten Sie sich!", befahl Breuner ungerührt, legte aber die Fotos wieder zurück. „Wollen Sie etwas trinken?", fragte er unvermittelt in verbindlichem Tonfall. „Wasser, Kaffee, einen Tee?"

Hinze lehnte ab. Atmete tief durch. Schien erleichtert, dass die Stressphase vorbei war. Doch der Schein trog. Breuner setzte das Verhör gnadenlos fort.

„Also, noch einmal von vorne. Sie hatten Streit mit Eva. Sie wollte nicht mehr mitspielen. Sie stellte Forderungen, die Sie meinten, nicht erfüllen zu können. War es nicht so? Bekamen Sie Angst? Ich verstehe das. Ihr Job war weg. Die Partnerschaft aufgekündigt. Es lagen Beschwerden bei der Kammer gegen Sie vor. Leichtfertiger Umgang mit den Fremdgeldern auf Anderkonten, um es gelinde auszudrücken. Sie befinden sich in permanenten Geldnöten. Und nun kommt auch noch Eva und setzt Sie unter Druck. Da gab es für Sie nur einen Ausweg!"

„Was für ein Ausweg denn?" Dann schien er zu begreifen, was Breuner angedeutet hatte. „Das ist doch Wahnsinn. Wie können Sie nur so etwas …" Hinze schüttelte verzweifelt den Kopf, fiel in sich zusammen. Schweißperlen zeichneten sich auf seiner Stirn ab.

„Erklären Sie mir, was da in Ihnen vorging, Herr Hinze. Wie haben Sie sich gefühlt?"

„Das war nicht so", sagte er mit kraftloser Stimme.

„Aber Sie wundern sich offenbar nicht, dass wir über Ihre wirtschaftlichen Probleme Bescheid wissen", verlagerte

Breuner das Thema. „Sie mussten befürchten, dass Eva ihrer Freundin etwas davon erzählt hatte und da musste auch die verschwinden."

„Wann und wie hätte ich das denn tun sollen? Ich hatte doch einen wichtigen Termin in München."

„Den Sie abgesagt haben. Sie waren hier."

„Ja, aber ..."

„Auf der einen Seite betonen Sie, dass der Termin in München für Sie wichtig war, auf der anderen Seite erklären Sie mir, dass Sie ihn von sich aus abgesagt haben, ohne mir einen triftigen Grund zu nennen."

„Ich hatte festgestellt, dass ich doch noch nicht alle Unterlagen fertiggestellt hatte, die ich benötigte. Und so unvorbereitet wollte ich nicht zu der Besprechung erscheinen."

„Klingt ein bisschen dürftig – oder? Aber mal angenommen, es war so. Was haben Sie stattdessen gemacht? Sie waren in Ihrem Büro?"

Hinze nickte, schien erleichtert.

„Das werden die Mitarbeiter und Ihre Partner ja dann wohl bestätigen", stellte Breuner fest. „Dann rufe ich dort gleich mal an." Er griff sein Handy. „Wie ist die Nummer bitte?"

„Nein. Warten Sie. Ich hatte das in der Aufregung vergessen. Ich war nicht mehr im Büro."

„Wo waren Sie dann?"

Hinze schwieg.

„Sie haben Angelika angerufen. Sich mit ihr unter einem Vorwand verabredet. Sie trafen sie und mussten feststellen, dass auch sie alles wusste. Und dann ...

„Nein. Um Gottes willen, was Sie da andeuten, so war es nicht. Sie müssen mir glauben, bitte."

„Dann sagen Sie doch endlich, was Sie gemacht haben."

„Ich bin in der Gegend rumgefahren. Mir ging so viel durch den Kopf."

„Klar. Das verstehe ich. Der Job. Das mit Eva. Wo ist sie? Wo ist Angelika? Sagen Sie es!"

„Herr Breuner, ich habe … können wir eine Pause machen?", bat Hinze, ohne weiter auf die Fragen einzugehen. „Ich bin müde. Ich hatte eine schlaflose Nacht. Und mir ist nicht gut. Könnte ich jetzt vielleicht doch ein Glas Wasser haben?"

Breuner schaute auf die Digitaluhr an der Wand hinter Hinze. Normalerweise wäre eine Pause angebracht. Eigentlich war sie längst überfällig. Aber so kurz vorm Ziel dem Gegner eine Erholungsphase einräumen? Nein, dachte er und beobachtete mit innerer Zufriedenheit, wie Hinze sich über das Gesicht fuhr, um den Schweiß mit der Handfläche abzuwischen. Wie er auf der Unterlippe kaute. Wie sich der Lidschlag erhöhte. Wie seine Augäpfel unkontrolliert von einer zur anderen Seite rollten. Der wackelt bereits und fällt bald um, erkannte er. Aber ich gönne ihm eine kleine Ablenkung, beschloss er, mit dem Bewusstsein, danach umso effektiver zustoßen zu können.

„Einen kurzen Moment noch. Wir machen gleich eine Pause. Zuvor noch etwas ganz anderes, Herr Hinze. Wozu haben Sie eigentlich so viel Geld benötigt? Ihre Vergütung als Sozietätspartner und Ihre Gewinnanteile haben ja offensichtlich nicht ausgereicht, sodass Sie sich auch noch an Mandantengeldern vergriffen haben."

Der Schwenk auf ein anderes Thema beruhigte und irritierte Bertram Hinze gleichermaßen. Er richtete sich auf, schien Oberwasser zu bekommen.

„Das können Sie auch nicht begreifen. In meinem Job muss man repräsentieren, etwas vorweisen, damit man ernst genommen wird. Haus, Ausstattung der Ehefrau, Auto, Reisen, Einladungen. Was meinen Sie, was da so draufgeht. Aber, wie gesagt …"

„Ja, ich weiß schon, da kann ich natürlich nicht mitreden. Dazu weiß ich zu wenig von diesen Profilierungsproblemen. Will ich auch nicht. Dafür weiß ich etwas anderes, etwas viel Wichtigeres."

Breuner lehnte sich scheinbar entspannt zurück. Die Hände hatte er hinter dem Kopf verschränkt. Seine Stimme klang weiterhin verständnisvoll, geradezu sanft. „Herr Hinze, wir wissen doch inzwischen fast alles. Der offenkundige Missbrauch, Gewalt in der Ehe, Schwierigkeiten in der Kanzlei, finanzielle Sorgen. Und dann das Gerede in Alzey, wenn das alles offenkundig wird. Wer da nicht durchdreht. Muss ich Ihnen etwas von Affekthandlungen, von verminderter Zurechnungsfähigkeit sagen? Vielleicht standen Sie sogar unter der Wirkung von starken Arzneimitteln. Es fehlen doch jetzt nur noch Hinweise auf den Verbleib von Eva und von Angelika. Dann haben Sie endlich Ruhe. Sie werden sich ungeheuer erleichtert fühlen. Glauben Sie mir, ich habe das schon so oft erlebt."

„Dann halt in Gottes Namen", stieß Hinze plötzlich hervor. Er war aufgesprungen, hatte die Fäuste auf den Tisch gestützt und sich seinem Peiniger, wie er Breuner empfand, zugeneigt.

„Ja, ich habe Eva sexuell missbraucht. Bereits seit ihrem fünften Lebensjahr. Und ja, ich habe meiner Frau Gewalt angetan. Mehrmals und immer wieder. Vor allem immer dann, wenn sie mir wegen meiner Neigung zu Eva Vorhaltungen machte."

„Und die Videoaufnahmen? Die zeigen Sie und … und ... Ihre Tochter?" Breuner bemühte sich, die Schärfe in seiner

Modulation zurückzuhalten. Er wollte Hinze zum Weitersprechen animieren, nicht ihn abschrecken.

„Ja. Die zeigen mich und Eva. Die habe ich selbst aufgenommen. Da war niemand sonst beteiligt. Niemand außer mir. Verstehen Sie? Niemand." Mit einer fahrigen Bewegung entfernte er den Speichel, der aus seinen Mundwinkeln rann, und wischte ihn an seiner Hose ab. „Die habe ich gebraucht, wenn ich unterwegs war, um mich daran zu erregen und …"

„Ihre abartigen Fantasien interessieren mich herzlich wenig! Ich will nur eines wissen: Wo sind Eva und Angelika?"

Hinze setzte sich wieder. „Sie haben recht mit Ihrer Vermutung. Eva hat sich mit mir gestritten. Wollte alles an die Öffentlichkeit bringen. Ich durfte das nicht zulassen, zumal ja meine Reputation auf dem Spiel stand. Meine Sozietätspartner haben sich von mir getrennt und ich wollte versuchen, wieder eine eigene Kanzlei aufzubauen. Noch mal ganz von null anfangen. Das wäre aber nur gegangen, wenn von alledem nichts an die Öffentlichkeit gelangt wäre. Meine Partner hätten auch über die Hintergründe der Trennung Stillschweigen gewahrt. Aber, wenn Eva … sie hat mich quasi erpresst … und das konnte ich mir doch nicht gefallen lassen. Ich habe mit Engelszungen auf sie eingeredet, habe ihr gedroht, sie angefleht, ihr die Konsequenzen aufgezeigt. Und dann …?"

„Was dann?"

„Dann ist sie wortlos aufgestanden und aus dem Zimmer gegangen. Etwas später wollte ich noch einmal mit ihr reden, doch da war sie schon zu ihrer Klavierstunde unterwegs. Was danach geschehen ist, weiß ich nicht. Ich habe keine Ahnung, wo sie ist."

Breuner sah ihn kopfschüttelnd an. „Mein Gott, was haben Sie für eine doppelbödige Moral. Sie missbrauchen

Ihre Tochter über Jahre und als sie endlich versucht, sich diesem schrecklichen Martyrium zu entziehen, bezeichnen Sie das als Erpressung. Dass Sie überhaupt dieses Wort in den Mund nehmen, ist Zynismus hoch zehn. Ganz abgesehen davon, dass Sie als Rechtsanwalt wissen müssten, dass … ach was, da ist jedes Wort zu viel.“ Er winkte angewidert ab.

Hinze blickte unter sich. Er schien mit den Tränen zu kämpfen. Jetzt platzte Breuner endgültig der Kragen. Er musste sich Luft machen. Er wusste, dass er den Pfad der Professionalität verlassen hatte, als er ihn anschrie: „Sparen Sie sich Ihre Krokodilstränen. Sie haben doch nur Mitleid mit sich selbst. Ihre Tochter wird ihr ganzes Leben lang mit diesem Trauma zu kämpfen haben. Was Sie ihr angetan haben, ist kaum mehr reparabel. Sie kotzen mich an!“ Er holte tief Luft, bevor er wieder mit ruhiger Stimme fragte: „Und Angelika? Was hat sie von Ihnen gewollt? Wollte die Sie auch erpressen, wie Sie es abseits jeglicher strafrechtlicher Begrifflichkeit nennen?“

„Mit der habe ich überhaupt nichts zu tun. Das müssen Sie mir glauben!“

„Ihnen glauben? So, muss ich das? Dann verraten Sie mir doch mal, wie die Mofaroller an die Sandgrube kommen? Von beiden Mädchen?“

„Das weiß ich doch nicht.“ Er schüttelte verzweifelt den Kopf. „Ich weiß es wirklich nicht.“ Seine Stimme wurde leiser, sie war kaum mehr zu vernehmen. „Ich weiß ja noch nicht einmal, wo diese Sandgrube ist.“

An dieser Stelle unterbrach Breuner das Verhör. Er erklärte Hinze, dass er noch das Protokoll unterschreiben müsse, nachdem es transkribiert worden sei. Dann würde er dem Haftrichter vorgeführt, anschließend käme er in Untersuchungshaft in die JVA Rohrbach. „Aber, wem erzähle ich das. Auch wenn Sie kein Strafrechtler sind, dürfte Ihnen das Prozedere bis zum Urteilsspruch bekannt sein."

Über eine Rufanlage gab er die Anweisung, Hinze wieder einzuschließen. Als er abgeholt wurde, drehte er sich in der Tür noch einmal um. „Ich habe den Mädchen nichts angetan, Herr Breuner. Das mit den Mofarollern macht mir Angst. Sie müssen weitersuchen, bitte!"

Breuner nahm es scheinbar gelassen und ungerührt hin. Er gab dem Polizeibeamten lediglich mit einem Wink zu verstehen, dass er Hinze zurück in die Gewahrsamszelle bringen soll.

Als er wieder alleine war, ließ er den Mitschnitt des Verhörs zurücklaufen und stoppte bei einigen Passagen, die er sich mehrmals konzentriert anhörte: „Da war niemand sonst beteiligt. Niemand außer mir. Verstehen Sie? Niemand." Weshalb sagt er das?, fragte sich Breuner. Er wiederholt es auch noch mit einem derartigen Nachdruck. „Die habe ich gebraucht, wenn ich unterwegs war, um mich daran zu erregen und ..." Auch das war unnötig, dachte er. Dazu habe ich ihn ja gar nicht befragt. Weshalb untermauert er auf eine derart unappetitliche Weise den Verdacht der Pädophilie? Schließlich wird seine Aussage ja auch protokolliert. Er reitet sich damit nur noch mehr in die Scheiße. Da steckt doch Berechnung dahinter. Der meint wohl, er kann einen alten Fuchs das Gänsestehlen lehren.

Das Klingeln seines Handys riss ihn aus seinen Gedanken. Es war Beate Kerber. Sie befand sich zurzeit im Polizeipräsidium in Mainz in der KTU. Bevor sie sich wieder auf den Rückweg nach Alzey machte, wollte sie Breuner vorab schon zwei entscheidende Ergebnisse der kriminaltechnischen Untersuchung mitteilen. Was er hörte, stimmte ihn einerseits zufrieden, andererseits wusste er nun, dass er nur einen kleinen Schritt weitergekommen war.

„Danke. Das bestätigt meine Vermutung und auch das, was sich aus dem Verhör ergeben hat. Ich habe es mir gerade noch einmal angehört. Wir müssen uns jetzt dringend etwas einfallen lassen. Du kommst ja jetzt zurück. Ich sorge dafür, dass das Verhörprotokoll geschrieben wird. Ich will, dass es ihm so schnell wie möglich zur Unterschrift vorgelegt wird. Bis gleich dann."

Er nahm das Band aus dem Diktiergerät und übergab es auf dem Weg in sein Büro einer Schreibkraft.

Was als nächstes vor ihm lag, bereitete ihm Kopfzerbrechen. Wie sollte er Maike Berger beibringen, dass er sie doch noch nicht, wie versprochen, aus ihrer Ungewissheit erlösen konnte. Er ging zum Fenster und öffnete es. Die Helligkeit des frühherbstlichen Mittags blendete ihn. Ein strahlend blauer Himmel wölbte sich über der Rheinhessischen Schweiz. Eine Gruppe ausgelassener Jungs, mit großen Taschen bewaffnet, eilte auf der gegenüber liegenden Straßenseite in Richtung Wartbergstadion. Einer trieb einen Fußball vor sich her. Er trug ein Trikot von Bayern München mit der Nummer „10 Robben". Breuner musste über den Anblick lächeln, das Trikot reichte dem kleinen Mann bis in die Kniekehlen. Da draußen scheint alles so friedlich. So einfach. Aber ich habe manchmal das Gefühl, irgendwann ist alles Einfache aufgebraucht und es gibt nur noch Kompliziertes. Er schloss das Fenster und begab sich an seinen Schreibtisch.

Es war 15 Uhr 35. Ob er sie jetzt zu Hause erreichen würde? Ein Aufschub käme ihm durchaus gelegen. Doch da fiel ihm ein, dass sie ihm ja erzählt hatte, dass sie sich bis Ende der Woche freigenommen hätte. Es half nichts. „Da musst du nun durch, Ad", machte er sich Mut. Ihre Telefonnummer musste er nicht mehr eintippen. Die hatte er bereits abgespeichert. Mit gemischten Gefühlen sah er ihrer Reaktion entgegen.

Offenbar hatte sie neben dem Telefon gewartet, denn sie meldete sich sofort. „Und?", ihre Ungeduld war bereits beim ersten Wort zu spüren. „Haben Sie etwas herausgefunden? Was ist mit den Mädchen?"

„Ja, ich bin ein gewaltiges Stück weitergekommen. Aber das Ergebnis wird Sie momentan nicht freuen. Hinze hat zwar gestanden, Eva sexuell missbraucht zu haben. Aber sein Geständnis war falsch. Er war es nicht. Und er hat weder die Mädchen in seine Gewalt gebracht noch ihnen irgendetwas angetan."

„Er hat gestanden und dann war er es doch nicht? Und das glauben Sie ihm?"

„Die KTU hat ergeben, dass seine Schuhe nicht verunreinigt waren. Ich meine damit, es gab keine Hinweise, dass er in der Sandgrube war. An den Mofarollern waren zwar Fingerabdrücke, jedoch nicht von ihm. Es gibt zudem keine Wischspuren. Und die Person auf den Videos, die man von hinten sieht, kann er auch nicht sein. Das haben unsere Techniker einwandfrei festgestellt, obwohl sie etwas unscharf sind. Beate Kerber hat sie aber nochmals in ein Speziallabor geschickt, mit dem die Kollegen von der KTU zusammenarbeiten, wenn sie an ihre technischen Grenzen stoßen. Vielleicht können die noch etwas an der Wiedergabe verbessern. Aus dem Verhör ergibt sich zwar, dass er weiß, was ablief, aber er war nicht der aktive Teil. Vielleicht hat er die Aufnahmen gemacht, wozu auch immer. Ich bin mir aber sicher, dass er die Person deckt, die sich an Eva vergangen hat. Ich habe jedoch keine Ahnung, wer das sein könnte. Noch nicht."

„Was haben Sie jetzt vor?"

„Eigentlich ist er zumindest dran wegen des Besitzes von kinderpornografischem Material. Paragraf 184b, Strafgesetzbuch belegt das mit Geldstrafen oder sogar Freiheitsstrafen von bis zu 2 Jahren, je nach Schwere. Ich werde ihn aber freilassen und stelle ihn unter Beobachtung. Ich bin davon überzeugt, dass er trotz allem Angst hat um seine Tochter und auch um Angelika. Da bin ich mir absolut sicher. Ich vermute daher, dass er mit der Person, die er schützt, einen Deal aushandeln wird. Sonst ist er nämlich selbst dran. Mitwisserschaft, Mittäterschaft und so weiter. Er weiß, dass er aus der Nummer rauskommen muss. Also wird er Kontakt aufnehmen. Auf irgendeine Art und schnell. Er wird ab dem Gefängnistor in Wöllstein keinen Schritt tun können, ohne dass ich darüber erfahre. Schon das Taxi, das man für ihn für die Heimfahrt bestellt, wird von einem Kollegen gefahren. Außerdem werde ich umgehend bei der Staatsanwaltschaft beantragen, dass seine gesamten Kommunikationsmöglichkeiten überwacht werden. Telefon, Handy, Internet – alles."

„Und wenn die nicht mitspielen?"

„Die müssen ganz einfach. Immerhin ist Gefahr im Verzug. Falls aber irgendein durchgeknallter Paragrafenreiter Schwierigkeiten macht oder den Vorgang auch nur verzögert, dann gibt es ja immer noch Ihren Freund Conrad Christen". Er lachte. „Ich bin überzeugt davon, dass er mit Freuden die gesamte Skala seiner Kenntnisse einsetzen würde."

„Das würden Sie riskieren?"

„Wenn es sein müsste – ja! Und, was machen Sie jetzt? Wollen Sie sich nicht ein wenig ablenken? Ich rufe Sie sofort an, wenn sich wieder eine neue Situation ergibt."

„Ich weiß es noch nicht. Mir geht so viel im Kopf herum. Vielleicht werde ich mir etwas die Beine vertreten. Eine

Runde um den Stausee. Vorher wollte ich noch Frau Bellmann anrufen und sie über den letzten Stand informieren. Sie macht sich ebenfalls schreckliche Sorgen. Ich möchte sie nicht im Ungewissen lassen. Ist das o.k.?“

„Klar doch. Und … Frau Berger …“

„Ja?“

„Bitte verstehen Sie mich nicht falsch.“ Seine Stimme hatte eine sanfte, mitfühlende Tonlage angenommen. „Ich kann mir gut vorstellen, was Sie derzeit durchmachen. Und wenn ich Ihnen irgendwie helfen kann, wenn Sie reden wollen, dann scheuen Sie sich nicht, mich anzurufen. Tag und Nacht.“

Sie schwieg einen Moment.

„Hallo? Sind Sie noch dran?“

„Ja, ja, ich habe nur … Danke. Das ist schön zu wissen. Und ich verstehe Sie bestimmt nicht falsch.“ Irritiert beendete Maike das Telefonat, behielt aber den Hörer in der Hand, um zuerst CC und danach Dorothea über den neuesten Stand zu informieren.

„Und du willst jetzt gleich deine Runde drehen?“, erkundigte Dorothea sich zum Abschluss des Telefonates.

„Ja, sofort. Ich halte es hier nicht mehr aus.“

„Schade. Ich habe jetzt leider einen Schüler, sonst wäre ich mitgekommen. Aber mach mal. Es wird dir guttun.“

Maike war es nur recht. Sie wollte alleine sein. Sie zog ihre Laufschuhe an, griff sich ihre Kapuzenjacke vom Kleiderhaken und verließ ihre Wohnung. Kurz danach überquerte sie die Weinheimer Landstraße auf ihrem Weg zum Selz-Stausee, den sie mit einem weiträumigen Abstecher durch die Weinberge umrunden wollte. Sie liebte diese etwa 10 Kilometer lange Tour, die ihr zu jeder Jahreszeit und Witterung Abwechslung und Besinnung bot. Doch dieses Mal dauerte es eine Weile, bis sie zur inneren Ruhe kam. Natürlich hatte sich die Angst um Angelika eingenistet wie ein bösartiges Geschwür. Aber auch Breuners sehr persönliches Angebot ließ sie nicht los. Einerseits empfand sie seine Zuwendung als wohltuend. Andererseits wehrte sich in ihr etwas gegen den Gedanken, hinter seiner formellen Fassade einen Menschen zu sehen, der ihr eine Schulter zum Anlehnen geben, der ihr guttun könnte. Nein! Sie hatte sich gezwungenermaßen freigemacht von privaten Abhängigkeiten. Das mit Bernd war ihr eine Lehre gewesen. Sie wollte sich auf niemanden mehr einlassen. Und da galt es, bereits den Anfängen zu wehren!

Etwa zwei Stunden später kam sie nach ihrem ausgiebigen und strammen Spaziergang gegen 18 Uhr wieder nach Hause. Erstaunt stellte sie fest, dass das Schloss an ihrer Wohnungstür nur ein- statt zweimal verriegelt war. Kurz nach ihrem Einzug hatte sie es speziell deshalb auswechseln lassen. Das ursprüngliche, mit dem einfachen Mechanismus, war ihr nicht sicher genug gewesen. Da in dem Wohnhaus eine Schließanlage installiert war, benutzten Angelika und sie seitdem zwei Schlüssel. Einen für die Haustür und einen für die Wohnung. Maike jedenfalls war sich sicher, auch vorher den Schlüssel zweimal umgedreht zu haben. Angelika dagegen vergaß diese Routine mit schöner Regelmäßigkeit. Sollte sie etwa nach Hause gekommen sein und von innen abgeschlossen haben? Sie stürmte in die Wohnung. „Angelika? Bist du da? Angelika?“

Sie rannte durch alle Räume. Nichts. Ihre Tochter war nicht in der Wohnung. In Angelikas Zimmer sank Maike mutlos auf dem Bett zusammen. Dass es nicht gemacht war und, dass auf dem Boden alles Mögliche verstreut herumlag, war ihr absolut gleichgültig. Im Gegenteil, es erfüllte sie mit

Wehmut. Meinetwegen kann sie den gesamten Fußboden belagern, ich werde auch nie mehr etwas sagen, wenn sie nur wieder heil und gesund zurückkommt. Sie strich zärtlich über das zerknitterte Bettlaken. Neben dem Kopfkissen entdeckte sie ein Buch. Sie wollte es auf den Nachttisch legen. Mit Verwunderung las sie den Titel. Sie schlug die erste Seite auf und entdeckte eine Inschrift. Ihr Herz schlug bis zum Hals. Sie erinnerte sich an das Gespräch vor einigen Tagen, bei dem Angelika ihr vorgeworfen hatte, mit ihrer Vernunft alles kaputt gemacht zu haben. Auslöser dieser verletzenden Bemerkung war, dass Angelika angedeutet hatte, dass sie ja überhaupt nicht wisse, was bei Eva abginge. Angelika hatte sich dazu allerdings nicht weiter geäußert. Nun wurde es Maike klar, was sie damit gemeint hatte. „Sie muss es also gewusst haben", stellte sie bestürzt fest, „und hat mir nichts gesagt".

Sie nahm das Buch an sich und wollte das Zimmer verlassen. Da fiel ihr Blick auf Angelikas Schreibtisch. Fehlte da nicht etwas? Klar, Angelikas Laptop – er war nicht mehr da. Der Stecker von dem Netzteil hing lose an der Tischkante herunter. Was sollte das? Der Laptop konnte mit dem eingebauten Akku maximal drei Stunden betrieben werden. Das konnte nicht Angelika gewesen sein, die ihn sich während ihrer Abwesenheit geholt hatte. Maike musste nur kurz überlegen, um zu einer möglichen Erklärung zu kommen. Der einzigen, die ihr logisch erschien. Vor allem, nachdem sie das Buch entdeckt hatte.

„Da befürchtet jemand, dass Angelika Informationen abgespeichert hat, die eine Spur zu ihm herstellen könnten", sprach sie ihre Vermutung laut aus. Sie öffnete die mittlere Schublade des Schreibtisches. Sie wühlte sich durch DVDs, Flyer, leere Treets- und Marsverpackungen, eine Tupperfrühstücksdose und kapitulierte schließlich. In dem chaotischen Durcheinander konnte sie nicht entdecken, was sie suchte: Angelikas Tagebuch. Ihre Tochter wusste, dass Maike es als ihr Heiligtum betrachtete, das sie niemals anrühren würde. Daher sah Angelika auch keine Notwendigkeit, es vor ihr zu verstecken und bewahrte es stets in dieser Schublade auf. Maike zog sie mit einem heftigen Ruck heraus und kippte den Inhalt auf den Schreibtisch. Nichts!

Und noch etwas vermisste sie: Angelikas Reisetasche, die sonst neben ihrem Bett stand. Sie öffnete ihren Kleiderschrank und stellte fest, dass auch hier einige Kleidungsstücke fehlten.

Mit zitternden Fingern wählte sie Breuners Dienstnummer. Nach dreimaligem Klingeln wurde der Anruf weitergeleitet. Beate Kerber nahm ab. „Der Chef ist bei unserem obersten Boss. Er holt sich Rückendeckung für die Sache mit Hinze. Sie wissen ja worum es geht“, erklärte Breuners Assistentin. „Ich denke, dass er in einer halben Stunde wieder da ist. Kann ich etwas für Sie tun?“

Maike informierte Beate Kerber über den Grund ihres Anrufes. Die erklärte ihr, dass sie ohne Breuner nichts unternehmen wolle, zumal er sich ja in der Polizeiinspektion befände. Sie sicherte jedoch seinen umgehenden Rückruf zu. „Ich nehme an, dass das so gegen 19 Uhr sein wird.“

Statt des angekündigten Telefonats erschien Breuner um die avisierte Zeit zu Maikes Überraschung persönlich. Sie führte ihn ins Wohnzimmer und offerierte ihm mit einer Handbewegung einen Platz auf der Couch, während sie sich selbst ihm gegenüber auf einem der Sessel niederließ. Auch wenn ihr sein Besuch nicht unangenehm war, so verzichtete sie doch auf jegliche Gastgeberrituale und Höflichkeitsfloskeln.

Dazu war sie viel zu aufgeregt. Er blickte sich um. „Das ist ja eine tolle Aussicht, die Sie hier haben." Er wies auf das Panoramafenster.

„Stimmt." Maike lächelte gequält. „Aber bitte haben Sie Verständnis. Auch wenn es ein essenzieller Faktor der zwischenmenschlichen Kommunikation ist, mir ist momentan nicht nach Small Talk zumute."

Breuner hob seine Hände mit einer abwehrenden Geste. „Klar doch. Entschuldigung, ich bin wirklich manchmal ein unsensibler Stoffel. Kommen wir also sofort zur Sache. Was ist geschehen? Meine Assistentin deutete etwas an von einem Buch über sexuelle Gewalt. Und dass Angelikas Laptop und ihr Tagebuch, als Sie unterwegs waren, entwendet wurden?"

„Das habe ich im Bett von Angelika gefunden", erklärte sie und schob ihm das Taschenbuch über den Couchtisch. Er nahm es in die Hand und las den Titel: „Überleben. Missbraucht. Gefallen. Wieder aufgestanden. Meine Geschichte." Fasziniert betrachtete er das Foto der jungen Frau auf dem Cover. Trauer, Anklage, aber auch eine Spur Hoffnung spiegelten sich in ihren Augen wider, die Breuner nicht mehr losließen. Bisher kannte er diesen Effekt nur von Gemälden. Wohin man sich auch wandte, auf eine geheimnisvolle Art schienen die Augen der porträtierten Personen den Betrachter zu verfolgen. Er drehte das Buch um und las den Klappentext: Mit sechs Jahren beginnt für Anne die schlimmste Zeit ihres Lebens. Sie wird sexuell missbraucht – erst vom Vater ihrer Freundin und später, als sie diesem entkommen kann, von einem Verwandten. Aus Angst und Scham …

„Lesen Sie die Inschrift auf der ersten Seite", unterbrach ihn Maike ungeduldig, „und sagen Sie mir, was Sie davon halten. Und", sie hob den Zeigefinger, „achten Sie auch auf das Datum!"

Er blätterte um und las laut: „Für dich, Angelika, meine beste Freundin, damit du mich besser verstehen kannst. Deine Eva. 2.9.2012."

Bestürzt legte er das Buch wieder zurück. „Der zweite September, das war zwei Tage, bevor Eva verschwunden ist."

„Das war auch der Tag, als Angelika sie versetzt hatte. Eva hatte das wohl so sehr zu schaffen gemacht, dass sie ihr das Buch mit dieser Inschrift schenkte."

„Es ist also anzunehmen, dass sie Angelika von dem Missbrauch erzählt hat."

„Weißt du eigentlich, was bei Eva abgeht?, hat sie mich gefragt. Und ich habe nicht verstanden, was Angelika konkret damit sagen wollte. Das war keine rhetorische Frage. Ich nehme an, dass sie Eva versprechen musste, niemandem etwas zu erzählen. Damit kam sie aber nicht klar. Die Wahrheit war zu schrecklich für Angelika. Ich glaube, sie wollte, dass ich sie bedränge, damit sie mir die schreckliche Wahrheit erzählt. Und ich … ich habe versucht, ihr mit Vernunft zu kommen. Verdammte Vernunft! Sie blockiert das Bauchgefühl. Das hätte mir nämlich sagen müssen: He, Maike, deine Tochter hat etwas auf der Seele. Mach was, dass sie es ausspuckt! Dir vertraut sie. … Einen Moment noch." Breuner wollte zu einer Frage ansetzen, aber Maike hatte ihren Gedankengang noch nicht beendet. „Und nun entsinne ich mich auch, dass sie bei Hinzes, als wir mit Dorothea Bellmann dort waren, versucht hatte, die beiden zu verunsichern – was ihr auch gelungen war. Sie erklärte, dass sie auch immer mal wieder den Gedanken hatte, von mir davonzulaufen, wenn wir Streit hatten. Und ich hatte nachgefragt, ob es denn jemanden gäbe, bei dem Eva in einem solchen Fall unterkommen könnte. Hinzes haben ein derartiges Szenario zwar als unmöglich abgetan. Aber im Nachhinein habe ich den Eindruck, dass Angelika in den Busch geschossen und getroffen hat."

„Dann wollen wir mal die Fakten und unsere Vermutungen etwas strukturieren." Breuner zog einen Kugelschreiber und ein Notizbuch aus der Brusttasche seines Jacketts.

„Ich bin da ein bisschen altmodisch", erklärte er, als er Maikes neugierigen Blick wahrnahm. „Notebooks, Smartphones und was es da so alles gibt behindern durch ihre technischen Kinkerlitzchen die Entfaltung der Fantasie und der Intuition. Das ist zumindest meine Erfahrung."

Er öffnete es auf der Seite, aus welcher der Lesefaden herausragte, und fuhr mit dem Daumen den Falz entlang, um ein ungewolltes Zublättern zu verhindern. Bei der Zusammenstellung der bisherigen Erkenntnisse und dessen, was mit hoher Wahrscheinlichkeit vermutet werden konnte, beschränkten sie sich auf das, was mit Angelika in Verbindung gebracht werden konnte. Hinzes Verfehlungen in seiner Kanzlei und die Rolle, die er bei Evas Missbrauch spielte, klammerten sie bewusst aus. Als sie der Meinung waren, alles Wichtige erfasst zu haben, las Breuner es noch einmal vor:

„Korrigieren Sie mich bitte, falls noch etwas fehlen sollte. Also dann, wir haben folgende Punkte:

1. Angelika wusste von dem sexuellen Missbrauch an Eva, spätestens seit dem 2. September 2012.
2. Eva hatte Streit mit ihrem Vater und ist seit dem 4. September 2012 abgängig. Anfänglich war nicht auszuschließen, dass sie sich bei einer Person ihres Vertrauens aufhält.
3. Evas Eltern weisen diese Möglichkeit zwar zurück, jedoch ohne stichhaltige Argumente.
4. Angelika ist abgängig seit dem 20. September 2012.
5. Die Mofaroller von Eva und Angelika werden an derselben Stelle gefunden. Dadurch wird die Annahme, dass Eva

sich freiwillig bei einer Person ihres Vertrauens aufhält, unwahrscheinlich.
6. Bertram Hinze gesteht den Tatbestand des sexuellen Missbrauchs seiner Tochter. Über den Aufenthalt von Eva und Angelika kann er keine Aussage machen.
7. Eine unbekannte Person hat sich heute Zutritt zur Wohnung von Maike Berger verschafft und aus dem Zimmer von Angelika deren Laptop und ihr Tagebuch entfernt. Es besteht die Annahme, dass damit Hinweise beseitigt werden sollen, die zu dem Täter oder den Tätern führen.
8. Zudem wurden Kleidung und eine Reisetasche mitgenommen. Das lässt darauf schließen, dass Angelika lebt und man ihr frische Kleidung geben will.
9. Diese Person muss sich im Besitz eines passenden Schlüssels befunden und außerdem Kenntnis davon gehabt haben, dass sich zum Zeitpunkt des Eindringens niemand in der Wohnung aufhielt.
Das wars so weit. Fehlt noch etwas?“ Er legt das Notizbuch auf den Tisch und blickte Maike fragend an.

Sie überlegte einen Moment, dann schüttelte sie den Kopf. „Ich denke nicht.“

„Was meinen Sie, an welcher Stelle wir die Sache nun anpacken?“

Sie zog Breuners Notizbuch zu sich herüber. „Genau hier!“ Sie las die Passage vor, die ihr als die Wichtigste erschien: „Diese Person muss sich im Besitz eines passenden Schlüssels befunden haben. Das heißt“, schlussfolgerte sie, „dass ihn jemand Angelika abgenommen haben muss.“

Breuner zeigte mit dem Daumen nach oben.

„Und außerdem“, las Maike weiter, „Kenntnis davon gehabt haben, dass sich zum Zeitpunkt des Eindringens niemand in der Wohnung aufhielt.“ Sie klappte das Notizbuch zu und legte es wieder auf den Couchtisch. „Da hat sich der Täter aus seinem Versteck getraut. Und da sehe ich die Chance anzugreifen."

„Hochachtung, Miss Marple. Sorry, ich meine natürlich nicht Ihr Alter, sondern vom Intellekt her. Die weitere Ermittlung stelle ich mir folgendermaßen vor: Befragung der Hausbewohner, ob sie zwischen 16 und 18 Uhr im Haus etwas wahrgenommen haben. Eine fremde Person, Geräusche. Aber auch auf dem Parkplatz, falls es sich um mehrere Täter handelt, bei denen einer Schmiere gestanden hat."

Er zog sein Handy aus der Tasche und betätigte eine Kurzwahl, während er sich weiter mit Maike unterhielt. „Gleichzeitig werden wir in Angelikas Zimmer und an Ihrer Wohnungstür Spuren sichern, obwohl ich befürchte, dass außer Angelikas und Ihren Fingerabdrücken nichts Verwertbares zu finden ist. Und dann … Moment, bitte." Er unterbrach seine Ausführung, um seiner Assistentin die notwendigen Anweisungen für die Befragungen und die Spurensicherung zu geben. Dann wandte er sich wieder Maike zu. „Dann sollten Sie sich überlegen, wer davon gewusst haben konnte, dass Sie für einige Zeit außer Haus sind."

„Sie wussten es. Mit Conrad Christen hatte ich kurz telefoniert. Und mit Dorothea Bellmann. Ja, dann hätte man mich tatsächlich beobachten können."

„Gut. Darf ich mich ausschließen?"

Sie grinste schief.

„Trauen Sie es Christen zu, Eva und Angelika in seine Gewalt gebracht, die Mofaroller versteckt zu haben und in Ihre Wohnung eingebrochen zu sein?"

„Unmöglich! Weshalb denn auch. Er hätte gar keine Veranlassung und kein Motiv. CC kennt ja Eva Hinze auch gar nicht."

„Also bleibt nur noch …“

„… Dorothea Bellmann. Aber was hat sie denn mit dem, was sich bei Hinzes abgespielt hat, zu tun?“

„Frau Berger, ich habe nicht gefragt, ob Sie sich bei ihr ein Motiv vorstellen können oder ob es eine Verbindung zu Hinze gibt. Ab und zu haben wir den Täter und erfahren von dem Motiv erst später. In manchen Fällen sogar nie. Eine alte Ermittlerweisheit besagt, dass Dinge, die direkt vor einem liegen, trotzdem unsichtbar bleiben können. Und weshalb? Weil es nicht gelingt, die Umrisse aus der Umgebung zu schälen und sie dadurch in ihrer Bedeutung erkennbar zu machen. Vielleicht ist genau das unsere Situation. Unter Umständen liegt die Lösung vor uns und wir sind nicht in der Lage sie wahrzunehmen.“

„Sie meinen, dass wir uns nicht verrennen dürfen? Dass das Verschwinden von Eva und Angelika unter Umständen gar nichts mit den Sauereien von Hinze zu tun hat?“

„Genau das meine ich. Um es noch konkreter zu sagen: Wir müssen alles ausklammern, was wir über Hinze wissen. Eine ganz neue Spur aufnehmen. Wobei ich vermute, dass beide Fälle zusammenhängen.“

„Ich kann mir überhaupt nicht vorstellen, dass Dorothea zu so einer Tat fähig sein könnte.“

„Bauchgefühl“, tat Breuner ihren Einwand ab. „Unsere Vorstellungskraft reicht nicht aus, um auch nur ansatzweise die Abgründe eines Menschen zu erahnen. Es laufen mehr Psychopathen als tickende Zeitbomben in der Weltgeschichte herum, als Sie glauben. Und denen sehen Sie nichts an. Da ist der nette Nachbar von nebenan, der immer ordentlich die Mülltonne rausstellt und seine Frau misshandelt. Oder die liebe ältere Dame, die bereits ihren vierten Ehemann unter die Erde geschafft hat. Aber gut, lassen wir Ihren CC mal außen vor. Wie steht es um ..."

„Ron Conrad", unterbrach ihn Maike ungestüm und schlug sich mit der Handfläche an die Stirn. „Ron Conrad. Weshalb hab ich an den nicht gedacht."

Breuner blickte sie verwundert an. „Ron Conrad? Wer ist denn das?"

„Unser Nachbar. Der wohnt im Stockwerk unter uns. Ein unangenehmer, schmuddeliger, versoffener Zeitgenosse, etwas schlicht im Geiste. Offenbar lümmelt er den ganzen Tag in seiner Wohnung rum. Angelika ist mit ihm heftig aneinandergerasselt. Daraufhin hat er sie bedroht."

„Bedroht? Weshalb denn und wie?"

„Na ja, er mischt sich in alles Mögliche ein und mault rum. Angelika hat ihn deshalb ein paar Mal verar ... , auf die Schippe genommen. Ich hatte nicht den Eindruck, dass er das überhaupt geschnallt hatte. Und vor ein paar Tagen stand der in einem total verdreckten Schlafanzug vor seiner Wohnungstür. Da hat ihn Angelika fotografiert mit der Begründung, sie würde das Foto an die Kellertür hängen, um zu verhindern, dass Ratten ins Haus kommen. Und daraufhin hat er gemeint, dass diese Rotzgöre, also Angelika, diesen Eingriff in seine Persönlichkeitsrechte noch büßen würde, darauf könne sie Gift nehmen."

Breuner grinste. „Hoffen wir mal, dass sich die junge Dame mit ihrem losen Mundwerk nicht tatsächlich ihren Hausmitbewohner zu einem rachsüchtigen Feind gemacht hat. Wenn nicht die Parallele zu Evas Verschwinden und zu den versteckten Mofarollern wäre, würde ich dem Streit einen hohen Wert beimessen. Daher denke ich, dass das lediglich eine verunglückte Drohgebärde war, da ihm eine halbwegs intelligente Antwort nicht eingefallen ist. Aber natürlich werden wir der Sache nachgehen. Nein. Momentan bleibt nach Ausschluss von Hinze, Christen und diesem Ron nur noch Dorothea Bellmann übrig. Auch, wenn Ihr Bauch dagegen ist."

„Aber ich bin lernfähig. Wenn ich nur nach den Fakten gehe und sowohl Dorothea, wie ich sie kennenlernte, als auch den Hinze in mein mentales Hinterstübchen verbanne, dann gibt es einiges, was einem zu denken geben kann."

„Also, was meinen Sie?"

„Sie war die Letzte, von der wir wissen, dass sie Eva gesehen hat. Angelika hat Evas Integralhelm bei ihr entdeckt. Angelika wollte gestern zu ihr fahren und ist nicht bei ihr angekommen."

„Angeblich, Frau Berger, angeblich!"

„Ist nach Aussage von Frau Bellmann – angeblich – nicht bei ihr angekommen. Die Mofaroller wurden beide in ihrer Nähe gefunden."

„Wann und in welchem Zustand wurde Angelikas Roller gefunden?", half ihr Breuner auf die Sprünge.

Maike überlegte. „Gestern? Ja, gestern hat ihn jemand dort versteckt und der Motor war noch warm. Verdammt, der Zusammenhang war mir gar nicht aufgefallen, als Sie mir das erzählten." Sie tippte mit dem Zeigefinger an ihre Nase. „Dorothea wusste, dass ich spazieren gehen wollte. Ich sagte ihr, welchen Weg ich nehmen wollte und sie konnte sich ausrechnen, dass ich etwa zwei Stunden dafür benötigen würde."

„Und für die Fahrt von ihr zu Ihnen benötigt sie maximal 10 Minuten. Ganz schön viel, was da zusammenpasst – oder? Ich werde nachher Beate Kerber zu ihrem Eindruck befragen, sie war ja bei ihr gewesen. "

„Klar ist das möglich. Aber weshalb?"

„Nun, das ist wieder die Frage nach dem Motiv, die wir ..."

Es klingelte. Maike erhob sich und ging in den Flur und nahm den Hörer von der Sprechanlage ab.

„Das werden meine Leute sein", rief ihr Breuner hinterher.

Zwei Stunden später war der Spuk, wie Maike es bezeichnete, vorbei. Beate Kerber und ihre Kollegen von der Spurensicherung hatten sich verabschiedet. Nur Breuner blieb noch bei Maike. Wie schon vermutet, hatte die Spurensicherung nichts ergeben, außer, dass das Schloss nicht mit einem sogenannten Pickwerkzeug, wie man es Maike erklärte, geöffnet worden war. Der Einbrecher hatte mit hoher Wahrscheinlichkeit einen Originalschlüssel benutzt. Und dabei konnte es sich nur um den von Angelika gehandelt haben. Auch die Befragung der Hausbewohner hatte keine weiteren Erkenntnisse erbracht. Alfred Breuner hatte sich Ron Conrad und einen weiteren Hausbewohner vorgenommen und Beate Kerber die restlichen Parteien. „Ich habe dem Conrad ausgiebig auf den Zahn gefühlt", berichtete er Maike. „Er ist ein versoffener Dummschwätzer, aber garantiert kein Verbrecher. Auf Angelika angesprochen, hat er mir sogar freiwillig seinen verbalen Ausrutscher geschildert. Sie hat ihn halt geärgert, meinte er. Er wünscht aber keinen Streit mit der Nachbarschaft. Dann hat er mir einen Whiskey angeboten. Aber selbst wenn ich gewollt hätte, wäre es mir unmöglich gewesen, das Glas, das er mir gereicht hat auch nur anzufassen. Waren Sie schon einmal in seiner Wohnung?"

Sie schüttelte den Kopf.

„Das wollen Sie auch nicht wirklich. Einen Hang zum Messie kann man ihm nämlich nicht abstreiten. Und dann noch der Geruch."

Er verzog seine Nase. „Doch, wie gesagt, Ron Conrad

war bis jetzt eine Fehlanzeige. Was nicht heißt, dass er unter Umständen doch noch einmal ins Visier genommen werden muss. Also bleibt uns weiterhin Dorothea Bellmann."

„Ich mags nicht glauben. Sollte ich mich in ihr so getäuscht haben? Was hat denn eigentlich Frau Kerber über sie gesagt?"

„Beate denkt natürlich in anderen Kategorien. Sie wischt diese Spur nicht kategorisch beiseite. Sie hat Frau Bellmann ja nicht als Tatverdächtige vernommen, sondern lediglich als Zeugin befragt. Allerdings sieht sie die bisherigen Erkenntnisse keineswegs unter dem Gesichtspunkt zufälliger Begebenheiten. Sie gibt zu bedenken, dass das Haus von Frau Bellmann recht einsam gelegen ist. Es gibt dort offenbar einen ausgebauten Keller. Zumindest kann sie sich an Fenster mit Rollläden im Souterrain erinnern. Das brachte sie auf eine ganz bestimmte Vermutung. Eine, an die wir bisher nicht gedacht haben. Nicht bewusst gedacht. Eva hält sich bei Dorothea Bellmann versteckt. Sie hat ihr Unterschlupf gewährt." Breuner lehnte sich entspannt zurück.

„Und wieso ist Angelika verschwunden? Und was ist mit den Mofarollern? Und weshalb dann der Einbruch bei mir?"

„Momentan fällt mir dazu nur eines ein: Spuren beseitigen."

Maike schüttelte ungläubig den Kopf. „Ist das nicht ein wenig arg konstruiert? Aber bitte. Es ist eine Chance. Und sei es nur, um festzustellen, dass wir uns in dieser Richtung nicht verbeißen müssen. Weshalb also nicht? Dann statten Sie ihr einen Besuch ab. Lassen Sie sich das Haus zeigen. Jetzt sofort. Ich komme mit."

„Sachte", lachte er, „so einfach geht das nicht. Sie können das vielleicht auf privater Basis machen. Wovon ich Ihnen allerdings abrate. Sollte Beates Vermutung zutreffen – und es spricht vieles dafür – dann sind Sie vielleicht die Nächste, die spurlos verschwindet."

„Dann wissen Sie aber, wo ich abgeblieben bin."

„Dann kann es zu spät sein! Nein! Denken Sie gar nicht daran! Ich benötige schnellstmöglich eine Rechtsgrundlage, aber so, dass sie nichts davon mitbekommt. Ich muss mehr über sie wissen als nur ihren Namen, die Adresse und ihren Beruf."

„CC!", platzte Maike heraus. „Wenn das einer schafft, dann Conrad Christen. Der wirft einen Stein ins Wasser und beobachtet dann die immer größer werdenden Kreise."

„Geht das auch weniger philosophisch?"

„Ganz einfach. Der hackt sich in Dorotheas Laptop ein. Der ist rund um die Uhr eingeschaltet. Das hat sie uns erzählt. Für ihre Klavierschüler. Er durchforstet ihre E-Mails, Korrespondenz, eingescannte Dokumente, wie zum Beispiel Zeugnisse, Verträge, Fotos und was weiß ich alles. Von dort aus geht er allen Informationen nach, die es über sie im Netz gibt. Der kommt in jedes Einwohnerverzeichnis, an Personaldaten, an Adressen von Leuten, die sie kannten, bevor sie hierhergezogen ist, und so weiter."

„Dass George Orwells Big Brother schon längst Realität geworden ist, weiß ich. Aber irgendwie habe ich eine gewisse Abneigung gegen diese Form der Schnüffelei. Bei uns macht das das LKA oder das BKA. Und dann auch nur mit Erlaubnis der Staatsanwaltschaft."

„Aber Sie profitieren doch auch von den Erkenntnissen. Oder lehnen Sie die Ergebnisse eines gerichtlich sanktionierten, virtuellen Einbruchs ab? Die Verbrecher nutzen diese Möglichkeiten doch schon weltweit. Da können Sie doch nicht aus moralischen Erwägungen mit Ihren archaischen Ermittlungsmethoden hinterherlaufen!"

„Das macht es auch nicht besser. Aber da sprechen wir ein andermal drüber. Hier geht es um Angelika und um Eva. Und wenn uns der CC dabei helfen kann, dann soll mir das recht sein. Ich darf allerdings offiziell nicht damit in Verbindung gebracht werden. Er informiert Sie und Sie wiederum …"

„Ich rufe ihn sofort an. Dann haben Sie gar nichts damit zu tun. Läuft alles über mich." Sie sah auf ihre Armbanduhr. „Halb zehn. Da kann ich ihn bestimmt noch stören."

Während sie die Nummer eintippte, beobachtete sie Breuner, der ihr gegenüber saß und die Augen geschlossen hatte.

„CC? Hier ist Maike. Was machst du gerade?"

„Soll des en Kontrollanruf sein? Warum willste des wisse?"

„Nur so. Wie läuft es mit der Dorothea? Alles klar zwischen euch?" Blöder Anfang, dachte Maike, ich hätte mich vorbereiten sollen.

„Du rufst spätabends an unn fraachst mich scheinheilich, was ich grad mach unn wies mit der Dorothea läuft. Du hast doch was. Raus midd de Sprach!"

„Es ist mir wirklich unangenehm, das musst du mir glauben. Und vielleicht täusche ich mich ja auch. Aber Hauptkommissar Breuner und ich sind da auf etwas gestoßen."

„Ich höre." Maike berichtete ihm von dem Einbruch, den entwendeten Dingen und ihren Überlegungen, wer von ihrer Abwesenheit wusste.

„Und jetz willste e Alibi von mir? Nur, weil du mir erzählt hast, dass du e Rund um euern komische Stausee laafe woldst?"

„Von dir doch nicht. Aber ich habe nach dir noch mit Dorothea telefoniert."

„Dorothea?! En Einbruch, Angelikas Laptop und ihr Tachebuch. Weshalb soll se denn des mache? Du willst mer doch nedd weismache, dass des alles iss!"

„Nein, natürlich nicht. Sie hat Kleidung und Wäsche mitgenommen.“ Sie berichtetete ihm auch noch von weiteren Hinweisen, die auf Dorothea deuten könnten: Evas Integralhelm, der ausgebaute Keller, die einsame Lage ihres Hauses und die Mofaroller, die man in der Nähe gefunden hatte. „Klar, das können alles Zufälle sein. Es wäre nur gut, wenn man etwas mehr über sie erfahren könnte.“ Maike hasste es, um den heißen Brei herumzureden. Es machte ihr zunehmend Schwierigkeiten, diese rhetorische Gratwanderung zu begehen. „Nur, um sie besser einordnen zu können, verstehst du? Ich will sie schließlich nicht zu Unrecht verdächtigen. Ich weiß ja, dass ihr beide euch nähergekommen seid. Und da könnte ich gut verstehen, wenn du …“

„Nähergekomme iss gut – ganz nah triffts besser. Doch bevor de weider so geschwolle rumeierst – Maike, was willste konkret?“

Sie schilderte ihm, welche Informationen über Dorothea benötigt wurden. „Im Grunde genommen benötigen wir eine Art Lebenslauf. Aber sie darf natürlich nichts davon merken.“

Es entstand eine Pause. „Was ist – machst du das?“

„Schon debei!“

„Wie bitte?“, fragte sie verdattert und warf Breuner einen irritierten Blick zu. Hatte der das Gespräch bisher scheinbar ausgeblendet, so verfolgte er den Verlauf, soweit er ihn aufgrund ihrer Reaktionen mutmaßen konnte, im wahrsten Sinne des Wortes – mit wachem Interesse, wobei er die Augen weiterhin geschlossen hatte. Was vornehmlich daran lag, dass Maikes Tonfall umgeschlagen war. Konnte man zuvor noch deutlich heraushören, dass sie jede sich auch nur annähernd abzeichnende Konfliktklippe vorsichtig umrunden wollte, verschärfte er sich plötzlich.

„Du hast was? ... Ja, weshalb denn das?"

CCs Antwort schien sie zufriedenzustellen, obwohl sie immer noch aufgeregt wirkte. „Gut. Dann mach weiter. Wie schnell, denkst du, dass du ...? O.k., du weißt, dass jede Sekunde zählen kann. Und nicht vergessen – alle Informationen gehen über mich. Keineswegs direkt an Herrn Breuner. Du kannst dir denken, weshalb. Tschüss."

Sie legte das Telefon zur Seite und setzte sich wieder. Breuner öffnete die Augen, atmete tief durch und richtete sich kerzengerade auf. Dann dehnte er sich, wobei er ein Gähnen unterdrückte.

„Sie haben doch eben nicht etwa geschlafen?"

„Sagen wir es so, ich habe phasenweise abgeschaltet, um das Gespräch nicht mitzubekommen. Doch irgendetwas hat mein Unterbewusstsein aufgenommen. Ihr Freund hat bereits Nachforschungen angestellt?"

„Er war gestern Abend noch bei Dor..., bei Frau Bellmann" – ihr Vorname wollte plötzlich nicht mehr über ihre Lippen – „und hat heimlich einen Team-Viewer, wie er es nennt, installiert. Das ist eine Software, die für Fernwartungen bei Computern eingesetzt wird. Damit hat er permanent Zugriff auf ihren Laptop. Er hat mir versichert, dass er ohne Unterbrechung weiter recherchiert. Er meint schon auf einiges gestoßen zu sein, wollte sich aber erst noch vergewissern."

„Und wie kommt er auf die Idee, Frau Bellmann auszuspionieren?"

„Er war über etwas gestolpert, was auch mir hätte auffallen müssen. Um mich zu beruhigen hatte Frau Bellmann sinngemäß gesagt, dass Angelika ja erst seit zwei Stunden überfällig sei und sich vielleicht bei ihrem neuen Freund aufhielte."

„Na und?“

„Woher wusste sie von ihm? Angelika hat ja noch nicht einmal mir etwas davon gesagt. Also müssen die beiden sich getroffen und miteinander gesprochen haben, obwohl Frau Bellmann behauptet, Angelika sei nicht bei ihr erschienen.“

„Klar, das passt irgendwie in die Indizienkette, die wir konstruiert haben, wobei die Betonung auf konstruiert liegt.“

„Könnten Sie denn dann nicht jetzt doch eine Hausdurchsuchung vornehmen? Mir ist es völlig Wurst, was die Bellmann dann von mir denkt.“

„Mit dem, was wir bisher an Anhaltspunkten haben, kann ich immer noch keinen hinreichenden Tatverdacht begründen. Noch nicht einmal einen Anfangsverdacht. Damit bekomme ich keinen Durchsuchungsbeschluss durch. Und falls doch, bestünde die Gefahr, dass sie gewarnt wird. Nehmen Sie doch nur an, dass sich die Mädchen, gar nicht – oder nicht mehr – in ihrem Haus, sondern an einem anderen Ort aufhalten. Wir müssen einfach mehr über Frau Bellmann wissen.“

Er war aufgestanden. „Es war ein langer Tag, Frau Berger, und wir können heute nichts mehr unternehmen. Ich werde mich dann mal auf den Heimweg machen. Noch einen Happen essen und dann in die Falle.“

„Mein Gott, ich bin ja wirklich eine schlechte Gastgeberin. Ich habe Ihnen noch nicht einmal etwas angeboten. Bleiben Sie doch bitte noch einen Moment. Wie wäre es mit ein paar Würstchen? Die sind in fünf Minuten fertig. Und dazu frisches Brot. Ist das o.k.? Oder etwas anderes?“

„Wenn es keine Umstände macht, gerne. Heiße Würstchen sind ideal. Sie essen doch auch noch etwas mit?“ Er hatte sich inzwischen wieder gesetzt.

„Sollte ich wohl“, sagte sie und ging in die Küche. „Ich habe außer einem mageren Frühstück überhaupt noch nichts gegessen“, rief sie ihm von dort aus zu, während sie den späten Imbiss vorbereitete. Mit der Ankündigung „so, die Würstchen sieden jetzt“ kam sie wieder zurück. „Zeit genug für eine Frage: Weshalb haben Sie eigentlich nicht wie geplant zurückgerufen, sondern sind persönlich vorbeigekommen?“

Breuner hoffte mehr, als dass er ahnte, worauf Maike hinaus wollte. Den Gefallen einer offenen und ehrlichen Antwort wollte er ihr jedoch nicht tun. Dazu war er sich noch zu unsicher, wie sie es aufnehmen würde.

„Ich musste sowieso hier vorbei, auf meinem Heimweg“, erklärte er seinen Besuch.

„Wo wohnen Sie denn?“

„In Schafhausen.“

„Klar doch. Und da führt Ihr Weg ohnehin bei mir vorbei“, feixte Maike und zog mit dem Zeigefinger das Lid ihres rechten Auges nach unten. „Also ich würde ja direkt über die Römerstraße und dann die Nibelungenstraße stadtauswärts fahren. Aber vielleicht mögen Sie nicht über den komischen Kreisel an der Kaiserstraße fahren und nehmen deshalb lieber einen kleinen Umweg in Kauf.“

Trotz der Süffisanz, die in ihrer Stimme mitschwang, wollte sie ihn nicht verärgern. Sie änderte das Thema. „Mögen Sie ein Glas Wein? Oder lieber ein Bier?“

„Wein ist gut. Vom Bier werde ich müde, noch müder wahrscheinlich.“

„Rot oder weiß? Trocken oder lieblich?“

„Rot und trocken, wenns geht. Was Sie halt da haben. Ich bin nicht so wählerisch.“

„Da spricht aber die Urkunde in Ihrem Büro eine andere Sprache.“

„Was, die haben Sie bemerkt? An Ihnen ist wirklich eine Kriminalistin verloren gegangen. Das war aber nur ein Jux von den Kollegen. Die wollten mich damit auf den Arm nehmen, weil ich südländische Weine bevorzuge. Aber ich mag natürlich auch die Weine aus unserer Region."

„Ich schau mal, welchen ich Ihnen anbieten kann." Maike verschwand wieder in der Küche. Breuner hörte Rumoren, Schranktüren wurden geöffnet und wieder geschlossen, Glas klirrte. „Ich habe hier einen", rief sie ihm zu. „Einen trockenen Pinot Meunier. Klingt französisch, ist aber, Sie werden es nicht erraten, aus Schafhausen. Vom Petershof. Wäre der recht?"

„Ja. Gerne." Während Maike in der Küche hantierte, schaute er sich um. Ihm gefiel, was er sah. Ein stattliches Bücherregal, welches die gesamte Stellfläche einer Wand einnahm und in dem auch tatsächlich Bücher standen. Viele Bücher, wie er positiv registrierte und nicht nur irgendwelche Andenken, wie man sie aus dem Urlaub mitbrachte und sich dann nicht traute, sie dorthin zu befördern, wo sie hingehörten: in den Mülleimer. Auf der anderen Seite gab es einen Plasmafernseher, der mit einem Videorekorder verbunden war. Und dazwischen das Panoramafenster, das er schon bewundert hatte und das einen traumhaften Blick auf die Weinberge ermöglichte. Wenn man nicht genau hinsah, konnte man die Aussicht auf den ersten Blick mit einer Bildtapete verwechseln. Den zentralen Punkt in dem Raum stellte eine gemütliche, in braun gehaltene Polstergruppe dar, die sich um einen Couchtisch gruppierte. Darauf standen zwei dicke Kerzen. Daneben lag noch das Taschenbuch aus Angelikas Zimmer. Und immer noch faszinierte ihn das Porträt der jungen Frau auf dem Cover. Ich muss das Buch lesen, nahm er sich vor, und vermerkte Titel und ISBN in seinem Notizbuch.

Sie aßen gemeinsam in der Küche, wobei sich Breuner für Maikes Beruf und ihren typischen Tagesablauf interessierte. Maike war nicht so unsensibel, dass sie nicht merkte, dass er sie damit nur ablenken wollte. Wie selbstverständlich begaben sie sich danach, jeder mit einem weiteren Glas Wein in der Hand, auf ihre inzwischen schon angestammten Plätze im Wohnzimmer. Die angebrochene Weinflasche hatte Maike ebenfalls mitgebracht und auf dem Couchtisch deponiert. Maike legt eine CD auf. „Nothing compares to you", klang es aus den Boxen, gesungen von einer zarten Frauenstimme. Breuner horchte auf. „Ich mag dieses Lied. Sinéad O'Connor, diese irische Sängerin, singt es", sagte er und eine sonderbare Wehmut schwang in seiner Stimme mit. „Es erinnert mich an Conny, meine verstorbene Frau."

„Das wusste ich nicht. Soll ich es abschalten?", fragte Maike betroffen.

„Nein ... nein ... es ist nur ... Das erste Mal hatte ich den Song bei Conny gehört. 1990 war das. Conny war 21 und ich 23 Jahre alt."

„Wie lange ist das her? Ihr Tod, meine ich."

„Fast drei Jahre. Im März werden es drei Jahre. In unserem letzten gemeinsamen Urlaub hatte sie es mir gesagt. Sie hatte es schon länger gewusst, aber alle Therapien, die man ihr vorgeschlagen hatte, abgelehnt. Sie wollte auch nicht kämpfen. Einen Kampf, von dem sie wusste, dass sie ihn bereits verloren hatte. Es gab lange und quälende Diskussionen darüber, weil ich sie nicht verlieren wollte. Schließlich musste ich erkennen, dass es dabei nur um mich gegangen wäre. Weil ich nicht leiden wollte, hätte ich es in Kauf genommen, sie würdelos leiden zu lassen. Dann dauerte es nur noch ein halbes Jahr. Und ich musste hilflos zusehen ... konnte nichts tun. Sie ist in meinen Armen eingeschlafen ...

morgens um neun Uhr. Mit einem tiefen Atemzug. Sie hat sogar gelächelt.“

Er nahm einen Schluck aus seinem Glas und blickte aus dem Fenster. In seinen Augen schimmerten Tränen. „19 Jahre waren wir zusammen. Danach musste ich versuchen, mein Leben wieder auf die Reihe zu bringen.“

Maike setzte sich neben ihn. Sanft legte sie ihre Hand auf seinen Arm. Ihre Berührung war unaufdringlich, beruhigend. Sie drückte echte Anteilnahme aus.

„19 Jahre sind eine lange Zeit. Es tut mir wirklich leid.“

Er drehte sich zu ihr und schaute sie mit träumerischem Blick an. „Ich habe da so eine metaphysische Vorstellung, dir mir sehr gefällt. Und die mir letztlich auch geholfen hat, wieder Boden unter die Füße zu bekommen. Wenn wir sterben, gelangen wir über eine Brücke ins Jenseits. Und auf der anderen Seite stehen alle, die uns geliebt und die wir geliebt haben und warten dort auf uns.“

Maike überlegte einen Moment. Dann nickte sie. „Eine schöne Vision“, sagte sie. „An die kann man sich gewöhnen.“

„So, und jetzt Schluss mit der Sentimentalität. Es tut mir leid, dass ich Sie damit behelligt habe. Das Lied hat halt ...“ Er wusste nicht mehr weiter.

„Ich habe die CD übrigens bewusst ausgewählt. Sinéad O’Connor hat bei einem ihrer Auftritte im Fernsehen ein Lied von Bob Marley gesungen und dabei das Wort ‚racism‘ durch ‚child abuse‘ ersetzt. Sie protestierte damit gegen die Leugnung von Kindesmissbrauchsfällen in der katholischen Kirche. Trifft zwar nicht exakt unser Problem, aber ist nicht so ganz weit entfernt.“

„Conny und ich haben sie beim Mainzer Zeltfestival live erlebt. Das war so vor 15 Jahren, falls ich mich recht entsinne. Aber jetzt habe ich einen Teil meines Seelenlebens vor Ihnen ausgebreitet. Wie sieht es denn bei Ihnen aus?"

„Bei mir?" Sie beugte sich nach vorn, ergriff die Weinflasche und hielt sie ihm zum Nachschenken hin.

Breuner schüttelte den Kopf und deckte sein Glas mit der Handfläche ab. „Nein danke. Ich muss noch fahren."

„Ich nicht", sagte Maike, schenkte sich ein und nahm auch sogleich einen Schluck. „Tja, wie sieht es bei mir aus", kam sie auf Breuners Frage zurück. „Eigentlich recht unspektakulär. Eine Feld-Wald-und-Wiesenscheidung. Ohne den üblichen Schmutz, von dem man immer wieder hört."

Sie erzählte, wie sie Bernd 1987 in der Apotheke seiner Eltern kennengelernt hatte. Sie hatte dort ihre Ausbildung absolviert. Sechs Jahre später hatten sie geheiratet und nach zwei weiteren Jahren kam Angelika zur Welt. Ihre Zukunft schien gesichert. Sie hatte inzwischen ihre Ausbildung als pharmazeutisch-technische Assistentin erfolgreich beendet und Bernd hatte die Apotheke seiner Eltern übernommen. Sie hatten sie aus gesundheitlichen Gründen abgegeben. Bald danach starben beide kurz hintereinander. Als wäre durch den Tod seiner Eltern ein innerer Schalter umgelegt worden, veränderte Bernd ab diesem Moment seine persönliche Zielsetzung. Er wollte mit der Apotheke nichts mehr zu tun haben. Stattdessen plante er, seine Sehnsucht nach wärmeren Gefilden mit seinem Hobby zu verbinden, dem Extremwandern. Und so überraschte er Maike eines Tages mit der Botschaft, dass er die Apotheke verkaufen und eine Wanderschule auf La Gomera eröffnen wolle. Für Maike brach ein Teil ihrer bis dahin heilen Welt zusammen. Als sie Bernd zur Rede stellte, weil er sie ungefragt mit seiner Entscheidung überrumpelt hatte, hatte er das mit der Bemerkung abgetan, dass er befürchtete, sie würde nur

Stress machen, womit er letztlich recht hatte. Maike teilte jedenfalls die Erfüllung seines Traumes nicht. In der Ehe begann es zu kriseln, Bernd verkaufte gegen ihren Wunsch die Apotheke und begann zu allem Überfluss auch noch eine Liaison mit einer 17-jährigen Auszubildenden. Damit war die Scheidung vorprogrammiert und wurde 2004 ausgesprochen.

„Hat er denn seinen Traum erfüllt?", wollte Ad wissen.

„Ja, das hat er. Und unser Verhältnis hat sich zu einer ..., na, sagen wir mal, Freundschaft entwickelt. Er hat eine neue Freundin, Pilar. Sie ist wirklich nett und passt in sein Lebenskonzept. Wir besuchen ihn ab und zu. Angelika öfter als ich. Sie weiß übrigens nichts davon, dass ihr Vater fremdgegangen ist. Ich möchte auch nicht, dass sie ihn dafür verurteilt. Das ist eine Sache zwischen Bernd und mir. Allerdings wirft sie mir immer wieder vor, dass ich durch meine sture Haltung die Ehe zerstört habe."

„Haben Sie das denn nicht? Nicht ein bisschen?"

„Vertrauensbruch?! Fremdgehen?! Gehts noch? Mit mir nicht! Natürlich denke ich ab und zu darüber nach, ob ich nicht doch zu schnell und zu hart reagiert habe. Dann, wenn ich Nähe vermisse, die ich seitdem nicht mehr hatte. Klar gab es danach zwei, drei Männer, doch das war innerhalb weniger Wochen vorbei. Aber wie gesagt, Angelika weiß nichts davon und wenn überhaupt, will ich ihr das selbst sagen – ist das klar?"

„Natürlich. Mein Mund ist versiegelt."

Maike hatte die Beine auf der Couch angezogen und es sich gemütlich gemacht. Sie sah Breuner nachdenklich an.

„Was ist?", fragte er unsicher.

„Nichts, nur … die Sache mit meinem Ex kennen eigentlich nur ausgewählte Personen, mit denen ich per Du bin.

Und aus rein formellen Gründen sollten wir das nachholen."

„Ach so, aus formellen Gründen. Ich verstehe."

„Na, wenn nicht Sie, wer sonst." Sie grinste anzüglich und hielt ihm ihr Glas entgegen. „Ich bin Maike. Ist das o.k., Herr Kriminalhauptkommissar?"

„Sehr gerne." Mit freudiger Bereitschaft ging Breuner auf ihr Angebot ein. „Ich heiße Alfred, aber meine Freunde nennen mich Ad."

Mit eingehakten Armen nahm jeder einen Schluck. Danach näherten sich ihre Lippen zum obligatorischen Kuss. Erst langsam, fast scheu. Dann, zeitgleich, stellten sie ihre Gläser ab und als ob ein Damm gebrochen wäre, fielen sie sich in die Arme zu einem langen und sinnlichen Kuss.

„Sorry, das war ..." begann Breuner mit rauer Stimme nach einigen Sekunden des Schweigens und räusperte sich, „nicht der richtige Zeitpunkt."

„Schon in Ordnung", sagte Maike sanft. „Ich hätte mich schon zu wehren gewusst. Aber du hast recht. In der momentanen Situation ..."

Für einen kurzen stummen Moment sah er sie an, mit einem Blick, der so vielsagend war. Einem Blick voller Sehnsucht und Begierde, den sie in derselben Weise erwiderte. Doch er riss sich los. Er hätte es als unpassend und auch als unfair empfunden, Maikes Gemütslage auszunutzen. Es war etwas geschehen zwischen ihnen. Das spürten sie beide. Aber es war der falsche Zeitpunkt, sich dem überstürzt hinzugeben.

Vierter und letzter Auszug aus der Audiokassette

Wenn ich dachte, dass sich mein Vater wieder beruhigen würde und ich vielleicht doch noch einmal die Chance bekäme, mit Alexander engeren Kontakt aufzunehmen, so hatte ich mich bitter getäuscht. Alexander war nämlich unmittelbar nach dem Zusammenstoß mit meinem Vater in dem Gartenhäuschen aus dem Musikprojekt ausgestiegen. Der Musiklehrerin gegenüber hatte er seine Entscheidung mit seinen verstärkten Aktivitäten in der Jugendmannschaft des FSV Frankfurt angegeben. Sie akzeptierte seine Begründung und forschte auch nicht weiter nach. Vielleicht hätte sie dann eins und eins zusammenrechnen können. Vielleicht hätte sie dann in die richtige Richtung gedacht. Vielleicht hätte sie daraufhin die notwendige Zivilcourage besessen, um einen aufkeimenden Verdacht nicht nur zu thematisieren, sondern auch an der richtigen Stelle anzubringen. Und vielleicht hätte diese Stelle angemessen und nachhaltig reagiert. Dann wäre mein Entschluss vielleicht noch abwendbar gewesen. Vielleicht! Zu viele Vielleicht! Die Lehrer sind nicht geschult und sensibilisiert in dieser Thematik.

Ich ließ schlagartig mit meinen Leistungen nach, schaltete im Unterricht ab und wurde auch teilweise aufsässig. Aber meine Lehrer erkannten die Signale nicht, mit denen ich auf mich aufmerksam machte. Sexueller Missbrauch Schutzbefohlener durch Familienmitglieder oder andere Vertrauenspersonen wird immer noch tabuisiert. So etwas gehört nicht in die Öffentlichkeit. Angemessene Aufklärung gibt es nicht. Es existiert einfach nicht, was es nicht geben darf.

Mir gegenüber hatte Alexander offen eingestanden, dass er sich alleine aus Angst vor meinem Vater zurückgezogen hatte. Ich hatte es zur Kenntnis genommen und mich bemüht, Gleichgültigkeit zu signalisieren. Stattdessen vertiefte ich den freundschaftlichen Kontakt mit Alexanders Schwester Beate, die mich des Öfteren besuchte. Mein Vater ließ dies nur zu gerne zu. Er war sich absolut sicher, dass ich das schreckliche Geheimnis, das uns umgab, niemandem gegenüber preisgeben würde. Mit immer neuen und niederträchtigeren Drohungen bestärkte er mich zudem darin, dass dann für mich alles noch viel schlimmer würde. Um aber nach außen den Schein des alleinerziehenden, fürsorglichen und liebevollen Vaters zu wahren, kamen ihm Beates Besuche anscheinend gerade recht.

Obwohl sie zwei Jahre jünger war als ich, sahen wir uns recht ähnlich. Wir hatten die gleiche Figur und blonde lange Haare. Wir hörten gemeinsam Musik und ab und zu machte es uns Spaß, unsere Kleider zu tauschen – man konnte uns ohne Weiteres für Geschwister, ja sogar für Zwillinge halten. Keine eineiigen, aber immerhin. Immer wenn wir zusammen waren, konnte ich mich wie jeder andere Teenager benehmen. Mein Alter Ego trat dabei nie zum Vorschein. Doch, wenn ich alleine war, dann geschah es immer häufiger, dass sich das andere Mädchen in den Vordergrund drängte und mich, also Klara, die um Harmonie und Stillschweigen bemüht war, immer mehr dominierte. Dabei suchte es anfangs nur einen Ausweg aus dem Martyrium. Es schlich sich in meine Träume ein, schilderte mir sein Leid. Es flehte um Hilfe. Ich sollte ihr eine Stimme verleihen. In die Welt hinausschreien, was man ihr antat. Doch ich schwieg und der Konflikt zwischen unseren Persönlichkeiten eskalierte. Mein anderes Ich wurde fordernder und drohte schließlich. „Wenn du mir nicht helfen willst, bist du gegen mich. Dann kann ich nicht mehr mit dir zusammenleben. Dann muss und werde ich dich vernichten. Und dieses Monstrum, was sich dein Vater nennt, dazu."

Ich versuchte, mich zu wehren. Ich stellte mich vor meinen Spiegel, um mich, Klara, zu sehen. Dennoch sprach sie mit mir. Mit einer Stimme, die mich erschreckte. So kalt und schneidend war sie. Wenn sie meine Bemühungen um Harmonie und eine friedliche Lösung nicht mehr hören wollte, schrie sie mich einfach nieder. Geifernd und mit Schimpfwörtern, die mir nie über die Lippen gekommen wären. Und so kam es schließlich zu dem Entschluss, ihre Drohung heute, am 27. August 1991, wahr zu machen. Für mich, Klara Feulner, wird es eine Erlösung sein.

Auf dem Band sind für etwa dreißig Sekunden nur noch Atemzüge zu hören, dann endet die Tonaufzeichnung.

Mittwoch, 28. August 1991, Frankfurt am Main

Die Titelseite der Frankfurter Rundschau wurde an diesem Tag dominiert vom 2:0 Sieg von Eintracht Frankfurt gegen den 1. FC Kaiserslautern am Abend zuvor. Der Traditionsverein behauptete damit weiterhin den 1. Platz in der Bundesligatabelle. Vor diesem Ereignis geriet eine weitere Nachricht, die ansonsten Schlagzeilencharakter gehabt hätte, auf die Lokalseite.

Feuer in Einfamilienhaus
Zwei Tote – Ursache und Schadenshöhe unklar

Frankfurt/Bornheim – In einem Einfamilienhaus in der Usinger Straße, Nähe des Günthersburgparks, ist am Dienstagabend aus bislang ungeklärter Ursache ein Feuer ausgebrochen. Die beiden Bewohner, Vater und Tochter (W. F., 44, und K. F., 18 Jahre alt), wurden nach Angaben der Polizei von dem Feuer im Schlaf überrascht. Zur Unkenntlichkeit verkohlt, wurden beide von Einsatzkräften der Löschmannschaften in ihren Schlafzimmern im Obergeschoss tot aufgefunden.

Zum Löscheinsatz kamen die Freiwillige Feuerwehr Bornheim und die Berufsfeuerwehr Eckenheim. Durch den Brand wurden das Obergeschoss und das Dach vollständig zerstört. Das Haus ist nicht mehr bewohnbar. Angaben zur Höhe des Schadens liegen derzeit noch nicht vor. Die Brandursachenermittler werden heute ihre Arbeit aufnehmen. Wie aus gut unterrichteten Kreisen zu erfahren war, ergaben erste Ermittlungen als mögliche Ursache einen defekten Tauchsieder im Zimmer der Tochter. Das Feuer hatte sich an einer Stelle sehr schnell ausge-

breitet. Die direkt daneben befindlichen Vorhänge bestanden wahrscheinlich aus Baumwolle und Polyester oder einer Polyacrylmischung. Diese brennen leicht und tropfen heiß zu Boden, wodurch sich ein Feuer schnell ausbreitet. Zudem wird ermittelt, ob ein Brandbeschleuniger eingesetzt wurde, um auch einen eventuellen Vorsatz zu überprüfen.

Einige Tage später war diese Tragödie nur noch einen Zweizeiler wert. Darin wurde die erste Vermutung bestätigt, dass es sich bei dem Brandauslöser um einen defekten Tauchsieder im Zimmer der 18-jährigen K. F. gehandelt hatte. Dieser hatte die daneben angebrachten Vorhänge in Flammen aufgehen lassen. Das Feuer hatte sich so schnell ausgebreitet, dass jede Rettung zu spät gekommen wäre. Die Verwendung eines Brandbeschleunigers konnte nicht eindeutig festgestellt werden, sodass abschließend von einem Unfall durch technischen Defekt ausgegangen wurde.

Eine weitere Nachricht, einen Tag nach dem Brand, sollte die Bevölkerung dagegen noch lange in Atem halten:

16-Jährige spurlos verschwunden
Wo ist Beate?
Am 26. August 1991 verließ die 16-jährige Beate Adler gegen 17.30 Uhr die Geburtstagsfeier ihrer Mutter in der Gronauer Straße im Frankfurter Stadtteil Bornheim. Sie gab an, noch ein Geschenk abholen zu wollen, das sie nicht rechtzeitig hatte besorgen können. Spätestens um 18.15 Uhr wollte sie wieder zu Hause sein. Seit diesem Zeitpunkt ist Beate spurlos verschwunden. Beate hat eine schlanke Figur, blonde lange Haare und ist 1 Meter 65 groß. Zum Zeitpunkt ihres Verschwindens trug sie eine blaue Jeanshose, ein gelbes T-Shirt ohne Aufschrift und weiße Sportschuhe.
Wer hat Beate seit dem 26. August 1991 gesehen oder kann nähere

Angaben zu ihrem Aufenthaltsort machen?
Sachdienliche Hinweise nimmt jede Polizeidienststelle entgegen.

Trotz weiterer Aufrufe mit Fotos von Beate in der Zeitung, mit Flyern und Aufklebern an öffentlichen Orten blieb das Mädchen spurlos verschwunden.

Samstag, 22. September 2012, Alzey

Wieder einmal war Maike wie gerädert aufgewacht und benötigte einige Minuten, um im Hier und Jetzt anzukommen. Danach bestand ihre erste Aktion darin, Klaus Wegner, ihren Vertriebsleiter, über ihre Situation zu informieren und, dass sie eine weitere Woche Urlaub nehmen müsse.

Er zeigte absolutes Verständnis. „Wenn ich mir vorstelle, dass eines meiner Kinder verschwunden wäre. Da möchte ich gar nicht dran denken. Da gerät ja deine ganze Welt aus den Fugen."

Maike bedankte sich, obwohl sie seine Antwort nicht anders erwartet hatte. Und auch als sie ihn auf Besuchstermine, die sie nochmals verschieben müsste, ansprach, beruhigte er sie. „Wegen uns mach dir mal keine Gedanken. Wir kriegen das schon hin. Deine Termine cancle ich erst einmal. Und du nimmst dir alle Zeit, die du benötigst. Ich drücke dir und deiner Tochter jedenfalls die Daumen, dass alles gut endet. Und noch etwas, Maike, wenn wir irgendetwas tun können, gib bitte Bescheid. Kopf hoch!"

Eine Last weniger, dachte Maike erleichtert nach dem Telefonat. Doch schon baute sich der nächste Druck auf. Sie sah sich um, als ob sie etwas suchte. Sie beschäftigte sich mit ihrem Haushalt, den sie seit Tagen vernachlässigt hatte. Wäsche waschen, saugen, Staub wischen. Die Fenster hätten es auch mal wieder nötig, dachte sie. Ließ es aber dann, als ein Blick in den Kühlschrank sie zum Einkaufen mahnte. Danach ließ sie sich in den Sessel fallen, weil sie meinte, etwas Ruhe würde ihr nun guttun. Doch das Gegenteil trat ein. Gedanken kreisten in ihrem Kopf. Wie geht es Angelika? Wo war sie? Dann das mit Breuner. Welcher Teufel hatte sie da nur geritten? Eine Liaison war nun wirklich das Letze, was sie brauchte. Konnte sie sich mit übermäßigem Weingenuss aus der Sache herausreden? Wie hat er das aufgefasst und wie sollte sie ihm begegnen? „Was mache ich jetzt nur?“, fragte sie sich. „Wenn ich so nutzlos hier rumsitze, fällt mir die Decke auf den Kopf.“ Sie spürte, wie ihr Blutdruck stieg. Eine innere Nervosität machte sich breit. „Entweder nehme ich jetzt doch einmal einen dieser Tranquilizer“, beschloss sie, „oder ich muss raus, mich bewegen, um das Adrenalin abzubauen.“

Sie entschied sich für Letzteres und zog ihre Joggingkleidung an, die sie seit mehreren Wochen nicht mehr benutzt hatte. Wohnungsschlüssel und Handy verstaute sie in einer Gürteltasche. Die frische Luft blies ihr den Kopf frei. Sie konzentrierte sich nur noch auf den Rhythmus ihres Atems und ihren Laufschritt. Die belastenden Gedanken waren ausgeblendet. Nach etwa 20 Minuten machte sie an einem Holzstapel halt und dehnte ihre Muskulatur. Sie wollte eben weiterlaufen, als das Anrufsignal ihres Handys in der Gürteltasche ertönte. Es war CC, der seinen Besuch bei ihr ankündigte. Er klang aufgeregt.

„Ich hab bis jetzt im Internet recherchiert und unglaubliche Sache gefunne“, erklärte er. „Mir müsse heute Abend drüber redde, wie mir damit umgehn.“

„Weshalb nicht jetzt gleich? Jede Minute kann kostbar sein.“

Maike registrierte, dass CC einen Moment zögerte. „Oder passt es dir jetzt nicht?"

„Doch. Schon in Ordnung. Ich komm." Er schien nicht gerade begeistert.

„Ist es dir wirklich recht?"

„Klar doch. Ich wollt eigentlich in die Coface Arena. Die 05er spiele doch heut gesche Augsburg", bekannte er kleinlaut. „Aber Angelika ist wichtiger. Für sie tue ich alles. Fußball kommt ja immer wieder, aber Angelika ..."

„Danke, CC. Das werde ich dir nie vergessen."

„Na ja, so wie ich die kenn, wird des en ofache Siech geche die Puppebühn, nachdem se sich die letzt Woch bei de Bayern ganz gut geschlaache habbe. Da brauche die mei Unnerstützung nedd."

CC sollte recht behalten. Das Spiel endete 2:0.

Eine halbe Stunde später saßen sie also wieder zusammen an Maikes Küchentisch. Sie hatte inzwischen geduscht und, da die Unruhesymptome durch CCs Anruf wieder aufgetaucht waren, zwei Kapseln eines pflanzlichen Beruhigungsmittels eingenommen. Es begann zu wirken, zumindest hatte Maike den Eindruck, dass sie ruhiger wurde. CCs Laptop stand eingeschaltet vor ihnen. Darüber kräuselte sich aromatischer Kaffeedampf aus zwei großen Bechern. Eine Idylle, wie sie trügerischer nicht sein konnte.

„Das Internet bietet unendlich viel Mist," stöhnte CC, „aber auch ebenso viele Möglichkeiten. Und wenn du einmal die richtige Spur gefunden hast, landest du einen Treffer nach dem anderen."

Die Ausbeute seiner Nachforschungen unterstützte er mit Dateien, die er von Dorothea Bellmanns Laptop kopiert hatte. Zudem von Internetseiten, auf die er daraufhin gestoßen war. Wie Mosaiksteine ergaben sie ein Gesamtbild, das sie plötzlich wie ein Phantom erscheinen ließ.

Sie hatte Zeitungsartikel aus ganz Deutschland abgespeichert, in denen über Gerichtsverfahren wegen sexuellem Missbrauch von Kindern berichtet wurde. Bemerkenswert war, dass es sich nur um solche handelte, bei denen die Täter freigesprochen oder die Opfer als unglaubwürdig dargestellt wurden. Der Beginn der Sammlung dieser Artikel war zeitgleich mit Dorotheas Zuzug nach Weinheim. Einige Dokumente wiesen jedoch eine Besonderheit auf: Sie befassten sich ausschließlich mit zwei Fällen. Es handelte sich um Artikel in Frankfurter Tageszeitungen und um Suchaufrufe. Beate Adler, ein 16-jähriges Mädchen, war seit August 1991 spurlos verschwunden. Zudem hatte sie Berichte über einen Vater und dessen 18-jährige Tochter abgespeichert, die im selben Zeitraum bei einem Hausbrand umgekommen waren. Interessanterweise spielten sich beide Tragödien auch noch im selben Frankfurter Stadtteil, in Bornheim, ab.

CC wies Maike darauf hin, dass die Namen des Vaters und seiner Tochter nur mit Kürzeln und deren Alter angegeben waren.

„W. F., 44, und K. F., 18 Jahre alt“, las er vor. „Wie alt wäre das Mädchen heute?“

Er ließ Maike keine Zeit zum Überlegen und für eine Antwort. „Musst nicht rechnen. Ich sage es dir: 38. Und wer sagt, er sei 38 Jahre alt? Dorothea.“ Er blickte sie triumphierend an.

„Und was hat das mit dieser Beate Adler zu tun, die spurlos verschwunden ist?“

„Das weiß ich noch nicht. Aber auffällig ist: identischer Zeitraum im gleichen Frankfurter Stadtteil. Die Gronauer Straße, in der diese Beate wohnte, und die Usinger Straße liegen in unmittelbarer Nähe. Es muss da einen Zusammenhang geben. Ich bin überzeugt davon, dass wir das auch noch ermitteln werden. Aber, lass mich noch einmal rekapitulieren: Auf ihrem Laptop hat sie generelle Informationen über sexuellen Missbrauch von Kindern gesammelt. Und besonders über Täter, die freigesprochen wurden. Außerdem ganz speziell über dieses Mädchen, das zum selben Zeitpunkt umgekommen ist, an dem in unmittelbarer Nachbarschaft ein anderes verschwunden ist. Und dieses Mädchen wäre heute, wenn es noch leben würde, genauso alt wie Dorothea. Das war ein Hinweis, dem ich nachgegangen bin. Ich wollte wissen, ob zwischen Dorothea und dieser unbekannten K. F. eine Verbindung besteht."

„Vielleicht ihre Zwillingsschwester?", kombinierte Maike. „Ich kenne ja ihren Mädchenname nicht. Vielleicht beginnt der mit F. Aber, Moment mal, das kann nicht sein. Sie hat mir erzählt, sie sei als Einzelkind aufgewachsen. Ihre Eltern hatten vor über 20 Jahren einen tödlichen Unfall."

„Das könntest du doch auch behaupten, wenn dich niemand kennt – oder? Außerdem, war sie vor 20 Jahren wie alt?"

„Mhh, 18. Ist schon merkwürdig. Aber weshalb sollte sie das denn erfunden haben?"

„Um ihre Herkunft zu verschleiern? Es ist aber auch möglich, dass sie einen Dachschaden hat. Dann gibt es noch die Kombination aus den beiden Thesen. Und damit kommen wir der Wahrheit wahrscheinlich am nächsten."

„Und wie sollen wir nun herausfinden, wer diese ominöse K. F. war und wie das mit Dorothea zusammenhängt?"

„Hab ich schon", grinste CC mit sichtlichem Stolz. „Wenigstens weitgehend. W. F. steht für Werner Feulner und K. F. für Klara Feulner, seine Tochter. Beide umgekommen beim Brand ihres Hauses am 27. August 1991."

„Woher …?“

„Die Usinger Straße ist relativ kurz und zudem nur auf einer Seite bebaut. Ich hoffte, dass dort heute noch Personen leben, die bereits 1991 dort wohnten. Nach dem dritten Telefonat hatte ich ein Ehepaar ausfindig gemacht, die sich noch sehr gut an ihre früheren Nachbarn erinnern konnten. Beim Vornamen des Vaters waren sie sich sicher. Bei dem Mädchen allerdings sagten sie, dass sie es kaum zu Gesicht bekamen. Sie waren sich zuerst nicht ganz sicher, kamen aber dann überein, dass sie Klara hieß. Ich könnte da natürlich noch weiter nachforschen.“

„Das kannst du immer noch machen. Aber sag mal, die haben dir so einfach Auskunft gegeben?“

„So direkt nicht.“ CC wog bedenklich seinen Kopf. „Die warten jetzt halt darauf, dass sie dafür demnächst ein kostenloses Exemplar eines Buches mit dem Titel „Bernemer Geschichte der letzten 50 Jahre“ von einem Stefan Hoffelder bekommen, in dem sie namentlich als Zeitzeugen erwähnt werden. Aber du weeßt ja, dass de Zweck die Middel heilischt. Und ich habe schließlich niemandem geschadet. Doch, es geht noch weiter, dank Internet.“

Er schilderte, dass er dann auf gut Glück die Wortkombination Bellmann und Klavier bei Google eingegeben hat. Dabei stieß er zuerst auf eine Klavierwerkstatt in Erfurt. Dort fand er jedoch keinen Hinweis auf Dorothea. Einen weiteren Treffer landete er in Hamburg bei einem Klavierhandel mit der Firmierung Bellmann & Bellmann. Und hier wurde er fündig. In der aktuellen Firmenchronik auf deren Internetpräsentation gab es zwar auch keinen Anhaltspunkt zu Dorothea. Er stieß aber bei seiner weiteren Suche auf eine ältere Ausgabe. Normale Internetnutzer konnten sie zwar nicht mehr aufrufen, aber für CC stellte das kein Problem dar.

„Und, was hast du gefunden?“ Maikes Ungeduld war nicht zu überhören.

„Die Bellmanns gehören zu den angesehensten Familien in Hamburg. High Society, wenn du so willst. Holger Bellmann, der Juniorchef, ist heute 42 Jahre alt. Vor 16 Jahren, also 1995, hat er eine Dorothea Günther geheiratet. Die Hochzeit war, als Ereignis des Jahres, groß angekündigt und allen Kunden mitgeteilt worden. Im Gegensatz zur Scheidung nach zwei Jahren, die als einvernehmliche Trennung nur mit einem Einzeiler erwähnt wurde. Und 1997, also im selben Jahr, ist Dorothea nach Weinheim gezogen.“

Maike nickte bedeutungsvoll. „Das muss ich erst mal verdauen und umsetzen. Und dazu brauch ich jetzt noch einen.“ Mit ihrem Kaffeebecher in der Hand war sie aufgestanden. „Du auch?“ CC nickte und reichte ihr seinen Becher.

„Was geht in dieser Frau vor?“, fragte sie, während sie an der Kaffeemaschine hantierte. „Eine Scheidung ist doch heutzutage kein Makel mehr. Also weshalb bindet sie uns einen solchen Bären auf?“

„Ich weiß es nicht. Auf diese Frage hat das Internet natürlich keine Antwort parat.“

Maike nahm wieder Platz. Jetzt aber gegenüber von CC, der den Bildschirm seines Laptops zuklappte. Den gefüllten Kaffeebecher, den sie ihm über den Tisch zuschob, nahm er mit dankbarem Nicken entgegen. Maike blickte ihn nachdenklich an. „Eines ist doch mal sicher“, überlegte sie, „irgendetwas verbindet sie mit sexuellem Missbrauch von Kindern. Vielleicht ist sie selbst als Kind zum Opfer eines Pädophilen geworden und ihre Familie hat das vertuscht. Die meisten Täter kommen ja bekanntermaßen aus dem unmittelbaren Umfeld. Vater, Mutter, Bruder, Schwester, Onkel, Tante, Opa, Oma. Wehe, das kommt an die Öffentlichkeit. Dann hat die ganze Familie darunter zu leiden. Lieber nimmt man dann diese Übergriffe schweigend in Kauf. Was man den Opfern damit antut, wird verdrängt."

„Mag sein", pflichtete CC ihr bei. „Nur, wo könnte da eine Verbindung bestehen zwischen dem Schicksal der beiden Frankfurter Mädchen vor 21 Jahren und dem Verschwinden von Eva und Angelika?"

„Eva wurde missbraucht. Das ist eindeutig belegt durch die Aussage ihres Vaters. Und Angelika wusste das anscheinend auch, wenn wir das Buchgeschenk von Eva richtig interpretieren."

CC sah sie irritiert an und Maike klärte ihn über Titel und Inhalt des Buches auf, das sie in Angelikas Zimmer gefunden hatte.

„Alles schön und gut, Maike. Wir könnten jetzt Spekulationen anstellen auf Teufel komm raus. Ich denke aber, wenn wir uns nicht verrennen wollen, müsste man sich mit ihrem Ex in Verbindung setzen. Er ist der Einzige, der mehr über ihre Herkunft und vielleicht auch ihre Kindheit erzählen kann. Zumindest ist er der Einzige, von dessen Existenz wir wissen."

„Vorausgesetzt, es handelt sich nicht um eine ganz andere Person, die zufällig den gleichen Vornamen und das gleiche Alter hat."

„Unn was mit Klavier zu tun hadd?! Unn korz nach dem Scheidungstermin in Weunumm uffschlächd?! Des glaabsde doch selber net!" CCs idiomatischer Schwenk und sein ungläubiger Blick erstickten Maikes vorsichtige Zweifel im Ansatz.

„Ich glaube es ja auch nicht. Aber wir müssen es herausfinden. Und zwar schnell."

„Sollten wir jetzt nicht besser Breuner einschalten?"

„Nein!“ Maikes Reaktion war so schnell und heftig, dass sie selbst darüber erschrak und ihre schroffe Ablehnung in sachlichem Tonfall begründete. „Erstens würden wir Ad, ich meine Herrn Breuner – grins nicht so blöd, ich habe mich versprochen – also, wir würden ihn nur in Erklärungsnotstand bringen, wo er die Informationen herhat und zweitens …“

„… willst du mal wieder beweisen, dass du es ohne einen Mann schaffst. Ich zähl ja dabei nedd. Ich bin ja nur de gude Kumbel.“

Maike grinste ihn kopfschüttelnd an. „Du hast recht. Ich werde diesen Holger Bellmann anrufen. Aber, wenn du meinst, du wärst mein guter Kumpel, dann hast du dich geschnitten. Du bist der Beste! Der Allerbeste! Und ich bin froh und dankbar, dich zum Freund zu haben.“

Montag, 24. September 2012, 11 Uhr, Alzey

Maike wurde von der Sekretärin ohne weitere Rückfragen zu Holger Bellmann durchgestellt. Sie hatte lediglich mitgeteilt, dass sie ihn in einer privaten Angelegenheit zu sprechen wünsche. Er hatte eine sympathische, jugendliche Stimme. Seinen Hamburger Dialekt mit dem spitzen S und dem A, das eher nach einem O klang, konnte er nicht verleugnen. Maike erklärte ihm, dass sie für Dorothea eine Überraschungsparty plane. Zwar habe sie schon einige Gäste aus ihrem heutigen Bekanntenkreis im Raum Alzey eingeladen, sei aber auf der Suche nach Menschen, die sie vielleicht schon lange nicht mehr gesehen hat.

„Und da dachte ich, ob Sie mir vielleicht weiterhelfen können. Dorothea hat mir erzählt, dass sie einmal mit Ihnen verheiratet gewesen war. Aber die Ehe sei im Guten auseinandergegangen. Ich hoffe, dass ich das richtig verstanden habe."

Bellmann antwortete nicht gleich. Aber Maike hörte ihn atmen. Schließlich räusperte er sich.

„Im Guten? Hat sie das gesagt? Dann hat sie mir endlich verziehen." Es klang eher nach einer Frage als nach einer Feststellung. „Wissen Sie, Frau Berger, sie hat Hamburg nach unserer Scheidung verlassen, ohne eine Nachricht zu hinterlassen, wo sie hingezogen ist. Ich habe natürlich nachgeforscht und ihre Adresse herausgefunden. Da ich aber von Dorothea seitdem nichts mehr gehört hatte, habe ich mich auch nicht getraut sie anzurufen. Einmal bin ich sogar an ihrem Haus vorbeigefahren. Aber ich habe nicht angehalten. Es steht noch etwas zwischen uns, was ausgeräumt werden muss. Nach 14 Jahren wird es endlich Zeit."

„Da wären Sie ja unter Umständen die Krönung der Überraschungsparty", sagte sie mit erzwungener Fröhlichkeit und schämte sich gleichzeitig. „Aber wen könnte ich denn noch einladen aus ihrer Hamburger Zeit oder aus der Zeit davor?"

„Da kann ich Ihnen leider nicht helfen. Hier in Hamburg gab es keine so engen Kontakte. Und früher ...? Hm, da weiß ich eigentlich gar nichts."

„Ist sie denn nicht aus Hamburg?"

„Nein. Ursprünglich kommt sie aus Frankfurt. Dorothea hatte sich Mitte der 90er-Jahre von dort aus bei uns um eine Lehrstelle beworben. Sie spielte außergewöhnlich gut Klavier. Ganz gleich, ob Klassik, Jazz, Pop, Schlager oder was auch immer. Wir konnten sie sofort bei der Vorführung unserer Instrumente bei einem Verkaufsgespräch einsetzen. Und nach einiger Zeit auch für den Klavierunterricht. Zudem kam sie aus gutem Haus, was für uns ebenfalls ausschlaggebend war. Ihr Vater war Diplomat und damals mit ihrer Mutter in den USA. Später hat sie sich mit ihnen entzweit. Ich weiß nicht mehr weshalb. Ich habe ihre Eltern auch nie kennengelernt."

„Das heißt, dass Sie niemand kennen, den ich noch ansprechen könnte?"

„Leider nein, Frau Berger, so gerne ich es möchte."

„Sie erzählt auch nichts aus ihrer Schulzeit, das ist mir auch schon aufgefallen", lockte Maike. „Manchmal habe ich den Eindruck, dass sie unschöne Erlebnisse verdrängt. Aber ich plappere hier über Dinge, mit denen ich Sie nur aufhalte."

„Nein, das tun Sie ganz gewiss nicht. Ich hatte damals schon den Eindruck, dass sie irgendetwas belastet, worüber sie nicht sprechen wollte. Sie hat es nur gezeigt, mit ihrem Verhalten."

„Was meinen Sie damit?"

„Das ist kein Thema für ein Telefonat. Und außerdem müssten wir uns näher kennen, bevor ich darüber spreche."

„Ich weiß, dass sie Probleme mit Männern hat", schoss Maike in den Busch. „Also nicht, dass sie lesbisch ist, das meine ich nicht. Aber wenn sie einmal etwas näher mit einem Mann Bekanntschaft gemacht hat, dann zieht sie sich plötzlich zurück."

„Das kommt hin", bestätigte Holger Bellmann, ohne weiter auf Maikes Vorlage einzugehen. Doch trotz seiner unzulänglichen Antwort war sie absolut zufrieden mit dem Resultat ihres Telefonates.

Bevor sie sich mit einem herzlichen Dankeschön verabschiedete, vereinbarte sie mit Holger Bellmann, dass er mit Dorothea vor der Überraschungsparty keinen Kontakt aufnehmen würde. Sonst sei es ja keine Überraschung mehr. Und sie würde ihm eine Einladung zusenden, wenn der Termin definitiv feststehe.

Holger Bellmann legte das Telefon gedankenverloren zurück in seine Halterung. „Dorothea", formten seine Lippen stumm. Er lehnte sich zurück, starrte an die dunkelbraune Holzdecke. Er hatte versucht, sie aus seiner Erinnerung zu verdrängen. Er dachte, dass es das Beste sei, um mit seiner Schuld umzugehen, zumal er seit neun Jahren wieder verheiratet war und inzwischen zwei Kinder hatte. Schwerfällig erhob er sich aus seinem Bürosessel, trat ans Fenster und schaute auf die belebte Straße in der Hamburger City, ohne etwas wahrzunehmen. Mit einer fahrigen Bewegung wischte er sich über sein Gesicht. Er versuchte, sich zu beruhigen, indem er sich in Erinnerung rief, wie oft sie ihn gereizt, ja sogar provoziert hatte. Doch er konnte sich seine Tätlichkeit auch jetzt noch nicht vergeben. Da konnte für ihn auch die großzügige Abfindung, die er ihr freiwillig bei der Scheidung zugestanden hatte, nichts ändern. Was sein Gewissen entlasten würde, wurde ihm auch in diesem Moment wieder klar: Ein Zeichen, dass sie ihm verziehen hatte. War das nun die Chance? Die Überraschungsparty, zu der Frau Berger ihn einladen würde. Natürlich würde er dort erscheinen. Aber weshalb noch so lange warten? Er blickte nach hinten zu seinem Schreibtisch, fasste das Telefon ins Auge. Er konnte sie doch auch so anrufen, ohne etwas von der geplanten Party verlauten zu lassen. Schließlich hatte er mit Frau Berger ja nur vereinbart, vorher keinen Kontakt mit Dorothea aufzunehmen, um die Überraschung nicht platzen zu lassen.

Er musste nicht lange suchen, bis er in einer seiner Schreibtischschubladen das Notizpapier mit der Telefonnummer fand, die er so oft schon hatte wählen wollen. Dieses Mal nahm er allen Mut zusammen, auch wenn ihm das Herz bis zum Hals schlug. Nach viermaligem Läuten meldete sie sich. Eine Stimme, die ihm sofort wieder vertraut war, ließ die Zeitspanne von 14 Jahren auf eine Sekunde zusammenschrumpfen.

Nach dem Telefonat mit Holger Bellmann rief Maike CC an.

„Sie kommt also tatsächlich aus Frankfurt“, resümierte er, „aber ihr Mädchenname ist offensichtlich Günther und nicht Feulner.“

„Und was, wenn sie gar nicht Dorothea heißt“, warf Maike ein, „sondern Klara? Und wenn sie auch ihren Nachnamen geändert hat? Für uns beide, harmlose Typen, mag das abenteuerlich klingen, aber es ist auch nicht unmöglich – oder? Vielleicht hat sich, aus welchen Gründen auch immer, diese Klara Feulner in Dorothea Günther verwandelt. Der Bellmann scheint überhaupt nichts aus ihrer Vergangenheit zu wissen. Sie ist ja auch plötzlich in Hamburg aufgetaucht.“

„Aber diese K. F. ist doch bei dem Brand umgekommen!“

„Weiß mans? Kann nicht eine Andere an ihrer Stelle verbrannt sein? Was ist denn mit dem Mädchen, dieser Beate, die zeitgleich verschwunden ist? Wenn wir nur unsere Fantasie spielen lassen, dann passt das doch wie Topf und Deckel zusammen. Vielleicht war sie es ja, die in Wirklichkeit umgekommen ist. Als logische Schlussfolgerung in einem Gedankenspiel ist das schließlich nicht von der Hand zu weisen.“

„Entweder deine Spekulation verdient den Paranoiapreis des Jahres oder du hast recht. Was meinst du denn, weshalb sie dieses Lügengebäude aufgebaut hat?“

„Es deutet ja nun alles darauf hin, dass Dorothea – oder wie immer sie tatsächlich heißen mag – als Kind missbraucht wurde. Vielleicht hat sie den Brand, dem sie entkommen konnte, und die Verwechslung als Wink des Schicksals betrachtet, um ein neues Leben zu beginnen. Die alte Klara

Feulner war tot – es lebe die neue Dorothea Günther. Was hatte sie denn schon zu verlieren? Und hier könnte auch die Verbindung zu Eva sein. Ein sexuell missbrauchtes Mädchen, dem sie helfen will, sein Leben neu zu gestalten. Meinst du, das ist zu sehr konstruiert?"

CC zuckte mit den Schultern.

„Ich kann mir nur keinen Reim darauf machen, was Angelika in dieser Konstellation für eine Rolle spielt." Sie sah CC forschend an. Erwartete eine Bestätigung. Stattdessen nahm sie skeptische Ablehnung wahr. „Was ist?", fragte sie irritiert.

„Maike, bitte, wir dürfen uns nicht verrennen. Das sind doch bisher alles nur Spekulationen. Das ist so, als ob wir in der Wüste tauchen wollen. Und außerdem", er wurde plötzlich leise, „ich kann mich doch nicht so in ihr getäuscht haben."

„Du kennst sie erst seit wenigen Tagen. Bernd kannte ich über 10 Jahre und habe mich trotzdem in ihm … aber ich verstehe dich."

„Ich habe mich verliebt. Ja! Das heißt aber noch lange nicht, dass ich nicht mehr klar denken kann."

„Du meinst also, dass dein Urteilsvermögen ungetrübt ist?"

„Weitestgehend", grinste er. „Weißt du, was ich jetzt mache?", sagte er trotzig, als er Maikes skeptischen Blick sah. „Ich fahre heute Nachmittag zu Dorothea und fühle ihr auf den Zahn. Sie weiß nicht, was wir wissen und vermuten. Also kann ich den Ahnungslosen spielen."

Montag, 24. September 2012, 15 Uhr, Alzey

Dorothea gab sich erfreut über CCs Ankündigung, sie zu besuchen. „Du scheinst es ja gar nicht mehr ohne mich auszuhalten."

„Ist es dir denn nicht recht? Oder passt es dir jetzt nicht?"

„Unsinn. Ich freue mich, wenn du kommst. Ich habe um drei Uhr noch eine Klavierstunde. Wenn du um vier bei mir bist, trinken wir eine Tasse Kaffee. Und wenn du willst, gehen wir dann noch ein bisschen spazieren. Und heute Abend … oder heute Nacht … werde ich dich mit etwas ganz Besonderem überraschen", versprach sie.

„Kaffee ohne Kuche soll mer gar nedd erst versuche", hatte er zu Begrüßung aus dem Stegreif gereimt. Das Kuchenpaket, das er Dorothea entgegenstreckte, drängte seinen verunglückten lyrischen Ausreißer in den Hintergrund.

„Mach es dir gemütlich", sagte Dorothea und zeigte in Richtung Wohnzimmer. „Du kennst dich ja schon aus. Ich packe eben den Kuchen auf einen Teller" und verschwand in ihrer Küche.

CC legte seine Autoschlüssel auf ein Beistelltischchen. „Der drückt so beim Sitzen", erklärte er, als Dorothea mit dem Kuchenteller zurückkam. Sie nickte nur und holte noch eine Flasche Wasser und zwei Gläser aus der Küche und brachte zudem einen Flaschenkorb mit, den sie ihm reichte.

„Ich habe eben gemerkt, dass es die letzte Flasche war", sagte sie. „Würdest du mir einen Gefallen tun und aus dem Keller ein paar hochholen? Ich mache inzwischen den Kaffee fertig. Die Treppe runter und die erste Tür rechts, da stehen die Getränkekästen. Wenn du willst, bring dir gerne Bier mit hoch. Oder willst du heute noch nach Mainz zurück?"

„Nur wenn du mich rauswirfst", flachste er und war schon

auf der Kellertreppe. Er füllte den Flaschenkorb und nutzte die Gelegenheit sich umzusehen. Zwei weitere Türen gingen von dem Kellerflur ab. Er öffnete die erste. Es war der Heizungs- und Installationskeller. Dass sich dahinter noch ein weiterer Raum befand, mit einer Stahltür davor, konnte er nicht sehen, da sie von einem Regal verdeckt war. Auch, dass dieses durch kleine Rollen unter den vier Seitenstützen beweglich war, entging ihm. Er bemerkte auch nicht, dass Dorothea neben der Kellertür Stellung bezogen hatte und jeden seiner Schritte verfolgte. Leise zog er die Tür hinter sich zu und wollte eben in den anderen Raum gehen, als er Dorothea von oben rufen hörte.

„Alles klar? Hast du die Getränke gefunden?"

Er beeilte sich, nach oben zu kommen. Hier jedenfalls, so stellte er fest, konnten Eva und Angelika nicht sein. Sonst hätte sie ihn nicht so freimütig in den Keller gehen lassen.

Wie ein altes Ehepaar saßen sie in trauter Zweisamkeit in der Essecke in Dorotheas Wohnzimmer am Kaffeetisch.

„Magst du den?", fragte CC, als sich Dorothea ein zweites Stück Frankfurter Kranz auf den Teller schaufelte. Als er die Torte in der Auslage gesehen hatte, war es ihm erschienen wie ein Wink des Schicksals.

„Ja. Aber am liebsten esse ich die Eierlikörtorte vom Esselborn in Alzey beim Rossmarkt. Kennst du die Konditorei?"

„Nein. Ich bin Mainzer und mein Stammcafé ist das …"

„Extrablatt, ich weiß."

„Genau. Aber wie ich sehe, schmeckt dir der Frankfurter Kranz. Woher kommt eigentlich der Name? Ob das so ist wie Frankfurter Würstchen oder Rindswurst oder Grieh Soß, Goethes Lieblingsgericht? Hast du die schon mal gegessen? In Frankfurt? So am Ursprung dieser kulinarischen Genüsse? Mit einer selbst gemachten Mayonnaise, Rindfleisch und Gequellte?"

CC beobachtete Dorothea mit einem Seitenblick, während er andächtig das letzte Stück seiner Torte auf die Gabel nahm und in den Mund schob. Er hoffte, dass er nicht zu dick aufgetragen und sie misstrauisch gemacht hatte. Aber sie lächelte ihn weiterhin freundlich und arglos an.

„Nein. Bisher noch nicht. Aber das können wir ja mal gemeinsam machen."

„Wie, du warst noch nie in Frankfurt?", tat er erstaunt.

„Wie kommst du denn darauf? Das habe ich nicht gesagt. Einige Male war ich schon dort. Zu einem Konzert in der Alten Oper und auf dem Weihnachtsmarkt am Römer. Aber ich sehe, du bist fertig mit deinem Kuchen. Wie wäre es jetzt mit einem Verdauungsspaziergang, bevor es dunkel wird? Abräumen können wir später."

„Machen wir", sagte CC und heuchelte Begeisterung. Sie standen beide auf. „Und dann gibts die Überraschung."

„Ganz sicher", versprach Dorothea. „Da kannst du Gift drauf nehmen." Sie lachte und gab ihm einen herzhaften Kuss. „Lass ihn liegen, du brauchst ihn doch jetzt nicht", sagte sie, als er nach seinem Autoschlüssel greifen wollte. „Ich hole nur noch meine Handtasche und ziehe feste Schuhe an."

Sie führte ihn um ihr Haus herum über einen Kiesweg, der zum Gartenzaun mit einem kleinen Tor führte. Sie öffnete es und deutete auf den Feldweg, der sich direkt anschloss, in westlicher Richtung. „Mein Lieblingsweg zu meinem Lieblingsplatz. Komm, er wird dir gefallen."

„Toll", sagte CC. „Sofort in der Natur. Wäre ideal für einen Hund. Wäre das nichts für dich? Zumal du hier doch recht einsam wohnst."

Dorothea schüttelte den Kopf. „Ein Hund macht zu viel Arbeit."

„Hattest du mal einen?"

„Nein. Ich wollte immer ein Pony haben. Du weißt ja, Jungmädchenträume. Aber meine Eltern wollten das nicht."

Sie näherten sich einer lang gezogenen Baumgruppe, die den rechten Wegrand begrenzte.

„Erzähl mir von deinen Eltern", bat CC und kickte beiläufig einen Stein zur Seite. Hoffentlich merkt sie nicht, was ich mit meinen Fragen bezwecke, dachte er.

„Kein gutes Thema", wiegelte Dorothea ab. „Sie sind beide tot und ich mag da nicht drüber sprechen."

„Klar. Verstehe ich. Tut mir leid, dass ich das angesprochen habe. Und Geschwister?", fragte er vorsichtig. „Oder bist du ganz alleine und ich könnte dein Prinz sein, der dich auf seinem weißen Ross in sein Schloss holt?"

„Deine Wohnung ein Schloss? Ein Vorhängeschloss vielleicht", frotzelte sie. „Wenn überhaupt, dann ziehst du eher bei mir ein." Eine Antwort auf die Frage nach Geschwistern erhielt er nicht. Stattdessen hakte sie sich vertraulich bei ihm unter.

Nach etwa zehn Minuten schien ein grobmaschiger Zaun das Signal zur Umkehr zu setzen. Dorothea lotste CC jedoch durch eine Öffnung, die er auf den ersten Blick nicht erkennen konnte, da sie durch ein Gebüsch verdeckt wurde.

„Jetzt kommen wir gleich zu meinem Lieblingsplatz", erklärte sie und bog einen Ast zur Seite, um CC den Durchschlupf zu erleichtern. „Ich will ja nicht, dass du dich noch verletzt oder deine Brille zu Bruch geht."

CC war beruhigt. Sie war offenbar ahnungslos. Irgendwie schämte er sich für sein hinterlistiges Verhalten. Für ihn diente es jedoch zunehmend dem Zweck, sie von dem Verdacht zu entlasten.

„So, hier sind wir. Ist das nicht herrlich?"

Sie waren an dem oberen Hang einer Sandgrube angekommen, deren steiler Abhang nach circa 20 Metern in einer Ebene von der Größe eines Fußballfeldes endete.

„Sei vorsichtig, dass du nicht abrutschst", warnte sie CC. „Der Sand sieht zwar harmlos aus, aber wenn du näher hinsiehst, wirst du Steinbrocken entdecken, auf denen du lieber nicht aufschlägst."

Sie wies ihn auf den grandiosen Ausblick hin. „Da vor uns liegen Mauchenheim und Offenheim und ganz hinten, rechts, kannst du den Donnersberg sehen."

„Ich sehe nichts."

„Du musst dich ein wenig nach vorne beugen."

CC sollte den Donnersberg nicht mehr sehen. Das Letzte, was er noch bewusst erlebte, war ein heftiger Stoß, der ihn immer schneller den Abhang hinunterrollen ließ und die Gesteinsbrocken, die ihm auf seinem Weg nach unten Prellungen, Rippenfrakturen, Schürf- und Platzwunden beifügten. Seine Brille brach entzwei und hinterließ dabei eine tiefe Schnittwunde auf seiner Nase. Dorothea war, um nicht selbst ins Straucheln zu geraten, in einem Zickzackkurs hinterhergeeilt. In seiner Benommenheit war CC nicht in der Lage zu realisieren, was mit ihm geschehen war. Wie durch einen Schleier sah er eine Person, die sich über ihn beugte. Er vermochte sie nicht zuzuordnen. Und auch was sie zu ihm sagte, konnte er zwar akustisch vernehmen, aber nicht in seinem Kopf umsetzen, der ein einziger Schmerzkosmos war.

„Da hast du nun deine Überraschung", zischte Dorothea. „Was glaubst du denn eigentlich, mit wem du es zu tun hast?

Du wolltest mich hintergehen, du gemeines Schwein. Da musst du aber früher aufstehen. Spätestens bei deinem Gelaber über Frankfurt wusste ich, worauf du hinaus wolltest. Ja, isch kenn Frankford. Bin dort geborn, uffgewachse, habb dort gelidde und mei Lewe verlorn.“

Sie richtete sich wieder auf, nahm ihre Tasche von der Schulter und entnahm ihr eine Handfeuerwaffe. „Ich hatte dir vertraut. Hatte gehofft, mit dir ... Aber du hast mich nicht verdient. Und jetzt zeige ich dir, was man mit solchen Typen macht: Die gehören ausradiert. Eigentlich müsste ich dich jetzt hier verrecken lassen, aber wir hatten einige schöne Momente, und da will ich nicht so sein. Du sollst nicht länger leiden.“

Ihr Sarkasmus erreichte CC nicht. Schemenhaft nahm er wahr, dass sie einen Gegenstand auf ihn richtete. Ein dumpfer Knall, ein heftiger Schlag gegen seine Brust und ein brennender Schmerz vereinigten sich im Bruchteil einer Sekunde zu einer letzten Sinnesempfindung. Da war kein Abspulen seines Lebens im Zeitraffer, kein weißes gleißendes Licht am Horizont. Nur noch ein schwarzes Nichts.

Dorothea betrachtete den leblosen Körper mit einer gewissen Genugtuung. Die Glieder abstrus verdreht und in einer Lache von hellrotem Blut, die sich zusehends ausbreitete. Ihn, den ersten Mann seit mehr als 15 Jahren, in dessen Armen sie erstmals Lust empfunden hatte, ohne dafür mit körperlichen und seelischen Schmerzen zu bezahlen. Sie beugte sich zu ihm hinunter und legte Zeige- und Mittelfinger an seine Halsschlagader. Sie konnte keinen Puls mehr wahrnehmen. Wie auch, dachte sie, immerhin habe ich direkt ins Herz getroffen.

Die Pistole, eine 7,65 mm Luger, die sie mit einer Schachtel Munition vor vielen Jahren am Hauptbahnhof in Hamburg einem Junkie abgekauft hatte, verstaute sie wieder in ihrer Tasche, der sie ein Paar dünne Gymnastikschuhe entnahm. Sie setzte sich neben CCs reglosen Körper. Ungerührt und ohne ihn anzusehen, wechselte sie die Schuhe. Dann stand sie auf, klopfte sich den Sand ab und lief auf der Abraumfläche der Sandgrube etwa 50 Meter in Richtung Offenheim, bevor sie in Serpentinen wieder den Hang erklomm. Oben angekommen, schleuderte sie die Schuhe, die sie auf dem Hinweg getragen hatte, in hohem Bogen in das angrenzende Gebüsch. Dorthin, wo sie die Mofaroller von Eva und Angelika versteckt hatte. Nachzusehen, ob die sich noch dort befanden, kam ihr nicht in den Sinn.

Trotz aller Vorsichtsmaßnahmen, mit denen sie ihre Spuren verwischt hatte, war sie sich dessen bewusst, dass die Ermittlungen auch zu ihr führen würden, wenn man erst einmal CCs Leiche entdeckt hatte. Aber das würde dauern. Seitdem sie ihre Spaziergänge dorthin machte, war ihr noch nie jemand begegnet. Es würde ihr daher noch ausreichend Zeit bleiben. Genug jedenfalls, um ihren Plan auszuführen. Ihr Blick ging nach oben. Eine Wolkenwand hatte sich vor die untergehende Sonne geschoben. „Ob man dann wirklich auf so einer Wolke sitzt?“, fragte sie sich leise. Sie war inzwischen wieder auf der Höhe angekommen, wo unter ihr CC lag. Sie blieb stehen, zögerte einen Moment. Sollte sie ihm noch einen letzten Blick gönnen? Sie entschied sich dagegen und ging den Weg weiter, zurück nach Hause, wo eine letzte, endgültige Aufgabe auf sie wartete. Aber zuerst einmal musste sie CCs Auto verschwinden lassen.

Montag, 24. September 2012, 17 Uhr 35, Alzey

Während CC seinen Auftrag in Weinheim erfüllte, verfestigte sich bei Maike eine Vermutung immer stärker, die sie beunruhigte. Konnte es sein, dass Dorothea als Folge schrecklicher Erlebnisse in ihrer Kindheit an einer psychischen Störung litt? Einer Störung, deren Auswirkungen sie nicht mehr kontrollieren konnte? Die sie zur Gefahr werden ließ? CCs Anruf erwartete sie jetzt mit noch größerer Ungeduld. Sollte sie ihn anrufen? Nein. Dann könnte Dorothea vielleicht doch misstrauisch werden. Oder sollte sie Dorothea anrufen? Die würde doch bestimmt CCs Besuch bei ihr erwähnen. Aber wenn nicht? Was sollte sie dann tun? Maike schwankte. Vielleicht war ja auch ihre Befürchtung absolut aus der Luft gegriffen. Herbert fiel ihr ein, Herbert Commenius, der Psychoonkel, wie CC ihn wohlwollend nannte.

Er war zu Hause und hatte auch Zeit für Maike. Sie schilderte ihm den momentanen Stand der Ermittlungen und äußerte abschließend ihren Verdacht.

„Ich will wissen, womit wir im schlimmsten Fall zu rechnen haben. Ich mache mir nämlich nicht nur Gedanken um die Mädchen, sondern inzwischen auch um CC. Er ist zwar nicht dumm, aber anscheinend immer noch in Dorothea verliebt. Auch wenn er ihr gegenüber inzwischen etwas kritischer geworden ist. Aber er ist so ein Typ, der in allen Menschen stets das Gute sieht. Und seine Verliebtheit reduziert natürlich sein instinktmäßiges Urteilsvermögen. Halt typisch Mann."

„Und dass du dir die letzte Bemerkung nicht verkneifen konntest, ist typisch Maike", lachte Commenius. „Doch zurück zu dieser Frau. Da ich sie nicht kenne, kann ich dir nur ganz allgemein sagen, was typischerweise geschehen kann. Also stell dir vor, dass jemand mit einem oder mehreren belastenden Ereignissen konfrontiert wurde, die für ihn eine außergewöhnliche Bedrohung darstellten, welche die persönlichen Bewältigungskapazitäten überstiegen. Diese Person gerät in der Regel in einen Zustand, den man als Trauma bezeichnet. Du kannst auch seelische Verletzung dazu sagen, im Gegensatz zu einer körperlichen Verwundung. Sowohl die Auswirkungen als auch die Heilungsmöglichkeiten gestalten sich dabei erheblich schwieriger. Dazu kommt, dass die Bedrohung durch das auslösende Ereignis nicht unbedingt die eigene Person betreffen muss. Sie kann nämlich genauso gut bei anderen miterlebt werden. Es reicht schon, wenn du zum Beispiel nur Zeuge eines schweren Unfalls oder einer Gewalttat wirst. Die Anzeichen treten in der Regel innerhalb von einem halben Jahr nach dem traumatischen Ereignis auf. Man nennt das daher ja auch Posttraumatische Belastungsstörung. Du erinnerst dich?"

„Ja. Ich habe mir auch schon Gedanken gemacht über die spezifischen Symptome, wie ich sie bei Dorothea vermute: Bindungsunfähigkeit, bewusstes Vermeiden von Gedanken, Gefühlen, Orten oder Menschen, die Erinnerungen wachrufen in Bezug auf das Trauma, Unfähigkeit, sich an einen wichtigen Aspekt des Traumas zu erinnern, Entfremdung von anderen, Reizbarkeit oder Wutausbrüche, extreme Wachsamkeit."

„Und nicht zu vergessen, die Belastung durch Erinnerungen und Träume. So, als ob sie den Missbrauch immer wieder erleben würde. Einer meiner Patienten hatte kürzlich einen Autounfall, dessen Ursache in einem dieser Flashbacks lag. Er war in diesem Moment völlig weggetreten."

„Das heißt, dass sie zu Handlungen fähig wird, die sich ihrer, wie soll ich sagen, ihrer Selbststeuerung entziehen?"

„Genau. Vor allem, wenn sie das alles ohne professionelle

Hilfe verarbeiten musste. Das gelingt nämlich nur wenigen Menschen. Ohne eine spezielle Therapie kann es zu einer erheblichen Verschlechterung des Gesamtbildes führen bis hin zu einer sogenannten multiplen Persönlichkeitsstörung."

„Das heißt?"

„Durch einen mentalen Defekt kommt es zu einer Unterbrechung des normalen Zusammenspiels zwischen dem Bewusstsein, dem Gedächtnis und der Wahrnehmung der Umwelt. Um es salopp auszudrücken: Eine Person, die darunter leidet, ist total durch den Wind. Sie entwickelt unterschiedliche Persönlichkeiten, die abwechselnd die Kontrolle über ihr Verhalten übernehmen. Oder sie denkt, es sei eine fremde Person. Im Extremfall kann es sogar vorkommen, dass eine dieser Persönlichkeiten das Handeln komplett übernimmt. Hast du einmal den Film Marnie gesehen? Von Alfred Hitchcock mit Tippi Hedren und Sean Connery?"

„Ich glaube, dass ich mich daran erinnere. Das war doch diese Kleptomanin, die bei einem ihrer Diebstähle von Sean Connery, der ihren Chef spielte, entdeckt wird. Anstatt sie der Polizei zu übergeben, heiratet er sie. Er will herausbekommen, was mit ihr los ist. Sie hat vor allem Angst vor der Farbe Rot und vor Gewitter, soweit ich mich entsinne. Und am Schluss stellt sich heraus, dass ihr Trauma, um die Geschichte einmal auf deine Erläuterung von vorher zu beziehen, dadurch ausgelöst worden war, dass sie als Kind den Freier ihrer Mutter bei einem Gewitter getötet hatte. Und diese Tat hatte sie verdrängt."

„Man vermutet, dass die Ursache einer solchen multiplen Persönlichkeitsstörung eine nicht therapierte posttraumatische Belastungsstörung ist, insbesondere infolge von Kindesmisshandlungen."

„Das klingt logisch und ich kann es im Fall von Dorothea

inzwischen sogar nachvollziehen. Es könnte durchaus passen. Irgendwie."

„Ich muss allerdings hinzufügen, dass die Diagnose dieser Krankheit bei meinen Kollegen immer noch heftig diskutiert wird. Und vereinzelt ist sie umstritten."

„Gibt es denn Studien, die das belegen?"

„Doch. Es gibt Fallserien. Die berichten darüber, dass sehr häufig schwere Traumatisierungen im Kindesalter, mit lang andauernden Misshandlungen und Vernachlässigung – und dabei besonders sexueller Missbrauch – vorausgegangen sind. Dabei handelt es sich überwiegend um Frauen, denen niemand im Kindesalter geholfen hat. Du siehst, wir können es drehen und wenden, wie wir wollen, wir kommen immer wieder am gleichen Punkt an. Wenn ich dich anfangs richtig verstanden habe, dann könnte alles auf diese Dorothea zutreffen."

„Kann es also sein, dass sie in diesem Zustand Eva und Angelika in ihre Gewalt gebracht und ihnen sogar etwas angetan hat – oder noch antut? Könnte sie CC etwas antun? Oder ganz konkret: Ist jemand mit dieser Persönlichkeitsspaltung gemeingefährlich?"

„Maike, vergiss bitte nicht, dass wir hier über einen angenommenen Extremfall reden. Allerdings muss man sich bewusst sein, dass diese andere Persönlichkeit dazu in der Lage ist, Dinge zu tun, zu denen die echte Person nicht fähig ist. Und das ohne eine Vorwarnung, der eine erkennbare Situation vorausgeht. Sie überspringen praktisch eine vorgelagerte Phase. Betrachte es als Ventil gegen einen inneren Überdruck, eine nicht beeinflussbare Überlebensstrategie. Aber sie stellt nicht nur für andere, sondern auch für sich selbst eine Gefahr dar."

„Für sich selbst? Was meinst du?"

„Selbstverletzung, das Eingehen hoher gesundheitlicher Risiken, Suizid. Bei Letzterem ist nicht auszuschließen, dass sie auch andere Personen mit in den Tod reißt.“

Überstürzt beendete Maike das Telefonat. „Herbert, danke. Du hast mir sehr geholfen. Ich muss jetzt sofort einiges erledigen. Ich hoffe, es ist noch nicht zu spät. Wenn alles vorbei ist, rufe ich dich an.“

Sie musste noch einmal mit Holger Bellmann sprechen. Irgendein Grund wird ihr schon einfallen, um ihn über Dorotheas charakteristisches Verhalten auszufragen. Klar doch, sie würde vorgeben, eine launige Rede über sie vorbereiten zu wollen. Wieder wurde sie sofort durchgestellt. Nachdem sie zwanzig Sekunden später das Funktelefon mit einem heftigen Knall in das Ladegerät geschoben hatte, platzte sie laut heraus. „Dieses dämliche Arschloch! Aber Frau Berger, was regen Sie sich denn so auf? Ich habe von der Überraschungsparty ganz bestimmt nichts gesagt“, äffte sie ihn nach. „Weshalb konnte dieser verdammte Fischkopp sich nicht an unsere Vereinbarung halten?“

Sie musste es nun doch wagen, CC auf seinem Handy zu erreichen, um ihn zu warnen. Er antwortete jedoch nicht. Sie sah auf ihre Uhr. Es war 17 Uhr 46. Als seine Mailbox ansprang, legte sie auf. Bestimmt hatte er sein Handy leise gestellt und wartete auf eine günstige Gelegenheit, um sie ungestört zurückrufen zu können. Maike war dennoch beunruhigt. Was konnte sie tun? Nochmals anrufen, damit er die Dringlichkeit erkannte? Sie setzte auf CCs Intellekt, er wird es schon richtig machen. Und überhaupt hatte Bellmann in seinem Telefonat ja nur sie erwähnen können und nicht CC.

Nach der dritten Tasse Kaffee und konfusem Staubwischen, das weniger einer Notwendigkeit als der Ablenkung diente, steigerte sich ihre Unruhe wieder. Es war inzwischen kurz vor 19 Uhr. CC war nun schon seit etwa drei Stunden bei Dorothea. Keine ungewöhnliche Dauer für zwei Frischverliebte. Jedoch in diesem Fall?! Eine Übersprunghandlung schloss Maike inzwischen bei Dorothea nicht mehr aus. Sollte sie jetzt nicht besser Ad anrufen? Würde der sie nicht zur Schnecke machen? Lieber würde sie ihm ein Ergebnis präsentieren, mit dem er auch wirklich etwas anfangen könnte. Aber waren sie nicht seit dem innigen Kuss so etwas wie ein Team? Sie waren sich doch so nahegekommen. Das musste doch zählen. Sie hatte von Vertrauen gesprochen und schien nun selbst nicht in der Lage zu sein, ihm zu vertrauen? Musste sie denn immer unter Beweis stellen, dass sie Probleme auch alleine bewältigen konnte? Außerdem, war es nicht eher ein Zeichen von Selbstbewusstsein, wenn man ohne Beschönigung dazu stehen konnte, einen Fehler gemacht zu haben? Irgendwann musste sie damit anfangen. Und wenn nicht jetzt, in einer Gefahrensituation, wann dann? Diese Vorstellung gab den Anstoß für sie, nun doch über ihren seit Jahren kultivierten Schatten zu springen.

Ads unverbindliches „Das trifft sich ja. Gerade wollte ich dich auch ..." unterbrach sie und schilderte im Stakkato-Stil, was CC und sie herausgefunden hatten. Sie überhörte dabei, dass er mehrmals ebenfalls zu Wort kommen wollte. Schließlich wurde er laut: „Jetzt hör' doch endlich einmal zu! ... Ja, ich weiß, Schwester, ich sollte hier nicht telefonieren"

„Schwester?", fragte Maike irritiert. „Wo bist du denn?"

„Im DRK Krankenhaus in Alzey. In der Chirurgischen, um es genau zu sagen. Und deinen CC brauche ich auch nicht aus den Fängen dieser Frau Bellmann zu befreien. Er wurde mit einer Schussverletzung eingeliefert und liegt eben unterm Messer im OP."

„Dann hat sie ihn tatsächlich …? Und ich bin daran schuld."

„Weshalb sollst du daran schuld sein? Wie kommst du denn darauf? Wir wissen ja noch nicht einmal, wie das passiert ist."

Maike hörte nicht mehr, was er sagte. Sie war schon aus der Tür, auf dem Weg in die Kreuznacher Straße, wo sich das DRK Krankenhaus befand. Im Treppenhaus wurde sie von Ron Conrad abgepasst, der ihr den Weg nach unten versperrte. Sie hatte bereits die Arme ausgestreckt, um ihn zur Seite zu stoßen, als sie registrierte, was er von ihr wollte. Er verdächtigte sie, Untermieter aufgenommen zu haben, was im Mietvertrag schließlich ausdrücklich untersagt war, wie er betonte. Er habe nämlich am Freitag eine Person gesehen, die mit einem Schlüssel Zutritt zu Maikes Wohnung hatte. Bei der Frau, die er beschrieb, konnte es sich nur um eine handeln: Dorothea. Jetzt besaß sie die absolute Gewissheit. Und da sie ja auch Kleidungsstücke mitgenommen hatte, musste Angelika noch leben. Zu seinem Erstaunen umarmte Maike ihren gewöhnungsbedürftigen Hausgenossen, bedankte sich und rannte die Treppe weiter nach unten. Ron Conrad stand noch einige Minuten fassungslos und kopfschüttelnd vor seiner Wohnungstür, bevor er sich dazu entschloss, auf diesen Schrecken hin einen ausgiebigen Schluck zu sich zu nehmen.

Mit einem hastigen Blick orientierte sie sich an der Übersichtstafel neben dem Aufzug. Sie rannte die Treppen hinauf, in den zweiten Stock, zur Unfallchirurgie. Auf dem Flur sah sie bereits Ad mit Beate Kerber. Sie unterhielten sich mit einem Rettungsassistenten vom DRK. Ad schenkte ihr einen kurzen nichtssagenden Seitenblick, wies auf einen der grünen Plastikstühle, die an der Wand aufgereiht waren und wandte sich dann wieder dem jungen Mann zu. Maike konnte nicht verstehen, was sie sagten. Dazu sprachen sie zu leise. Beate Kerber notierte offensichtlich seine Aussage. Marius Mai las sie auf dem Namensschild an seiner Dienstjacke, aus deren Brusttasche er ein Handy herauszog. CCs Handy, wie Maike aus der Entfernung an der roten Schale zu erkennen meinte. Beate Kerber begutachtete das Display und reichte es mit einer Bemerkung weiter an Breuner. Sie und Marius Mai hörten interessiert zu, wie Breuner damit ein kurzes Telefonat führte. Ungläubig schüttelte er den Kopf. Er zog Beate Kerber dicht an sich heran. In dieser vertraulichen Haltung, den Arm um ihre Schulter gelegt und Kopf an Kopf, studierten sie das Display. Dabei blickte Breuner mehrmals unsicher zu ihr hinüber. Er wandte sich von seiner Gruppe ab, setzte sich neben sie und ergriff ihre Hand. Maikes Augen füllten sich mit Tränen. Trotz der ungewissen Situation hatte diese Berührung etwas Beruhigendes.

„Was ist mit ihm?“, fragte sie zögerlich und leise.

„Jemand hat ihn offensichtlich einen Abhang hinuntergestoßen und dann auf ihn geschossen. Die Person dachte, dass sie das Herz getroffen hatte und er tot sei. Er ist jetzt auf der Intensivstation. Der Arzt sagte, es besteht keine Lebensgefahr mehr. Aber es war knapp. Eine halbe Stunde später, meinte er, hätte er wahrscheinlich keine Chance mehr gehabt, wegen des Blutverlustes. Die Abschürfungen, Prellungen und Rippenfrakturen, die er sich zugezogen hat, wird er zwar noch einige Zeit spüren und im Spiegel sehen, aber die sind nicht lebensbedrohlich.“

Maike schloss die Augen. Mehrmals atmete sie tief durch. Dann ließ sie ihren Tränen freien Lauf. Ad nahm sie in den

Arm und streichelte ihr sanft über den Rücken. „Es tut mir leid, dass ich dich nicht früher mit einbezogen habe. Ich hätte dir vertrauen und mich auf dich verlassen sollen", sagte sie leise und sah ihn schuldbewusst an.

„Dabei habt ihr beide", er wies auf den Rettungsassistenten, der immer noch bei Beate Kerber stand, „CC das Leben gerettet. Abgesehen von einer Heerschar von Schutzengeln, die dieser Bursche haben muss."

„Wie denn das?", fragte sie unsicher und schnäuzte heftig in das Papiertaschentuch, das er ihr gereicht hatte.

Breuner rief Marius Mai zu Maike und sich und stellte sie gegenseitig vor. Maike schätzte sein Alter auf 25. Er machte einen guten, vor allem verantwortungsbewussten Eindruck auf sie.

„Berger?", fragte er verwundert. „Haben Sie eine Tochter, die Angelika heißt?"

Maike sprang auf und packte ihn mit beiden Händen heftig an seinen Schultern. „Sie wissen wo Angelika ist?"

„Nein!" Entgeistert machte er einen Schritt zurück, um sich aus ihrer Umklammerung zu lösen. „Wir haben uns in ihrer Schule kennengelernt. Ich habe dort einen Kurs in Erster Hilfe gegeben. Wir waren einmal zusammen aus und sie hat gesagt, sie würde mich wieder anrufen. Darauf warte ich. Aber wieso fragen Sie?"

Breuner war nun ebenfalls aufgestanden und klärte Marius Mai über die Hintergründe und dabei über Angelikas Verschwinden auf. Seine Reaktion bestätigte das Bild, das Maike sich von ihm gemacht hatte.

„Das ist ja schrecklich, Frau Berger. Kann ich denn irgendetwas tun?"

Sie schüttelte den Kopf. „Das ist Sache der Polizei. Ich wüsste auch nicht, wie Sie helfen sollten. Aber", sie wandte sich an Ad, „ich weiß immer noch nicht, inwiefern wir beide CC das Leben gerettet haben.“

„Nun, bei Herrn Mai erklärt sich das von selbst. Er war bereits zehn Minuten nach der Alarmierung durch die Rettungsleitstelle bei CC, obwohl die Einfahrt in die Sandgrube von der Landstraße aus kaum zu erkennen ist.“

„Instinkt“, lächelte der, „purer Instinkt und eine gehörige Portion Glück.“

„Aber Sie haben noch vor Eintreffen des Notarztes die einzig richtigen Maßnahmen eingeleitet. Also, jetzt stellen Sie mal nicht Ihr Licht unter den Scheffel, junger Mann.“

Marius Mai wollte das Lob offenbar gar nicht hören. „Das ist schließlich mein Job“, sagte er verlegen. „Dafür sind wir ausgebildet.“

„Und, dass Sie festgestellt haben, dass Herr Christen sein Herz im wahrsten Sinne des Wortes auf dem rechten Fleck hat? Das hätte auch nicht jeder so schnell bemerkt.“

Er wandte sich wieder Maike zu. „Dein CC gehört nämlich zu der Spezies von Menschen, bei denen die Organe spiegelbildlich angeordnet sind. Man schätzt, dass in Deutschland mehr als 10.000 Menschen von diesem medizinischen Phänomen betroffen sind. Der Notarzt hat mich aufgeklärt. Ich hätte das auch nicht gewusst. Und du, du hast, ohne es zu wissen, CC im richtigen Moment angerufen. Hier auf dem Handy, das Herr Mai neben CC gefunden hat, ist dein Anruf um 17 Uhr 46 als nicht angenommen vermerkt. Kurz danach wurde die Rettungsleitstelle von diesem Handy aus angerufen. Ich habe eben mit denen telefoniert. Sie haben eine schwache, aber vernehmbare, Männerstimme gehört: Hilfe ... angeschossen ... Weinheim ... Sandgrube ... Zeilstück. Ja, und wie schon gesagt, 14 Minuten später war Herr Mai mit einem Rettungssanitäter vor Ort. Kurz danach kam der Notarzt und um 18 Uhr 25 lag CC bereits auf dem OP-Tisch."

„Und ich muss jetzt weg", verabschiedete sich Marius Mai, der sich geduldig Breuners Bericht angehört hatte. „Ich habe eigentlich schon seit 19 Uhr Dienstende und morgen früh um sieben geht es schon wieder weiter. Wenn ich wegen Angelika noch irgendetwas tun kann, Frau Berger, lassen Sie es mich wissen. Ich schreibe Ihnen auf, wie Sie mich erreichen können. Jederzeit." Er nahm ein Notizbuch aus seiner Jackentasche, schrieb seine Telefonnummer auf, riss die Seite raus und übergab sie Maike.

„Wenn sie wieder zu Hause ist, wird sie jede Hilfe und Zuneigung benötigen. Dann sind Sie mir herzlich willkommen."

„Vorausgesetzt natürlich, Angelika will das auch. Aber wenn nicht, werde ich sie schon davon überzeugen", lachte er. Maike sah ihm mit einem wohlwollenden Blick hinterher, als er zum Treppenhaus ging und drehte sich dann zu Ad um. „Wie geht es nun weiter?"

Er erklärte ihr, dass sie abwarten müssten, bis sie mit CC sprechen konnten. Der Arzt hatte ihnen in Aussicht gestellt, dass das im Laufe der Nacht sein könnte, falls sich keine Komplikationen ergäben. „Wir müssen wissen, ob es tatsächlich Dorothea Bellmann war, die ihn angeschossen hat."

„Wer denn sonst?!", ereiferte sich Maike. „Schließlich war er bei ihr gewesen."

„Haben Sie einen Beweis dafür?", fragte Beate Kerber, die sich inzwischen zu ihnen gesellt hatte.

„Nein, aber …"

„Nichts aber, Maike. Wir werden CCs Aussage bekommen, wir haben bereits das Geschoss aus seinem Brustkorb und die Hülse sichergestellt und die Spurensicherung ist in der Sandgrube. Bevor ich weitere Schritte unternehme, will aber erst sichergehen, dass ich alle Beweismittel, die ich bekommen kann, in der Hand habe, bevor ich der werten Dame einen Besuch abstatte. Spätestens nach der Aussage von CC, die wir hoffentlich bald haben, ist sie fällig."

„Und was ist mit den Erkenntnissen, die wir über sie gesammelt haben? Die ganze Geschichte, die sich in Frankfurt abgespielt hat bei dieser Familie Feulner, mit dieser ominösen K., die angeblich bei einem Hausbrand mitsamt ihrem Vater ums Leben gekommen ist. Und mit dem anderen Mädchen, das zum gleichen Zeitpunkt verschwunden und nie mehr aufgetaucht ist? Das hat doch alles mit ihr zu tun!"

„Natürlich gehen wir dem auch nach, was denkst du denn? So schnell, wie du dir das vorstellst, geht das nicht. Das ist schließlich viele Jahre her. Bei allem Respekt für seine Recherche, aber wir benötigen wasserdichte Fakten. Hast du denn CCs Laptop, wo er alles abgespeichert hat?"

„Nein, den hat er mitgenommen. Der liegt wahrscheinlich in seinem Auto. Sein Auto! Das muss doch noch bei Dorothea stehen!"

„Das haben wir bereits überprüft. Kein Auto zu sehen. Aber das werden wir auch noch finden."

Maike verabschiedete sich und ging den Gang entlang, in Richtung Treppenhaus. Kurz bevor sie es erreichte, drehte sie sich noch einmal um. „Wenn ihr mit CC gesprochen habt, ruf mich bitte an. Ganz gleich zu welchem Zeitpunkt."

Da CC einen Kombi fuhr, konnte Dorothea problemlos ihr Fahrrad und eine alte Zeltplane im Kofferraum unterbringen. Unweit ihres Hauses ging von der Landstraße ein Feldweg in südlicher Richtung nach Mauchenheim ab. Ihr Ziel war eine verlassene Scheune, in der sie auf einem ihrer ausgedehnten Spaziergänge einmal Schutz vor einem plötzlich einsetzenden Starkregen gesucht hatte. Weit und breit war keine Menschenseele zu sehen. Sie öffnete das Scheunentor und fuhr den Wagen in eine abgelegene Ecke, die vom Tageslicht kaum noch erreicht wurde. Sie holte das Fahrrad aus dem Kofferraum und zog die Zeltplane über das Auto. Zur Sicherheit beschwerte sie die Abdeckung noch mit Bruchsteinen, die auf einem Haufen aufgeschichtet waren. Ein prüfender Blick beim Verlassen der Scheune erfüllte sie mit Zufriedenheit. Man musste schon bewusst hinsehen, um die Umrisse eines Autos unter der Plane zu vermuten.

Selbstzufrieden radelte sie über den Feldweg zurück. Bis jetzt war alles glatt verlaufen. Zudem war sie sich sicher, dass ihr noch genug Zeit blieb, um ihren Plan in die Tat umzusetzen. Doch als sie sich ihrem Haus näherte, hörte sie das Sondersignal eines Rettungswagens. Es kam auf sie zu, wurde dann aber leiser. Wo war er abgebogen? Da gab es doch nur die eine Möglichkeit: die Einfahrt am Zeilstück. Ein Schreck durchzuckte sie. Eilig fuhr sie zur Landstraße und blieb in einiger Entfernung am Straßenrand stehen, von wo aus sie die Straße überblicken konnte. Wieder näherte sich ein Einsatzwagen. Diesmal konnte sie ihn sehen. Es war ein Pkw, ein Notarztwagen, wie sie an der Aufschrift erkannte. Auch er fuhr ab zur Sandgrube.

Was hatte das zu bedeuten?, dachte sie. Sie versuchte, ihre Gedanken zu sortieren. Hat man ihn doch schneller gefunden, als erwartet? Anders konnte sie sich die Situation nicht erklären. Die Sandgrube steht unter Naturschutz. Sie ist eingezäunt. Da kommt doch so selten jemand hin. Jetzt nur nicht in Panik geraten, suggerierte sie sich. Er musste tot sein! Sein Herz konnte sie nicht verfehlt haben. Nicht aus einem derart geringen Abstand.

Dorothea wartete so lange ab, bis die beiden Fahrzeuge

wieder nach oben auf die Landstraße kamen und sich mit hoher Geschwindigkeit in Richtung Alzey entfernten.

Fünf Minuten später war sie wieder zu Hause. Als Erstes deponierte sie die Pistole unter einem der Dielenbretter in ihrem Schlafzimmer. Dort, wo sie sie nachmittags hervorgeholt hatte. Den Schuhschrank, den sie dazu zur Seite schieben musste, rückte sie wieder an seinen Platz.

Aus dem Wohnzimmer holte sie Gläser und Geschirr, die dort noch von der Kaffeetafel standen. Mitsamt dem Flaschenkorb legte sie alles in die Spülmaschine und stellte sie an. Nachher würde sie zudem die Türklinken im Keller abwischen.

Sie blickte um sich. Hatte sie noch etwas vergessen? Nein. Sie war überzeugt davon, an alles gedacht zu haben. Sie war sich jedoch im Klaren darüber, dass man im Laufe der Ermittlungen auch sie befragen würde. Und vorsichtshalber musste sie auf den schlimmsten Fall vorbereitet sein, nämlich, dass CC doch überlebt hatte, das Bewusstsein erlangen und gegen sie aussagen würde. Es konnte aber auch sein, dass CC sich – zumindest für einige Stunden – nicht mehr an die Tat erinnern würde. Wie auch immer, die Mädchen mussten sicherheitshalber aus dem Haus geschafft und Eva darauf vorbereitet werden, ihr Vorhaben alleine auszuführen. Umso wichtiger war es, sie so zu konditionieren, dass ihr ganzes Sinnen und Trachten nur noch der Umsetzung ihres Plan galt. Ganz gleich, welche Umstände sich dabei ergeben könnten. Sie sollte nicht mehr selbstständig denken, nur noch ferngesteuert funktionieren. Moralische Bedenken, weil mehrere Menschen ihr Leben lassen mussten, damit der Plan aufginge, dürften gar nicht erst aufkommen. Evas endgültige Befreiung zählte, nichts sonst.

Das Bewusstsein, dass es jetzt in die letzte entscheidende

Phase ging, auf die sie bald keinen Einfluss mehr nehmen könnte, nahm Dorothea zunehmend gefangen. Sie kannte das Gefühl. „Scheiß Hypostress“, sagte sie mit gedämpfter Stimme. „Das kann ich jetzt gar nicht brauchen. Ich muss klar denken können.“

Sie ging ins Badezimmer. „Du musst Eva endgültig davon überzeugen, dass es ihre einzige Chance ist, zu der es keine Alternative gibt“, suggerierte sie ihrem Spiegelbild. „Und jetzt reg dich erst einmal ab, Dorothea!“

Sie zog sich aus und stellte sich unter die Dusche. Das Wasser drehte sie so heiß auf, dass sie meinte, es vor Schmerzen nicht mehr aushalten zu können. Als ihr Körper sich an die Temperatur gewöhnt hatte, drehte sie den Hebel der Mischbatterie mit einem Ruck bis zum Anschlag nach rechts. Innerhalb weniger Sekunden strömte eiskaltes Wasser über ihren Körper. Es prickelte auf ihrer Haut und sie spürte, wie ihr Blut zirkulierte. Mehrmals genoss sie die belebende Wirkung dieser Wechseldusche. Dann stellte sie das Wasser auf eine angenehm wärmende Temperatur und seifte sich mit Duschgel ein. Ihre Gedanken kreisten dabei um das finale Ergebnis ihres Vorhabens, wie sie es insgeheim nannte. Die Vorstellung, wie diese Kreatur, die Eva seit ihrem fünften Lebensjahr missbraucht und gedemütigt hatte, sterben würde, erregte sie. Ihre Finger kreisten um ihre Brustwarzen. Dann glitt ihre Hand, sanft aber zielsicher, über ihren Bauch und weiter hinunter, zwischen ihre Schenkel.

Nachdem Dorothea aus der Dusche gekommen und wieder angezogen war, schenkte sie sich in ihrer Küche ein Glas Rotwein ein, das sie in wenigen Zügen austrank. Sie spürte ihrem Atem nach und lächelte zufrieden, als sie feststellte, dass sich die angestrebte Ausgeglichenheit eingestellt hatte. Schließlich überlegte sie, ob sie etwas essen sollte, und schaute im Kühlschrank nach, der gut und abwechslungsreich gefüllt war, hatte aber dann doch keinen Appetit. Stattdessen öffnete sie die Kellertür und rief Eva zu sich.

„Hast du Hunger, Eva? Willst du etwas essen? Es ist genug da." Sie nickte in Richtung Kühlschrank.

„Nein, danke. Du weißt doch, dass ich abends nichts mehr esse."

„Du und deine Figurprobleme", lachte Dorothea und ging ihr voraus in das Wohnzimmer. „Alles in Ordnung mit Angelika?", wollte sie wissen.

„Ja, ja. Alles o. k. Sie ist ruhiggestellt." Die Sache mit ihrer Freundin passte ihr gar nicht. Doch jetzt bereitete ihr etwas anderes Sorgen. „Wo warst du? Ich habe dich vermisst. Ich habe gehört, wie du mit einem Auto weggefahren bist. Es war aber nicht deins."

„Ich musste noch etwas vorbereiten."

„Wessen Auto war das? Und weshalb bist du nicht mehr damit zurückgekommen? Und wer war da vorhin im Keller?"

Anstatt auf ihre Fragen einzugehen, nahm sie Eva in den Arm und streichelte ihr beruhigend über Kopf und Rücken.

„Mach dir keine unnützen Gedanken. Es wird alles gut."

„Und du hast mir auch nicht gesagt, dass du weggehst. Was soll ich denn tun, wenn du einmal nicht mehr zurückkommst. Hier, auf mich alleine gestellt. Und mit Angelika da unten?"

Dorothea löste sich von Eva. „Komm, setz dich. Wir müssen jetzt etwas besprechen."

Sie sah Eva liebevoll und gleichzeitig aufmunternd an.

„Wir müssen an unserem Plan etwas ändern. Eigentlich nur eine Kleinigkeit. Ich kann nämlich nicht mit dabei sein. Frag nicht, weshalb. Ich werde dir später alles erklären. Wenn es vorbei ist. Ansonsten läuft alles so ab, wie wir es durchgesprochen haben. Nun aber das Wichtigste: Du hast doch noch den Schlüssel von eurer Nachbarin?“

„Von Frau Höger? Ja. Warum?“, Eva blickte Dorothea verwundert an, fingerte ihn aber dann aus ihrer Jeanstasche.

„Wie lange ist sie denn weg?“

„Bis zum 22. November. Aber weshalb fragst du?“

„Ich will nicht, dass noch im letzten Moment etwas schiefgeht. Daher wäre es gut, wenn ihr frühzeitig dort seid und euch auch niemand zufällig sieht. Wenn ich dich heute in der Dunkelheit dort mit Angelika abliefere und ihr bleibt bis morgen Nacht, wird euch dann jemand bemerken?“

„Ach, ich verstehe. Nein, wir könnten uns dort tagelang unbemerkt aufhalten.“

„Also, dann machen wir es so: Ich fahre euch nachher dort hin. Am besten du schließt Angelika sofort wieder ein. Es wird ja wohl einen geeigneten Kellerraum geben.“

„Na ja, den Heizungskeller. Aber … Angelika … muss das denn wirklich sein?“

„Es muss sein. Etwa eine viertel Stunde vorher verabreichst du Angelika die doppelte Menge von den Tropfen, als du ihr bisher gegeben hast. Sie soll ja nicht leiden. Und vergiss nicht, ihr das Fläschchen in die Hand zu drücken. Wir haben es ausreichend durchgesprochen und geübt. Du kannst das. Was du ansonsten benötigst, habe ich ja bereits im Garten deiner Eltern an dem vereinbarten Platz deponiert. Alles andere, auch wie du Angelika präparieren musst, bevor du den Brand auslöst, ist dir ebenfalls klar. Den Abschiedsbrief hast du? Du weißt, er ist absolut wichtig, damit eine Obduktion durch den Gerichtsmediziner wenigstens vorab als unnötig begründet wird.“

Eva nickte.

„Du siehst, wir haben an alles gedacht. Also, was soll schon schiefgehen?“

Eva war mit zunehmender Beklemmung dem gefolgt, was sie schon so oft durchgesprochen hatten. Aber jetzt, wo aus einem bis dahin theoretischen Planspiel Realität werden sollte, befürchtete sie zu versagen. Dorothea hatte sie jedoch während der letzten Monate so stark beeinflusst, dass Eva ihr bedingungslos vertraute und blindlings zustimmte. Sie hatte erkannt, dass sie Eva steuern konnte wie eine Marionette. Dennoch wollte sie sichergehen, dass sie nicht noch im letzten Moment einen Rückzieher machen würde. Das durfte einfach nicht geschehen!

„Du weißt, dass es der einzige Weg ist, dich zu befreien. Du weißt aber auch“, mahnte sie eindringlich, „was die Konsequenz ist, wenn du diesen Weg nicht gehst. Dir wird es ergehen wie mir. Keiner wird dir glauben. Man wird dich verachten, sich von dir abwenden. Die wollte es doch nicht anders, wird man sagen. Und schließlich wirst du dich selbst verabscheuen. Du wirst in dem Bewusstsein leben, nichts wert zu sein. Deine Albträume werden immer schlimmer. Nicht nur nachts im Schlaf, wenn du überhaupt richtig schlafen kannst. Nein, sie werden dich auch am Tag einholen, ohne Kontrolle wann und wo. Du wirst nicht mehr in der Lage sein, eine Beziehung einzugehen. Zu niemandem. Du wirst einsam sein, furchtbar einsam und allein mit deinen schrecklichen Erinnerungen. Sie werden dich immer wieder einholen. Selbst wenn du sie für kurze Zeit mit Drogen oder Alkohol verdrängst. Ein Blick, ein Geräusch, ein Geruch, ein Bild werden sie auslösen. Diese grausamen Erinnerungen werden dein einziger und ewiger Begleiter sein. Und dagegen ankämpfen? Sie sind zu mächtig. Es wäre ein ungleicher Kampf, den du nicht gewinnen kannst. Du wirst deine Energie verlieren, nur noch kraftlos vor dich hinvegetieren. Ein um den anderen Tag."

„Ja. Du beschreibst genau, wie es mir schon seit Längerem geht."

„Glaub mir, ich weiß, wovon ich rede. Ich wäre daran zugrunde gegangenen, wenn ich nicht den Weg in die Freiheit beschritten hätte. Aber weiter! Ich habe allen Klavierschülern gesagt, dass ich für drei Wochen im Urlaub bin. Wenn alles vorbei ist, gehst du zum Parkplatz Ostdeutsche Straße. Dort warte ich auf dich ab 24 Uhr. Ich habe alles Notwendige im Auto dabei und wir verschwinden auf Nimmerwiedersehen. Die Tickets für die Schiffspassage Ende Oktober habe ich bereits besorgt und einen Mietwagen ab Saarbrücken bestellt. Mit dem fahren wir dann bis nach Cádiz. Dort bleiben wir in einem Hotel bis zur Abfahrt des Schiffes nach Puerto de La Guaira. Da nehmen wir uns wieder einen Wagen und sind 30 Minuten später in Caracas. Und dann beginnt ein neues Leben für uns. Wir suchen uns eine nette Wohnung. Ich spreche ganz akzeptabel spanisch und du wirst es bestimmt auch schnell lernen. Wir nehmen eine andere Identität an. Ich werde mich als deine Mutter ausgeben. Geld für neue Papiere und zum Leben habe ich genug. Als Klavierlehrerin kann ich außerdem überall arbeiten. Und vielleicht wirst du in ein paar Jahren eine berühmte Pianistin. Dafür werde ich sorgen. Dann wirst du auf der ganzen Welt Konzerte geben. Eva, da wird ein Traum wahr. New York, Tokio, Kapstadt, Rio."

Dorothea war in diesem Moment von ihrer Illusion selbst so begeistert, dass sie wünschte, sie könnte zur Realität werden. Aber sie wusste, dass alles nur ein Luftschloss war, um Eva nicht unnötig zu beunruhigen. Für sie stand eine andere Reise an. Eine letzte Reise, die sie gemeinsam antreten, aber von der sie niemals mehr zurückkehren würden. Die Reise in ein Land, in dem alle Schmerzen vorbei wären und nur noch Ruhe, ewige Ruhe sein würde.

Evas Augen leuchteten. „Ich freue mich ja auch auf mein neues Leben – unser Leben. Und eine bessere Mutter als dich könnte ich mir gar nicht vorstellen. Dazu eine Karriere als Pianistin. Dorothea“, sie schaute sie mit einem verträumten Blick an, „du wirst dann auch meine Managerin?“ Aber immer noch belastete ein Gedanke ihr Hochgefühl. „Das klingt ja alles so toll. Und ich sehe ein, dass die beiden sterben müssen, damit ich überleben kann. Aber weshalb Angelika?“

„Schicksal, Eva. Besser hätte es doch gar nicht kommen können. Es verschafft uns die Zeit, die wir benötigen, um unsere Spuren zu verwischen. Denk doch mal nach! Sie hat deine Größe und wenn alles so abläuft, wie wir es geplant haben, dann wird sie ohne zeitraubende Untersuchungen so schnell nicht zu identifizieren sein. Also wird man zuerst denken, dass du dabei umgekommen bist. Dazu dient ja auch der Abschiedsbrief. Und bis man herausfindet, dass nicht du, sondern Angelika ...“, sie hielt kurz inne und nickte Eva aufmunternd zu, „dann sind wir schon über alle Berge. Eva, das ist völlig in Ordnung. Die Vorsehung, eine höhere Gewalt hat es so gewollt. Du kannst mir glauben. Vertraust du mir?“

Eva nickte.

„Pass auf. Ich erzähle dir jetzt eine wahre Begebenheit. Es war im April 2001, da hatte ein amerikanischer Bergsteiger, er hieß Ralston, soweit ich mich erinnere, bei der Wanderung in einem Canyon einen Unfall. Dabei wurde seine rechte Hand in einem Felsbrocken eingeklemmt. Weit und breit war keine Hilfe in Sicht. Er war absolut auf sich alleine gestellt. Fünf Tage lang hatte er versucht, sich aus seiner Lage zu befreien, jedoch ohne Erfolg. Weder das Zerkleinern des Felsbrockens mit seinem Taschenmesser noch ein selbst gebauter Flaschenzug aus Seil und Kletterhaken hatte funktioniert. Schließlich überlegte er, seinen Arm zu amputieren. Doch er erkannte, dass er mit dem inzwischen stumpfen Taschenmesser niemals einen Knochen durchtrennen könnte.

Nach fünf schlaflosen Tagen und Nächten war er unterkühlt und fast ausgetrocknet. Nun hieß es, entweder weiter an Kraft verlieren und sterben oder sich doch irgendwie von seinem Arm trennen und überleben. Was er schließlich machte, klingt brutal, fast unmenschlich, aber es war seine einzige Chance. Dazu musste er sich seine Elle und die Speiche brechen. Er bog seinen Arm so lange in eine Richtung, bis einer der Knochen brach. Die Weichteile und die Blutgefäße hat er dann mit dem Taschenmesser durchtrennt und die Blutung mit Verbandsmaterial, was er in seinem Rucksack dabei hatte, notdürftig gestoppt. Danach musste er noch 13 Kilometer laufen, bevor er von Wanderern gefunden und gerettet wurde."

Dorothea lehnte sich zurück. Sie wollte Eva die Zeit geben, das, was sie ihr erzählt hatte, zu verinnerlichen und umzusetzen. Zu ihrer Befriedigung und Beruhigung sah sie an ihrem Gesichtsausdruck, dass Ralstons Entscheidung sie beeindruckt und ihre Wirkung nicht verfehlt hatte.

„Und weißt du", fuhr Dorothea daraufhin fort, „wie es ihm heute geht und was er über den verlorenen Arm denkt? Ich will es dir sagen, Eva. Heute trägt er eine Prothese. Und seinen Arm, den vermisst er nicht. Er sagt, dass für ihn ein zweites Leben begonnen hat, welches er nun viel intensiver lebt als zuvor. Was sagt dir diese wahre Geschichte?"

„Angelika. Sie ist der Arm, den ich opfern muss, um zu überleben!", bestätigte sie überzeugt und mit fester Stimme.

In diesem Moment glaubte sie an das, was sie sagte. So, als sei es ihr eigener Wille.

„Also, du weißt, was du zu tun hast. Morgen kurz nach Mitternacht. Und denke daran, du tust es für dich! Es gibt keinen anderen Weg. So, und jetzt lass es uns angehen. Wir packen jetzt zusammen und beseitigen alle Spuren, die auf euren Aufenthalt hier schließen lassen könnten."

Dienstag, 25. September 2012, Alzey

Breuner hatte Maike kurz vor vier Uhr angerufen und darüber informiert, dass es CC den Umständen entsprechend gut gehe.

„Wir konnten fünf Minuten mit ihm sprechen. Mehr hatte der Arzt nicht zugelassen. Es war tatsächlich Dorothea Bellmann, die versucht hatte ihn umzubringen. Wir sind jetzt auf dem Weg zu ihr. Die Nacht wird sie in der Gewahrsamszelle verbringen und morgen früh wird sie dem Haftrichter vorgeführt. Dann kommt sie in U-Haft, in die JVA."

„Und weiß er etwas über die Mädchen?"

„Nichts. Er hatte keine Anzeichen von ihnen entdecken können. Er war sogar im Keller. Aber laut seinen Angaben: Fehlanzeige. Wir werden nachher alles auf den Kopf stellen. Die Kollegen von Worms kommen mit zwei Streifenwagen nach. Und wenn es auch nur den geringsten Anhaltspunkt für ihren Aufenthaltsort geben sollte – wir finden ihn. Vertrau mir!"

„Ja, das tu ich", bestätigte sie mit fester Stimme. „Wann kann ich zu ihm? Zu CC?"

„Morgen um zehn Uhr sollst du dich bei der Intensivstation melden."

Von quälenden Gedanken wachgehalten, hatte Maike sich unruhig in ihrem Bett hin und her gewälzt. Doch endlich war sie in einen tiefen Schlaf gefallen. Und so dauerte es einen Moment, bis der Klingelton ihres Handys in ihr Bewusstsein drang. Es war Breuner, der kurz vor acht Uhr anrief, um ihr die neuesten Erkenntnisse mitzuteilen.

„Zuerst das Wichtigste", begann er, „wir können davon ausgehen, dass Angelika und Eva wohlauf sind. Sie scheinen auch zusammen zu sein."

„Aber ihr habt sie nicht gefunden?" Maike war jetzt hellwach. Im Gegensatz zu Breuner, dem man den langen Tag und die schlaflose Nacht an der Stimme anhörte.

„Noch nicht, Maike, noch nicht. Aber der Reihe nach. Wir haben der Bellmann zuerst die Aussage von CC vorgehalten. Sie hat vehement abgestritten, auch nur irgendetwas mit dem Mordanschlag zu tun gehabt zu haben. Sie gab sich nicht einmal die Mühe uns Verärgerung vorzuspielen. Stattdessen ging sie fast schon planmäßig vor. Sie erklärte, dass er sie zwar nachmittags besuchen wollte, aber dann nicht erschienen sei. Es sei jedoch nur eine vage Verabredung gewesen. Deshalb hätte sie sich nichts dabei gedacht und ihn auch nicht angerufen. Das könnten wir ja auf ihrem Telefon feststellen. Sie sei den ganzen Tag zu Hause gewesen. Außerdem müsste ja dann auch sein Auto bei ihr stehen. Sie war sogar so dreist uns danach zu fragen, ob wir schon danach gesucht hätten. Und was den Mordvorwurf betraf, da müsse er fantasieren. Was auch kein Wunder sei, bei dem Blutverlust und dem Schock.

„Und, glaubst du ihr?"

„Nicht die Bohne. CC ist glücklicherweise klar bei Verstand. Zudem basieren ihre Ausflüchte auf Insiderwissen. Wir hatten ihr ja gar nicht erzählt, wo er aufgefunden wurde und auch nichts von dem starken Blutverlust. Aber das ist irrelevant. Es besteht der dringende Tatverdacht eines vorsätzlichen Tötungsdeliktes und so konnten wir sie festnehmen. Sie akzeptierte das und hatte es dann ganz plötzlich eilig, umgehend mit uns das Haus zu verlassen. Sie wurde unruhig, als die Kollegen begannen, alles zu durchsuchen. Im Keller haben sie dann zwei Räume entdeckt, in denen sich die Mädchen aufgehalten haben mussten. Offenbar hatte man in Eile versucht, Spuren zu verwischen. Sie fanden dort frische Reste von Zahnpasta, Bruchstücke von einem Handy und einiges mehr. Außerdem fischten sie benutzte Unterwäsche aus einem Wäschekorb neben der Waschmaschine, die keinesfalls der Bellmann gehört. Nachdem wir sie damit konfrontiert hatten, war sie kurzfristig geschockt. Dann aber hat sie erklärt, dass beide sich freiwillig bei ihr aufgehalten hätten. Obwohl einer der Räume eher wie ein Gefängnis ausgestattet war, meinte sie, sie hätte ihnen eine Zuflucht geboten. Wovor und wo sich die beiden befinden, darüber hüllt sie sich in Schweigen."

„Zuflucht sagte sie? Könnte sich Hinze auch an Angelika vergangen haben?"

„Unsinn! Ich weiß zwar noch nicht, weshalb der diese Videos gemacht hat, wenn er es überhaupt war, aber der ist nicht pädophil! Da bin ich mir ganz sicher. Und weshalb hat die Bellmann versucht, den Christmann umzubringen? Ich kann da keinen Zusammenhang erkennen. Jetzt geheimnisse mal nicht so viel in ihre Ausflüchte hinein."

Maike war dennoch weiterhin beunruhigt. „Und du meinst nicht, dass sie ihnen etwas angetan hat? Schließlich hat sie ja auch versucht CC umzubringen."

„Nein Maike, ein Gewaltverbrechen im Haus können wir aufgrund der Spurenlage definitiv ausschließen. Dazu gibt es keinerlei Hinweise. Sie scheint sie an einen anderen Platz gebracht zu haben. Es ist davon auszugehen, dass das ohne Zwang geschehen ist. Sie haben offensichtlich ihre Laptops und ihre Kleidung mitgenommen. Angelikas Reistasche war auch nicht mehr da. Aber wo die beiden nun sind, darüber hat die Bellmann wie gesagt bisher die Aussage verweigert. Sie hat auf stur geschaltet und blockiert. Wir mussten erst einmal die Vernehmung unterbrechen. Es hätte keinen Sinn gemacht."

„Weshalb waren die Mädchen denn bei ihr? Angeblich auch noch freiwillig. Was soll denn das?"

„Ich habe keinen blassen Schimmer. Wir vermuten, dass die Bellmann sie in irgendetwas verwickelt hat. Es muss aber etwas Schwerwiegendes sein, sonst hätte sich doch wenigstens Angelika bei dir gemeldet. Sie muss die beiden massiv beeinflusst haben."

„Meinst du, die wussten etwas von dem Mordversuch an CC?"

„Kann ich mir nicht vorstellen. Aber wir sollten uns nun nicht in Spekulationen ergehen. Ab morgen Vormittag werde ich sie wieder vernehmen, wenn sie in der JVA ist. Dann werden wir mehr erfahren."

Punkt zehn Uhr stand Maike vor der Tür mit Milchglasfüllung und klingelte. Eine Krankenpflegerin öffnete und als Maike ihren Namen nannte, zeigte sich, dass Ad sie tatsächlich avisiert hatte.

„Kommen Sie mit. Ich bringe Sie zu Herrn Christen." Sie lachte. „Entschuldigung, Sie müssen mich für sehr albern halten, aber das ist ja ein ganz besonderer Typ, Frau Berger. Gestern wird er mit einem Lungensteckschuss und zig Verletzungen eingeliefert und heute Morgen, als ich ihm die

Bettpfanne reichte, meinte er – mal sehen, ob ich es hinbekomme: Ei, die iss ja leer, Schwester. Was issen des for en Service? E Pannegericht zum Friehstick unn nix drinn. Wolle Se mich veräppele? Eigentlich müsste der traumatisiert sein. Und außerdem, bei dem Blutverlust. Der Bursche hat eine Bärennatur."

„Ja, das ist CC", bestätigte Maike beruhigt. „Wie er leibt und Gott sei Dank noch lebt." Sie las das Namensschild der Pflegerin. „Muss ich mich eigentlich umziehen, Frau Kramer?"

„In diesem Fall nicht", lachte sie. „In den Arztserien im Fernsehen, da ziehen die den Besuchern selbst in den unnötigsten Situationen grüne Kittel, ein Häubchen, Mundschutz und Überschuhe an. Das macht offensichtlich die Sache spannender. Aber keinesfalls authentischer. Ich frage mich manchmal, wer die fachlich berät. So, hier sind wir."

Sie gelangten in einen Vorraum, in dem ein Assistenzarzt, wie Maike es vermutete, auf mehreren Monitoren den Zustand der Patienten überwachte. Zudem konnte er sie durch große Glasfenster beobachten.

„Ich bringe Frau Berger zu dem Lungensteckschuss", erklärte ihm die Pflegerin.

Ohne sich umzudrehen, nickte er kurz und wies sie an, Conrad Christen, alias Lungensteckschuss, nach der Visite auf Station zu bringen.

„Da drin liegt er, gehen Sie einfach rein", wies ihr die Pflegerin mit einer Handbewegung den Weg und verschwand in einem Nebenraum, aus dem Kaffeeduft und Stimmengewirr nach außen drang.

Zwei Betten waren in dem großen Raum. An den Wänden standen verschiedene medizinische Geräte auf Rollwagen. In dem Bett, das an der Zugangstür am nächsten war, lag ein älterer Mann auf dem Rücken. In Hals und Arm steckten Schläuche, die teilweise mit elektronisch gesteuerten Ampullen verbunden waren. Aus einem Plastikbeutel, der an einem fahrbaren Gestell hing, tropfte eine durchsichtige Flüssigkeit, die in seine Armvene geleitet wurde. Auch in seiner Nase endete ein Schlauch. Ein Monitor stand neben seinem Bett und zeigte Kurven, ein pulsierendes Herzsymbol und Zahlen. Am Zeigefinger seiner linken Hand befand sich eine Klemme, von der ein Kabel abging, das in dem Monitor endete. Seine Kinnlade war nach unten gesackt. Man hätte denken können, er sei tot, wenn er nicht leise geröchelt hätte.

Rechts daneben, in dem zweiten Bett, das am Fenster stand, entdeckte sie CC. Er war genauso verkabelt wie sein Zimmernachbar. Nur mit dem Unterschied, dass er aufrecht saß und Maike mit dem klammerbewehrten Zeigefinger zuwinkte. Sie zog sich einen Stuhl heran, setzte sich neben ihn und ergriff seine Hand.

„Der kam eben frisch rein“, flüsterte er mit heiserer Stimme und deutete mit dem Kopf zu dem anderen Bett. „Bypass. Schon der fünfte, hat mir Schwester Erika gesagt. Die hatten Probleme, dafür noch eine geeignete Vene zu finden. Da geht es mir doch gold – oder?“ Er strahlte sie an.

„Ja, CC, du bist so ein richtiger Goldjunge. Sogar eine neue Frisur haben sie dir verpasst. Aber keine Angst, die Haare werden schon wieder nachwachsen.“

„Wie, nachwachsen? Mach keinen Quatsch. Ich lass mir eine Glatze wachsen!“

„Meinetwegen. Aber sag mal, was machst du nur für Sachen!“

„Ich? Das war Doro, dieses Miststück. Erst lässt sie sich von mir f ..., äh ... beglücken und dann will sie mich entsorgen wie eine ...“

„Gottesanbeterin“, sagten beide gleichzeitig und lachten. CCs Lachen ging jedoch in einen offensichtlich schmerzhaften Hustenanfall über. Maike ergriff den Alarmknopf, aber CC hielt sie zurück.

„Alles o. k.“, beruhigte er sie und atmete tief durch. „Ich muss einfach noch vorsichtig sein mit allem, was Luft verbraucht. Aber sag mal, welch glückliche Fügung hat dich eigentlich dazu verleitet, mich um 17 Uhr 46 anzurufen? Breuner hat es mir gesagt. Das ist seit gestern der Zeitpunkt meiner zweiten Geburt. Ich hätte sonst nicht gewusst, wo sich mein Handy befindet. Und so konnte ich … die Notfalltaste …“ Die Stimme versagte ihm. Er drückte ihre Hand und hielt sie fest. „Du hast mir das Leben gerettet, Maike.“

„Unsinn. Wenn schon, dann war das Marius Mai, der Rettungsassistent, der zum Glück festgestellt hat, dass du verkehrt gepolt bist.“

„Damit ist auch mein letztes Geheimnis gelüftet“, stöhnte CC theatralisch. „Jetzt weißt du auch, weshalb ich immer wieder Probleme mit meinem Immunsystem habe. Das kommt nämlich von so was. Aber, ich muss mich unbedingt bedanken bei diesem Marius. Kannst du das arrangieren?“

„Warts ab. Wenn Angelika wieder … wenn sie wieder zu Hause ist, dann kannst du das bestimmt persönlich erledigen. Sie kennen sich nämlich.“ Sie zog ihre Hand aus seiner, stand auf und sah aus dem Fenster.

„Sie wird wiederkommen, Maike. Bestimmt. Ich bin mir da ganz sicher.“

Sie drehte sich abrupt um. „Woher hast du diese Sicher …“

Erika Kramer unterbrach ihr Gespräch. „Tut mir leid, aber ich muss Sie in den Warteraum bitten. Wir haben jetzt gleich Visite und dann werden wir Herrn Christen ...“

„CC“, krächzte der, „Sie sollen mich bitte CC nennen.

Christen ist so scheißförmlich und ich will mich hier doch wohlfühlen. Dazu sind Sie schließlich da."

„Hier gehts ums pure Überleben. Wohlfühlen, Herr CC, können Sie auf der Station bestellen. Machen Sie das dort mit meinen Kolleginnen aus."

„Wenn die auch so hübsch sind wie Sie."

„Macho!"

„Ich gehe jetzt und komme lieber heute Abend noch einmal vorbei", entschied Maike und verabschiedete sich mit einem angedeuteten Kuss auf CCs malträtiertem Kopf.

Dienstag, 25. September 2012, 21 Uhr 30, Wöllstein

Sie verließ die A61 bei Gau-Bickelheim, fuhr am Autohof vorbei und bog im Kreisel in Richtung Wöllstein/Bad Kreuznach ab. Nach etwa einem Kilometer erreichte sie die Peter-Caesar-Allee. Vor ihr lag, mit einer hohen Mauer umgeben, die Justizvollzugsanstalt Rohrbach. Trotz der Architektur, die an eine Festung erinnerte, passte sie sich übergangslos und sanft in die Umgebung der rheinhessischen Hügel- und Weinlandschaft ein. Die für ein Gefängnis untypische Farbigkeit des Ensembles war auf Wunsch der Wöllsteiner Bevölkerung, die sich lange gegen den Bau eines Gefängnisses gesträubt hatte, zustande gekommen. Die Farben nahmen dem riesigen Gebäudekomplex die Kälte und Strenge.

Maike stellte ihren Wagen auf dem Parkplatz vor dem Eingang der JVA ab. An der Pforte, neben einem überdimensionalen Metalltor, nannte sie dem Vollzugsbeamten hinter der Glasscheibe ihren Namen und erklärte ihm, dass Kriminalhauptkommissar Breuner sie erwarte. Er nickte und das Tor öffnete sich geräuschlos. Sie kam in einen Vorraum, dessen Ausgang wiederum mit einer schweren Tür gesichert war. Davor war ein Detektorrahmen installiert, wie sie ihn vom Flughafen her kannte. Zu ihrer Linken konnte sie durch einen Türausschnitt in einen Raum mit mehreren Tischen und Stühlen sehen. Offenbar stand er für Besucher der Häftlinge zur Verfügung. Zu ihrer Rechten befand sich die Verlängerung der Außenpforte. Ein Beamter hinter der Schutzscheibe bat sie um ihren Personalausweis, den er zum Eintragen ihrer Daten benötigte. „Sie bekommen ihn beim Verlassen wieder", sagte er. „Ihr Handy und Ihre Handtasche deponieren Sie bitte in einem der Schließfächer an der Wand hinter Ihnen."

Sie durchschritt den Detektorrahmen. Die Ausgangstür wurde geöffnet, durch die sie einen Innenhof erreichte, der ihr den Blick auf den Gebäudekomplex mit seinen kleinen Zellenfenstern freigab. Maike fröstelte es. Trotz der freundlichen Farbgebung flößte ihr die Atmosphäre Angst ein. Es war das erste Mal, dass sie sich in einer derartigen Umgebung befand. Das mulmige Gefühl verließ sie auch nicht, als sie Ad aus dem Eingang kommen sah.

„Scheißgefühl", sagte sie, statt einer Begrüßung.

„Danke. Sehr nett. Diese wertschätzende Bemerkung kann ich leider nicht zurückgeben. Ich freue mich nämlich, dich zu sehen. Und es ist ein gutes Gefühl."

„Du hast mich angerufen und mich gebeten, unbedingt und sofort hierherzukommen. Worum geht es?"

„Komm mit!"

Er ging ihr voraus in den Gefangenentrakt. Sie kamen einen langen Gang entlang. Die ersten Häftlinge in ihrer dunkelorangen Einheitskleidung begegneten ihr. Sie wunderte sich, dass sie sich so frei und ohne erkennbare Aufsicht bewegen durften. Breuner bemerkte ihr Erstaunen.

„Das sind alles leichte Jungs“, klärte er Maike auf. „Die sitzen hier ihre Ersatzfreiheitsstrafe ab. Für ihre Geldstrafen, die sie nicht bezahlen können oder wollen. Bei einem Hartz-IV-Empfänger sind das etwa 10 Euro pro Tag. Die härteren Kaliber sind entweder bei der Arbeit oder in ihrer Zelle.“

„Wie viele Gefangene passen denn hier rein?“

„So um die 570, soviel ich weiß. Männlein und Weiblein zusammengerechnet.“ Er war stehen geblieben. „So, hier sind wir.“

Er fasste Maike am Arm und lotste sie in ein Büro. Sie schielte auf das Namensschild, bevor sie hinter ihm eintrat: Psychologischer Dienst/Tanja Lang/Diplompsychologin. An einem Besprechungstisch, den man mangels Platz an einen Schreibtisch geschoben hatte, saß Beate Kerber. Sie hob den Kopf, begrüßte sie mit einem herzlichen Lächeln und schob ihr einen Stuhl zu. Du falsche Schlange, dachte Maike. Sie ließ sich aber nichts anmerken, setzte sich ihr gegenüber neben Breuner und lächelte noch eine Spur herzlicher zurück. Hinter dem Schreibtisch erhob sich eine schlaksige, kurzhaarige junge Frau, die aufgrund ihres Alters wohl erst kürzlich ihr Studium abgeschlossen haben dürfte. „Lang“, stellte sie sich vor und reichte ihr die Hand. „Ich bin unter anderem für die psychologische Betreuung der Frauen-Zugangsabteilung zuständig. “

„Ja, schön“, sagte Maike gereizt, erkannte aber sofort, dass die junge Frau für die momentane Situation nicht verantwortlich war. Schon gar nicht für ihre Anspannung und Ungeduld. „Entschuldigen Sie bitte, aber ich weiß immer noch nicht, weshalb ich hier bin.“

Plötzlich durchfuhr sie ein schrecklicher Gedanke. Ad war hier, Beate Kerber und ... eine Psychologin! „Habt ihr etwas über Angelika herausgefunden und über Eva?", fragte sie entsetzt. „Wollt ihr mir hier schonend beibringen, dass ... Hat sie gestanden, dass sie die Mädchen ...?"

„Nein, Frau Berger. Bitte beruhigen Sie sich. Nichts dergleichen. Ich dachte", wandte sich Tanja Lang an Breuner, „dass Sie Frau Berger bereits informiert hätten."

„Bin nicht dazu gekommen. Ich hatte noch ein Gespräch mit der Staatsanwältin wegen der Bellmann", rechtfertigte er sich und wurde von seiner Assistentin mit einem bösen Blick bedacht.

„Ich hatte dir angeboten, mit Frau Berger zu telefonieren", sagte sie vorwurfsvoll. „Jetzt sag ihr schon, worum es geht. Oder ist es dir lieber, wenn ich ...?"

Breuner wehrte ab und schilderte Maike die momentane Sachlage. Die Nacht hatte Dorothea Bellmann in der gleichen Gewahrsamszelle verbracht wie ein paar Tage zuvor Bertram Hinze. Am frühen Morgen war sie dem Haftrichter vorgeführt worden, der die Untersuchungshaft in der JVA Rohrbach anordnete. Seit 13 Uhr wurde sie dort, nur unterbrochen von einer kurzen Pause, von Breuner und Beate Kerber verhört.

„Mal gemeinsam, dann wieder jeder von uns alleine und schließlich hat Frau Lang noch ein Gespräch mit ihr gehabt. Ergebnis gleich null. Bisher!" Er lehnte sich zurück und verschränkte die Arme hinter dem Kopf. „Und jetzt kommst du ins Spiel, Maike. Frau Lang wird es dir erklären."

„Um es schnell auf den Punkt zu bringen: Sie will mit Ihnen sprechen. Mit niemand anderem. Auch einen Anwalt verweigert sie, mit dem Hinweis, dass der auch nichts ausrichten könne."

„Was soll ich denn bei ihr erreichen, wenn ihr das nicht mal geschafft habt", wunderte sich Maike und sah abwechselnd Beate Kerber und Ad an.

„Frau Bellmann befindet sich inzwischen in einer dramatischen Belastungssituation", erklärte Tanja Lang. „Die permanenten Verhöre haben ihr zugesetzt. Sie ist an der Grenze ihrer psychischen und physischen Belastung. Wir haben ihr nur eine kurze Pause gestattet. Ich habe auch den Eindruck, dass irgendetwas nicht stimmt mit ihr. Ich hatte natürlich keine Zeit, um dem nachzugehen, aber ich tippe auf eine Persönlichkeitsstörung, die ich allerdings noch nicht einordnen kann."

„Meinen Sie, sie hat Herrn Christen angeschossen und weiß auch, wo meine Tochter und Eva sind?"

„Ich kann Ihnen da nur eine gefühlsmäßige Antwort geben, Frau Berger. Wie gesagt, ich müsste mich längere Zeit mit ihr befassen. Aber ich meine, dass sie etwas zu verbergen hat. Und ja, ich glaube, sie hat Herrn Christen angeschossen und sie weiß auch, wo Ihre Tochter und das andere Mädchen sind. Für eine kaltblütige Mörderin halte ich sie nicht. Eher für jemanden, der sich aus Rache oder im Affekt zu einer solchen Handlung hinreißen lässt."

Maike schilderte die Quintessenz aus dem letzten Telefonat mit Herbert Commenius.

„Aufgrund ihrer Historie, die wir offenbar herausgefunden haben, vermutet Ihr Fachkollege eine schwere Persönlichkeitsstörung als Folge ihrer Traumatisierung im Kindesalter durch den sexuellen Missbrauch. Wahrscheinlich hatte sie keine professionelle Hilfe, sodass sich die Krankheit unkontrolliert ausbilden konnte."

„Das könnte zutreffen und passt in das Bild, das sie mir vermittelt", stimmte Tanja Lang zu. „Ja, das wäre eine schlüssige Erklärung."

„Und nun zu dem, was sie über Angelika und Eva weiß", schaltete sich Breuner wieder ein. „Beate und ich haben sie diesbezüglich intensiv in die Mangel genommen. Wo haben sie Angelika Berger und Eva Hinze versteckt? Sie wissen es! Wo sind die beiden? Immer und immer wieder mantraartig die gleiche Fragestellung und sie blockte ab. So, als würde sie unsere Anwesenheit ausschalten."

„Sie hat aber auch nicht gesagt, dass sie es nicht weiß", ergänzte Beate Kerber. „Die einzige Antwort war: Kopfschütteln, unter sich oder an die Decke blicken oder ihre Fingernägel begutachten."

„Habt ihr sie nach K. Feulner und diesem anderen Mädchen, dieser Beate Adler, befragt?"

„Nein, noch nicht. Aber das könntest du tun", antwortete Breuner.

Tanja Lang wollte wissen, was es damit auf sich habe und er klärte sie mit wenigen Worten auf.

„Das könnte der Schlüssel sein", meinte sie.

„Wie soll ich denn mit ihr umgehen? So im Gespräch, meine ich."

„Das müssen wir deiner Intuition und deinem Reaktionsvermögen überlassen", sagte Breuner. „Na ja, vielleicht einen Tipp für die Gesprächsführung. Eher eine Strategie, um eine Eskalation zu vermeiden, durch die Frau Bellmann dann auch bei dir abblocken würde. Du kennst das vielleicht aus Krimis: Die good cop, bad cop-Strategie. Da gibt es einmal die einfühlsame Variante. Man zeigt Verständnis, ohne jedoch etwas zu entschuldigen. Man will auf diese Weise die Lage beruhigen, um sich wieder dem eigentlichen Anliegen widmen zu können. In deinem Fall: Wo sind die Mädchen? Die andere Strategie solltest du dann wählen, wenn Frau Bellmann ausfällig wird. Wenn sie laut wird oder droht. Du konfrontierst sie dann mit ihrem Fehlverhalten. Wenn sie zum Beispiel auf den Tisch haut, dann machst du es auch.

Dabei geht es darum, ihr die Möglichkeit zu geben, ihr Fehlverhalten während des Gesprächs zu korrigieren, ohne dass sie ihr Gesicht verliert. Die Herausforderung für dich besteht darin zu entscheiden, in welcher Situation du welche Strategie verwendest."

Maike zog die Augenbrauen nach oben. „Verhörtaktik im Schnellverfahren", stöhnte sie mit einem Anflug von Hoffnungslosigkeit.

„Sie werden das schon schaffen", schaltete sich Tanja Lang ermutigend ein. „Setzen Sie sich nicht unter Leistungsdruck. Es ist einfach eine weitere Chance. Aber vielleicht noch ein genereller Hinweis, Frau Berger, zur Gesprächssteuerung. Wenn Sie jetzt gleich mit Frau Bellmann sprechen, hören Sie ihr bitte geduldig zu! Hinterfragen Sie möglichst nichts. Und lassen Sie sich auf keine Diskussionen ein! Sprechen Sie erst dann, wenn sie eine Pause macht! Dann aber stellen Sie nur gezielte Fragen. Nach Angelika, Eva, K. Feulner und dem anderen Mädchen aus Frankfurt. Und möglichst keine geschlossenen Fragen. Also nicht: Weißt du, wo Eva und Angelika sind? Sondern: Wo sind sie? Wo halten sie sich auf? Wo hast du sie versteckt? Wie geht es ihnen? Sind sie alleine oder wer ist bei ihnen? Was hast du mit ihnen vor? Sie soll nicht nur mit Ja oder Nein antworten können."

„Bist du bereit?", fragte Ad.

„Muss ich ja wohl."

„Ja, hast du denn noch Fragen oder Bedenken?"

„Momentan nicht. Ich möchte alles tun, um Angelika wiederzubekommen. Also", Maike erhob sich und wandte sich zur Tür, „ich will es jetzt hinter mich bringen."

„Du wirst allerdings nicht so ganz alleine gelassen", erklärte Ad ihr auf dem Weg zum Vernehmungszimmer. „In der einen Wand in dem Raum wird dir ein Spiegel auffallen.

In Wirklichkeit handelt es sich jedoch um eine Glasscheibe mit einer Metalloxidschicht, durch die wir alles beobachten können. Sie wird es womöglich ahnen, trotzdem vermeide bitte dort hinein zu sehen, geschweige denn Blickkontakt mit uns …“ Er nahm ihren missfälligen Blick wahr und hob die Hände. „Ist ja gut. Ich wollte es ja nur erwähnen, der Vollständigkeit halber. Und außerdem ist ein verstecktes Mikrofon eingebaut, über das wir das Gespräch verfolgen. Wir könnten also jederzeit eingreifen. So, wir sind da.“

Der Raum, in den er sie eintreten ließ, erinnerte sie an die sterilen Vernehmungszimmer, die Maike aus den Tatort-Krimis kannte. Erhellt wurde er von grellem Neonlicht, das im ersten Moment ihre Augen blendete. Kahle Wände, bis auf eine, die ab der halben Höhe mit einem Spiegel versehen war. An der Wand ein Beistelltisch, darauf eine Plastikflasche mit Wasser und ein Stapel mit Pappbechern. In der Mitte ein Holztisch. Darauf Notizpapier, Stifte und ein fest installiertes Diktiergerät. Davor ein Mikrofon mit einem beweglichen Schwanenhals. Vier Stühle. Zwei hinter dem Tisch, einer davor. Auf dem vierten, in der hinteren Ecke, saß mit unbeweglicher Miene ein Justizvollzugsbeamter. Sein Blick war auf die Frau gerichtet, die Maike und Breuner den Rücken zukehrte. Als sie eintraten, drehte sie sich um, stand auf und kam mit unsicheren Schritten auf Maike zu. Dorothea schien um Jahre gealtert. Ihre Mimik drückte Verlegenheit aus. Sie wollte Maike die Hand geben. Zögerlich, aber erkennbar. Maike stand wie versteinert vor ihr. Die Situation überforderte sie. Breuner schob sich zwischen die beiden. „Keine Berührung bitte“, sagte er in bestimmtem Ton und befahl ihr, sich wieder zu setzen. Maike und er nahmen ihr gegenüber Platz.

„Sie wollten mit Frau Berger sprechen, hier ist sie. Frau Bellmann, betrachten Sie das als letzte Chance, ein Geständnis abzulegen, das ich noch unter der Rubrik freiwillig in meinem Protokoll erwähnen werde. Ich verlasse jetzt mit dem Kollegen den Raum. Sie sind ganz unter sich. Das Diktiergerät ist ausgeschaltet, wie Sie sehen können. Also nochmals, nutzen Sie die Chance."

Dorothea blickte ihn ausdruckslos an. Breuner ging zur Tür und forderte den Vollzugsbeamten auf, ihn nach draußen zu begleiten. Er drehte sich aber noch einmal um. „Maike, alles o.k.? Falls du Hilfe benötigst oder wenn das Gespräch beendet ist, einfach die rote Taste auf dem Diktiergerät drücken. Wir warten draußen."

Unendlich lang anmutende Sekunden schwiegen sie. Dorothea rieb die Hände auf ihren Oberschenkeln und Maike sah an ihr vorbei. Schließlich räusperte sich Dorothea.

„Danke, dass du gekommen bist. Ich will dir die ganze Wahrheit erzählen. Aber nur dir!" Ihre leise Stimme war belegt. „Darf ich eigentlich noch Du sagen?"

„Würde es etwas ändern, wenn ich Nein sage? Ich bin nicht wegen dir gekommen, sondern ich will wissen, wie es meiner Tochter geht und wo sie ist. Und natürlich auch Eva. Also!"

„Es geht ihnen beiden gut. Noch." Ihre Stimme festigte sich und ihre Körpersprache verriet, dass sie sich sicherer fühlte.

„Noch? Was heißt das?!"

„Wenn ich hier rauskomme, heute und unbehelligt, sage ich, wo sie sind."

Maike war geschockt und zornig über so viel Unverfrorenheit. Aber sie hielt an sich. Jetzt ging es nicht um ihre Befindlichkeit.

„Woher soll ich wissen, dass du uns nicht linkst? Schließlich wolltest du sogar CC umbringen."

In diesem Moment war ihr nicht bewusst, dass sie bereits von den Verhaltensempfehlungen, die man ihr mit auf den Weg gegeben hatte, abwich. Dorothea dagegen schien zu spüren, dass sie das Heft in die Hand nehmen konnte.

„Da musst du mir schon glauben. Ich muss dir ja auch vertrauen, dass du diesen Breuner überzeugen kannst. Und das mit CC ist eine ganz andere Sache. Das hat mit Angelika nichts zu tun. Was ist?“ Sie beugte sich nach vorn und blickte Maike fest in die Augen. „Komme ich frei?“

„Wie soll ich das denn machen? Ich habe doch überhaupt keine Handhabe.“

„Doch. Hast du. Wenn ich nämlich nicht spätestens bis 23 Uhr 30 auf freiem Fuß bin, wird Angelika sterben. Ich kann das dann auch nicht mehr aufhalten.“

„Das heißt, du hast einen Komplizen?“

„Komplizin trifft es eher. Es ist Eva.“

„Eva? Niemals. Weshalb sollte sie Angelika etwas antun? Das wird sie niemals machen.“

„Sie wird es tun!“, entgegnete Dorothea in wütendem Tonfall. „Verlass dich drauf! Sie wird die Menschen töten, die ihr Leben zerstört haben. Und ohne Angelika zu opfern, geht das halt nicht. Nimm es als Schicksal, dem man nicht entgehen kann. Du wirst darüber hinwegkommen.“

„Aber Angelika hat doch damit nichts zu tun. Weshalb soll sie denn dann …?!“ In Maike sträubte sich alles, den Satz zu vollenden. Es war, als hätte man ihr den Boden unter den Füßen weggezogen. Sie erinnerte sich daran, was Beate Kerber und Tanja Lang ihr geraten hatten. Sie rief sich deren Worte ins Gedächtnis: Geduldig zuhören. Nichts hinterfragen. Nur sprechen, wenn sie eine Pause macht. Offene Fragen stellen. Verständnis zeigen. Und vor allem: Keine Diskussion!

„Nun, was ist?“, riss Dorothea sie aus ihrer Reflexion. „Hast du es dir überlegt? Wenn ich nicht vor 24 Uhr an einem bestimmten Ort bin, kann ich nichts mehr für Angelika tun.“

Maike bemühte sich, ihre Angst zu verbergen und einen neutralen Tonfall anzunehmen. „Aber weshalb Angelika?“, fragte sie erneut. „Was hat sie damit zu tun?“

„Es geht nicht anders. Das ist halt der Plan. So, wie damals, als …“

… als Beate statt ihrer verbrannt ist, führte Maike in Gedanken den abgebrochenen Satz fort. Zorn stieg in ihr auf. Sie hätte sich am liebsten auf diese Kreatur gestürzt, die ihr gegenübersaß und kaltblütig den Tod ihrer Tochter verkündete, und Angelikas Aufenthaltsort aus ihr rausgeprügelt. Reiß dich zusammen, sagte sie sich, du darfst sie nicht reizen, du musst neutral bleiben.

„Nun frag nicht weiter. Die Zeit wird knapp!“ Dorotheas aggressive Stimme riss Maike aus ihren Gedankengängen. 21 Uhr 57, stellte sie mit einem Blick auf ihre Uhr fest. „Dann bleiben noch gut zwei Stunden. Wie viel Zeit benötigst du, um dorthin zu gelangen?“

„Du gibst mir dein Auto?!“ Es klang wie eine Anordnung, der man sich besser nicht widersetzte.

Maike holte einen Schlüsselbund aus der Seitentasche ihrer Jacke und legte ihn vor sich auf den Tisch.

„Kannst du haben. Also, wie viel Zeit bleibt Angelika dann noch?“

„Du hast jetzt noch etwa 90 Minuten, um meine Freilassung zu bewirken.“

Maike entfernte den Wohnungsschlüssel aus dem Ring und schob Dorothea den Autoschlüssel wortlos über den Tisch zu. Die ergriff ihn hastig und verstaute ihn in ihrer

Hosentasche. Maike erkannte, dass Dorothea sich siegessicher wähnte. Sie war erfahrene Verkäuferin genug, um zu wissen, dass einen dieses Gefühl unvorsichtig macht. In diesem Moment war man angreifbar und verwundbar. Wie ein Ritter, der in der irrigen Annahme, seinen Gegner völlig wehrlos gemacht zu haben, leichtfertig das Schwert zur Seite legt und sein Visier öffnet. Sie befürchtete aber auch, dass Breuner sich nicht auf eine Freilassung einlassen könnte. Sie musste einfach noch mehr erreichen als bisher.

„Ich werde mit Breuner sprechen. Zuvor habe ich aber noch ein paar Fragen“, sagte sie in harmlosem, ruhigem Tonfall, bevor sie blitzartig und mit aller Schärfe zuschlug: „Wer ist Klara Feulner? Was ist am 26. August 1991 mit Beate Adler geschehen?“ Und sie hoffte, dass sie nun keinen Fehler machte, als sie spontan nachschob: „Du bist nicht Dorothea. Dein wirklicher Name ist … Klara. Du bist Klara Feulner, der man schreckliches Leid zugefügt hat. Dorothea hat deinen Vater und an deiner Stelle Beate Adler bei einem Brand umgebracht! Du konntest nichts dafür. Du warst das Opfer.“

Dorothea erbleichte. Ihre Augen weiteten sich. Ihr Mund öffnete sich, aber sie brachte keinen Laut heraus. Sie fiel in sich zusammen.

Und jetzt auf die verständnisvolle Tour!, beschloss Maike und vertraute dabei blind ihrer Intuition. Sie ging um den Tisch herum und legte ihr sanft ihre Hand auf die Schulter.

„Du konntest nicht anders“, sagte sie sanft und verständnisvoll. „Ich weiß nicht, wie ich mich an deiner Stelle verhalten hätte. Wahrscheinlich ...“ Sie ließ die Aussage im Raum stehen. „Du warst ja damals noch fast ein Kind und hattest keinen anderen Ausweg mehr für dich gesehen. Ich weiß nicht, was du alles erdulden musstest. Aber es muss so entsetzlich gewesen sein, dass du gar keine andere Wahl hattest, um dein Leiden endlich zu beenden und ein neues Leben zu beginnen."

Maike setzte sich wieder. Ihre Nerven waren zum Bersten gespannt. Sie hoffte, mit ihrer Mutmaßung keinen Fehler begangen zu haben und, dass Herbert Commenius sie auf die richtige Spur gebracht hatte. Unter dem Tisch drückte sie sich selbst die Daumen. So heftig, dass die Gelenke schmerzten. Sie musste sich zusammenreißen, um keinen fragenden Blick in den durchsichtigen Spiegel zu werfen. Sie konzentrierte sich auf Dorothea. Ganz tief in ihrem Innersten schien sich eine radikale und durchgreifende Wandlung anzubahnen. Ihre Lippen zitterten, der Atem ging stoßweise und ihre Schultern bebten. Sie begann, lautlos zu weinen. Für Maike war es ein schrecklicher und gleichzeitig trauriger Anblick. Trotz allem, was Dorothea Angelika, Eva, CC und ihr angetan hatte, überfiel sie ein tief greifendes Gefühl des Mitleids. Vor ihr saß nicht nur eine Frau, die entsetzliche Verbrechen begangen hatte: Mord, Mordversuch, Entführung, Brandstiftung. Vor ihr saß ein Mensch. Eine klägliche, leidende Kreatur mit einem tragischen Schicksal. Einem Schicksal, das sie in einen Strudel von Verbrechen gezogen hatte, wegen derer sie sich bald zu verantworten hatte. Den wahren Täter, dessen Opfer sie geworden war, konnte man dagegen nicht mehr zur Rechenschaft ziehen. Maike hätte sie am liebsten in den Arm genommen, getröstet. Sie war aber trotz all ihrer Empathie in der Lage, nüchtern zu denken und zu handeln. Sie musste Angelika retten. Aber wer saß ihr jetzt eigentlich gegenüber? Immer noch Dorothea oder doch Klara? Sie wünschte sich die Letztere und riskierte es, sie auch so anzusprechen.

„Klara, bitte schau mich an. Sag mir, weshalb?"

„Weil Dorothea es so wollte. Sie hatte mich in der Gewalt. Sie hat mich getötet, um mich zu befreien."

Maike verstand nicht, was sie damit meinte. Gab es tatsächlich eine Dorothea oder war diese tatsächlich die Ausgeburt einer Persönlichkeitsspaltung, wie Herbert es vermutet hatte.

„Wer ist Dorothea?"

„Dorothea ist Klara und Klara ist Dorothea. Nein. Klara war Dorothea." Sie wand sich. Schien selbst nicht mehr zu wissen, wer sie nun tatsächlich war. Maike sah ihr an, dass sie sich quälte. In ihrem Inneren schien ein Kampf stattzufinden. Sie starrt zur Decke des Vernehmungszimmers, als suchte sie dort nach einer Antwort.

„Ich bin ... Klara", stellte sie schließlich mit Staunen fest. „Ja, ich bin Klara Feulner."

Sie schien sich beruhigt zu haben. Je eindeutiger Dorothea in den Hintergrund getreten war, desto mehr hatte Klara wieder ihre Rolle übernommen. Wie in einer griechischen Tragödie. So, als ob eine Person, die den Teufel, den Zerstörer, das Böse darstellte, die Bühne verlassen hatte, um einer anderen Platz zu machen, die in der gleichen Gestalt als das Gute, das Vollkommene auftrat. Maike nahm diesen Rollentausch mit Fassungslosigkeit wahr. Eine menschliche Metamorphose, dachte sie. So etwas hatte sie noch nie erlebt. Sie hoffte, dass sie das Geschick und die Kraft besaß, die Situation steuern zu können. 22 Uhr zwei. Angelika blieb nicht mehr viel Zeit. Sie musste in Erfahrung bringen, wo sich ihre Tochter befand!

„Bitte, Klara, jetzt sag mir, wo ..."

Sie blickte Maike abwesend an. Sie registrierte nicht, dass sie ihr eine Frage stellen wollte.

„Was hätte ich denn tun sollen? Mir hätte ja auch niemand

geglaubt. Und außerdem die Drohungen. Er hätte sie wahr gemacht. Er wurde immer brutaler."

„Was kann Angelika dafür? Sie war noch nicht einmal geboren, als man dir dieses unmenschliche Leid angetan hat. Bitte, Klara, nun lass nicht Angelika für etwas büßen, das ..."

„Hör mir zu, Maike. Hör mir einfach zu. Ich will, dass du mich verstehst. Danach sage ich dir, wo du Angelika findest. Du bist der erste Mensch, dem ich meine Geschichte erzähle. Danach wird sie von mir niemand mehr hören. Willst du mir zuhören?"

Maike hoffte inständig, dass sie Klara Glauben schenken konnte. Sie wusste aber auch, dass sie gar keine andere Wahl hatte. Sie nickte.

„Seitdem ich denken kann, hat er mich missbraucht", begann sie erst stockend, dann immer flüssiger, die Schilderung ihrer Leidensgeschichte. Im Laufe der Jahre waren seine Übergriffe immer brutaler geworden. Zur Befriedigung seiner sexuellen Begierde gesellte sich auch immer stärker die Lust, Macht über Klara auszuüben. Zudem war sie abhängig von ihm. Zu wem hätte sie flüchten können?

„Und deine Mutter?", fragte Maike irritiert, „hat deine Mutter dir nicht geholfen?"

„Sie wusste es doch nicht besser", entschuldigte sie deren Versagen. „Sie hatten sie kaputt gemacht. Ihr eigener Vater und ihre Brüder. Seit ihrem 15. Lebensjahr war sie für die zu einem willfährigen Objekt geworden. Eine Haushalts- und Sexsklavin, derer sie sich nach Lust und Laune bedienten. Und nicht nur ihnen, sondern auch deren Saufkumpanen musste sie zu Willen sein. Für einen 10-Mark-Schein wurde sie verschachert, wenn das Geld mal wieder knapp war. Wenn sie sich wehrte, wurde sie mit Schlägen gefügig gemacht. Beischlaf, Gewalt und Schmerzen waren für sie eine Einheit. Sie kannte es nicht anders. Und in dem kleinen Dorf im Vogelsberg, wo sie aufgewachsen war, kümmerte sich keiner der Nachbarn um solche Lappalien. Inzest war normal – ja, normal! Missbrauch schien ein Fremdwort aus einer anderen Welt zu sein. Da hatte sie keine Hilfe zu erwarten.

Kurz vor ihrem 22. Geburtstag war sie davongelaufen. Ohne eine Nachricht zu hinterlassen. Als Bedienung in einer Apfelweingaststätte in Seckbach, einem Vorort von Frankfurt, hatte sie eine Anstellung gefunden. Dort hatte sie meinen Vater kennengelernt und wenige Wochen später hatten sie geheiratet. Am Anfang lief auch alles gut, doch wenige Wochen nach meiner Geburt holten sie die Schatten ihrer Vergangenheit ein. Als wäre ein innerer Schalter umgelegt worden, war Sex wieder mit Schmerzen verbunden. Sie hatte sich mehrmals untersuchen lassen, ohne, dass eine körperliche Ursache festgestellt werden konnte. Anfänglich war mein Vater noch fürsorglich mit ihrer Befindlichkeit umgegangen. Doch nach einiger Zeit wurde er aggressiv, warf ihr Gefühlskälte vor, beschimpfte sie oder er ignorierte sie einfach. Kein liebes Wort, keine zärtliche Geste. Das, was sie so dringend benötigt und was ihrer Seele gutgetan hätte, gab er mir. Einerseits hasste sie mich dafür, andererseits war sie mir dankbar, denn wenigstens ließ mein Vater sie in Ruhe. Sie war traumatisiert, aber wer hätte ihr helfen sollen? Ich bin wertlos, hatte sie von sich behauptet. Sie sei Müll, hat sie gesagt. Wertloser Müll. Aber dann hat sie etwas ganz Entscheidendes gesagt: Eine Pflanze braucht Sonne, um Pflanze zu werden. Und ein Mensch braucht Liebe, um Mensch zu werden. Diese Liebe habe ich nie erfahren. Dann hat sie zum Abschied meine Hand festgehalten und mich beschworen, mir diese Liebe selbst zu geben, indem ich mein Leben eigenständig in die Hand nehmen und mir von niemandem mehr zerstören lassen soll. Das war das letzte Mal, dass ich sie gesehen habe. Erst viele Jahre später habe ich nachgeforscht und erfahren, dass sie sich kurz nach meinem Besuch das Leben genommen hat. Aber mir hat sie das Leben noch einmal geschenkt. Nach dem Besuch bei ihr war mir nämlich eines ganz klar geworden: Die Frage war nicht, ob ich Opfer geworden war, sondern, ob ich es bleiben wollte. Und ich wollte es nicht. Nicht mehr."

Sie deutete auf die Wasserflasche auf dem Seitentisch. „Gibst du mir einen Schluck? Bitte." Maike füllte einen Becher und reichte ihn Klara, die ihn in einem Zug austrank. „Noch einen?", fragte Maike. Sie lehnte ab und fuhr mit der Schilderung ihrer Leidensgeschichte fort.

In ihrer Persönlichkeit als Dorothea plante Klara aus dem Martyrium auszubrechen. Dazu mussten ihr Vater und sie selbst für immer vernichtet werden. Nur darin sah sie einen Ausweg, um weiter zu überleben. Den Vater konnte sie physisch beseitigen. Aber auch Klara musste unwiderlegbar tot sein. Sie nur verschwinden zu lassen, war „Dorothea" zu risikobehaftet, da man nach ihr gesucht hätte. Eine andere Person musste daher an Klaras Stelle ihren Leichnam hergeben. Und zwar so, dass dieser nicht mehr identifiziert werden konnte. So kam sie zu dem Schluss, dass beide verbrennen mussten. Jedoch Größe, Gewicht und weitere Merkmale musste mit der Person Klaras übereinstimmen. Und da war nur eine in Betracht gekommen: Beate Adler. Und schließlich ergab sich eine Möglichkeit dazu. Beate suchte nämlich ein besonderes Geburtstagsgeschenk für ihre Mutter. Klara half ihr bei der Auswahl und schlug vor, das Geschenk bei ihr zu deponieren. Und damit es eine wirkliche Überraschung sei, sollte Beate es allen gegenüber geheim halten und erst gegen Abend bei ihr abholen.

Als sie dann bei ihr erschien, führte sie sie in den Keller. Dort flößte sie ihr ein starkes Schlafmittel ein. Danach entfachte sie in einer Metallschüssel aus Papier und etwas Vorhangstoff ein Feuer. Sie ließ die Schlafende den Rauch einatmen, bevor sie sie mit einem Kissen erstickte. Dann entkleidete sie die Tote und zog ihr die Kleidung von sich an. Sie hängte ihr zudem ihre Halskette um. Nachdem sie das Feuer vorbereitet hatte, trug sie die Leiche aus dem Keller und legte sie in ihr Bett.

Dorothea gab sich, als sie nach Klaras Tod komplett deren Persönlichkeit übernommen hatte, einen neuen Nachnamen: Günther. Und somit war aus Klara Feulner im Denken und Handeln Dorothea Günther geworden. Sie flüchtete mit dem Geld, das sie gespart und ihrem Vater in der Brandnacht entwendet hatte.

Ihr Weg führte sie nach Hamburg, wo sie sich schon heimlich eine Lehrstelle in einem Musikgeschäft besorgt hatte. Sie erfand eine neue Vita: Ihre Eltern, ein Diplomatenehepaar, lebten aus beruflichen Gründen in den USA. Zu Sicherheit fälschte sie ein paar Briefe und Zeugnisse auf den Namen Dorothea Günther, die sie jedoch nie aus der Hand gab. Später behauptete sie, sich mit ihren Eltern entzweit zu haben. Sie freundete sich mit Holger Bellmann an, dem Sohn ihres Lehrherrn. Aus reinem Kalkül gab sie sich ihm hin. Sie heirateten – damals war sie 21 Jahre alt. Danach war Schluss mit dem Sex. Sie verweigerte sich ihm, reizte ihn aber so sehr, dass er schließlich gewalttätig wurde. Das war von ihr zwar nicht bezweckt, spielte ihr aber in die Hände. Sie reichte die Scheidung ein, die zwei Jahre nach der Hochzeit rechtskräftig wurde. Um sich ihr Schweigen über den wahren Grund zu sichern, zahlte man ihr eine nicht unbeträchtliche Summe als Abfindung mit der Auflage, Hamburg zu verlassen und weit weg zu ziehen. Sie überlegte, wohin sie ziehen sollte und überließ es einem Zufallsspiel, indem sie einen Autoatlas nahm, mit geschlossenen Augen eine Seite aufschlug und mit dem Finger darauf tippte. Als sie die Augen öffnete, verdeckte ihre Fingerkuppe eine Stadt, von der sie zuvor noch nie etwas gehört hatte: Alzey. Sie nahm es als Wink des Schicksals, suchte und fand ein Haus in Weinheim. Geld spielte für sie keine Rolle. Das war Ende 1997. Mit einem gefälschten Zertifikat als Diplomklavierlehrerin ließ sie sich dort unter dem Namen Dorothea Bellmann nieder.

Ende 2009 kam Eva Hinze zu ihr, als Schülerin. Bald stellte sie fest, dass auch dieses Mädchen sexuell missbraucht wurde. Sie wollte ihr helfen und nach kurzer Zeit des Vertrauensaufbaus erklärte sie ihr, dass – und weshalb – sie darüber Bescheid wisse. Sexueller Missbrauch an Kindern wurde bald zu einem intensiven Diskussionsthema unter ihnen. Sie ereiferten sich darüber, dass bei Gericht, bei Gutachtern und in der Gesellschaft immer noch zu viele Opfer zu Tätern gemacht werden. Sie steigerten sich in einen pathologischen Zorn darüber, dass weiterhin noch viel zu wenig Täter zur Verantwortung gezogen werden. Das Leid der Opfer, das niemals endet, selbst wenn ein Täter verurteilt ist, wurde immer mehr zum Gesprächsthema. Eva erkannte darin auch ihre eigene düstere Zukunft. Schließlich sah auch sie nur einen Ausweg. So, wie damals Dorothea. Der Mord sollte ähnlich verlaufen. Dazu mussten die entsprechenden Vorbereitungen getroffen werden. Als sie dann Anfasng September 2012 so weit waren, den Plan in die Praxis umzusetzen, setzte sich Eva ab.

„Ja, und den Rest“, beendete Klara ihre Schilderung, „den kennst du ja.“

Dienstag, 25. September 2012, 21 Uhr 30, Alzey

Ihre Anspannung hielt sie wach. Wie mit Dorothea besprochen, hielt Eva sich mit Angelika seit letzter Nacht im Nachbarhaus ihrer Eltern auf. Die Wartezeit bis zu ihrem Einsatz vertrieb sie sich mit Lesen, Fernsehen, Blumengießen und der sedierenden „Fürsorge“ um Angelika. Sie empfand es als gutes Omen, als glückliche Fügung, dass Frau Höger, die Hausbesitzerin, gerade jetzt für längere Zeit abwesend war und ihr wieder einmal den Hausschlüssel anvertraut hatte. Nicht mehr lange und sie würde ihr Vorhaben in die Tat umsetzen. Aber immer wieder kamen ihr Zweifel, ob sie Angelika tatsächlich bei dem Brand umkommen lassen musste. Es musste doch eine andere Möglichkeit geben. Doch alleine, ohne Dorotheas Unterstützung, konnte sie keine eigenständigen Ideen entwickeln. Und schließlich sah sie keinen Ausweg, wenn sie, ohne eine Spur zu hinterlassen, mit Dorothea ein neues Leben beginnen wollte. Ein Leben ohne die erdrückende Last der Jahre voller Missbrauch, Ekel und Entwürdigung. Ja – Angelika musste an ihrer Stelle sterben. Es wäre ihr lieber gewesen, wenn es sich um eine ihr unbekannte Person handeln würde. Aber es war nun einmal so. Das Schicksal hatte es so vorgesehen. Ein Fingerzeig wie auch die Tatsache, dass Frau Höger im Urlaub war und ihr wie so oft den Schlüssel anvertraut hatte. Und mit Angelika ist es wie bei diesem Ralston, sie ist der Arm, der geopfert werden muss, damit ich überleben kann, bestätigte sie sich unter dem nachhaltigen Einfluss von Dorothea, die ihr den Verstand so verdreht hatte, dass die auftretenden Skrupel endgültig ausgelöscht wurden.

Aus einem Fenster im Obergeschoss konnte Eva beobachten, wie gleichzeitig alle Rollläden im Haus ihrer Eltern automatisch heruntergefahren wurden. Sie wusste, dass beide nun wie immer zu Bett gingen und nach spätestens 15 Minuten so fest schliefen, dass noch nicht einmal eine neben ihnen abgefeuerte Kanone sie wecken könnte. „Euer scheiß Promethazin, das ihr benötigt, um wenigstens nachts euer schlechtes Gewissen einzuschläfern, wird dafür sorgen, dass ihr bald für immer und ewig schlaft", stieß sie heftig hervor.

Während der letzten Tage war es Dorothea gelungen, den Hass auf ihre Eltern ins Unermessliche zu steigern. Das waren keine Menschen mehr für sie, für die man auch nur einen Funken an Gefühl haben konnte. Nur noch üble Kreaturen, die es zu vernichten galt. So wie eine Kakerlake, die man trotz aufkeimenden Ekels unter seinem Schuh mit einer Drehbewegung ins Jenseits befördert.

Aufgeregt lief sie im Zimmer hin und her. Jetzt, wo alle Bedingungen für die erfolgreiche Umsetzung ihres Planes geschaffen waren, wollte sie es endlich hinter sich bringen. Weshalb also noch warten bis Mitternacht. Dorothea hatte das bestimmt nicht so genau gemeint. Und außerdem hatte sie ja auch gesagt, dass sie es alleine durchziehen müsse. Dorothea würde zwar erst gegen Mitternacht auf dem Parkplatz auf sie warten. Aber die Zeit bis dahin ließe sich ja überbrücken. Sie öffnete das Fenster und lehnte sich hinaus. Stille. Keine Stimmen zu hören. Niemand, der sie sehen konnte, wenn sie jetzt mit Angelika durch die Hecken hindurch auf das Grundstück ihrer Eltern schleichen würde. Dann würde sie den 20-Liter-Kanister mit dem Ethanol aus dem Versteck holen, das Haus über den Kellerausgang betreten und Angelika in ihr Zimmer im Erdgeschoss verfrachten. Bis dahin müsste die Wirkung des Mittels, das sie ihr gleich verabreichen würde, eingetreten sein. Angelika würde nicht mehr mitbekommen, wenn sie ihr Kleidung von sich anziehen und ihre Halskette und ihr Armband umlegen würde. Vor allem daran würde man sie als Eva identifizieren. Das Fläschchen mit dem starken Beruhigungsmittel würde sie ihr abschließend in die Hand drücken. Und dann noch den alles erklärenden Abschiedsbrief, den sie mit der Hilfe von Dorothea vorbereitet hatte, im Briefkasten vor dem Haus deponieren. Da war er vor dem Feuer sicher. Und schließlich würde sie den Brandbeschleuniger vor ihrem Zimmer im Erdgeschoss und im Flur des Obergeschosses vor dem Schlafzimmer ihrer Eltern großflächig verteilen, anzünden und das Anwesen durch den Keller und den Garten verlassen.

Sie hatte ihre Entscheidung getroffen. Sie begab sich in die Küche, bereitete den Tee für Angelika zu und gab 20 Tropfen aus einem Medizinfläschchen hinein. Die doppelte Menge wie jeweils morgens und abends. Angelika würde in ihrem benebelten Dauerzustand den Tee widerstandslos trinken. So, wie schon bisher. Und falls nicht, dann müsste sie ihn ihr halt einflößen. Eva trug den Teebecher in den Kellerraum, in dem sie Angelika eigesperrt hatte. Dort hatte sie die ganze Zeit auf einer Gartenliege verbracht. Sie hob den Kopf und warf Eva einen zornigen Blick zu. Bei der morgendlichen Verabreichung war es ihr zum ersten Mal gelungen, nur einen Teil der Flüssigkeit zu schlucken und den Rest unbemerkt auszuspucken. Sie war zwar noch benommen und entkräftet, jedoch nicht mehr so sehr wie während der letzten Tage. Ihr Verstand begann langsam wieder zu funktionieren. Mühsam richtete sie sich auf. Als Eva ihr den Tee reichen wollte, schob sie ihre Hand zur Seite. „Ich will nicht! Lass mich jetzt endlich raus!"

„Das geht nicht. Du musst es trinken. Es wird dir guttun", antwortete Eva mit entschiedenem Tonfall.

Angelika bemühte sich, ihrer schwachen Stimme Festigkeit zu verleihen. „Ich habe dir doch nichts getan. Was soll denn das alles? Weshalb tust du das?“

„Es geht einfach nicht anders. Es gibt keinen anderen Weg. Der Mensch, der mich ...“, ihre Stimme versagte. Sie konnte das Schreckliche nicht einmal aussprechen. „Erst wenn sie tot ist, kann ich überleben. Das war bei Dorothea auch so gewesen. Und du musst mir dabei helfen. Du bist der Arm, den ich abschneiden muss.“

Angelika versuchte, Evas ungeordnete Antwort zu entziffern. War sie noch ganz klar? So verhält man sich doch nur, wenn man geistig verwirrt ist.

„Weshalb sagst du sie?“

„Sie. Das ist meine Mutter! Kapiert?!“

„Ich dachte, dein Vater hätte dich ...?“

„Wie kommst du darauf? Er hat es nur gedeckt, über all die Jahre verharmlost und nichts dagegen unternommen. Außerdem liebt er sie. Trotz allem. Einmal hat er versucht, sie damit zu konfrontieren. Er hat sie heimlich aufgenommen, wie sie mich … Ich habe gehört, wie sie sich deshalb gestritten haben, als er ihr das Video zeigte. Sie hat gedroht, ihn zu verlassen. Da hat er aufgegeben. Er kommt einfach von ihr nicht los. Dazu ist er zu schwach. Er war immer und in allem zu schwach. Nur keinen Skandal! Nach außen hin einen auf intakte Familie machen. Alles vertuschen, koste es, was es wolle!“

„Aber, dass deine …“, Angelika suchte nach Worten, so unvorstellbar war für sie die Vorstellung, dass diese kultivierte, freundliche Frau …

„Ja, ich weiß, das ist nicht zu glauben. Die eigene Mutter. Nicht der Vater oder der Onkel, wie man es immer liest und hört. Meine Mutter war es!“

„Hast du dich denn nie gewehrt? Oder Hilfe gesucht?“

„Ach, Angelika“, sie ging neben ihr in die Hocke, „du kannst dir in deiner heilen Welt gar nicht vorstellen, wie das abläuft. Das begann doch schon, als ich ein kleines Kind war und mir nichts dabei dachte. Das gehörte zu meinem Leben dazu wie Essen und Zähneputzen.“

„Aber du wurdest älter und musst doch irgendwann bemerkt haben, dass da etwas nicht stimmt.“

„Natürlich. Ich habe zum Teil auch richtig das Kotzen gekriegt, aber das war ihr egal. Die Macht der Eltern ist grenzenlos, Angelika. Sie drohte, mich ins Heim zu stecken. Oder dass sie geht und mich einfach allein lässt. Das war das Schlimmste gewesen. Da habe ich lieber das alles über mich ergehen lassen, als dass sie fortgeht und mich dann allein lässt. Mit einem Vater, der nur noch seine Kanzlei kannte und selten zu Hause war.“

„Ich kann mir das nicht vorstellen, dass man so wehrlos ist“, zweifelte Angelika.

„Du bist ja auch ganz anders aufgewachsen als ich. Woher sollten denn Stärke und Selbstbewusstsein kommen? Sie hat mich erniedrigt und gefügig gemacht. Aber die Liebe zur Mutter – oder was auch immer es ist – war zu stark. Trotz Angst, Ekel und dieser unendlichen Wut. Verstehst du jetzt, weshalb ich dir das Buch gegeben habe?“

Angelika hatte das Gefühl, dass langsam wieder ihre Freundin zum Vorschein kam und die Gefangenwärterin sich zurückzog. Sie näherte sich ihr zaghaft, wollte ihre Hand nehmen. Aber Eva zuckte zurück, erhob sich und trat zur Seite. Sie wollte und durfte keine Nähe zulassen. Schließlich hatte sie eine Aufgabe zu erfüllen, die keine Empathie vertrug. Sie war schon viel zu weit gegangen mit ihrer Erklärung. Sie sah auf ihre Armbanduhr: 22 Uhr 27. „Schluss jetzt. Trink!“ Sie packte Angelika bei den Haaren und bog ihren Kopf zurück, um ihr den Tee gewaltsam einzuflößen.

Dienstag, 25. September 2012, 21 Uhr 30, Wöllstein, JVA

Maike war von Klaras Schilderungen tief betroffen. Da haderte sie mit ihrer gescheiterten Ehe, mit der Unordnung ihrer Tochter, mit der Arroganz und Bestechlichkeit einiger ihrer Kunden, mit der Penetranz ihres Hausmitbewohners und anderen banalen Ärgernissen. Und hier offenbarte diese Frau ein Schicksal, dessen Last ein Mensch alleine überhaupt nicht zu tragen vermag, an dem man unweigerlich zerbrechen musste. Klara war krank! Vielleicht war es noch nicht zu spät, um ihr zu helfen. Eine Frage beschäftigte sie noch. Sie wollte wissen, weshalb Klara sich nicht einfach dem Einfluss ihres Vaters entzogen und ihn verlassen hatte. „Du warst doch alt genug. Und wenn du dich Alexanders Eltern anvertraut hättest – meinst du nicht, dass sie dir geholfen hätten? Schließlich hat Alexander ja hautnah den Übergriff deines Vaters mitbekommen. Man hätte dir doch bestimmt geglaubt."

„An diese Möglichkeit hatte ich nie gedacht." Sie sah unter sich, schüttelte den Kopf. „Er war doch trotz allem mein ..."

„Und dann hat Dorothea das Problem gelöst. Auf ihre Art."

„Ja. Auf ihre Art."

„Nun sitzt aber wieder Klara vor mir – nicht wahr?"

Sie nickte. „Ich sage dir jetzt, wo du Angelika findest. Sie sind im Nachbarhaus. Hinter dem Haus von Hinze. Aber du musst dich beeilen. Eva wird das Haus ihrer Eltern genau um Mitternacht in Brand stecken und Angelika ..." Sie stockte und erschrak nun selbst, als sie an den vereinbarten Ablauf mit all seinen Konsequenzen dachte.

Maike bemerkte Klaras Unsicherheit. Angst stieg in ihr auf. „Und du bist sicher, dass ihr bis dahin nichts geschehen wird?“

„Ganz sicher. Es wird ihr nichts geschehen. Eva wird sich an unsere Vereinbarung halten. Du musst nur rechtzeitig dort sein.“

Maike sah zur Uhr: 23 Uhr 17. In 15 Minuten konnte sie in Alzey sein. Außerdem gab es ja noch Breuner und Kerber.

„Danke, Klara. Ich danke dir.“

„Meinst du, du kannst mir verzeihen? Irgendwann?“, fragte sie stockend und unsicher. „Das war nicht ich, die diese schrecklichen Dinge getan hat. Und trotzdem muss ich mich dafür verantworten.“

Maike erhob sich. „Ich weiß es nicht. Ich muss erst wieder klare Gedanken fassen können. Angelika in meine Arme schließen. Sehen, wie es ihr geht. Ihr helfen, die Sache zu verkraften. Deine Geschichte verdauen. Da steht vieles an, Klara. Irgendwann bestimmt.“

„Natürlich. Ich verstehe.“ Sie nickte bedächtig und stand ebenfalls auf. Aus ihrer Hosentasche holte sie Maikes Autoschlüssel und legte ihn auf den Tisch. „Dorothea hätte ihn benötigt“, sagte sie und in ihrer Stimme schwang so etwas wie Erleichterung mit. „Ich brauche ihn nicht mehr.“

Dann griff sie über den Tisch, drückte die rote Taste auf dem Diktiergerät und ging zur Tür.

„Ich will jetzt in meine Zelle. Ich bin müde.“

„Ich hoffe, du bekommst faire und verständnisvolle Richter und eine gute Betreuung“, wünschte ihr Maike. „Du bist krank, Klara. Sehr krank. Frau Lang wird sich bestimmt um dich kümmern.“

„Da bin ich mir sicher. Und wenn du mich besuchen kommst, bringe mir bitte eine weiße Lilie mit."

„Eine Lilie? Weshalb?"

„Du wirst es dann schon verstehen."

Die Tür wurde geöffnet. Der Justizvollzugsbeamte trat ein und fasste Klara am Arm.

„Leb wohl. Und sag CC, dass sein Auto in einer Scheune in Richtung Mauchenheim steht. Und, dass ich ihn geliebt habe, auch wenn es nicht so aussieht."

Sie entfernte sich über den Flur. Maike hörte noch für einige Sekunden ihre Schritte und die des Beamten, der sie begleitete. Dann verließ auch sie den Vernehmungsraum. Es war 23 Uhr 20. Es blieben ihr noch 40 Minuten. Auch wenn Klara ihr gesagt hatte, dass Angelika nichts geschehen würde, war sie sich nicht absolut sicher, ob sie ihr vertrauen konnte. Sie war schließlich krank und vielleicht überhaupt nicht zurechnungsfähig. Maike stürmte auf Ad zu, der sie mit Beate Kerber und Tanja Lang vor der Tür erwartete. „Ich muss sofort los. Die Mädchen sind im Nachbarhaus von Hinzes. Eva will im Haus ihrer Eltern um Mitternacht einen Brand legen und Angelika soll dabei …"

„Maike, beruhige dich! Es ist alles in Ordnung. Die Kollegen von der Polizeiinspektion Alzey wurden vor fünf Minuten alarmiert. Sie sind auf dem Weg. Hinzes haben wir versucht, telefonisch zu erreichen, jedoch ist niemand ans Telefon gegangen. Wir fahren jetzt jedenfalls zuerst zum Haus dieser Frau Höger. Zusammen, nicht du alleine. Sie doch auch, Frau Lang?"

„Natürlich. Ich befürchte, dass ich dort benötigt werde. Haben Sie das DRK auch schon verständigt?"

„Klar. MEK, DRK und jetzt wir noch. So, und nun zum Auto."

Sie verließen die JVA durch die Sicherheitsschleuse, nachdem Maike ihr Handy und ihren Personalausweis und Breuner und Beate Kerber ihre Waffen zurückerhalten hatten.

„Wir nehmen den Streifenwagen", bestimmte Ad und steuerte auf einen blau-silbernen Mercedes zu. „Dein Auto holen wir später ab." Er sah auf seine Armbanduhr. „Fünf vor halb 12. Zeit genug. In zehn Minuten sind wir in Alzey und dann hast du deine Angelika wieder."

Dienstag, 25. September 2012, 23 Uhr, Alzey

Selbst wenn Dorothea mit dabei gewesen wäre, hätte es nicht besser laufen können. Eva hatte alles plangemäß ausgeführt und war zufrieden mit sich. Ihre Nervosität hatte sich in dem Moment gelegt, als sie mit dem Kanister mit dem Brandbeschleuniger, die inzwischen taumelige Angelika vor sich her treibend, ihr Elternhaus betreten hatte. Auch wenn sie dort aufgewachsen war und jeden Winkel kannte, fehlte das Vertrautheitsgefühl. Es war nicht mehr ihr Zuhause. Sie fühlte sich wie eine Fremde.

Durch den Keller waren sie in das Haus eingedrungen. Es war kein Laut zu vernehmen. Sie hatte es auch nicht anders erwartet. Angelika war wenige Minuten, nachdem sie sie in ihr Zimmer gebracht und in ihr Bett gelegt hatte, nicht mehr ansprechbar gewesen. Eva schnitt die Kabelbinder, mit denen sie Angelikas Hände hinter dem Rücken gefesselt hatte, durch und steckte sie ein. Während sie alles Weitere so herrichtete, dass die nach dem Brand verkohlte Leiche zumindest vorläufig als die ihre identifiziert werden konnte, blickte sie um sich. Aber auch jetzt kein Anflug von Sentimentalität. Klar, es war einmal ihr Zimmer gewesen. Noch vor 20 Tagen. Es kam ihr wie eine Ewigkeit vor. Nichts, was ihr Herz hätte berühren können. Sie öffnete die Haustür und spähte hinaus. Niemand zu sehen. Innerhalb weniger Sekunden hatte sie den Abschiedsbrief in dem Briefkasten an der Straße eingeworfen und war wieder zurückgeeilt.

Nun kam der letzte Akt. Der Moment, ab dem es kein Zurück mehr gab. Das Ethanol, das Dorothea beschafft hatte, vergoss sie nun im Flur des Erdgeschosses und ebenso im Obergeschoss. Die Türen zu dem Zimmer in dem Angelika lag und dem Schlafzimmer ihrer Eltern besprengte sie besonders intensiv. Als sie am obersten Treppenabsatz stand und eben dabei war, auf den Stufen nach unten eine Spur als flüssige Zündschnur zu legen, glaubte sie ein Geräusch wahrzunehmen. Sie hielt inne und lauschte. Doch da war nichts. Sie schüttelte den Kopf und leerte den Rest des Kanisters auf der Treppe aus. Aus der Sicherheit des Kellerabgangs warf sie ein brennendes Streichholz in den Flur. Blitzschnell breitete sich das Feuer aus. Sie wartete noch ab, bis sie sah, wie es begann, sich in der Tür zu ihrem Zimmer und die Treppe hinauf zu fressen. In das Knistern des brennenden Holzes mischte sich plötzlich das Klingelgeräusch des Telefons. Eva erschrak. Sie hielt die Luft an, dass nicht doch noch jemand davon aufwachte. Doch dann brach der Anrufversuch ab und sie eilte beruhigt durch den Keller ins Freie und auf das Haus von Frau Höger zu.

Als sie die geöffnete Terrassentür erreichte, hielt sie inne und sah zurück. Die ersten feinen Rauchwolken waren bereits zu erkennen. Bis die Feuerwehr von Nachbarn alarmiert war und eintraf, rechnete sie sich aus, würde es mindestens zehn Minuten dauern. Bis dahin wäre sie schon von hier verschwunden. Sie wollte eben die Eingangstür öffnen, als sie das Signal eines Streifenwagens hörte, der Sekunden später vor dem Haus anhielt. Ein eisiger Schreck durchfuhr sie. Durch die Milchglasscheibe der Haustür sah sie schemenhaft, dass zwei Personen davorstanden. Dann ertönte die Klingel, gefolgt von heftigem Klopfen. Der Weg nach vorne war versperrt, blieb nur noch die Flucht durch den Garten ihrer Eltern auf die Parallelstraße. Sie zog die Terrassentür hinter sich bei, überquerte im Sprint das Rasenstück und schlüpfte durch die Begrenzungshecken. Von dort spähte sie durch die Zweige und sah, dass einer der Polizisten sich inzwischen hinter dem Haus von Frau Höger umsah. Er entdeckte die unverschlossene Terrassentür und ging hinein. Gerade noch rechtzeitig, dachte Eva, und wurde etwas ruhiger. Sie beschloss abzuwarten und sich erst einmal im Garten ihrer Eltern zu verstecken. Wenn dann die Feuerwehr eintraf und sich alles auf den Brand konzentrierte, könnte sie unbehelligt verschwinden.

Breuner hatte bereits beim Verlassen des Parkplatzes vor der JVA das Sondersignal eingeschaltet. Auf der Autobahn setzte er sich sofort auf die Überholspur und fuhr die 170 kW des Mercedes voll aus. Obwohl er sich auf den Straßenverkehr konzentrierte, nahm er die Anspannung seiner Mitfahrerinnen war. Er beobachtete Maike im Rückspiegel, wie sie auf ihrer Unterlippe kaute. Beate Kerber neben ihm und hinter ihr Tanja Lang blickten schweigend aus dem Fenster. Gerade, als sie von der Autobahn abfuhren und die Einfallstraße von Alzey erreichten, wurden sie über den BOS-Funk informiert, dass das Haus, in dem man die Mädchen vermutete, unbewohnt sei.

„Was kann das bedeuten?", fragte Maike unsicher.

„Das muss nichts heißen", versuchte Beate Kerber sie zu beruhigen.

Maike gab sich mit diesem Gemeinplatz nicht zufrieden.

„Klara hat doch gesagt, dass sie sich dort aufhalten. Was meinst du, Ad?"

„Wir sind gleich da und dann werden wir ..." Er wurde unterbrochen von der Meldung, dass im Nachbarhaus ein Brand ausgebrochen und die Feuerwehr bereits ausgerückt sei. Besorgt beobachtete er Maike, die über den Lautsprecher den Funkverkehr mitverfolgt hatte.

„Informiert deren Einsatzleitung, dass sich mehrere Personen im Haus aufhalten könnten. Wahrscheinlich zwei Erwachsene und zwei Mädchen", wies Breuner seinen Kollegen von der Funkleitstelle an.

Maike drehte sich zu Tanja Lang, die neben ihr saß. „Das kann doch gar nicht sein. Es ist doch noch gar nicht Mitternacht. Das kann doch gar nicht stimmen. Nein!"

Ein hilfloser Blick, begleitet von einem stummen Schulterzucken war die einzige Reaktion, zu der Tanja Lang fähig war. Auch sie versuchte mit der plötzlich veränderten Situation klarzukommen.

„Das muss ein anderes Haus sein", beschloss Maike. „Denkt ihr nicht auch?", flehte sie um eine Bestätigung und wusste doch genau, dass sie die nicht erhalten würde.

Sie wandte sich nach vorne. „Ad, Frau Kerber, sagt doch etwas."

Tanja Lang hatte sich inzwischen gefangen und nahm sie sanft in den Arm „Sie haben es doch selbst gehört, Frau Berger: Die Feuerwehr ist bereits unterwegs."

„Nur noch eine halbe Minute", sagte Breuner und beschleunigte den Wagen, nachdem er eben aus dem Kreisel an der Aral Tankstelle in die Nibelungenstraße eingebogen war.

Beate Kerber drehte sich um. „So schnell greift in einem Wohnhaus ein Feuer nicht um sich. Und die wissen ja nun auch, dass jemand im Haus sein könnte."

„Sie hat mich angelogen. Aber weshalb nur? Das gibt doch keinen Sinn mehr", flüsterte Maike, ohne auf die Bemerkung zu reagieren. „Eva hat es getan. So, wie damals Dorothea." Sie schüttelte fassungslos den Kopf. „Ich hätte Klara nicht vertrauen dürfen. Wenn Angelika etwas geschieht, dann ist das meine Schuld."

„Wir sind da." Breuner bremste scharf ab, bog gegen die Einbahnrichtung in die Schlossgasse ein, und fuhr auf die Blinklichter der Einsatzfahrzeuge von Feuerwehr, Polizei und DRK zu. Panisch löste Maike den Sicherheitsgurt, bevor der Wagen endgültig zum Stehen kam. Sie riss die Seitentür auf und stürmte auf ein Absperrband zu. Mit einem Ruck zog sie es nach oben und rannte darunter durch auf das Haus zu. Schwarzer Qualm drang aus der geöffneten Haustür und hinter einem der Fenster sah man bereits einen Feuerschein. „Angelika", ihre Stimme überschlug sich. „Da ist mein Kind drin! Ich muss da rein!"

Ein Feuerwehrmann versuchte, ihr mit ausgebreiteten Armen den Weg zu versperren. Sie schien ihn nicht wahrzunehmen. Von der Wucht, mit der sie gegen ihn stieß, ist er so überrascht, dass er zur Seite gedrängt wurde. „Lassen Sie mich gefälligst durch", schrie sie, als ihm zwei Kollegen zu Hilfe eilten. Sie schlug und trat heftig um sich, versuchte, sich aus dem Griff der beiden zu winden. Gerade, als es ihr zu gelingen schien, stand Ad plötzlich vor ihr. Er wies die beiden an sie loszulassen. „Maike", sagte er ruhig, „Maike, ich bins. Es ist alles in Ordnung." Ihre Energie hatte sie auf einen Schlag verlassen. Sie ließ sich widerstandslos in die Arme nehmen. Blickte ihn mit Tränen in den Augen an. „Aber da ist doch Angelika drin", sagte sie mit matter Stimme. „Ich muss sie da rausholen. Es ist doch mein Kind."

Er strich ihr über den Rücken. „Maike, da sind bereits drei Männer von der Feuerwehr im Haus. Herr Heuser, der Einsatzleiter, hat Funkkontakt mit ihnen. Das sind Profis. Die werden Angelika schon …“

„Da“, schrie Maike erschreckt auf, löste sich aus seinen Armen und deutete zur Haustür „sie kommen alleine wieder raus.“

Der Einsatzleiter eilte auf die Männer zu, die heftig atmend ihr schweres Atemschutzgerät ablegten. Heuser spricht kurz mit ihnen. Einer schüttelte den Kopf.

„Keine Personen aufgefunden. Brandherd großflächig. Außenangriff!“, rief Heuser in Richtung seiner Männer, die bereits alle Vorkehrungen für die nun unmittelbar einsetzende Brandbekämpfung getroffen hatten. Dann wandte er sich an Maike und Ad. „Das Haus ist leer, es wurde niemand entdeckt. Die vier gemeldeten Personen müssen in Sicherheit sein.“

„Aber wo ist …?“ Maikes Frage blieb im Ansatz stecken, da Ad sie mit einem heftige Ruck zur Seite drehte und auf eine Person zeigte, die sich aus der Gruppe der inzwischen angesammelten Schaulustigen löste und mit unsicheren Schritten auf sie zuwankte.

„Mama!“ Angelika stürzte in die Arme ihrer Mutter. „Ich hab es gemacht wie damals mit diesen Lebertrankapseln … ausgespuckt, als du nicht hingesehen hast … ich … oh, Mama.“ Dann brach sie weinend zusammen.

Als sie wieder zu sich kam, wurde sie von dem strahlenden Lächeln eines jungen Mannes in der wiedergewonnen Freiheit begrüßt. Trotz ihres Schocks lächelte sie zurück. Marius Mai kniete neben der Trage, auf die man sie gelegt hatte. Er entfernte die Blutdruckmanschette von ihrem Arm, zog eine Spritze auf und händigte sie dem Notarzt aus.

„Schön dich wiederzusehen“, sagte Marius. „Und herzlich willkommen in der alten Welt. Aber nur für kurz. Du wirst jetzt erst einmal einen Schönheitsschlaf halten.“

Hinter ihm sah sie ihre Mutter, die ihr glücklich zunickte und einen Daumen nach oben reckte. Sie stand Arm in Arm mit diesem Typen, der ihr nicht geglaubt hatte. Was hat der mit ihrer Mutter zu schaffen? Und wie kommt der dazu, ihr auch noch einen Kuss auf die Wange zu geben? Und weshalb wehrt sie sich nicht einmal?! Sie konnte gerade noch sagen „Weshalb ist Papa nicht ...“, dann tat das sedierende Mittel seine Wirkung. Die Trage wurde angehoben, in den Krankenwagen geschoben und verriegelt.

„Ins DRK Krankenhaus“, antwortete Marius Mai auf Maikes Frage, wohin sie Angelika bringen würden.

Der Notarzt sprang aus dem Wagen, nachdem er Angelika in die Obhut der Rettungskräfte gegeben hatte. „Ich habe Ihrer Tochter sicherheitshalber ein starkes Beruhigungsmittel verabreicht“, erklärte er und fügte hinzu: „Vor morgen früh wird sie nicht aufwachen. Ich schätze so in sechs bis sieben Stunden.“

„Kann ich trotzdem zu ihr? Falls sie mich braucht?“

„Selbstverständlich. Aber ich empfehle Ihnen, besser nach Hause zu fahren und sich auszuruhen. Sie ist in guten Händen, ihr Zustand ist stabil. Und es bringt ja auch nichts, wenn sie beim Aufwachen eine übernächtigte Mutter neben sich sieht.“ Ein zaghaftes Lächeln huschte über sein Gesicht. „Ich gebe aber im Schwesternzimmer Bescheid, dass man Sie anruft, falls sie doch aufwacht, bevor Sie bei ihr sind.“

In diesem Moment kamen Iris und Bertram Hinze die Amtsgasse herauf. Arm in Arm, als sei es das Selbstverständlichste der Welt für sie. Sie konnten sich nicht erinnern, wann sie sich das letzte Mal so nahegekommen waren. Sie hatten einen Sieg errungen. Einen kleinen zwar nur, aber er gab ihnen Hoffnung. Die Sorge um Eva und um ihr zukünftiges Leben hatte den Anstoß dazu gegeben, etwas zu tun, was schon lange überfällig gewesen war: Einmal nicht früh zu Bett zu gehen und sich mit Promethazin in den Schlaf zu schießen. Sondern stattdessen miteinander zu reden, das jahrelange Schweigen darüber zu brechen, was doch beide wussten. Und einen Ausweg zu suchen, wie sie sich gemeinsam aus den Verstrickungen lösen konnten, in denen sie sich seit Jahren verfangen hatten. Einen neutralen Ort hatten sie dazu ausgewählt. Ein Weinlokal, in dem sie sich in eine stillen Ecke zurückzogen. Als es dunkel wurde, stellte die Bedienung eine Kerze auf den Tisch und Bertram Hinze sah in ihrem flackernden Schein, dass seine Frau Tränen in den Augen hatte, als sie ihm versprach, eine Therapie zu machen.

Auf der Höhe des Schlosshotels hörten sie Stimmengewirr und laute Rufe, deren Bedeutung sie nicht verstehen konnten. Über den Begrenzungsmauern des Eckgrundstücks zuckten Lichter auf und als sie um die Ecke bogen, sahen sie etwa 50 Meter vor sich die Menschen und die Ansammlung von Fahrzeugen vor ihrem Haus.

„Da, bei uns brennt es ja – unser Haus brennt“, rief Bertram Hinze entsetzt. Er rannte los und zog dabei seine Frau hinter sich her. Sie waren etwa 20 Meter gelaufen, als plötzlich eine Person vor ihnen auftauchte. Sie war aus einem Gartentor auf den Bürgersteig getreten. Sie konnte sie nicht wahrnehmen, da sie wie gebannt in Richtung des brennenden Hauses blickte. Iris Hinze stoppte und hielt ihren Mann zurück. „Das ist doch …“, stammelte sie und rief ihren Namen.

Außer den Bemühungen der Löschmannschaft und dem anwachsenden Menschenauflauf, hatte Eva von alledem nichts mitbekommen. Alle Augen würden nun auf das Haus gerichtet sein, in dem sich das Feuer, aufgrund des massiven Einsatzes von Ethanol, immer stärker ausbreitete. Sie befand, dass nun eine günstige Gelegenheit war, sich unerkannt zu entfernen. Als Kind hatte sie oft genug die Umgebung erkundet und kannte daher alle Schleichwege, um von einem Garten in den nächsten und schließlich auf die Straße zu gelangen.

Vorsichtig trat sie auf den Bürgersteig und spähte dabei nach links. Sie vergewisserte sich, dass die Blicke der etwa 30 Meter von ihr entfernten Einsatzhelfer und Schaulustigen beharrlich auf das brennende Haus gerichtet waren. „Niemand, der mich sehen kann“, stellte sie beruhigt fest. In diesem Moment hörte sie, wie jemand mit schriller Stimme ihren Namen rief. Diese Stimme kannte sie. Ungläubig und gleichzeitig entsetzt drehte sie sich nach rechts und erblickte ihre Eltern. Sie wollte ihren Augen nicht trauen. „Das kann nicht wahr sein“, flüsterte sie entgeistert, „meine Eltern!“ und musste in diesem Moment erkennen, dass ihr herrlicher Plan von einer heilen Zukunft geplatzt war.

„Eva!“, schrie ihre Mutter nochmals und rannte auf sie zu. Sekunden später hatte auch ihr Vater realisiert, dass das seine Tochter war, die eben aus der Gartenpforte getreten war.

„Gott sei Dank“, rief er, „du bist wieder da“, während er ebenfalls auf sie zueilte.

Sie wollten sie umarmen, doch Eva stieß sie heftig von sich. Sie setzte zum Spurt an, um davonzurennen und blieb dann doch resigniert stehen. Sie wusste, dass es keinen Zweck hätte.

„Weshalb seid ihr … ihr müsst doch im Haus … ihr sollt doch … “, schrie Eva ihnen in einer Mischung von Zorn und Verwirrung entgegen. Alles war umsonst gewesen. Und auch Angelikas Opfer, fuhr es ihr durch den Kopf.

„Angelika!“ Mit einem Aufschrei rannte sie den Weg zurück, den sie gekommen war. „Ich muss sie retten.“

Ohne zu wissen, was das bedeuten sollte, liefen ihre Eltern hinter ihr her. Eva bog um die Hausecke, wo ein Wasserschwall aus einem der Feuerwehrschläuche sie erfasste und zu Boden warf. Sie rappelte sich wieder auf und stürzte auf die Haustür zu, aus der schwarzer Qualm drang. Ein entsetztes Raunen ging durch die Menge der neugierigen Gaffer. Zwei Feuerwehrmänner rannten hinter ihr her, versuchten sie zu erreichen und zurückzuhalten. Doch sie waren zu weit entfernt, um Eva einholen und ihren Zutritt verhindern zu können. Inzwischen waren auch Iris und Bertram Hinze dort eingetroffen. Sie konnten eben noch sehen, wie Eva in dem Haus verschwand.

„Eva, was machst du? Um Gottes willen, komm da raus!“, schrie ihre Mutter. „So helft ihr doch! Holt meine Tochter da raus! Helft ihr doch!“, wandte sie sich verzweifelt an die Feuerwehrleute und die stumme Masse der Gaffer. Als sie selbst losrennen wollte, hielt Bertram Hinze sie zurück. Er nahm ihren Kopf zwischen die Hände, sah ihr ins Gesicht.

„Es hat keinen Zweck, wir können ihr nicht mehr helfen.“ Sein Unterkiefer zitterte, als er tief einatmete und mit brüchiger Stimme wiederholte: „Es hat keinen Zweck“.

Durch Iris Hinzes Körper ging ein Beben. Sie knickte mit den Beinen ein und sackte lautlos zusammen. Ihr Mann konnte sie auffangen. Er ging in die Hocke, bettete ihren Kopf in seinem Schoß und strich ihr sanft und zärtlich über die Haare und ihr Gesicht. „Wir müssen damit leben. Gemeinsam. Es ist unsere Strafe", flüsterte er. Kurz danach hörten sie aus dem Haus ein lautes Poltern und ein Feuerstoß drang aus dem Hauseingang. „Die Treppe!", rief einer. Im Erdgeschoss platzten mehrere Fensterscheiben.

Iris und Bertram Hinze waren wieder aufgestanden. Sie hielten sich fest umklammert. Wie betäubt starrten sie in das Feuer. Dorthin, wo sie ihre Tochter zum letzten Mal gesehen hatten. So, als ob sie darauf warteten, dass sie gleich unversehrt aus dem Haus treten würde. Und wussten doch genau, dass diese Hoffnung sich nicht erfüllen konnte.

„Was ist nur geschehen?", flüsterte Iris Hinze mit leerem Blick. „Wie konnte das Feuer ausbrechen? Wir waren doch nur einmal zusammen weg. Endlich wieder einmal zusammen. Es gab so vieles, was unausgesprochen war. Es sollte wieder so werden wie früher. Und ich hatte mich doch entschieden, eine Therapie zu machen. Und nun das?! Weshalb nur?"

„Es ist gut, Iris", ihr Mann drückte ihren Arm. „Das interessiert doch niemanden", fügte er in seiner Hilflosigkeit hinzu.

Sie schien ihn nicht zu bemerken. „Ach wären wir doch nur zu Hause geblieben. Wie immer. Dann wären wir jetzt mit Eva zusammen. Und sei es auch nur im Tod. Wie sollen wir denn damit weiterleben?" Sie drehte sich zu ihrem Mann um. Rüttelte ihn an den Armen. „Sag, Bertram, wie?"

„Ich weiß es nicht". Hilflos zuckte er mit den Schultern.

Alfred Breuner hatte sich gemeinsam mit Tanja Lang einen Weg zu ihnen gebahnt und nahm sie nun zur Seite. Abseits der neugierigen Blicke der gaffenden Menge. Oft genug hatte er miterleben müssen, in welch kurzer Zeit Menschen durch Schicksalsschläge sichtlich verfallen und scheinbar um Jahre altern. Doch was er hier sah, stellte eine neue Herausforderung für ihn dar. Trotz allem, was sie sich hatten zuschulden kommen lassen, erfasste ihn Mitleid. Ihr einziges Kind hatte sich vor ihren Augen in den Tod gestürzt. Ihr Haus war trotz des Feuerwehreinsatzes offenkundig nicht mehr zu retten. Hinzes Sozietät war gescheitert. Ihre Existenz war endgültig zerstört. Und nun standen sie hier, hilflos aller Perspektiven beraubt, im wahrsten Sinne des Wortes vor den Ruinen ihres Lebens.

„Frau Hinze", machte Breuner sich bemerkbar, wobei er ihrem Mann zunickte, „ich möchte Ihnen Frau Lang vorstellen. Sie wird sich um Sie beide kümmern. Haben Sie denn einen Platz, wo Sie heute Nacht unterkommen können?"

Er wollte sie im Moment nicht über die tatsächlichen Hintergründe aufklären. Jetzt noch nicht.

„Das mit der Unterkunft besprechen wir noch", nahm Tanja Lang das Heft in die Hand. „Wir fahren jetzt erst einmal an einen Ort, wo wir in Ruhe sprechen können. Ich bleibe bei Ihnen."

Dann wandte sie sich an Breuner „Ich lasse uns mit einem Streifenwagen in die Rheinhessen Fachklinik fahren. Da haben Hinzes auch ärztliche und psychologische Betreuung."

Beate Kerber kam auf Breuner zu. „Wir werden hier nicht mehr benötigt. Ich nehme an, du fährst Frau Berger zurück zur JVA, damit sie ihr Auto abholen und dann ins Krankenhaus fahren kann. Ich fahre noch in die PI und schreibe das Protokoll. Dann mache ich Feierabend. Ich denke, dass dir das recht ist."

„Danke. Das ist mir sehr recht. Wir müssen uns morgen noch überlegen, was wir mit Hinze machen. So ganz ist der nicht aus dem Schneider. Besitz kinderpornografischer Aufnahmen und dann der Verdacht wegen Unterstützung der Pädophilie. Aber der läuft uns nicht davon. Die müssen jetzt erst einmal mit dem Tod von Eva und dem Verlust ihres Hauses klarkommen."

„Ach Scheiße!", stöhnte Beate Kerber resigniert. „Hätte es denn nicht anders laufen können?" Sie drehte sich zur Seite.

Maike sah aus dem Fenster. Es waren gerade einmal vier Stunden vergangen, dass sie diese Strecke gefahren war. Und was war seitdem nicht alles geschehen. Ad fuhr langsam. Er betrachtete sie mit einem Seitenblick.

„Alles o.k., Maike?"

Sie sah zu ihm hinüber. „Ich denke eben nur daran, dass andere Menschen ein ganzes Leben dazu brauchen, um das zu erleben, was sich bei uns in wenigen Tagen abgespielt hat. Das ist Stoff für einen Roman, das mit Eva, Angelika, Klara, Hinze.

„Und uns beide nicht zu vergessen. Ich hoffe, es war keine Kurzgeschichte."

„Wer weiß? Ich mag dich, weil du Ekel mir einfach gefällst. Weil du trotz deines Berufes Mensch geblieben bist. Und ich könnte mir vorstellen, dass es mit dir jeden Tag ein bisschen schöner werden könnte, selbst wenn wir uns mal zoffen."

„Wow. Das war doch mal eine Ansage, die mein Herz höher hüpfen und Purzelbäume schlagen lässt. Aber, habe ich da etwa ein paar Konjunktive gehört? Könnte? Weshalb nicht kann. War das eine grammatikalische oder eine freudsche Fehlleistung?"

Maike schüttelte heftig den Kopf. „Nichts von beidem – das war ein Zeichen von Misstrauen."

„Misstrauen?"

„Ja. Was ist mit deiner Assistentin, mit Beate Kerber? Wie steht ihr zueinander? Und nun bitte keine Ausflüchte!"

„Beate Kerber? Du meinst tatsächlich meine Beate Kerber?“

„Spielst du jetzt den Ahnungslosen oder willst du mich hinhalten, um Zeit zu gewinnen, damit du dir eine Ausrede zurechtlegen kannst?“

„Maike, du wirst es nicht glauben und ich habe momentan keine Möglichkeit es dir zu beweisen, da Beate nicht hier ist.“

„Versuche es doch einfach.“

„O.k.“, er seufzte theatralisch. „Wenn überhaupt irgendwann einmal einer von uns beiden im Zusammenhang mit Beate eifersüchtig werden könnte, dann ich! Kapiert?“

„Nö.“

„Du hast wirklich nichts an ihr bemerkt?“

„Was denn?“

„Sie ist lesbisch. Jetzt verstanden?“

„Sorry“, sagte Maike zerknirscht „und ich dachte, weil ihr so eng und vertraut … Na ja, dann ist das ja geklärt.“ Zufrieden lehnte sie sich in ihrem Sitz zurück. „Eigentlich kann ich jetzt rundum glücklich sein. Angelika ist wieder da. Ihr geht es offensichtlich gut. Und mit dir“, sie strich ihm über den Oberarm, „das scheint auch etwas zu werden. Aber es wird noch einige Zeit dauern, bis ich alles verarbeitet habe. Und Angelika natürlich.“

Ad kam nicht dazu, auf ihre Bemerkung reagieren, da ein Funkruf für ihn einging, der ihn und Maike jäh aus ihrer Stimmung riss. Ad beschleunigte den Wagen und schaltete das Sondersignal ein.

„Hast du das vermutet?“, fragte er.

„Ich hätte es wissen müssen, denn jetzt verstehe ich, was sie mit der weißen Lilie gemeint hat.“

Mit quietschenden Reifen bog er wenige Minuten später in die Peter-Caesar-Allee ein. Die Kontrolle an der Pforte wurde in Windeseile abgewickelt. Kurz darauf gelangten sie im Frauentrakt in den Gang, in dem sich Klaras Zelle befand. Bereits von Weitem sahen sie, dass mehrere Justizvollzugsbeamte an der geöffneten Zellentür standen und hineinblickten. Ad schob sie zur Seite, Maike war hinter ihm. Ein älterer grauhaariger Mann in Jeans und einem roten Poloshirt war eben dabei, einen Defibrillator in einem Erste-Hilfe-Koffer zu verstauen. Er sah Maike und Ad an und schüttelte den Kopf. „Nichts mehr zu machen."

Klara lag in einer völlig unnatürlichen Haltung auf dem Boden, das Gesicht grimassenhaft verzerrt, blutiger Schaum um den Mund. Ein Geruch nach Bittermandel lag über dem engen Raum.

„Kaliumzyanid, besser bekannt als Zyankali", erklärte der Arzt und fügte völlig unzusammenhängend hinzu: „Übrigens, Gerster mein Name. Ich bin einer der Ärzte vom medizinischen Dienst."

„Seit wann ist sie tot?", wollte Ad wissen.

„Ich schätze, seit zwei Stunden. Die Leichenstarre hat bereits eingesetzt. Ich gehe jetzt und fülle den Totenschein aus."

Er blickte noch einmal auf Klara. „Kein schöner Tod", bemerkte er.

„Ging es schnell, Herr Gerster?", fragte Maike unsicher, nachdem sie den ersten Schock überwunden hatte und schob ein leises „hoffentlich" nach.

„Ich nehme an, ja." Er wich ihrem forschenden Blick aus, indem der vorgab, etwas in seinem Koffer zu suchen. Klaras Körperhaltung bestätigte ihm zwar, dass es nicht so war. Aber weshalb sollte er diese erwünschte Hoffnung zerstören? Mit einem Seitenblick nahm er wahr, dass Ad ihm zunickte und seine Notlüge guthieß.

„Sie muss es sofort nach ihrer Rückkehr in die Zelle getan

haben“, überlegte Maike. „Aber wo hat sie das Zeug her, Ad? Werden die nicht genau untersucht?“

„Was heißt genau.“ Ihm war anzumerken, dass er die Situation ebenfalls noch nicht verarbeitet hatte. „Sie wird das Einschmuggeln der Kapsel nicht dem Zufall überlassen haben. Und wenn sie geschickt war, hat sie die richtige Körperöffnung dafür benutzt.“

Prüfend blickte er um sich. „Hat sie eigentlich etwas hinterlassen? Einen Abschiedsbrief oder etwas ähnliches, womit sie ihren Freitod angekündigt hat?“

„Keine Ahnung“, antwortete Gerster gleichmütig und verließ die Zelle, um den draußen wartenden Vollzugsbeamten Anweisungen zu geben, was mit Klaras Leichnam zu geschehen hatte.

Maike stieß Ad an. Leise und kaum vernehmbar sagte sie: „Doch. Sie hat ihren Tod angekündigt. Mit dem Wunsch nach einer … weißen Lilie.“

Sie sah noch einmal auf die Tote, die zusammengekrümmt vor ihr lag. Dann wandte sie sich an Ad. „Wer sie wohl auf der anderen Seite der Brücke erwarten mag? Ihre Mutter. Ich bin mir sicher, es wird ihre Mutter sein.“ Ihre Augen füllten sich mit Tränen. Aber es waren keine Tränen der Trauer. Vielmehr der tröstlichen Erkenntnis, dass Klara endlich angekommen war.

Freitag, 28. September 2012, Alzey

Regen peitschte gegen die Fenster. Die Dachrinne konnte die Massen nicht mehr zum Fallrohr transportieren. Einem Wasserfall gleich suchte es seinen Weg nach unten. Angelika betrachtete das Schauspiel mit einem Gemisch aus Faszination und Ehrfurcht vor der unbändigen Macht der Natur. War es Zufall oder Instinkt? Jedenfalls blickte sie gerade in dem Moment nach unten, als der Mann, den sie vor wenigen Tagen noch zum Teufel gewünscht hatte und in dem sie sich offenbar doch so sehr getäuscht hatte, aus seinem Dienstwagen ausstieg und auf den Hauseingang zurannte. Außer seiner Geschwindigkeit hatte er keinen Schutz gegen den sturzflutartigen Regen, der ihn im Bruchteil von Sekunden total durchnässen würde. Sie folgte ihm mit einem taxierenden Blick und passte exakt den Zeitpunkt ab, zu dem er die oberste Stufe der Außentreppe erreicht haben musste. Bevor er klingeln konnte, betätigte sie den Türöffner. Sie trat aus der Wohnungstür und kam ihm auf dem Treppenabsatz entgegen.

„Sie ist im Wohnzimmer und ich bin über Nacht bei einer Freundin und treffe mich vorher noch mit Marius. Er holt mich gleich ab", flüsterte sie und bedeutete ihm mit der bezeichnenden Geste zu schweigen.

„Danke." Er strich ihr sanft über die Wange.

Angelika entfernte mit einer flüchtigen Handbewegung die Regenspuren, die seine Berührung hinterlassen hatten.

„Und wie geht es dir?", wollte er wissen.

„Gut. Über Tanja und mit der Hilfe des Weißen Rings habe ich einen Therapieplatz bei einer Traumapsychologin bekommen. Sie meint nach den ersten Sitzungen, dass ich das alles gut verarbeiten werde. Klar, vergessen werde ich das nicht. Und …", Trauer mischte sich in ihre Stimme, „Eva fehlt mir. Trotz allem. Sie konnte ja nichts dafür."

„Ich kann dich gut verstehen. Hätte sie nur nicht so übereilt gehandelt. Aber es lässt sich halt nicht ändern. Ich wünsche dir einen schönen Abend mit deinem Marius. Grüß ihn von mir. Er ist ein Pfundskerl."

„Stimmt." Sie sah ihn zögernd an.

„Ist noch was?“

„Ja. Ich muss dir noch was sagen. Ich, ja, also, ich bin dir dankbar dafür, dass du Mama dazu gebracht hast, mir im Krankenhaus die ganze Wahrheit über ihre Scheidung zu erzählen. Das hat dir viele Pluspunkte bei mir eingebracht, du Bulle.“ Sie grinste ihn entwaffnend an. „Ich bin Papa trotzdem nicht gram, obwohl ich ihn jetzt mit anderen Augen sehe: Dass er Mama damals mit einer 17-Jährigen betrogen hat! Schließlich war das eine Sache zwischen ihm und Mama. Aber wehe dir, du machst es ihm nach! Dann bekommst du es mit mir zu tun. Sie hat nur das Beste verdient. Und ich glaube, das bist du.“

Sie angelte sich Rucksack und Trenchcoat vom Kleiderhaken und verschwand auf der Treppe nach unten.

Leise öffnete er die Tür zum Wohnzimmer. Maike saß mit dem Rücken zu ihm auf dem Sofa. Die Stehlampe hatte sie auf die geringste Stufe herabgedimmt. Sie las in einem Buch.

„Wie kannst du nur bei diesem schummrigen Licht lesen“, mahnte er in väterlichem Ton. „Das ist gar nicht gut für deine Augen.“

Sie zuckte kaum merklich zusammen. Sie konnte sein Spiegelbild im Fenster sehen. Der Schreck über den unerwarteten Eindringling war daher sofort verflogen.

„Unsinn!“, sagte sie, ohne sich umzudrehen.

Er blieb hinter ihr stehen. Ein leichtes, eher ein erleichtertes, Lächeln umspielte ihre Lippen. „Das ist ein Ammenmärchen“, konkretisierte sie ihre Bewertung. „Allerdings werden die Augenmuskeln sehr stark angestrengt, um richtig scharf zu stellen und ermüden deshalb schnell. Dann höre ich halt auf zu lesen. Aber ich mag es so.“

Sie fügte ein Lesezeichen ein und legte das Buch zur Seite.

Immer noch stand er hinter ihr. So, als ob es ihm dadurch leichter fiel, die Frage zu stellen, die ihm in diesem Augenblick als die wichtigste seit Jahren erschien.

„Und, wie geht es nun mit uns weiter?"

Sie zuckte mit den Schultern. „Ich denke", sagte sie, und suchte nach den richtigen Worten, „dass wir vielleicht …"

„Ein unsicheres Vielleicht?", unterbrach er sie ungeduldig. „Oder ein Vielleicht wie höchstwahrscheinlich?" Er trat hinter der Couch hervor und stand nun vor ihr. „Ich weiß, dass wir einiges zu verarbeiten haben."

„Du trägst doch an Evas Tod keine Schuld!"

„Ja, das steht so im Einsatzprotokoll, aber ich mache mir Vorwürfe, dass ich es nicht verhindern konnte. Dieses junge Leben. Einfach so ausgelöscht, weil ..., ach Maike."

„Und auch das andere. Auch das konntest du nicht verhindern", sagte sie leise.

„Ihren Selbstmord?" Ad schüttelte den Kopf. „Nein, das hätte niemand vermocht. Vielleicht aufhalten, verzögern. Aber damit wäre auch ihr Leiden verlängert worden. Klara wollte es von ganzem Herzen. Sie wollte ihren Frieden."

„Ja, den hat sie nun und viel mehr. Sie wollte kein Opfer bleiben. Nie mehr."

„Mir macht durch diese ganze Geschichte immer stärker zu schaffen, dass ich das andere nicht verhindern kann. Das mit den Kindern. Und ... Ach was. Ich kann die gesellschaftlichen Probleme nicht lösen."

„Aber wir können versuchen sie zu lindern, indem wir hinsehen und nicht wegschauen! Nicht nur du, auch ich habe mich in den letzten Tagen bewusst mit dem auseinandergesetzt, was ich bisher immer weggeschoben habe. Und irgendwie hat das auch etwas mit dir zu tun, mit deinem Job."

„Was meinst du?"

„Die Täter, die Verbrecher, meine ich. Wann ist für die alles vorbei?“ Sie unterbrach seinen Ansatz einer Antwort. „Ich sage es dir. Für die ist die Sache gegessen, nachdem sie ihre Tat begangen haben. Oder nachdem man sie geschnappt hat. Oder nach der Verurteilung. Spätestens aber, wenn sie wieder aus dem Knast kommen. Dann haben sie ja gesühnt. Dann dürfen sie ja wieder unbelastet ein neues Leben anfangen. Aber die Opfer, Ad, die Opfer! Für die geht es doch erst nach der Tat los. Die leiden doch ihr Leben lang. Ob es ein Einbruch war, ein Handtaschenraub, Körperverletzung, Stalking, Vergewaltigung oder wie bei Klara und Eva sexueller Missbrauch schon als Kind. Das Trauma belastet ihr Leben. Manchmal kommt die Ursache erst nach vielen Jahren zum Vorschein, aber die Auswirkungen, die Symptome, die zerstören ganze Familien, die nehmen dir die Energie und … sieh dir doch an, womit wir es die letzten Tage zu tun hatten. Und es ist noch nicht vorbei.“

„Klara und Eva lassen dich nicht zur Ruhe kommen“, stellte Ad fest.

„Klara, Eva“, sagte sie traurig. „Ihre Namen stehen doch nur für die vieler Tausender. Ihr kleines Leben wollen sie in den Griff bekommen. Und einfach nur überleben. Überleben! Ja, das ist es. Darauf reduziert sich alles. Und selbst das verwehrt man ihnen. Aus Opfern werden Täter. Skrupellose Strafverteidiger verdrehen die Tatsachen und nehmen ihnen den letzten Rest von Würde. Gerichtssachverständige haben auch die Aufgabe, den Opfern nachzuweisen, dass sie die Unwahrheit sagen!“

Ad versuchte ihre Gedanken in eine andere Richtung zu lenken. „Wie ich sehe, bist du dabei es zu lesen.“ Er deutete auf das Buch, das sie nach seinem Eintreten zur Seite gelegt hatte. „Wie findest du es?“

„Es tut weh und macht gleichzeitig zornig.“ Sie hielt einen Moment inne, überlegte. „Weißt du, da sind so viele Dinge geschrieben, von denen man gar nicht glauben mag, dass es so etwas wirklich gibt. Wusstest du eigentlich, dass sich auch Mütter an ihren Kindern vergreifen? Eine Statistik spricht von mindestens 30% aller Fälle. Frauen, an den eigenen Kindern!“ Sie schüttelte den Kopf. „Das ist so unendlich schwer zu verstehen. Der Verstand weigert sich das anzunehmen. Aber wenn man das Unvorstellbare erst einmal als Realität akzeptiert hat, kann man das Buch nicht mehr aus der Hand legen.“

„Ich glaube, ich weiß, was dir zu schaffen macht: Wenn man meint, das Unvorstellbare akzeptieren zu müssen, genau dann versteht man, dass man es nicht kann und will. Mir geht es auch oft so“, offenbarte Ad seine Gefühle.

„Schön, dass wir das Gleiche empfinden.“

Er war während ihres Gespräches fast unbeweglich vor ihr stehen geblieben, was Maike erst jetzt bewusst wahrnahm.

„Ja sag mal“, sie betastete seine Hose, „du bist ja klatschnass. Du musst raus aus den Klamotten. Du holst dir ja sonst den Tod. In deinem Alter ist mit einer Lungenentzündung nicht zu spaßen.“ Sie lächelte ihn liebevoll an und nestelte an seinem Gürtel, während er sich seines Hemdes entledigte.

Sie stand auf und gab ihm einen Stoß, sodass er der Länge nach auf der Couch landete. Mühsam zog sie ihm die nasse Hose aus, die an seinen Schenkeln klebte. Sie holte ein Handtuch und rubbelte ihn trocken. Dabei ließ sie auch eine besonders intime Stelle nicht aus, was ihm sichtlich behagte. Dann nahm sie eine flauschige Wolldecke, die auf einem der Sessel lag, und deckte ihn zu.

„Du solltest mir etwas Platz unter der Decke machen, damit ich dich wärmen kann", flüsterte sie und legte sich zu ihm.

Draußen rissen die Wolken auf und würden bald den Blick auf eine sternenklare Vollmondnacht freigeben. Und drinnen hatte das ungewisse Vielleicht endgültig seine Unsicherheit verloren.

Einige Tage später, Alzey

Trotz des schwarz verhangenen Himmels regnete es nicht. Ein herbstlicher Wind fuhr durch die hohen Bäume des Alzeyer Friedhofs und raubte ihnen die ersten bunt gefärbten Blätter. Nur eine kleine Gruppe von Trauergästen begleitete Eva auf ihrem letzten Weg.

Der Pfarrer sprach ein paar Worte, die nach Ansicht von Angelika austauschbar waren und auch auf einen alten Mann gepasst hätten. Nach ihrem Empfinden hätte Eva einen stil- und würdevolleren Abschied verdient. Sie, Maike und Ad hielten sich etwas abseits von Evas Eltern und drei weiteren Personen, die Angelika nicht kannte. Es war kein Abstand aus Respekt vor der Trauer. Eher eine symbolische, unsichtbare Grenze, die zu überschreiten sie nicht gewillt waren. Ihre Anwesenheit galt ausschließlich der Toten. Erst, nachdem der Sarg abgesenkt und weiße Rosen als letzte Grüße in das Grab geworfen worden waren, ging Angelika auf Evas Eltern zu, ohne ihrer Mutter und Ad gegenüber diesen Schritt anzukündigen. Mit Verwunderung beobachteten sie, wie sie die beiden etwas zur Seite zog und ruhig, aber bestimmt auf sie einredete. Iris Hinze hob ihre Hand entsetzt an den Mund und wollte sich abwenden, Angelika hielt sie jedoch am Arm fest. Da schaltete sich ihr Mann ein, der bis jetzt tatenlos zugesehen hatte. Er löste seine Frau aus ihrem Griff und entfernte sich mit ihr. Als er sah, dass Angelika kopfschüttelnd verharrte, kam er noch einmal zu ihr zurück. Indem er mehrmals zu seiner Frau blickte, sprach er auf sie ein. Seine Körpersprache machte deutlich, dass ein gebrochener Mann vor ihr stand, der sich seiner Schuld bewusst war. Schließlich reichte er ihr die Hand. Es schien, als wollte sie sie nach kurzem Zögern ergreifen. Doch dann hob sie ihre Hände und wandte sich von Bertram Hinze ab.

Ad sah Maike an, dass sie von ihrer Tochter eine Erklärung erwartete. Er hielt sie jedoch zurück, was Angelika mit einem dankbaren Blick quittierte. So wie Angelika hatte auch er seine Gründe, die Vergangenheit ruhen zu lassen. Selbstverständlich hatte sich Bertram Hinze mitschuldig gemacht, weil er geschwiegen und seiner Tochter nicht geholfen hatte. Er war sich aber auch sicher zu wissen, um wen es sich bei der Person handelte, die auf dem Video zu sehen war. Ein Mitarbeiter des Speziallabors hatte eine überarbeitete Version mit einer höheren Auflösung persönlich bei ihm abgeliefert. Er hatte nur noch eine rote Haarschleife, wenn diese auch nur schwach zu erkennen war, einer Person zuordnen müssen. Aber er war der Meinung, dass kein irdischer Richter ein härteres Urteil hätte verhängen können, als es das Schicksal getan hatte. Er hatte sich jedenfalls dafür entschieden, nicht gegen sie zu ermitteln. Dass ihm dafür ein Disziplinarverfahren drohen könnte, nahm er bewusst in Kauf.

Maike hatte Angelika und Ad schon zum Auto vorausgeschickt. Sie hätte noch etwas zu erledigen. Alleine. Sie ging zum hinteren Teil des Friedhofs, wo sie vor einem frischen Grab stehen blieb. Auf dem schlichten Holzkreuz hatte sich ein Blatt verfangen. Sie entfernte es mit einer sanften Berührung und es trudelte auf die noch aufgehäufte Erde. Sie betrachtete die eingebrannte Inschrift: Klara * 24.03.1973 + 27.09.2012. „Ich denke, es ist dir recht so“, sagte sie. „Ist ja nur vorläufig. Du wirst einen schönen Stein bekommen, mit Noten als Verzierung.“ Dann kniete sie nieder. „Ich verzeihe dir, Klara Feulner“, sagte sie, während sie eine weiße Lilie, die sie schon die ganze Zeit in ihrer Hand gehalten hatte, auf das Grab legte. Sie erhob sich wieder. „Und CC ebenfalls. Er hat mich gebeten, dir das auszurichten. Er hat allerdings zur Zeit die Nase voll von Frauen, sagt er, und konzentriert sich wieder auf seine alten Liebe, den 1. FSV Mainz 05.“

Nachwort und Dank

Aus meinem Bekanntenkreis kommt oft die Frage, ob ich wieder an einem neuen Roman schreibe und um welches Thema es denn diesmal geht. Für gewöhnlich findet man dann die Idee gut. Im Falle dieses Buches begegneten mir jedoch erstmals Unverständnis und Ablehnung. Das reichte von: „Darüber willst du wirklich schreiben?“, über: „Weißt du auch, was du dir da antust?“, bis hin zu: „Ich weiß nicht. Ich glaube nicht, dass ich so etwas lesen will.“

Dazu ein paar Fakten:

1. Jedes Jahr werden in Deutschland laut Statistik des Bundeskriminalamtes über 15.000 Kinder unter 14 Jahren sexuell misshandelt. Das ist die Anzahl der bekannten Fälle. Man geht jedoch von einer Dunkelziffer zwischen 50.000 und 300.000 Fällen im Jahr aus. Nehmen wir nur das rechnerische Mittel, dann heißt das: Alle drei Minuten wird in Deutschland ein Kind sexuell missbraucht.

2. Da die Täter häufig aus dem unmittelbaren familiären Umfeld der Kinder stammen, werden viele Fälle gar nicht, oder erst sehr viel später angezeigt, wenn die Kinder das Elternhaus verlassen haben. Die Folgen des Missbrauchs bestimmen das zukünftige Leben der Opfer. Die seelischen Verletzungen und Narben begleiten sie in der Regel bis zum Tod.

3. Bei meinen Recherchen bediente ich mich vielerlei Quellen. Unter anderem holte ich mir Anregungen aus der persönlichen Leidensgeschichte von Anne Elisabeth Dobbs (Pseudonym), die sie in ihrem Buch „Überleben. Missbraucht. Gefallen. Wieder aufgestanden. Meine Geschichte“ schildert. Dazu kamen Gespräche mit psychologischen Betreuern von Sexualtätern, Recherchen in einschlägige Internetforen (wie zum Beispiel „www.wildwasser.de“ und www.

missbrauch-opfer.info), die ARD-Dokumentation „Mama, hör auf damit!“ von Stephanie N. Linke und meine eigenen Erfahrungen als Berater am Opfertelefon des Weißen Rings.

Mein Dank gilt:
Meinem Freund Wolfgang Zech für ein erstes kritisches Korrektorat, meinem Sohn Jascha, der mich mit seinen Kenntnissen als Diplompsychologe nicht zu weit abheben ließ, Kriminalhauptkommissar Bertram Borens (Leiter des Kommissariats K4 bei der Kriminaldirektion Mainz), der mir wie immer die Grenzen meiner Fantasie aufzeigte und einer nicht genannt werden wollenden Pharmareferentin, die mir viel über ihren Beruf erzählt hat, und dem Verlag Schwarzkopf & Schwarzkopf für die Genehmigung eines Zitates aus dem Buch „Überleben“. Weiterhin danke ich meiner Verlegerin Angelika Schulz-Parthu dafür, dass sie diesem Thema eine Plattform gibt und mir vertraut hat. Und nicht zu vergessen, meiner ebenso kritischen, wie einfühlsamen Lektorin Heidrun Immendorf.

Sollte sich dennoch an der einen oder anderen Stelle eine Irritation eingeschlichen haben, dann liegt es nicht an ihnen, sondern an meinem manchmal vielleicht zu leichtfertigen Umgang mit der Realität, die ich der dichterischen Freiheit geopfert und zugunsten der Fiktion etwas verbogen habe.

November 2013
Gerd J. Merz

Der Autor:

Gerd J. Merz, geboren 1944, aufgewachsen in Frankfurt, München und Wiesbaden. Nach einem betriebswirtschaftlichen Studium arbeitet er als Kanzleiberater, Dozent und Fachbuchautor, er lebt mit seiner Familie im rheinhessischen Stein-Bockenheim.

Neben seiner beruflichen Tätigkeit pflegte er seine Krimi-Neigungen und schrieb, wann immer er Zeit hatte. Er ist Mitglied im Syndikat, der Vereinigung deutschsprachiger Kriminalautoren, im Biographiezentrum, einer Vereinigung deutscher Biografen, und Berater am Opfertelefon des Weißen Rings.

Unter dem Pseudonym Christopher Stahl hat er mehrere Kriminalromane veröffentlicht: „Tödliche Veranlagung" (2002), „Schwarzes Geld für schwarze Schafe" (2003), „Mörderische Bilanz" (2006), „Mordsverlust" (2007), „Bilanz einer Lüge" (2011).

www.christopher-stahl.de

Lieben Sie Krimis? Wir haben noch mehr!

Vera Bleibtreu: Schneezeit
ISBN 978-3942291-20-0, 172 Seiten, Broschur, 9,90 €

Antje Fries: Nibelungen-Tod
ISBN 978-3-937782-97-3, Broschur, 256 Seiten, 10,90 €

Johannes Gerster: Bombenstimmung am Rosenmontag.
Krimisatire, ISBN 978-3-942291-63-7, 229 S., Broschur, 9,90 €

Jürgen Heimbach: Chagalls Rache
ISBN 978-3942291-19-4, 324 Seiten, Broschur, 11,90 €

Clara Herborn: Schwarzer Rhein
ISBN 978-3942291-23-1, 230 Seiten, Broschur, 9,90 €

Peter Jackob: Das Leben ist kein Tanzlokal. Krimi
ISBN 978-3-942291-29-3, 224 Seiten, Broschur, 9,90 €

Katja Kleiber: Dicker als Blut. Ein Frankfurt-Krimi
ISBN 978-3-942291-63-7, 229 S., Broschur, 9,90 €
Auch als E-Book!

Claudia Platz: Das Blut von Magenza
ISBN 978-3-942291-09-5, 620 Seiten, Broschur, 14,90 €
Auch als E-Book!

Claudia Platz: Betreff: MORD!
ISBN 978-3-942291-09-5, 620 Seiten, Broschur, 11,90 €
Auch als E-Book!

Andreas Wagner: Hochzeitswein. Ein Weinkrimi
ISBN 978-3-942291-21-7, 184 Seiten, Broschur, 9,90 €
Auch als E-Book!

Andreas Wagner: Schlachtfest. Ein Weinkrimi
ISBN 978-3-942291-44-6, 184 Seiten, Broschur, 9,90 €
Auch als E-Book!

Leinpfad Verlag.
Der kleine Verlag mit dem großen regionalen Programm!
Leinpfad Verlag, Leinpfad 5, 55218 Ingelheim, Tel. 06132/8369, Fax: 896951
www.leinpfadverlag.com, info@leinpfadverlag.de
Wir schicken Ihnen gerne unser Programm!